见闻君
—
著

HIGH-
SPEED
RAIL
IN
COLOUR

高铁三部曲之

CNS PUBLISHING & MEDIA | 湖南文艺出版社

图书在版编目（CIP）数据

高铁风云 / 见闻君著. -- 长沙 : 湖南文艺出版社, 2021.7

ISBN 978-7-5726-0167-5

Ⅰ. ①高… Ⅱ. ①见… Ⅲ. ①纪实文学—中国—当代 Ⅳ. ①I25

中国版本图书馆CIP数据核字(2021)第087497号

高铁风云

GAOTIE FENGYUN

作　　者：见闻君
出 版 人：曾赛丰
责任编辑：谢迪南　丁丽丹
封面设计：文　俊
内文排版：段惽惽
出版发行：湖南文艺出版社
（长沙市雨花区东二环一段508号　邮编：410014）
印　　刷：长沙超峰印刷有限公司
开　　本：787 mm×1092 mm　1/16
印　　张：28
字　　数：330千字
版　　次：2021年7月第1版
印　　次：2021年7月第1次印刷
书　　号：ISBN 978-7-5726-0167-5
定　　价：68.00元

代 序

高铁为什么
拥有改变未来的力量

老沉

——→ 由见闻君所著的高铁发展史《高铁风云》就要出版了，委托我写点什么，经过慎重考虑，我答应了。

因为我喜欢读点历史，历史总是充满了无论多么伟大的小说家都构思不出来的超级传奇。火车就是其中一个。

作为工业革命的产物，你很难分清楚，到底是工业革命成就了铁路还是铁路成就了工业革命。铁路是工矿业发展催生的结果，火车发明人特里维西克同时也是高压蒸汽机的发明人，他的伟大创意让体积庞大的瓦特蒸汽机变得更小，从而能够安装在交通工具上最终促成了蒸汽机车的诞生。

而蒸汽机车的诞生，则让率先开始工业革命的英国变得更加强大，一条条铁路的建成打通了英国的奇经八脉，让采矿、钢铁、地产等行业迅速崛起，工业化开始以更加迅雷不及掩耳的方式在大不列颠蔓延开来，并最终成就了威名赫赫的“日不落帝国”。

但这只是铁路的小试牛刀，它的真正威力还没有完全发挥出来。铁路在英国诞生后，被大不列颠人像火种一样带到了全世界。由于各个民族对火车重要性的理解不同，导致了各国对铁路的重视程度不同，并最终导致了新的大国的诞生以及世界格局的变迁。

英国之外，欧洲最先发展铁路的是法国，同样是欧洲大国，又近水楼台，这很好理解。但是欧洲最重视铁路发展的却是德国，一个四分五裂的德国，一个悲伤的德国，拿破仑的铁蹄曾在这里任意驰骋。它的诗人悲伤地感叹，陆地属于法国人和俄国人，海洋属于英国人，只有在梦想的空中王国里，德意志人的威力才是无可争辩的。当由近40个联邦国构成的德意志看到铁路时仿佛看到了救世主，他们看到了国家统一的重器。喜欢出思想家的德意志民族认为，四分五裂的德意志要实现统一需要有两个纽带，一个是关税同盟，一个是铁路。这二者也最终让德意志成为一个从物质到精神的统一体。一个强势崛起的德意志让近邻的英国与法国感受到了阵阵寒意，于是纷纷合纵连横，并最终引发了第一次与第二次世界大战，也奠定了今天的世界格局。

上述国家以外，重视铁路发展的还包括美国与俄罗斯。美国铁路起步很早，南北战争之后进入大发展时代，铁路像蜘蛛网一样将美国各地连接起来。美国人对铁路的痴迷世所罕见，他们建设铁路的速度与规模都前无古人，很可能也后无来者。巅峰时期美国铁路总里程超过40万公里，是第二名俄罗斯的近4倍。俄罗斯也同样，漫长的西伯利亚大铁路对广袤国土的作用与意义，再怎么形容都不过分。

第二次世界大战之后，随着公路与航空的强势崛起，铁路成了夕阳产业。除了第三世界的发展中国家因为此前欠账太多还在新修外，美国、英国、德国等发达国家都开启了拆铁路的历程。两条铁轨太碍事了，束缚了追逐自由的脚步，禁锢了理想的翅膀。铁路开始像一位耄耋老者在落日的余晖里回味着曾经有过的辉煌。

造物主的神奇总是超出人类的想象，关上了一扇门的同时也打开了一扇窗，禁锢了你的脚步是因为他给予了你无与伦比的天赋。1964 年 10 月 1 日随着日本东海道新干线的开通，一个未来注定要再次改变世界的神器让人们见证了它的伟大。

神奇在什么地方？首先是它的安全性，新干线运送 10 亿人次，竟然没有一人因为新干线本身故障死亡，这与空难频频的航空形成了鲜明对比，而道路交通早已发展成为和平时期人类的第一杀手。

但我说高铁拥有改变未来的力量，还不仅仅是因为它的安全性，而是因为它的能源动力，它所天然拥有的节能环保的特性。能源是维持人类社会正常运转必不可少的要素，谁掌握了能源，谁就掌握了这个世界的权力。毫无疑问，以石油、煤炭为代表的化石能源是这个世界上所有人都眼馋的财富，但是它们不代表未来，因为它们的存量是有限的，是不可再生的。电能代表着人类的未来，无论它是来自风，来自太阳，还是来自核燃料。能源革命正在发生，这也必将深刻改变我们所生活的世界。

而在所有重要交通工具中，高铁（电气化铁路）是唯一以电力为能源动力的交通方式。它在低碳排放、节能环保方面的优势非常明显。所有的统计数据都能明白无误地显示这一点。媒体报道，京沪高铁每人百公里的能耗仅为 3.64 度电，约为航空的 1/12。来自日本的数据也在支撑这个观点。日本通产省统计：旅客同等里程能耗，如果铁路是1，那么航空是4，汽车是6；旅客同等里程CO_2排放，铁路是1，航空是6，汽车是10。

当然你可能会说，高铁威力再大毕竟也不能取代航空。这是毫无疑问的，但是时速超过2000公里的真空磁悬浮的诞生，却再次打开了人们的想象空间。世界多国已经在着手试验，并被媒体称为“胶囊高铁”。西南交通大学沈志云院士也在对这个课题进行研究。

高铁已经在改变中国，并成为中华民族伟大复兴“中国梦”的重要助力；随着中国高铁走出去进程的加快，高铁也必将改变整个世界。

我们有幸生活在这个世界，我们经历着，也见证着！

诚愿我们所生活的世界越来越好！

诚愿所有善良的人们生活越来越好！

———

目 录

第一章
铁路诞生与大国崛起

100年前，中国向美国输出的是铁路劳工；100年后，
中国向美国输出的却是铁路技术。

—— 时任美国商务部长骆家辉

——→要讲高铁的故事，必须先从世界发展的历史谈起。

为什么？因为虽然衣食住行并称，但其实衣食住是一个层次，它们只是满足人们生存的基本需求，而行是另外一个层次。人类活动范围的大小，直接决定着人们的视野以及思考的高度。交通工具的变革还会直接导致世界格局的变化。民族的兴衰、大国的变迁，莫不与之息息相关。

在地理大发现之前，真正的世界历史其实并不存在，存在的只是一个个孤立的民族史，范围再大一点就是文明圈历史。那时是陆权时代。无论是强大的罗马帝国，还是辉煌的中华帝国，都只是区域强国。它们的国土面积也曾经非常广阔，但是它们对领土边缘的控制能力与影响力其实都非常有限，最主要的原因就是交通不够发达。现在北京到武汉坐高铁只需要5个小时，而在晚清即便走官方大道（驿道）都需要27天，而从天津到南京，走驿道则需要25天。[1]

人类从步行到学会驯服以马匹为代表的牲畜代步是个伟大的跨越，谁拥有强大的骑兵以及相对发达的道路，谁就是王者。当年的罗马如此，强大的秦王朝能够统一中原也是因为如此。大凡汉唐盛世，莫不依路而兴，道路修筑到哪里，封建王朝的统治就能延伸到哪里。

船出现后展现出了陆路交通所无可比拟的优势，它不但能够快速移动，而且能够大量装载。但是在陆权时代，船受制于水网的布局，影响的范围有限。也有人试图通过一些大工程来弥补船的这个缺陷，如隋炀帝不惜动用大量人力物力修凿京杭大运河。虽然时人以为殃，大隋朝也间接因之而亡，但是后世千年赖之。到了明朝，人们航行的技术进一步发展，郑和下西洋，浩浩荡荡的船队已经能够远航至数千里，但是它没能成为主流。

真正让世界连为一体的是地理大发现。欧洲人将中国人发明的指南针与六分仪结合起来去探索神秘的大海。达伽马、麦哲伦、哥伦布所引领的大航海时代，让原先分布在大洋各个角落的大洲开始联结起来，真正意义上的世界历史开始形成。人类也进入海权时代。引领这个时代的是航海技术发达的欧洲，这个时代的王者是大不列颠。他们依靠世界上最强大的海上舰队，成就了威名赫赫的“日不落帝国”。

日不落帝国引领了工业革命的到来，并催生了一个陆路交通神器的诞生，那就是铁路。铁路发明的意义再怎么评价都不为过，这是人类历史上第一次实现陆地上大规模长距离旅行，而这一天的到来到现在还不到200年。铁路的诞生让受工业革命洗礼的英国如虎添翼，但也为英国霸主地位的丧失埋下了隐患。铁路诞生后引发了世界格局的重大变迁，大陆国家再次崛起。在铁路的催化下，分裂的德意志走向了统一，并与法国展开了欧洲大陆霸权的争夺，进而引发了两次世界大战；而美利坚合众国在北美大陆崛起，以战争为手段，通过西进运动，由一个大西洋沿岸的13州组成的联邦发展为横跨大西洋与太平洋的强大国家，并通过跨洲铁路建设将国家连为一个在物质上和精神上不可分割的整体，最终取代英国，开创了世界历史的美国时代。

现在就让我们回到那个奇迹发生的时代。

---

1. 宓汝成．帝国主义与中国铁路(1847—1949)[M]．北京：经济管理出版社，2007:462.

潦倒天才特里维西克

——→ 铁路诞生在欧洲并不是一件偶然的事情。工业革命时代的欧洲“天才泛滥”，就像盛唐时代经常会有一些“小诗人”吟出千古绝唱一样，这时的欧洲也经常会有一些“小人物”做出一些天才的事情，从而改变一个时代。我们的故事就从一个并不十分知名的“小人物”的一个伟大发明开始。

英国康沃尔郡。老特里维西克正满面春风，妻子刚刚又有喜了。他是康沃尔郡一家锡矿的矿主，老婆已经为他生了五个女儿，这次他希望是一个儿子。1771 年 4 月 13 日，老特里维西克的第六个孩子降生了，果然是一个儿子。这位矿主喜不自胜，他为自己的孩子取名字叫理查德 · 特里维西克。

理查德 · 特里维西克聪明伶俐，惹人爱怜。老特里维西克家境富裕，希望自己的这个儿子将来有大出息，所以在各方面为他提供了优渥的条件，尤其是教育方面，让特里维西克接受了非常好的教育。作为一个公子哥，特里维西克为人豪爽，潇洒大方，一些小钱并不太放在眼里。

但是，特里维西克并不只是一个纨绔子弟，他在机械方面颇有天赋。他对父亲矿上一台用来抽水的博尔顿 – 瓦特牌蒸汽机[2]非常感兴趣，想方设法找机会研究，很快就把蒸汽机的原理摸得一清二楚。

1790 年，年仅 19 岁的特里维西克就在矿上获得了技术顾问的

↓ 理查德·特里维西克
（来源于维基百科）

职位，可谓年少成名。很快他就发现了当时使用的蒸汽机的不足，并为自己迎来了一个可怕的对手，那些蒸汽机的主人——詹姆斯·瓦特，一个名字闪闪发光的人，一个几乎成为工业革命代名词的人。

瓦特与茶壶的故事，在世界上广为流传。甚至很多人认为瓦特就是蒸汽机的发明者，其实这是一个很大的错误。

故事大致是这样说的：一天晚上，少年瓦特同表妹缪亚赫德一起喝茶，喝起来没完没了，也不干活。外祖母对瓦特非常生气，就说："詹姆斯，没有见过你这样的懒虫，那个破茶壶盖都快被你摆弄了一个小时了，你就不能干点活吗？把时间浪费在这种事情上，而不是读点儿书或者干点儿活，你不感到羞耻吗？"

之后，按照一般故事的情节展开：肉眼凡胎怎么能够识别天才的想法？原来，伟大的瓦特，从壶嘴被堵上，不让蒸汽跑掉，蒸汽却能轻易地就把壶盖冲开这个现象中，领悟到蒸汽中蕴藏的巨大能量，经过反复研究终于发明了蒸汽机。

但是，这也许并不符合历史事实。

首先，这个故事是从距离瓦特少年时代半个世纪之后才开始流传

---

2. 当时，蒸汽机主要用于矿上抽水。统计数据显示，到1800年，英国共有500台左右的博尔顿－瓦特牌蒸汽机在使用中，其中38%的蒸汽机用于抽水，剩下的为纺织厂、炼铁炉、面粉厂和其他工业提供旋转式动力。

↓ 特里维西克发明的第一台蒸汽机车式样图

的，时间已经很久远了。那时的瓦特声名显赫，是工业革命的代名词，故事很可能是人们附会出来的。

其次，蒸汽机早在瓦特诞生前就被发明出来了，并且有很多人投入很多精力改进它，时间长达一个世纪。1680 年，法国物理学家尼斯·帕旁研制成功了世界上第一台蒸汽泵。不过作为一个物理学家，他的产品只停留在实验室里。原始创新非常伟大，它们是天才大脑的灵光闪现；改进创新也同样重要，它们决定着科技的产业化，改变着人类的生活。18 年后，与法国隔海相望的大不列颠，一个名叫托马斯·塞维利的人，研制了一台蒸汽动力的抽水机。这是第一台应用于生产实践的蒸汽机。它并不完美，由于机械强度不够，时常爆缸。故障的存在，就是为了等待大牛的诞生。但是，詹姆斯·瓦特的上场时间还没有到，这次出场的是一个铁匠，名叫托马斯·纽科门。1712 年，他制造出了第一台活塞式蒸汽机，并开始用于煤矿抽水，它让煤矿开采由浅层逐渐进入深层。纽科门蒸汽机迅速占领了市场。此时距离第一台瓦特蒸汽机的诞生还有 51 年。纽科门蒸汽机也有很大的缺点，因为汽缸里的蒸汽与冷凝水混合在一起，导致蒸汽的温度降低，造成能源的巨大浪费。这个缺点的存在，也是在等待另外一位大牛的诞生，这次终于轮到詹姆斯·瓦特出场了。

瓦特第一次接触蒸汽机是在1763年，他受格拉斯哥大学委托修理一台出了故障的纽科门蒸汽机。他很轻易地就排除了故障，并开始对蒸汽机进行深入研究。他发现了纽科门蒸汽机的缺点，发明了分离式冷凝器以及齿轮联动装置。1769年，瓦特研制出了一台蒸汽机样机，其效能比纽科门蒸汽机提高了5倍，大名鼎鼎的瓦特牌蒸汽机正式诞生了。1776年3月8日，在英国伯明翰，博尔顿-瓦特公司正式成立，开始批量生产蒸汽机，并迅速垄断了市场。

在英国实际上也流传着托马斯·纽科门与茶壶的故事，他也从茶壶的蒸汽中领悟到了巨大的能量，从而发明了蒸汽机。他比瓦特要早几十年。其实，这样的段子安到任何一个与早期蒸汽机密切相关的人的身上都具有很高的可信度。单纯地认识到蒸汽的巨大力量并不能促使瓦特完成自己的事业。或许，少年瓦特的故事真的存在，但那也只是出于常见的那种少年人的单纯的好奇心，这同后来瓦特的工作并没有本质的联系。

当然，这并不能否定瓦特的伟大。博尔顿-瓦特牌蒸汽机是工业革命的标志，对整个人类社会的发展都起到了巨大的推动作用。尽管后来他对特里维西克做的一些事情，却有点儿不那么地道。

发现瓦特蒸汽机缺点的正是特里维西克。特里维西克本以为自己可以挑战权威，却没想到被打得满地找牙。瓦特蒸汽机是低压蒸汽机，体积庞大。特里维西克认为，如果让高压蒸汽在汽缸内膨胀，就能制造出体积更小、重量更轻、功率更大的蒸汽机，其应用范围必然更广。其实特里维西克并不是第一个有这个想法的人，他的邻居，当时著名的工程师威廉·默多克也曾经提出过高压蒸汽机的想法。但是默多克受到了他的老板——詹姆斯·瓦特的打压，放弃了研制高压蒸汽机的想法。

但是少年得志的特里维西克天不怕地不怕，决定挑战权威。1797年，26岁的特里维西克娶了一位铁匠的女儿简。就在这一年，他成功避开了瓦特公司的专利，研制成功了一台高压蒸汽机，并取名“吹气者”（Puffers）。他对蒸汽机的锅炉和传动装置进行了大幅改进，圆柱体锅炉能够承受0.34兆帕的高压蒸汽，体积比瓦特牌蒸汽机小很多。

特里维西克觉得一个美好的前景正在他面前展开，他仿佛看到漫山遍野的矿井边都停放着一台台特里维西克牌的蒸汽机，然后大把大把的英镑扑面而来，将他掩埋。

但是，扑面而来的不是英镑，而是谣言。

特里维西克满怀信心地到各大矿井去推销自己发明的蒸汽机。这触动了瓦特的核心利益。瓦特不仅仅是蒸汽机的改良者，还是一个精明的商人。特里维西克还没有明白过来怎么回事，就被瓦特打蒙了。瓦特采取的并非常规做法，而是散布谣言，说高压蒸汽机不安全，容易爆炸。对于将安全放在首位的矿主而言，当然宁可信其有，不可信其无。在他们的眼里高压蒸汽机成了洪水猛兽，唯恐避之不及。特里维西克备受打击。

好在特里维西克是个打不死的小强。有一天，他灵机一动，心想高压蒸汽机个头不大，如果把它安装在交通工具上，不是就可以轻松地日行千里了吗？他这灵机一动，开创了一个伟大的时代。

1801年，特里维西克与表弟安德鲁·维维安研制了世界上第一

↓ 特里维西克载着朋友去兜风

个四轮蒸汽交通工具，取名“吹气的家伙”（Puffing Devil）。这台蒸汽交通工具行驶在普通的道路上，是一台蒸汽汽车。这要比德国人本茨（奔驰汽车的创始人）研制的汽油发动机汽车要早 85 年。经过认真的准备，在当年的平安夜，特里维西克正式向外界推介他的蒸汽汽车，他邀请了 7 个朋友，驾驶着“吹气的家伙”出去兜风。这是何等的风光！拥有一个如此有钱又如此才华横溢的朋友是多么的荣光！这台蒸汽汽车行驶了 8 公里，在驶上一座小山坡时，他的一位朋友还诗兴大发，吟了一首诗：“像一只鸟儿，我们在自由地飞翔。”

这很快就成了特里维西克的大玩具。可好景不长，1801 年还没有过完，特里维西克与自己的表弟维维安驾驶着“吹气的家伙”出去兜风。他们高兴过了头，不小心将车开进了沟里。但这丝毫没有影响这位公子哥的心情，他潇洒地一挥手，带着维维安去不远处的一家餐馆喝酒了。更为糟糕的是，特里维西克压根就没有让这台蒸汽汽车熄火，最后锅炉里的水被烧干，引起了一场大火，还发生了爆炸，将车辆完全烧毁。

特里维西克的努力没有停止，他的坏运气也没有停止。1803 年，特里维西克又制造了第二辆蒸汽汽车，取名“伦敦客车”，并在伦敦当众展示，他载着七八个人，以时速 14 公里的速度行驶了约 16 公里，不幸的是，由于驾驶失误，他撞到了墙上。从此人们也开始视蒸汽汽车为一个危险的大玩具，吓得潜在购买者躲得远远的。后来特里维西克把这台汽车上的蒸汽机拆下来，做了箍桶机。

更为不幸的是，特里维西克好不容易卖给某个煤矿一台蒸汽机，锅炉竟然发生了爆炸，造成了 10 人受伤。这几乎导致了特里维西克的破产。好在特里维西克再次展现了他打不死的小强精神。他琢磨，自己造的蒸汽汽车不是开进沟里，就是撞在墙上，如果将蒸汽机车用在轨道上，那就可以拥有比泥泞的道路更加牢固的根基，也可以装载更多的东西。对于煤矿来说，本来运输的路线就是固定的，煤矿主一定会感兴趣。煤老板都感兴趣了，还怕没有钱吗？

一个赌约加快了特里维西克的研究进程。有一位叫萨缪尔·汉弗里的钢铁厂老板，与另外一家钢铁厂的老板打赌，赌特里维西克能够成功造出一辆在轨道上行驶的蒸汽机车，并且替代马车将 10 吨重的铁矿石一次性运到运河处。

说干就干，1804 年特里维西克制造了他的第三台蒸汽交通工具，取名“新城堡号”，展示当天有大批新闻记者现场见证。这一台蒸汽机车，自重 4.5 吨，拉着 70 名乘客，以及 5 节满载 10 吨矿石的车厢，沿着 16 公里长的有刻纹的钢轨上运行，最终用时 4 小时 5 分钟，成功抵达终点。这是世界上第一列真正意义上的火车，在轨道上运行的蒸汽机车。比史蒂芬森的第一辆机车布吕歇尔号早了九年。

当时，铁路诞生了吗？答案是有了，不过因为堪用的蒸汽机车还没有发明出来，当时的铁路是马拉的。

姜文电影《让子弹飞》开头，马邦德带着妻子，吃着火锅，唱着歌，坐在飞奔的马拉的火车上，让麻匪给劫了。其中骏马飞奔拉着火车的镜头给人以强大的视觉冲击，很多人觉得，那只是姜文纯粹搞笑的镜头。其实不然，蒸汽机车刚诞生时，其主要对手就是马匹。

特里维西克设计的蒸汽机车之所以没有人采用，是因为人们觉得马匹作为动力，无论是性能还是稳定性，都比机车强太多。蒸汽机车战胜马匹经历了很长一段历史时期，二者还进行过硬碰硬的直面较量。

那是在美国，一位来自纽约的名叫彼得·库珀的发明家制造了一台蒸汽机，取名叫“大拇指汤姆”。听这名字你就明白，它是一台非常迷你的蒸汽机车。不过在初次试验中，它的能力让人大吃一惊。在近 21 公里的铁路试验中，它的时速达到了令人兴奋的近 30 公里，令所有在场的投资者兴奋不已，库珀更是得意忘形。为了证明机车的优越性，他竟然同意了用“大拇指汤姆”与一匹马进行比赛。库珀将“大拇指汤姆”的加速度提到了最大，竟然真的嗖嗖地超过了飞奔的

↓ 特里维西克用自己发明的第四台蒸汽机车在伦敦的圆形轨道上进行表演，吸引了大量的观众前来参观

骏马。就在它领先了接近半公里、骑手都准备放弃的时候，不幸发生了，机车上驱动滑轮的皮带断裂了。库珀赶紧换皮带，手还被炽热的滑轮烫伤了，因此只能无奈地看着骏马飞驰通过了终点。[3]

轨道运输的诞生要远远早于蒸汽机车，早在公元前后，就出现了将货物放到货车上沿轨道前行的方式。德国弗莱堡大教堂有一幅画，画的正是马拉煤矿货车的图，而此幅画的创作年代是 1350 年。[4]

16 世纪，采矿业已经在欧洲兴起，如何将沉重的矿石运送到河岸或者海岸，是困扰煤老板长久而得不到解决的问题。因为土质路面

难以负荷载重矿石的车辆行走，德国人便学习古罗马人的经验，在煤矿之间铺设石板路，后来因为工程量太大改为只在马车轮轨处铺设两行石板。到 16 世纪，英国还出现了不少用木头铺设的轨道线路。在采矿业发达的英国纽卡斯尔地区，这种应运而生的马车轨道非常密集，被称为“纽卡斯尔道”。近处的煤矿开采殆尽，煤矿开始向更远的地方伸展，这种马车轨道的建设也随之延伸。1726 年，一群煤矿主组成的“大同盟”提出一个想法，准备用一条公用的马车道将他们的煤矿连接起来。于是他们修建了一条干线，大部分为双轨，用这种木制轨道将数座煤矿与水域相连。

在这种轨道运输出现之前，要用 30 匹马才能运送的矿产，现在只用一匹马就能运载了，劳动生产率大大提升。为了更好地适应轨道运输，人们还对矿山小车进行了特别的设计，车轮的内侧有一块隆起物叫“齿痕轮”，它的作用是卡住轨道，保证矿车始终在轨道上运行。木制轨道与石板轨道相比，铺设起来更加容易，但是极容易磨损，而且承重能力差，需要经常加固修理。1763 年，为了解决木制轨道容易磨损的问题，英国的矿主便将木制轨道的外面包上一层铁皮，这便是世界上最早的铁轨。

国际形势的一次重大转折直接催生了铁制轨道的诞生。英法百年战争结束后，由于军需锐减，生铁价格迎来了漫长的熊市，价格开始“跌跌不休”。1789 年，英国工程师威廉·杰索普，产生了灵感，

3. 沃尔玛尔．铁路改变世界 [M]. 刘嫰，译．上海：上海人民出版社，2014:10.
4. 沃尔玛尔．铁路改变世界 [M]. 刘嫰，译．上海：上海人民出版社，2014:3.

大胆地抛弃了木材，改用铸铁做轨道，铺设了拉夫堡—莱斯特的“铁路”。这可以算作是现代铁路的雏形，后来杰索普还发明了道岔，并进一步改进了铸铁车轮。

到世界上第一条商业运营的铁路斯托克顿至达灵顿铁路诞生前，英国其实已经有很多这种铸铁的轨道运输。如加的夫—摩尔色铁路，特里维西克就曾经在这条线路上进行蒸汽机车试验；如色浩威线，全长 32 公里，是当时最长的铁路线。当然所有这些线路都是马拉货车在运行，所以不能算作现代意义的铁路。

轨道是一个非常有思辨意义的发明，它是铁路之所以为铁路、区别于其他交通运输方式的本质特征。两条轨道给火车提供了无法逾越的限制，也同时带给它无限的想象力，所谓“随心所欲不逾矩”。这正如中国古典诗歌，“戴着镣铐跳舞”，却创造了人类艺术史上最动人心魄的旋律。为什么这样说？陆地上 10 吨的货物，在没有车轮的帮助下，至少要 60 人才能拉得动；如果装上车轮，在普通的公路上，约 4 个人就可以拉得动；如果在钢轮钢轨的铁道上，一个人就可以拉得动。[5]这就是铁路的核心竞争力。

到 20 世纪，当汽车大行其道之时，铁路一度走向没落，也有无数的人预言，铁路已经是夕阳产业，明日黄花。为什么？就是因为两条铁轨的限制。第一，火车只能在两条铁轨上跑；第二，铁路由于专有路权的缘故，导致无法与其他交通工具共享路权。汽车能够实现门到门的运输，火车却只能站到站，需要汽车进行接驳。

所以当时出现了大规模的汽车运输对铁路运输的取代。典型代表是美国，1916 年美国的铁路总里程超过了 40 万公里，铁路提供了全国 98% 的客运和 75% 的货运；然后美国铁路开始走下坡路，1979 年美国铁路货运占有率跌到了 27%，1980 年美国客运周转量占有率跌到了 4.5%。[6]

但是随着能源革命时代的到来，铁路将掀起一场新的变革，人类迎来高铁时代，并带来世界格局的再一次变迁。人类对能源的需求是无限的，但是以石油为代表的化石能源却是有限的。经历了工业革命、信息革命的人类，又将迎来能源革命。化石能源的地位终将要衰落，但是来源多元化（核、风、水、太阳）的电能将逐渐成为主流。而在人类主要交通工具中，高铁（铁路）是唯一以电能为主要能源的。而且轨道交通的节能环保特性无可比拟。以京沪高铁为例，人均百公里能耗只有 3.64 度电，只相当于客运飞机的 1/12。[7]可以说高铁的诞生，让一个夕阳产业重新成为朝阳产业。这就是两条铁轨带给这种交通工具的思辨性，正是给了你无法逾越的限制，也才有了你无限的想象力。

特里维西克的新城堡号正是在这种早期轨道上运行的。但是有两个致命的问题再次导致了特里维西克的失败。一是他造的蒸汽机车太重了，二是当时的轨道承重能力太差了。 新城堡号所到之处，将已经铺好的轨道全部压坏。矿主们辛辛苦苦铺就的铁道成了一次性的，这不但让潜在客户失去了信心，同时也让投资人失去了信心。最终，特里维西克不得不卖掉了新城堡号的专利权以维持日常生活。[8]

---

5. 苏昭旭 . 世界铁道与火车图鉴 [M]. 台北：人人出版股份有限公司，2009.
6. 武剑虹 . 铁路改革风行全球 [J]. 经济研究参考，1995(134):24−33.
7. 齐中熙 . 京沪高铁 CRH380A 人均百公里能耗相当于飞机的 1/12[EB/OL].[2011−06−30]. http://www.chinadaily.com.cn/dfpd/jjjhgt/2011−06/30/content_12807364.htm.
8. 张凤霞 . 蒸汽机车的悲情先驱者 [J]. 铁道知识，2012(4):54−57.

↓ 波兰邮票上的特里维西克和他发明的蒸汽机车

1808年，特里维西克又制造了他的第四台蒸汽机车，也是他最后一台蒸汽机车。这次终于让他赚了一点儿小钱，他在伦敦建造了一条圆形的轨道，驾驶着他的宝贝大玩具进行杂耍表演，门票一先令一张，吸引了大批的人去参观。据说有几千人乘坐过他的蒸汽机车。

但这始终是一个大玩具，离商业应用还有很远的路。当时有些媒体甚至直接把它称作“蒸汽马戏团”。[9]特里维西克满足于浅尝辄止，他常常灵光闪现，但是缺乏坚忍不拔的意志力；他满足于自己聪明的发明给自己带来的风光，却缺乏深入改造它使之满足现实应用的能力。这是他一生潦倒的重要原因。

此后，特里维西克将兴趣投向其他领域，他的发明名单如下：蒸汽动力驳船、蒸汽铁锤、带轮子的移动式室内取暖设备、蒸汽滚轧机、蒸汽推动的水下挖泥机、一种原始的涡轮机。停留在想法的就更多了，包括利用机械手段进行制冷的冷冻机，更为宏大的愿望是修建穿越泰晤士河的水底隧道。但是这位奇妙想法不断涌现的天才，却最终一事无成。

特里维西克的坏运气还没有终结。1810年，他承包的隧道工程发生了事故，特里维西克彻底破产。在英国实在混不下去了，1816年特里维西克远走南美洲去淘金，在秘鲁的矿山从事安装蒸汽机的工作。由于这里海拔高，特里维西克的高压蒸汽机正好能够发挥优势。后来，他还在这里买了银矿。但是好运气始终没有来临，特里维西克被南美独立运动领袖玻利瓦尔的军队抓走，并囚禁了起来，银矿也被没收了。被释放后，他又在南美的丛林里游逛了十年，他的妻子简与他离婚，并带走了他们的孩子、康沃尔郡的房子及财产。

后来，特里维西克在南美遇到了乔治·史蒂芬森的儿子——罗伯特·史蒂芬森。罗伯特是特里维西克的铁杆粉丝，为特里维西克不断涌现的天才想法着迷。他热情接待了特里维西克。1828年，特里维西克带着罗伯特资助他的50英镑路费踏上了回国之路。

晚年的特里维西克境况凄凉，前妻已经不与他来往，他寄居在一间旅馆中，靠给工厂和矿山保养蒸汽机度日。1828年，乔治·史蒂芬森得知特里维西克的境况后非常痛心，联合了几位有影响力的铁路发明家向议会请愿，建议政府给特里维西克发放一笔公益性政府养老金，以表彰他早期的试验对蒸汽机车发展的贡献。但是英国下议院驳回了他们的请愿。

1833年4月22日，这位潦倒天才在贫病交加中因肺炎死去。逝世时他已经身无分文，连举办葬礼的钱都没有，他的工友与朋友凑了些钱，给他举办了一场还算体面的葬礼。特里维西克被安葬在达特福德的公共墓地，墓碑上只刻上了他的名字与生卒年月。

9. 张凤霞 . 蒸汽机车的悲情先驱者 [J]. 铁道知识，2012(4):54–57.

就是这样一个天才式的人物，他对铁路发展的贡献一直没有得到人们的重视。直到离世近百年后，人们才逐渐发现他的功绩。1932 年，在他逝世地肯特郡建立了一个以他的名字命名的公共图书馆，在他的故乡康沃尔郡，政府也为他竖立了一尊铜像。在伦敦，他当年试验蒸汽机车的地方——尤斯顿广场镶嵌了一块纪念石碑，记述了有关的历史。

1933 年，著名的工程师组织英国土木工程师学会为特里维西克逝世 100 周年举办了一场纪念讲座，在开幕式中，查尔斯 · 英格利斯教授评价特里维西克"在 1799 年和 1808 年之间的短暂时期，他（特里维西克）完全改变了蒸汽机的性质，使蒸汽机从笨重的巨人变成了提供推动社会发展原动力的机械"[10]。

“火车之父”史蒂芬森

↓乔治・史蒂芬森

George Stephenson.

——→ 特里维西克一生潦倒，在凄凉中离世，他的人生是不幸的。但是有一点他也应该庆幸，有一位更具天才的人物继承了他的事业，将蒸汽机车发扬光大，让铁路运输传遍世界。

就在特里维西克 10 岁时，英国诺森伯兰郡的华勒姆村，一个名叫史蒂芬森的矿工喜得贵子，取名叫乔治・史蒂芬森。

华勒姆村是一个离纽卡斯尔 15 公里的小村子，而纽卡斯尔是英国煤炭开采最发达的地区，大量煤炭通过木制轨道上的马拉货车运送到纽卡斯尔港口，然后再运送到各地。

老史蒂芬森没有什么本事，只在矿上找了一个看锅炉的工作。他与妻子都是文盲，连自己的名字都不会写，两人结婚登记签名时，都是直接画的 ×。乔治・史蒂芬森来到这个世界后，老史蒂芬森夫妇又先后生下了四个孩子。一家八口，全靠老史蒂芬森微薄的收入来维持生活。[11] 在这样的家境中，你可以想象，史蒂芬森根本就不可能有受教育的机会。他 12 岁就成了一名童工，到 18 岁还是一个文盲，

10. 张凤霞 . 蒸汽机车的悲情先驱者 [J]. 铁道知识，2012(4):54–57.
11. 王麟 . 铁路传奇 [M]. 太原：山西教育出版社，2015:15.

↓ 上图：乔治·史蒂芬森和他发明的火车
↓ 下图：乔治·史蒂芬森1814年制造的火车

虽然后来努力地上夜校自学，但是直到他名满天下时，写的信里面还经常充满了各种语法错误。

伟人往往都有一些神奇的传说，如英国有瓦特与茶壶的传说，美国有华盛顿与斧头的传说，中国有司马光砸缸的传说。乔治·史蒂芬森也不例外，有些励志故事书上说，他很小的时候，就能用黏土制作蒸汽泵机，是个天才。这种故事已经无从考证，但史蒂芬森在机械方面具有超出一般人的才华是毫无疑问的。他一边用自己挣来的钱去夜校补习知识，一边作为父亲的助手——助理司炉，开始研究起蒸汽机来。他经常将一台报废的泵机拆成零件，然后再将它组装起来。他的才华与学习的热情，让他很快把蒸汽机的原理摸得一清二楚。慢慢地，他在附近已经小有名气，开始在多个矿井做兼职，从事技术工作。

史蒂芬森属于典型的大器晚成型。早期生活他一直在经受各种磨难。1801年史蒂芬森20岁，娶了比自己大12岁的妻子芬妮，然后有了一个女儿、一个儿子。史蒂芬森24岁时，女儿不幸夭折，第二年妻子芬妮患肺炎去世，儿子罗伯特由他的未婚妹妹埃莉诺帮忙抚养。

同一年，他的父亲老史蒂芬森突遭横祸，在修理蒸汽机时，被突然放出的蒸汽烧伤了眼睛，从此双目失明。

这时的欧洲正震颤在拿破仑的铁蹄之下，为了反对拿破仑，欧洲各国先后组织了七次反法同盟与拿破仑对决。史蒂芬森在自己最糟糕的年代又被征召到反对拿破仑战争的前线。战场归来，史蒂芬森变得萎靡不振，甚至想移民美国。后来他带着一家人，从华勒姆村搬到了威灵顿。在这里，史蒂芬森被一种全新的机械所吸引。这里的煤矿主，在山顶安装一台蒸汽机，用绳子连接装满煤炭的货车，然后将煤车拉到山顶，再通过重力作用滑到山坡的另一面，到了平路再由马拉货车前行。史蒂芬森想，如果能够研发一种蒸汽动力交通工具，代替马匹完成整个运煤过程，一定会受欢迎。

这个时候，特里维西克已经风风火火地研发了好多台蒸汽机车。并且在他之后，还有大量才华横溢的人在挑战这个领域。

1808 年，特里维西克完成自己最后一台蒸汽机车后，放弃了该项研究。

1812 年，怀特黑文的煤矿工程师制造了一台机车，由于自重太重，将行驶过的轨道全部压坏，失败了。

同年，约翰·布伦金索普研制成功一台带有齿轮的蒸汽机车，让机车齿轮与轨道的齿轮相咬合，以避免平轮机在平滑的轨道上颠覆打滑。但是它造价高昂，行驶速度又极慢，无人问津。

1813 年，华勒姆煤矿的威廉·赫德利也研制了一台机车，在煤矿中时断时续地用了很多年，但一直没有展现出太多的竞争力。

经过这么多年的试验，蒸汽机车在实践应用中，基本被判了死刑。

当时主流的声音断言，蒸汽机车根本没有任何前途。

但史蒂芬森用自己的实际行动改变了人们的看法。1814 年，史蒂芬森研制出了他的第一台蒸汽机车，取了一个响亮的名字布吕歇尔号。布吕歇尔是普鲁士将军的名字，1814 年他在莱比锡会战中击败了不可一世的拿破仑军队，拯救了普鲁士，并最终逼迫拿破仑第一次退位。当时在纽卡斯尔方言中，“布吕歇尔”是蔑视一切外强中干敌人的代名词。

1814 年 7 月 25 日，史蒂芬森进行了首次试验。布吕歇尔号拥有两个汽缸，锅炉长 2.44 米，拉着 8 节矿车，载重 30 吨，以 6.4 公里的时速前行。不过这台机车也并不十分成功，原因还是特里维西克遇到的那两点，机车太重、轨道承重能力不行，所以机车经常把轨道压坏。此后，史蒂芬森不断地对自己的蒸汽机车进行改进。不久，史蒂芬森正式赢得了一台机车的订单，他在布吕歇尔号的基础上进行了进一步的改进，实用性更强了，口碑也更好了。如此反复，此后的七年时间里，史蒂芬森共赢得了 16 台机车订单，他也在纽卡斯尔成立了机车制造公司。[12]

史蒂芬森被冠以“火车之父”的名头，不仅因为他设计的火车实用性更强，而且他在设计火车的同时还在改进线路的建设。为了解决轨道承重能力的问题，他对铸铁轨道进行了改进设计，他还增加了车轮的数量，以减少对轨道的破坏。1820 年，史蒂芬森帮助桑德兰的一家煤矿，建成了一条 13 公里长的矿区铁路。

史蒂芬森的聪明正在于此。他深刻洞悉产业链的重要性。如果只有好用的蒸汽机车，没有适合跑的路，那也只是一堆废物；相反，如果我帮你修好路，你好意思不用我的蒸汽机车吗？于是，史蒂芬森一头扎进纽卡斯尔的工厂里，开始试验新型铁轨，研制成了一种铸造铁轨，还申请了专利。

1821年，铁路史上一个伟大的转折点出现了。在一位达灵顿富商爱德华·皮斯的斡旋下，英国议会批准修建斯托克顿—达灵顿铁路。这是世界上第一条现代意义的铁路，此前的铁路虽然间或地出现蒸汽机车牵引，但大多数情况下还是马拉着矿车在跑，蒸汽机车发出的黑烟和着马粪的味道在线路的上空弥漫。

皮斯是该条铁路的倡导者、组织者，也是投资者。但他最初的想法也是修建一条马拉货车的铁路。

1821年4月19日，史蒂芬森去达灵顿拜会了皮斯，改变了皮斯的决定。此前有一位当时非常有名的律师威廉·詹姆斯已经写信给皮斯推荐了史蒂芬森。他在信中说："史蒂芬森先生的蒸汽机车，超越一切我所看到的类似发明。我认为史蒂芬森先生在发明机车这方面的功绩，仅次于不朽的瓦特。"[13]史蒂芬森与皮斯的会面非常成功，他说服皮斯，让他接受蒸汽机车牵引货车要比马拉货车效率更高。从此皮斯的态度发生了大转折，由一个铁杆的马拉货车派变为铁杆的蒸汽机车派。

此后，史蒂芬森被皮斯任命为斯托克顿-达灵顿铁路公司的总工程师。史蒂芬森组建了世界上第一支铁路施工队，逢山开路、遇水架桥，开启了32公里铁路的建设历程。此后，这支铁路施工队，跟着

12. 沃尔玛尔．铁路改变世界[M]. 刘媺，译．上海：上海人民出版社，2014:6.
13. 王麟．铁路传奇[M]. 太原：山西教育出版社，2015:27.

史蒂芬森父子转战欧洲各国，到处播撒铁路的火种。

与不朽的瓦特相比，在这条铁路修建过程中，史蒂芬森展示了自己的求实精神与大将风度。在决定选用什么样的铁轨时，史蒂芬森需要做出抉择。此前，他发明了一种铁轨，并申请了专利，使用这种铁轨，史蒂芬森就能坐收大量专利使用费。但是，此前爱丁堡一位土木工程师曾经写信给他，建议他使用熟铁制造的铁轨代替生铁铸造的铁轨。贝德林顿铁厂已经成功制造出了这种强度更高的锻造熟铁轨。史蒂芬森在考察了贝德林顿铁厂后，认为这种锻造熟铁轨比自己的铸造铁轨强度更高，更适合铺设。史蒂芬森决定放弃自己发明的铁轨，采用贝德林顿的铁轨。史蒂芬森的行为赢得一片赞誉，但是也遭到了铸造铁轨制造厂的反对。最终在皮斯的斡旋下，全线 80% 采用锻造熟铁轨，20% 采用了铸造铁轨。

1822 年 5 月 23 日，在斯托克顿—达灵顿铁路公司董事长托马斯・梅内尔一声令下，该条铁路的第一根铁轨铺设完成。经过几年努力，1825 年 9 月 27 日，世界上第一条现代意义的铁路终于迎来了通车那一天。[14] 史蒂芬森驾驶着他为这条铁路设计的旅行号蒸汽机车，后面牵引着一辆豪华的客车，还有 11 节装满煤炭的货车，以及 14 节拉着工人的货车。整列火车全长 121.9 米。出发时，整列车上共拉着 300 多名乘客，但是到达终点时，列车上已经有了 650 名乘客。[15] 这些爬火车的“铁道游击队员们”水平也很值得称道。

史蒂芬森驾驶着机车，以平均 12.8 公里的时速从斯托克顿行驶到达灵顿，某些路段最高时速达到了 24 公里。对于新建的铁路能不能经得起自己机车的碾压，史蒂芬森心里也不是特别有底。好在，除

↓ 1825 年，斯托克顿—达灵顿铁路正式开通

了中间抛锚了两次，火车还是顺利地到达了目的地。史蒂芬森派出一位少年，骑马跑在前面，挥着旗帜呐喊着“火车来了，闪开闪开”，为旅行号开路。这就是最原始的铁路信号模式。

史蒂芬森成功到达达灵顿时，七门重炮震耳欲聋，当地的教堂也纷纷敲响了钟鼓，祝贺这条伟大铁路的诞生。斯托克顿—达灵顿铁路开创了一个时代，但它并不十分成功，不但行驶速度缓慢，与马拉货车相比没有优势，而且经常发生一些故障，导致一些投资者灰心丧气，一度准备改回马匹牵引。不过史蒂芬森成功说服他们坚持了下来。[16]

真正让铁路展现它无与伦比的竞争优势的是，接下来建设的利物浦—曼彻斯特铁路。这条铁路的开通在全世界产生了广泛影响，从此铁路在各大洲纷纷开花结果。利物浦是英国当时最大的港口城市，曼彻斯特是英国的纺织业之都。这是一条实实在在的干线铁路，线路全长 56 公里，耗资高达 40 万英镑。

随着工业的发展，曼彻斯特的纺织业快速发展，英国本地的棉花

14. 沈志云 . 关于高速铁路及高速列车的研究 [J]. 振动、测试与诊断，1998(1):4-10.
15. 王麟 . 铁路传奇 [M]. 太原：山西教育出版社，2015:32.
16. 沃尔玛尔 . 铁路改变世界 [M]. 刘媺，译 . 上海：上海人民出版社，2014:6.

已经无法满足曼彻斯特的需求，英国开始大量进口棉花。从美国跨越大西洋运来的棉花在利物浦港口靠岸，然后转运到曼彻斯特，主要方式有两种：一是马车，运输成本高昂，且费时费力；二是走运河，运河被几家航运公司垄断，用来赚取丰厚利润。

最初，曼彻斯特纺织工厂采取的方式是跟航运公司沟通，希望他们能够降低运费。但是，他们碰了一鼻子灰。因为与马车运输相比，运河优势很大，没有一种运输方式可以挑战他们。或许是看到了两城之间运输的巨大利润，在两城之间修建一条铁路的提议，在利物浦与曼彻斯特民间开始发酵。这次挺身而出的正是推荐过史蒂芬森的著名律师威廉·詹姆斯。

詹姆斯是个铁路促进派，经常在各种场合宣传铁路的各种优势。很快利物浦铁路公司董事会正式成立，线路的勘察任务就交给了詹姆斯。该条铁路的上马遭到了运河公司的强烈反对。谣言再一次成为历史的主角。

这个问题很有意思。在中国高铁发展之初，也是谣言满天飞，有人说中国高铁是吃掉安全余量强行提速；还有一位教授接受媒体采访说，中国高铁都是面子工程，一条都不应该建；还有辐射问题，有人发帖称：“高铁尽量不要坐，高铁乘务员最近又招了一批，因为上一批集体辞职了，高铁辐射严重，乘务员不是不孕就是流产……”

中国高铁人表示很委屈，其实大可不必。新事物的出现，特别是有生命力的新事物的出现，总是会受到保守势力的阻击。有一句话叫经得起多大的诋毁就担得起多大的赞美。当利物浦—曼彻斯特铁路上马时，受到的诋毁一点也不比后来的中国高铁少。但拨开各种诋毁的迷雾，当这条铁路通车运营一段时间后，它彻底地改变了英国，改变了英国人的日常生活，甚至改变了整个世界历史的进程。很大程度上，我们很难分清楚，到底是工业革命成就了铁路，还是铁路成就了工业革命。或者说，两者相互作用，才创造了强大的日不落帝国。

利物浦一曼彻斯特铁路上马时，谣言攻击的对象集中在蒸汽机车上。如蒸汽机车会让男子不育、孕妇流产，甚至会影响动物生长，让母鸡不再下蛋、奶牛不再产奶，还会降低稻谷、棉花的产量。这些谣言让利物浦的民众非常恐慌，于是他们组织起来，反对铁路建设，甚至组织起来攻击詹姆斯的勘察队伍，经常发生勘察队员被打、勘察仪器被破坏的情况。

詹姆斯排除各种干扰，全力推进线路建设。但他还是没能够在利物浦铁路公司董事会要求的时间内完成线路勘察。于是他被炒了鱿鱼。因为他醉心铁路建设，影响了他的主业地产代理业务，后来他破产了，还蹲了监狱。

接替詹姆斯的正是乔治·史蒂芬森。但他同样在这条铁路上栽了大跟头。当时正值1824年，他还在负责斯托克顿—达灵顿铁路的建设。他的勘察队伍经常受到铁路反对派的骚扰，甚至有时候勘察队只能到晚上借助月光在野地里工作。经过7个月的努力，在1824年年底，史蒂芬森终于如期交付了勘察报告。铁路公司董事会也紧急启动宣传方案，力图营造良好的氛围。一场没有硝烟的大战正在上演。

铁路反对派主要是运河公司，他们资金雄厚，且与利物浦议会高层有着千丝万缕的联系，拥有非同一般的能量。1825年，议会对该条铁路的法案进行公开辩论。运河派雇用了当时顶级的律师，妄图将该条铁路扼杀在摇篮里。主辩手名叫爱德华・奥尔德森。

他们成功了。奥尔德森抓住勘察报告里面几个纰漏进行猛烈攻击，史蒂芬森败下阵来。该条铁路的法案最终没有获得议会的通过，史蒂芬森也被解职。

史蒂芬森跌入了人生的又一个低谷。这时他的儿子罗伯特・史蒂芬森给了他强大的精神支撑。此时，小史蒂芬森已经到南美开创自己的事业去了，并在那里遇到了潦倒的特里维西克。史蒂芬森给儿子写了一封信，倾诉自己的苦闷。打虎亲兄弟，上阵父子兵。老爸遭遇挫折，儿子不能袖手旁观。小史蒂芬森放弃了自己在南美的事业，选择回到英国帮助史蒂芬森改进蒸汽机车。

利物浦铁路公司董事会也没有放弃。他们雇用了伦尼兄弟，又对线路进行了一次查勘，并再次交到议会闯关。这次他们成功突围，获得了议会批准。伦尼兄弟觉得自己功劳巨大，所以在铁路建设时狮子大开口。利物浦铁路公司董事会很为难，只好把他们兄弟炒了鱿鱼。

机会总是留给有准备的人。橄榄枝再次降临到史蒂芬森头上。此时斯托克顿—达灵顿铁路已经正式开通，史蒂芬森名声大振。小史蒂芬森回来后，还帮助他改进了蒸汽机车的设计，取得了重大突破。史蒂芬森重新担任利物浦—曼彻斯特铁路总工程师后，铁路建设依旧面临重重阻力，包括反对派的骚扰以及很多技术难题。但总体来看，线路建设还在稳步推进中。

史蒂芬森最大的苦恼还是来自蒸汽机车的反对派，包括利物浦铁路公司很多董事会成员，多数人主张采用固定式动力牵引机，就是史蒂芬森刚刚搬到威灵顿时看到的那种运输方式。更多人则主张建设一

↓ 史蒂芬森在监督利物浦至曼彻斯特的铁路建设

条马拉铁路线。就在这个时候，史蒂芬森再次展示了自己高超的战略眼光。他成功说服利物浦铁路公司董事会举行一场蒸汽机车大比武。1829 年 4 月，公司董事会正式对外宣布了“伦希尔大赛”。[17] 比赛要求，所有参赛者派出的蒸汽机车重量不能超过 6 吨，而且要能在铁道上完成总长 97 公里的赛程。裁判委员会将根据机车的速度、重量、马力、耗煤量、排烟量等几个指标进行综合评价，综合得分最高者获胜。胜者将获得 500 英镑奖金（相当于铁路公司总工程师史蒂芬森一年的薪水）。比赛地点是利物浦—曼彻斯特铁路已经完工的雨山段。

比赛成了铁路机车博览会，各路高手纷至沓来，闻讯而来的观众更是达到了 15000 人。经过第一轮报名筛选后，共有 5 台机车进入

17. 沃尔玛尔．铁路改变世界 [M]. 刘嫩，译．上海：上海人民出版社，2014:6.

↓ 1837年伦敦伯明翰铁路车站站台内景

最后的决赛，[18]它们是：

来自伦敦的宝石号，自重2吨；

来自达灵顿的无敌号，自重4吨；

来自利物浦的渊博号，自重3吨；

来自爱丁堡的坚定号，自重2吨；

来自纽卡斯尔由史蒂芬森父子设计的火箭号，自重4吨。

10月8日，这场举世瞩目的比赛在莱茵希里城的铁路线上进行。渊博号因为还需要借用畜力前行，所以比赛还没有开始就被淘汰。坚定号运输过程中受损，修好后刚开始就趴窝了，出师未捷身先死。无敌号也是毛病不断，启动不久就趴窝了，多次修理无效后，只好也退出了比赛。

真正顺利起跑的只有火箭号与宝石号。宝石号制造精巧，外表华丽，非常吸引眼球，粉丝比较多。火箭号外形有点土，好在有史蒂芬森这个大 IP 加持，也获得了很多支持。火车是用来跑的，是骡子是马需要拉出来遛遛。宝石号顺利起跑后，中途频频抛锚，反复维修不见效果，中途退出了比赛。史蒂芬森则驾驶着他的火箭号，以 22 公里的时速绕着 2.4 公里的环行线反复行驶，没有出现任何问题。到了最后一圈，他还开足马力，时速达到了惊人的 48 公里。

史蒂芬森还邀请有足够勇气的人上来体验火箭号带来的速度感。其中包括当时一位知名的剧作家、女演员范妮・肯布尔，她因为出演《罗密欧与朱丽叶》而声明大噪。她上去后坐在史蒂芬森身旁。事后她在她的《少女时期的记录》一书中兴奋地描述："机车以全速前进，那种感觉真是难以想象。它跑得非常平稳……我站起来，除去软帽，尽情吸入迎面吹来的空气……强风使我无法睁开双眼……当我闭上眼睛时，我感觉自己仿佛正在飞行，心中的喜悦和惊奇实在不是言语所能形容的；虽然如此惊奇，但我有绝对的安全感，并无丝毫恐惧。"

她宣布自己"无可救药地爱上了"史蒂芬森。

如果是好莱坞电影，接下来肯定是浪漫的情节，英雄与美女携手踏上幸福之路。但现实没有电影里那么浪漫，史蒂芬森是有妇之夫。

---

18. 王麟 . 铁路传奇 [M]. 太原：山西教育出版社，2015:43.

↓ 为了纪念史蒂芬森，英国政府将他的肖像和“火箭号”形象印在了5英镑的钞票上

1806年妻子去世后，到1820年39岁的史蒂芬森再婚，娶了一个农民的女儿贝蒂。原本史蒂芬森在年轻的时候就想娶贝蒂为妻，后来他辜负了人家，与大自己12岁的芬妮结婚生子。而肯布尔移居到了美国，与一个庄园主结婚，开启了一段并不十分幸福的婚姻生活。

但并非所有的人都拥抱这种全新交通方式的到来，有些英国人认为火车非常恐怖，“像痛苦不堪、五内俱焚的怪物”。有一位英国的乡村牧师曾经讲述，他带着神职人员第一次观看火车的情景：那个怪物先是一声巨大的咆哮，然后又喷出厚重的烟柱，一位神职人员吓得跌倒在了岸边，就像被闪电击中一样。当他重新站起来时，脑子一片混沌，舌头不听使唤，过了一会儿，他问：“知识的边界到底在哪里？”

这次比赛让史蒂芬森在15000名观众面前出尽了风头，不但赢得了500英镑的奖金，还赢得了4台蒸汽机车合同。他们父子的工厂又可以开足马力生产了。

1830年9月15日，利物浦—曼彻斯特铁路举行盛大通车典礼，尽管是个雨天，但是仍有40万人守候在铁路旁参观典礼。出席贵宾包括时任英国首相、15年前在滑铁卢打败拿破仑的威灵顿公爵，利物浦国会议员威廉·哈斯基逊等。威灵顿其实并不喜欢铁路，他认为搞不出什么名堂；相反，哈斯基逊是铁路的热忱拥护者。两人都是保守党人士，但在国会改革的议题上势同水火。保守党成员都希望能够借此开通仪式，缓和二者关系。

参加仪式的共有7台机车。乔治·史蒂芬森亲自驾驶着诺森伯兰号，后面是80位贵宾，包括威灵顿公爵与哈斯基逊。小史蒂芬森则驾驶着火箭号。

诺森伯兰号行驶了27公里后，在帕克赛德站停下来为机车加水，然后等待另外6列车过去。史蒂芬森想让这些贵宾们看看一列列火车呼啸而过的雄姿。

哈斯基逊与另外一位贵宾觉得车厢里太闷，出来透透气。先是凤凰号机车与北极星号机车呼啸而过。但是小史蒂芬森驾驶的火箭号却误点了。哈斯基逊在轨道边上看到了威灵顿，威灵顿向哈斯基逊点头示意，哈斯基逊走过去握住了威灵顿的手。两位保守党的巨头走向和解。

就在这时，负责瞭望的人大喊“火车来了”。

当时的火车还没有信号系统，起初是有人骑着快马，在前面开路，后来改为有人站在高处瞭望。火箭号已经误点，速度很快。与哈斯基逊一起出来的另外一位贵宾，年纪尚轻，身手矫健，迅速地爬进了诺森伯兰号车厢里。但是哈斯基逊已经60岁了，年老体衰，被突如其来的变故吓得手足无措，慌乱之中摔倒在了轨道上。

火箭号呼啸而过。哈斯基逊一条腿被碾断。

众人急忙把哈斯基逊抬上车，史蒂芬森立刻驾车，送哈斯基逊去埃克尔斯的医院抢救，在送医院路上诺森伯兰号创造了57.6公里/小时的火车第一速度。这位火车铁粉本可以和史蒂芬森一起享受御风的征程，却因意外事故于当天晚些时候，伤重不治，与世长辞，成为世界上第一个在火车事故中丧生的人。

但无论怎样，利物浦—曼彻斯特铁路的开通取得了巨大成功，也产生了深远的影响，连远在美国和印度的报纸都进行了报道。

这条全长56公里的铁路，让全世界见证了铁路给人类社会带来的巨大改变。到1831年，运行满一年后，它的载客量达到了50万人次，铁路公司给投资者们分发了丰厚的红利。客运班次不断增加，货物运输也紧接着启用。最初的货物主要是棉花和煤炭，慢慢地又增加了活畜。1831年5月，49头嗷嗷乱叫的爱尔兰猪被运到了曼彻斯特。鱼肉、蔬菜、奶制品的运输为普通英国人，特别是那些以前很少看到多少新鲜食品的城里人带来了饮食革命。[19]

此后，铁路迅速在欧洲大陆以及美洲大陆铺开。作为划时代的交通发明，火车还成为艺术以及文学的宠儿。1844年，欧洲风景画坛的大师级人物透纳，创作了他的代表画作《雨、蒸汽和速度》，表现了火车冲破重重迷雾的浪漫景象。

自此，史蒂芬森几乎成了火车的代表。不仅在英国，欧洲其他国家修建第一条铁路时往往都会专门邀请史蒂芬森参加，向他进行技术咨询。

1838年功成名就的史蒂芬森回到了他的故乡诺森伯兰郡，他的第二任妻子贝蒂在1845年去世。二人并未生育子女。1848年，67岁的史蒂芬森第三次结婚。婚礼6个月后，他就患上了脑膜炎，并于当年8月12日凌晨死亡。史蒂芬森被安葬在曼彻斯特菲尔德的圣三一教堂，与他的第二任妻子合葬。

为了纪念史蒂芬森，英国政府将他的肖像和火箭号形象印在了5英镑面值的纸币上。

铁路的诞生对英国社会的变革是革命性的，不仅改变了伦敦人的食谱，更像一条条输血动脉，让工业蓬勃发展起来。铁路是工业革命的产物，它的诞生又成了工业革命的兴奋剂，让工业革命以更加迅猛的方式爆发。一条条铁路的建成，就像是分布在整个大不列颠的大动脉，打通了英国商业贸易的奇经八脉，钢铁、机械、地产等行业得到迅速发展。

更早的工业革命和更早的铁路建设，让英国成为这一时期的执牛耳者。1830年英国农业人口，只占全国总人口的25%，而此时的法国这一数据是60%，普鲁士是70%，西班牙是90%，俄国和整个东欧则是95%。[20]

利物浦—曼彻斯特铁路的良好示范效应，让英国人对铁路建设陷入了一种癫狂状态。1845年，英国共有815个铁路项目被提上议事日程。当年议会通过了约4320公里铁路议案，相当于此前英国铁路的总和。[21]当时伦敦证券交易所铁路股票的价格飞涨，大量投机资金

19. 沃尔玛尔．铁路改变世界[M]．刘媺，译．上海：上海人民出版社，2014:7.
20. 克劳利．新编剑桥世界近代史：第9卷[M]．北京：中国社会科学出版社，1992:43.

涌入铁路行业。据说当时为了印制铁路投资计划书，工人们都彻夜加班，计划书印好后就快马加鞭送到伦敦，等待国会的批准。有些人为了阻止对手抢先，竟然雇用人在火车站拦截对手，甚至伪装成出殡，将计划书放到棺材里，以躲避围堵。这种狂热让英国的铁路里程到19 世纪 50 年代就超过了 1.1 万公里。

不只英国，欧洲以及北美都被带动起来。下面是各国第一条铁路修建时间：

1825 年，英国第一条铁路斯托克顿—达灵顿铁路通车。

1828 年法国建成第一条铁路圣艾蒂安—昂德雷济约铁路，初为马拉矿车，四年后改为蒸汽机车。

1830 年，美国第一条铁路巴尔的摩—俄亥俄铁路通车。

1835 年，比利时第一条铁路布鲁塞尔—梅赫伦铁路通车。

1835 年，德国第一条铁路纽伦堡—菲尔特铁路通车。

1836 年，俄国第一条铁路圣彼得堡—沙皇村铁路通车。

1839 年，意大利第一条铁路那不勒斯—波蒂奇铁路通车。

1847 年，瑞士第一条铁路苏黎世—巴登铁路通车。

1848 年，西班牙第一条铁路巴塞罗那—马塔罗铁路通车。

1849 年，荷兰第一条铁路阿姆斯特丹—哈勒姆铁路通车。

1851 年，秘鲁第一条铁路利马—卡亚俄港铁路通车。

1853 年，4 月 16 日，印度第一条铁路孟买—塔那铁路通车。

1872 年，10 月 14 日，日本第一条铁路东京—横滨铁路通车。

1876 年 6 月 30 日，中国第一条铁路吴淞铁路通车，后被清政府从英国手里赎回拆除。

1840 年世界铁路总里程还只有 8000 公里，1860 年就突破了 10 万公里，到 1913 年世界铁路总里程已经达到 110.4 万公里，其中美国达到史无前例的 40.2 万公里。

---

21. 王麟 . 铁路传奇 [M]. 太原：山西教育出版社，2015:50.

铁路建设与德国的统一

——→ 1824 年 4 月，就在史蒂芬森为世界上第一条铁路斯托克顿—达灵顿铁路没日没夜地工作时，一个流窜到英国的不修边幅的德国人到现场考察了这条铁路。英国人领先的理念给他很大的震撼，一个用铁路连接德意志，并最终实现德国统一的伟大构想开始在他的脑海里形成。从此，他开始为德国铁路建设奔走相告、殚精竭虑。

此人名叫乔治·弗里德里希·李斯特。其实他既不是铁路技术专家，也不是负责铁路建设的官员，他是德国著名经济学家，历史学派创始人。李斯特比史蒂芬森小 8 岁。他最大的梦想就是实现德国的统一。他认为只有首先在经济上实现了统一，然后才能完成德意志政治版图的统一。他的一生一直在为铁路奔走呼号。据统计，在德国铁路建设的关键时期——1833 年至 1835 年，李斯特发表的 112 篇文章中，其中 76 篇与铁路建设的具体计划以及铁路政策有关，占到了文章总数的 67%。[22]

他在一本小册子上这样论述铁路的巨大作用：

铁路能够以不到现在成本的一半，运输木头、泥炭和煤炭。面粉、肉类和其他食品比莱比锡便宜一半的巴伐利亚，可以将多余产品出口到厄尔士山脉、易北河沿岸和汉萨同盟国城市。便宜的食品和燃料，能在一定程度上提高工人阶级的幸福感，并在一定程度上降低货币工资，增加人口，扩大工业范围。便宜的建筑材料和较低的货币工资，

↓《威斯特伐利亚和约》的签署把德国分裂的局面以法律的形式确定下来

将促进城市新区和边远地区的建设，并降低租金。[23]

李斯特所处的德国，是一个四分五裂的国家，虽然它有一个无比高大上的名字——“神圣罗马帝国”，但欧洲大国并不把它放在眼里。1648 年，欧洲各国更是签署了《威斯特伐利亚和约》，把德意志的分裂局面以法律的形式确定下来。据统计，1800 年前，这片土地上有 314 个大小邦国、1475 个骑士领地，总共 1789 个独立拥有主权的政权。[24] 有些小国都小得惊人，如威斯特伐利亚地区面积仅 1200

22. 马世力．李斯特与德国近代铁路建设 [J]. 史学月刊，1991(2):95-102.
23. 沃尔玛尔．铁路改变世界 [M]. 刘嫩，译．上海：上海人民出版社，2014:20.
24. 丁建弘，李霞．普鲁士的精神和文化 [M]. 杭州：浙江人民出版社，1993:24.

↓ 乔治·弗里德里希·李斯特
（来源于维基百科）

平方英里，却存在着52个邦国。那个时代，德意志其实只是一个地理概念，远算不上是一个国家。

1789年，也就是李斯特出生的那一年，法国爆发了大革命。神圣罗马帝国皇帝利奥波德二世的妹夫、法国国王路易十六被赶下王位，后来被送上了断头台。法国大革命让君主制的欧洲如芒在背。利奥波德二世联合视法国大革命为洪水猛兽的英国、荷兰、西班牙等组成第一次反法同盟，结果被拿破仑带领的军队击败。1799年，拿破仑为了与英国争夺苏伊士运河，远征埃及，陷入困境。神圣罗马帝国觉得机会来了，又联合英国、土耳其、俄国组织了第二次反法同盟，结果拿破仑只身回国，发动雾月政变，当上了法国第一执政，然后指挥意大利军队，轻松击败第二次反法同盟。1804年12月2日，拿破仑加冕当上了法兰西帝国皇帝。1805年，神圣罗马帝国又联合英国、俄国发动了第三次反法同盟，同年12月2日，法、俄、神圣罗马帝国三国皇军，在奥斯特利茨发动了一场“三皇会战”。拿破仑再次大胜，并解散了神圣罗马帝国。德意志连形式上的统一也不复存在了。

1806年10月27日，李斯特17岁，拿破仑击败第四次反法同盟，进入柏林，将普鲁士荣光的代表——和平女神，从勃兰登堡门取下来，当作战利品运回了法国。普鲁士被迫割让了大片国土，支付1.5亿法郎战争赔款。拿破仑还要求普鲁士裁军，限定军队人数不能超过 4.5 万，普鲁士差点因此一蹶不振。

德国诗人海涅悲伤地感叹："陆地属于法国人和俄国人，海洋属于英国人。只有在梦想的空中王国里，德意志人的威力才是无可争辩的。"经过拿破仑战争，德意志邦国的数量大幅减少，到 1806 年减少到了 39 个。但是各邦之间关卡重重，要收取繁重的关税。从柏林到瑞士，现在不过几个小时的车程，但在 19 世纪初，却要经过 10 个邦国，办 10 次手续，换 10 次货币，交 10 次关税，沿途缴纳的关税，甚至超过了所运货物的价值。[25]

李斯特认为："不在德意志各邦人民之间实行自由交往，便不可能有统一的德国，不建立共同的重商主义制度，便不可能有独立的德国。"[26]他认为德国要实现经济统一必须要做两件事，一是建立关税同盟，实现货物在关税境内自由流通；二是修建铁路，用铁路将德意志连接成一个从精神到物质的统一体。他形象地说："铁路系统和关税同盟是连体双胞胎；它们在同一时刻诞生，彼此肢体相连，只有一个思想和一个感官，它们互相支持，追求同一个伟大的目标，即把德意志各个部分联合成一个伟大、文明、富足、强大和不可侵犯的民族。"[27]

1817 年，28 岁的李斯特被破格聘请为杜宾根大学政治经济学教

---

25. 侯秀华 . 关税同盟与德国经济现代化 [J]. 考试周刊，2008(26):239−240.
26. 郑小素 . 维也纳体系对德意志民族统一运动的影响 [J]. 大众科学 (科学研究与实践)，2007(15):152−153.
27. 羊海飞，丁建弘 . 浅谈德国统一与德国现代化 [J]. 武汉大学学报 (人文科学版)，2002,55(6):707−714.

授。1819 年 4 月，李斯特发布《致德意志邦联议会的请愿书》，明确提出了废除邦联内关税壁垒，建立全德关税同盟的主张。接着他又创办了《全德工商界机关报》，大力宣传建立关税同盟、鼓励各邦自由交往和争取实现经济统一的思想。他也因此成为守旧者的眼中钉、肉中刺。1820 年李斯特受迫害，被迫辞去了杜宾根大学教授职务。不干就不干，1820 年李斯特又被家乡人民选举为符腾堡州议会的议员，但很快他又被以“煽动闹事，阴谋颠覆国家政权”这一罪名判处监禁。法院还没有宣判，李斯特就脚底抹油跑了。他在欧洲各国流浪。1824 年 4 月，李斯特在英国流浪期间，他到史蒂芬森主持建设的斯托克顿—达灵顿铁路施工现场进行了参观，对这种注定要改变国际格局的新兴交通方式有了切身的感受。

1824 年他决定回国，回国后立马就被抓起来了。1825 年李斯特在符腾堡被监禁期间，他根据自己对英国铁路的考察草拟了一项德国修建铁路的计划。[28]他为德国铁路勾画了一个宏伟蓝图，参考后来德国铁路的建设情况，你会发现基本都是按照李斯特的设想进行的。

1825 年政府同意他移居美国。但是他抵挡不住对祖国的思念，1832 年又跑回来了。为了找到合法身份，他加入美国国籍，以美国驻莱比锡公使的身份回国。他把突破口放在了萨克森王国上，一个夹在普鲁士与奥地利之间的中等邦国。这里采矿业非常发达，有德国最发达的马拉铁路线。

李斯特成功说服萨克森政府，修建莱比锡至德累斯顿的干线铁路，尽管二者同床异梦。萨克森指望铁路能帮助矿主，进而增加税收，不想将这条铁路与其他邦国的铁路连接在一起。但李斯特有更宏伟的计划。莱比锡至德累斯顿铁路，是他构想的欧洲铁路网的一部分，这条铁路将成为德国的动脉躯干。

经过长期努力，李斯特的理论逐渐为人所接受。他建立关税同盟的主张获得了普鲁士统治者的认同。1834 年 1 月 1 日，对德意志民族而言是一个伟大的日子，由普鲁士主导的关税同盟在这一天正式生效，它将德意志 18 个邦、75% 的土地和 2300 万居民统一成一个巨大的市场，第一次实现了进出口税和过境税的统一，德国民族工商业由此得到迅猛发展。[29]

接下来是铁路。1835 年 7 月 7 日，全长 6.1 公里的纽伦堡至菲尔特铁路通车，这是德国第一条铁路，但是是马拉的。这不是李斯特的目标，李斯特心中装着的是整个欧洲铁路网络，他的切入点是莱比锡至德累斯顿的干线铁路。1835 年，李斯特获得了当地商人的支持，筹集了 21 万英镑的股本，不久工程正式启动。不过李斯特不善于与人相处，在铁路正式开工建设后，他被排挤了出去。1837 年，李斯特在美国的投资又彻底破产，而且政府还一直对他进行监视，随时都有再次被监禁的风险。此时，李斯特只能靠稿费维持生活。1841 年，李斯特被委任为《莱茵报》主编，但由于健康原因未能成行。不久之后，卡尔·马克思拿下了这一职位。

1846 年 11 月 30 日，李斯特终于活够了，在奥地利一个叫库夫施泰因的小镇，朝着自己的脑袋开了一枪，结束了 57 岁的生命。

---

28. 马世力 . 李斯特与德国近代铁路建设 [J]. 史学月刊，1991(2):95−102.
29. 刘东哲 . 弗里德里希·李斯特：德意志崛起之路上的一面旗帜 [J]. 人物杂志，2007(2):25−29.

李斯特含恨走了，但他用铁路统一德国的梦想，却在一步步实现。1839年，莱比锡至德累斯顿的铁路正式开通，并产生了巨大的效应。开通当天，两台火车头牵引着15节车厢，在该条铁路上呼啸而过，其中一台火车头以乔治·史蒂芬森的儿子罗伯特·史蒂芬森命名。

莱比锡至德累斯顿铁路在德国引起了数十年的铁路建设热潮，各地的铁路都在迅速扩展。开通前一年，1838年普鲁士制定了《铁路法》，鼓励铁路发展；1843年普鲁士又创办了普鲁士铁路基金会，为铁路建设筹措资金。1837年到1847年，全德铁路投资从2100万马克，猛增到4.54亿马克，增长了惊人的21.6倍。[30]

其实在欧洲大陆最早修建铁路的是法国人。1828年10月1日圣艾蒂安—安泰基矿山铁路就已经正式建成，不过该线路初期也只是马拉矿车的线路，直到4年之后才改为蒸汽火车牵引。法国人嘴炮比较多，巴黎的知识分子激烈地争论铁路建设是否会破坏乡下的和平与宁静。诗人戈蒂耶抱怨这个疯狂的发明带来了噪声，大作家龚古尔则说：“火车是如此的颠簸，人们完全不能集中注意力思考。”拥护派如百科全书编纂家拉鲁斯则称赞说：“铁路！神奇的光环已经笼罩着这个词儿。它是文明、进步、友爱的同义词。到现在为止，人类都怀着羡慕和一丝自卑，凝望着天空和海洋中的居民。多亏有了铁路，飞鸟和鱼类在人类面前优势不再。”

德国人更加务实，铁路发展后来居上。1840年德法铁路里程还差不多，1850年德国铁路里程就达到了6044公里，远超法国当时的3083公里。[31]到普法战争爆发时的1870年，德国铁路里程已高达21471公里，而法国只有17924公里，德国成为欧洲拥有铁路里

↓ 少年时期的奥托·冯·俾斯麦

程最长的国家。[32] 铁路发展还带动了采矿、冶金和机器制造工业的发展，极大地增强了德国的经济实力。

一个强大的德国正在崛起，让身边的法国感受到了一阵阵寒意。

李斯特不仅看到了铁路在德国统一中的重要作用，他还预言了铁路在军事上的重要作用。他说，有了铁路就可以在 12 个小时之内把军队从德国的一端调到另一端，“减轻武装力量调动与指挥中的困难”，这对巩固国防、促进德国民族统一事业的完成，具有重大意义。[33]

完美诠释他这一思想的就是德国统一历史上的“绝代双骄”：铁血宰相俾斯麦与一代名将毛奇。

说起俾斯麦，他与铁路渊源还颇深。1815 年，俾斯麦出生在一个标准的容克式乡村贵族家庭，他和毛奇正好形成了鲜明对比。作为一代名将，毛奇从青年开始就是一个瘦小文弱的书生，以致曾被亲王时期的威廉一世惊呼为“这可不是块当兵的好材料”。俾斯麦作为文官，却威武雄壮、体格健壮。俾斯麦为人坚韧而且性如烈火。在大学期间，他留着奇形怪状的头发，还喜欢穿奇装异服，腰中配着宝剑。

---

30. 门德尔逊．经济危机和周期的理论与历史：第 2 卷 上 [M]. 吴纪先，郭吴新，赵德縯，译．北京：生活·读书·新知三联书店，1975:512.
31. 萧仁源．德国铁道调查记 [M]. 协会书局，1932:290.
32. 管敬绪，黄鸿钊，郭华榕．世界近代史 [M]. 南京：南京大学出版社，1991:158−159.
33. 马世力．李斯特与德国近代铁路建设 [J]. 史学月刊，1991(2):95−102.

仿佛那不是他的大学校园，而是中世纪的骑士会议厅。入学后，他9个月内与人进行了25次决斗，竟然只有一次略受轻伤。大学毕业后，俾斯麦的母亲希望他成为一名外交官，但是托了很多关系也未能如愿；出于对陆军管理体制的不满，他也没有去参军，尽管他的游泳与击剑都功力深厚。转悠了一圈，他回家当了庄园主，除了全力经营凋敝的祖业，剩下的时间就是打猎、豪饮、读书。1847年，普鲁士准备修建一条连接柏林与东普鲁士的铁路，为了筹集相关经费，普鲁士国王决定成立一个联合邦议会。俾斯麦趁机出山，通过老妈的关系运作，1847年夏天，他成功以议员的身份来到了柏林，参与铁路建设。1853年，他在著名的塞默林铁路（欧洲最伟大的土木工程之一，已被列入世界文化遗产名录）修建期间，被派去检查一个隧道，一座峡谷间的临时跳板突然在他脚下断裂，俾斯麦差点摔下山崖丧命。好在俾斯麦有神光护体，危急之中，他身手矫健，竟然一把抓住了突出的岩脊，捡回一条小命。

都说大难不死必有后福。果然，1862年俾斯麦收到了一封著名的加急电报："快！慢则有祸。"咋回事？原来普鲁士国王威廉一世因为批准军事预算的事情与议会闹翻了，准备动用军队镇压，但这样极有可能引发革命。威廉一世觉得无路可走，打算退位，退位的诏书都已经拟好了。俾斯麦与威廉一世进行了一次成功的会谈，劝说威廉一世撕毁了退位诏书。会谈结束，他成了普鲁士宰相。这一年俾斯麦47岁，正式开启了统一德意志的历史进程。1862年9月30日，刚刚当上宰相不久的俾斯麦发表了著名的"铁血演说"，地点是普鲁士

↓ 上图：位于德国柏林的俾斯麦雕像
↓下图：俾斯麦与威廉一世

下议院预算委员会。他说：“当代的重大问题不是通过演说与多数决议所能解决的——而是要用铁与血来解决。”

在德意志的39个邦国中，有俩大的。一个是普鲁士，另一个是奥地利。德意志的统一有两个选项，一是由奥地利领导，建立统一的德意志帝国，称“大德意志派”；二是把奥地利排除在外，建立一个由普鲁士领导的统一的德意志帝国，称“小德意志派”。俾斯麦早就看穿了奥地利的外强中干，决定带领普鲁士统一德国。

要统一只能打架。普鲁士与奥地利哥俩干架是必然的，但是也不着急。哥俩先联手干了一票，1864年三下五除二把丹麦收拾了，抢了两块地，普鲁士要了石勒苏益格，奥地利要了荷尔斯泰因。

丹麦打完了，该哥俩互掐了。1866年，俾斯麦耍了一个手腕，引诱奥地利向普鲁士宣战。奥地利成功上钩，同年6月17日，率先宣战。俾斯麦 24 小时后宣战。因为奥地利做大哥时间久，所以当时德意志联邦内支持奥地利的多。但俾斯麦成功做了两件事：第一件事是拉拢了意大利，意大利想夺回被奥地利占领的威尼斯；第二件事是说服法国保持中立。

俾斯麦本来很得意，总算说服了意大利这个大国与自己结盟，而且意大利拥有一支人数颇多、装备精良的军队，由国王厄曼纽尔二世亲自统率。谁知道战争一开始，意大利就被奥地利打得屁滚尿流，并且从此养成了拖德国后腿的习惯。

俾斯麦哭笑不得，不得不两线作战。好在德国还有三件法宝。

第一件，欧洲大陆效能最高的铁路。他们看准了当时可资利用的五条铁路线，用来实施战略输送，克服了远距离机动军队所面临的重重困难，在很短的时间内，就将25万余兵力和800门火炮集结到边境，达到了迅速完成作战部署的目的。普军进军之神速，集中和调动兵力之快捷，完全是奥军始料不及的。

第二件，他们使用了刚刚诞生不久的电报。德军统帅毛奇利用电报，对多路进军的部队实行了颇有成效的集中指挥，从而得以基本掌握各个军团的进军和作战情况，保证了战略计划的顺利执行。

第三件，普鲁士士兵使用的是后装枪，比奥地利士兵使用的前装枪好用。

当然还有训练有素的普鲁士士兵，普鲁士的军队素以训练严格著称。

经过几次中小型战役之后，双方在一个叫萨多瓦的地方，展开了一场欧洲近代史上前所未有的大会战。奥地利投入兵力约 21 万，普鲁士兵力约 28.5 万。最后普鲁士伤亡约 1 万人，奥地利伤亡 4.5 万人，

↓ 德国统一“三杰”，左起俾斯麦、威廉一世、毛奇

是普鲁士伤亡人数4倍有余。

毛奇将此次战役的胜利毫不含糊地归功于铁路，他说：“我们通过五条铁路运送了28.5万名野战军，并且在5天内就几乎将他们全部集中到了萨克森和波西米亚前线，这是我们无与伦比的优势。奥地利只有一条铁路，要花45天才能集结21万士兵。”[34]

奥地利已经无力再战，最后请出法国皇帝拿破仑三世，让他出来调停。俾斯麦知道他最危险的对手是法国，法国不会心甘情愿地接受一个强大的德意志在身边崛起，如果此时法奥联手，统一德国的大业可能会前功尽弃。所以，俾斯麦赶紧准备同意。当时，普鲁士有能力继续进军，所以，普鲁士国王威廉不同意，要求继续进军，攻陷奥地利首都维也纳。俾斯麦说不能再打了，后面还有法国呢，威廉说必须再打；俾斯麦说，真的不能再打了，威廉说我是老大。俾斯麦说，那我只好辞职了。威廉说，那好吧，还是听你的。

俾斯麦的血统中有着容克地主的遗风，沉默寡言，喜欢打猎，热爱金钱美酒。他才思敏捷、机智善变，野心勃勃、渴望权力。他是19世纪德国最卓越的政治家。他的牛脾气为他将来被威廉二世踢走

34. 沃尔玛尔．铁路改变世界 [M]. 刘嫩，译．上海：上海人民出版社，2014:68.

埋下祸根。但是，普奥战争时，老威廉已经69岁，人生阅历丰富，而且有更为豁达的心胸，他也知道俾斯麦对普鲁士的重要性，所以他选择了听从俾斯麦。

在法国的调停下，奥地利割地赔款。普鲁士建立了北德意志联邦，包括21个邦和3个自由市，普鲁士国王和宰相分别兼任联邦主席和总理。联邦的军政和外交大权由普鲁士掌握。后来这成为德意志帝国的基础。

统一德意志后，俾斯麦唯一的对手就是法国了。因为除了北德意志联邦外，还有南部几个邦国，他们都背靠法国。俾斯麦立志要统一除奥地利之外的所有德意志邦国。此外，德法交界的阿尔萨斯和洛林地区，矿产资源丰富，他也是觊觎良久。

与此同时，拿破仑的侄子法兰西第三帝国皇帝路易·拿破仑·波拿巴，对普鲁士也是恨得牙根直痒痒。对于普鲁士的强大，他是如鲠在喉，他非常后悔当年普奥战争时候保持中立，以致养虎遗患。他曾露骨地说："德意志不该统一，应分成三个部分，南北德国应该对立起来。这样法国才可以从中渔利。"当时法国的另一位大臣梯也尔也哀叹："奥地利的失败意味着法国400年来遭到的最大灾难。从此，失去一张阻止德国统一的王牌！"[35]

双方各怀鬼胎，战争不可避免。俾斯麦知道，打败法国将是德国统一的催化剂。1870年在西班牙王位继承问题上，普法两国又陷入了纠纷。先是西班牙动乱，王位出现了空缺。俾斯麦觉得有机可乘，就推荐普鲁士国王的堂兄利奥波德亲王去继承西班牙王位，这样在对付法国方面就有了一个援手。但是法国强烈反对，并以战争相威胁。

↓ 德意志帝国建立

利奥波德亲王在别人的劝说下，宣布放弃西班牙国王候选人资格，他说："本来，只要西班牙人拥戴，我就可以去做他们的国王。但我不想为此引发一场欧洲战争。"

拿破仑三世以为普鲁士怕他，得寸进尺，让法国驻柏林大使去面见普鲁士国王威廉一世，要求普鲁士作出书面保证，保证今后决不再派任何普鲁士国王家庭的人去任西班牙国王。1870 年 7 月 13 日，威廉一世在度假地埃姆斯会见了法国大使。对法国的要求，威廉一世也

35. 余治国．世界金融五百年：上 [M]. 天津：天津社会科学院出版社，2011:111.

感到无理，所以断然拒绝，并给俾斯麦发了电报，说明了大致的意思。

俾斯麦再次展现了他阴险狡诈的一面，不但把拿破仑三世玩弄于股掌之间，而且把老威廉也耍了。他问德军统帅毛奇，有没有把握战胜法国？毛奇一拍胸脯，没问题。于是，俾斯麦就把老威廉的电报改了几个字，通过单词缩写，将“从长计议”改为“没有什么可说的了”，然后刊登在了报纸上。这就是历史上著名的“埃姆斯电报”。拿破仑三世感觉受到了侮辱，7 月 29 日率先向普鲁士宣战。拿破仑三世早就想收拾普鲁士，法国国内也非常支持这场战争。法国的常备军打遍了欧、亚、非、美洲，部队久经战阵，指挥员作战经验丰富，所以拿破仑三世信心满满，宣称“我只是去普鲁士做一次军事散步”。但是他们忘了此前他们进行的多是殖民地战争，而这次他们面对的却是具有浓厚军国主义传统、拥有钢铁意志的普鲁士军队。

普鲁士完美的铁路网再一次发挥了至关重要的作用。虽然拿破仑三世着手准备得早，但是普鲁士的布防却比他快。普鲁士通过铁路运输部队，至 7 月底，已于边境集结 3 个军团约 47 万人，火炮 1584 门。而法国忙活了半天，也只弄过去了 22 万人。

普法两个国家当时都是欧洲大国，都很难从正面进攻中直接取得完全的胜利。普鲁士利用强大的铁路网快速调动军队，从两翼进行包抄，然后击溃法军。后来，法国将军戴莱加盖，在他所著的《现代战争》一书中指出：“一个国家在组织本国边疆的防御时，首先要考虑的事情，不是把国土用要塞地带围起来，而是使铁路网布满全境，以保证尽可能迅速地集中兵力。”由于充分有效地利用了自己的铁路运

↓ 俾斯麦与李鸿章

输能力，以普鲁士为首的北德联军仅就投入战争的兵员数量来说，始终占有2比1的优势。

普鲁士连战连捷，法国节节败退。到9月1日，双方在法国的色当摆开阵势，展开会战。普鲁士拿出他们的大杀器——克虏伯大炮。会战结果，法军损失了10.4万人，而普鲁士只损失了9000多人。战争结果举世震惊。拿破仑三世率众向俾斯麦投降。法国爆发了革命，建立了第三共和国。

普鲁士决定继续进军，兵临巴黎。其间，巴黎发生了一次又一次革命，然后遭到了一次又一次的镇压。最终双方先在凡尔赛签订了和约，又在法兰克福签订了最终和约。法国割让阿尔萨斯和洛林，并赔偿50亿法郎。法国的欧洲霸权开始衰落，强大的德意志崛起，并开始搅动世界格局。然后双方，相互敌视，相互找盟友。一直到第一次世界大战，双方又干了一架。法国拿回了阿尔萨斯和洛林，双方继续结仇，直到第二次世界大战，双方再干一架。

铁路在普法战争中发挥的巨大作用，在全世界范围内产生了深远影响，包括远在东亚的清王朝与日本。后来一直视德国为偶像的日本，更是把铁路运输在普法战争中发挥的作用当作典范来不断研究。[36] 德国驻清王朝的公使巴兰德也极力向清王朝吹嘘铁路在普法战争中的重要作用，他甚至把战争的胜利说成是全得益于“铁道轮车”。李鸿章等人受其影响，他们的铁路国防观也逐步形成（尽管那时候清王朝还没有铁路）。

———

南北战争与美国跨洲铁路

↓林肯

—→ 说起铁路与战争的关系，俾斯麦只能算小弟，林肯才是大哥，当年正是因为派人现场观摩了南北战争中铁路的妙用，才有了普奥、普法两场战争的神奇之作。说起铁路建设的历史，德国也是后进生，美国才是排名前三的学霸。1830年巴尔的摩—俄亥俄铁路就通车了，德国要到5年后才有铁路；说起铁路的建设速度与规模，美国更是学霸中的学霸，真正将起源于英国的铁路发扬光大的是美国，一战前美国铁路总里程达到了史无前例的41万公里，占全球铁路总里程1/3多。

但有一点是共通的，在这两个国家扩张的过程中，铁路发挥的作用都是无可替代的。

讲美国的故事，应该从1492年讲起，此前是属于印第安人的历史。

由于阿拉伯人阻断了去往东方的贸易之路，一个叫哥伦布的二愣子带着一船死刑犯闷着头向西航行，希望找到一条向西通往东方的海

---

36. 埃里克森．汽笛的声音：日本明治时代的铁路与国家[M]．陈维，乐艳娜，译．南京：江苏人民出版社，2011.

↓ 《五月花号公约》的签署

路。这年的 10 月，哥伦布发现了美洲大陆。但是哥伦布坚持认为自己发现的是印度，所以把当地原住民称为印第安人。这好比自己生了一个孩子，却坚持是人家的，最终孩子跟着人家姓了。这个人就是意大利人亚美利哥。

7 年后，1499 年，意大利航海家亚美利哥沿着哥伦布的航线抵达美洲大陆，经过沿海认真考察，亚美利哥确认这不是印度，而是一块新大陆，他还为新大陆绘制了最新地图。[37] 经过亚美利哥的广泛宣传，1507 年德国地理学家出版的《世界地理概论》中将这片新大陆以亚美利哥的名字进行了命名。

可怜的哥伦布，幸运的亚美利哥！

后来，参照其他大洲的命名，亚美利哥（Amerigo）又改成了亚美利加（America），也就是现在美洲的名字。

美洲大陆发现后，并没有立刻成为人们追逐的乐土。除了间或有人过去淘金、抢劫外，并没有人愿意去这里定居，这段时间持续了100多年。

到了1620年9月，102位在大不列颠实在混不下去的英国人（其中清教徒35人）登上一艘名叫五月花号的轮船，驶往美洲。他们跟英国的一家殖民公司签订了移民协议，准备前往美洲定居。这家公司名字超级长，叫“伦敦城弗吉尼亚第一殖民地冒险家与殖民者公司”，该公司被当时的英王赋予在西属佛罗里达以北建立殖民地的特权。他们最终抵达马萨诸塞州的普利茅斯。一个全新的时代即将开启。登陆前，11月11日，41名船员签署了《五月花号公约》，立誓建立一个自治团体，并依法治理。这份协议闪烁着民主思想的光辉，被称为美国历史上第一份重要文献。

登陆时正值11月底，他们又冷又饿。冻馁之际，当地的印第安人为他们送来了玉米、南瓜。为了纪念这段日子，美国将每年11月的第四个星期四定为“感恩节”。但他们感恩印第安人的方式却是屠杀。

又过了100年，来美洲的欧洲人越来越多，他们在这里建立了13块殖民地，也就是现在星条旗上那13条杠。后面的故事大家都比

---

37. 亚美利哥1499年的航行史实，学界有争议，部分学者认为这是亚美利哥伪造的。

较熟悉了，英国人想加税，当地不干，于是就扯旗造反。1775 年，美国独立战争爆发。当时驻北美英军 3 万多人，装备精良，训练有素，实力可谓超级强大。而北美殖民地当时全部人口也不过 300 万，还有相当大一批人站在英军这一边。造反的民兵与英军相比差了好多个档次，差距之大可能比抗日战争时期中日之间的差距还要大。但是，那群民兵竟然还真就打赢了。当然，法国人出力不少。

独立后，美国开始打着“自由”的幌子，推进“西进运动”，整个过程充满了印第安人的血和泪。

1803 年，他们花 1500 万美元从法国人手里购买了 215 万平方公里的路易斯安纳州。

1819 年，拿破仑出兵西班牙，美国趁火打劫，从西班牙手里夺得 15 万平方公里的佛罗里达。

为了推动国家发展，美国采取了鼓励移民的政策。1820 年至 1860 年美国迎来第一个移民高潮。建国时，美国人口只有 390 万，而这一时期的移民就超过 500 万。这一时期的移民以西欧与北欧为主，其中爱尔兰人约 200 万，德国人约 170 万。受太平天国运动影响，这段时间也有大批中国人来到美国。

这时工业革命正在欧洲如火如荼地进行着，英国正在建造世界上第一条铁路。很快，1830 年 5 月美国第一条铁路巴尔的摩至俄亥俄铁路正式通车，成为世界上第三个拥有铁路的国家（由于法国第一条铁路此时还是马拉的，美国也可以算第二个拥有铁路的国家）。该铁路全长 21 公里，两年建成。从此美国铁路建设一发而不可收。

作为一个新兴国家，美国展现出的奋斗者的精气神让人印象深

↓上图：五月花号轮船
↓下图：美墨战争期间的美国海报

刻，人人奋进、事事争先，整个国家活力十足。那时候的美国政府也没钱，没钱不可怕，可以给政策。为了鼓励修铁路，美国政府规定，铁路公司可以获得铁路沿线一定规模的土地；为了提供资本支持，他们又规定，铁路公司可以根据修筑铁路的等级与里程从政府那里获得贷款。

于是美国铁路建设实现了大跃进，到1860年，短短30年间美国铁路总里程达到了4.8万公里。

与此同时，美国的国土继续扩张。1846年美国又去抢劫墨西哥，通过美墨战争拿下了得克萨斯，又浑水摸鱼以1500万美元拿下了总面积246万平方公里的加利福尼亚州。

此时，加利福尼亚州又发现了大金矿，整个美利坚掀起了淘金的热潮。[38] 大批的美国人开始向西部移民。

但从美国东部到西部并不容易，坐着马车，穿越崇山峻岭、戈壁荒滩，包括海拔超过2000米的内华达山脉，而且还要

38. 秦华平．联邦政府与第一条横贯大陆铁路的修建[D]. 北京：首都师范大学，2007.

↓ 南北战争期间，通过铁路运送迫击炮

冒着被印第安人袭击的危险。

1846 年春天，一个名叫唐纳的人，带领一支 87 人的移民队伍想穿越大洲，前往加利福尼亚州，他们在翻越内华达山脉顶峰的一个无名山口时，遭遇了暴风雪，被困在一个高山湖泊旁边。第二年春天，救援队找到他们时，已经有 39 人遇难，剩下的人靠吃同伴的尸体存活下来。后来这个山口就被命名为唐纳山口，因人吃人的悲剧事件而臭名昭著。[39]

面对这样的政治地理条件，建设一条跨州铁路无疑是一种完美的选择。美国建设铁路条件得天独厚：一是土地便宜，有大片从印第安人手里抢来的未开垦的荒地；二是平原多，山地少。1850 年美国修建的 15000 公里铁路，平均每公里造价为 21126 美元，部分地区造价更是低至 1 万美元左右。与此相对比，英国同时期每公里铁路的造价大约是 2 万英镑，当时英镑对美元的汇率是 1 比 5。[40]

但也有不利因素。美国是一个内河水运发达的国家，铁路向西部延伸，肯定要跨过河流，反对者甚多。1854 年，洛克群岛—芝加哥铁路竣工，后来他们准备延长线路，跨越密西西比河，遭到了当地水手的强烈反对。1856 年 4 月，这座跨越密西西比河的桥梁还是竖立起来了，一列火车跨过密西西比河，进入艾奥瓦州。

但这场胜利维持得极其短暂。两个星期后，一艘从新奥尔良驶来的船舶艾菲·阿弗隆号全速撞上了桥梁，后来还燃起大火，将整座大桥焚烧殆尽。开始人们以为这只是一起普通的交通事故，后来一条经过这里的轮船，打出来一个横幅，上面写着“密西西比桥被摧毁，我们一起来庆祝”。而且，撞毁桥梁的艾菲·阿弗隆号轮船，此前从来就没有在密西西比河上游行驶过，从来没有到过密西西比桥所在的地方。

在这个案件的处理上，一个 45 岁的律师发挥了重要作用，他的名字叫亚伯拉罕·林肯，他后来做了美国总统。林肯在这个案件中充当铁路公司的律师。最终，他帮助铁路公司打赢了官司。最高法院宣布，桥梁对行船不构成危险。美国通往西部的道路彻底打开。但真正建设横贯美国东西、将美国连为一体的跨洲铁路，还要等林肯当上总统后去亲自批准。

到 1860 年美国人聚焦在了总统大选上。做一个出色的律师远不是林肯的志向，他全力角逐美国总统宝座。本届大选充斥着南北方尖锐的斗争，所以关注度极高，对决双方为共和党候选人林肯与民主党候选人道格拉斯。南方人宣称只要是共和党人当选，他们就退出联邦。11 月份，林肯在不被看好的情况下赢得了总统竞选。然后南方 11 个州宣布退出联邦。

第二年美国内战正式开打。在这场战争中，铁路首次展示了它的巨大威力。一位历史学家说，美国的南北战争证明了“自火药以来，铁路对战争方式的改变超越了一切”。历史学家尼古拉斯·费斯曾经

---

39. 相关内容见维基百科“唐纳大队”词条。
常俊跃，夏洋，赵永青．美国国情：美国历史文化 [M]. 北京：北京大学出版社，2009:85.
40. 沃尔玛尔．铁路改变世界 [M]. 刘嫩，译．上海：上海人民出版社，2014:55.

总结说："铁路是工业化的北方和主要为农耕的南方之间差距的最好象征。"[41]

尤利西斯·格兰特将军曾经在田纳西州与南方军对垒，战争正处于胶着状态，格兰特需要援兵。这时北方联军通过巴尔的摩—俄亥俄铁路与其他铁路相连，经过 12 天的努力，就将两个军团 12000 名士兵、10 组大炮，以及大批后勤保障物品，跨越近 2000 公里，运送到前线，帮助战役取得决定性胜利。

北方军在利用铁路方面的才能，还远不止于此，他们还学会了以神奇的速度修复被战争毁坏的铁路。在南北战争具有转折意义的葛底斯堡战役中，有一次波多马克河上一座 120 米长的桥梁被南方军毁掉，北方军一位名叫郝普特的人，带领一队人马竟然只用了九天时间，就将其重建成功。这成了一个传奇的战争故事。美国总统林肯充满赞赏地将这座桥形容为"豆秆和玉米秸大桥"，因为该桥所有的建筑材料都取自当地的森林。

铁路在南北战争中的重要作用，还引起了其他国家的重视。在格兰特将军通过铁路紧急运来 12000 名士兵助战的关键战役中，有一队普鲁士军官正在美国考察，现场观摩铁路在战争中的战略作用。三年之后，他们将此次战役观摩的战略战术应用到了萨多瓦战役中，通过五条铁路迅速部署军队，将奥地利打得满地找牙。

南北战争后，为了将广袤的国土连为一体，美国加快了铁路建设步伐。英国历史学家韦尔斯在《世界史》中总结道："战争（指美国南北战争）开始时，美国还没有通往太平洋的铁路；战争结束后，铁路像藤蔓一样铺展开来，把辽阔的美国连接成一个在精神与物质上都

↓ 美国跨洲铁路全线贯通（油画）

不可分割的统一体……”

1862 年在林肯的支持下，美国议会通过了《联合太平洋法案》，准备修建一条将密西西比河与太平洋连接起来的跨洲铁路。这是一条气魄宏伟的铁路，但它的上马却经历了种种曲折，当时很多人认为修建这样一条铁路只是痴人说梦。

这条铁路最初是由一个被称为“疯子朱达”的人提议的。朱达是一位铁路工程师，主持修建过多条铁路。但是他最大的梦想是修一条东起密西西比河，西至加利福尼亚州府萨克拉门托的跨洲铁路，将大西洋沿岸与太平洋沿岸连接起来。

这个构想太疯狂了，总里程将近 3000 公里，而且要跨越高耸入

41. 沃尔玛尔 . 铁路改变世界 [M]. 刘嫩，译 . 上海：上海人民出版社，2014:65.

云的内华达山脉。所有人都以为他疯了，人送绰号“疯子朱达”。

为了让计划更具说服力，他还雇用了一批人，进入了内华达深山进行线路的勘测。内华达山势险恶，不是修建铁路的理想之地，然而要修建跨洲铁路，内华达山脉又是必须征服的对象。朱达在深山里忙活了一个月，成功找到了一条穿越内华达山脉的线路。

朱达的方案被称为北纬41度线，经过内布拉斯加、怀俄明、犹他、内华达以及加利福尼亚。这条线路需要通过花岗岩山脉和穿越深谷，工程难度很大，但是朱达对自己的方案非常自信。

朱达完成报告后，只身前往华盛顿寻求支持，但是碰壁了。他只好重新返回加利福尼亚寻求支持。终于，加州议会通过了朱达的铁路选线方案。朱达欣喜若狂，在加州决议的基础上，他又与加州议员巴金联合完成了《太平洋铁路法案》，法案的一个核心内容是铁路修建者可以免费获得线路周边一定范围内土地所有权，而且每修建一公里铁路将获得联邦政府一定数额的补贴。

1859年10月20日，朱达再去华盛顿。当时美国总统是布坎南，属于亲南方派。朱达再次碰壁。但转机也就此出现。朱达获得了加利福尼亚州四位商人的支持，为首的就是传奇人物、美国镀金时代的十大财阀之一、有“铁路大王”之称的利兰·斯坦福，后来做过加州州长，现在的斯坦福大学就是他1891年为了纪念自己夭折的儿子而建立的。这四位也绝对不会后悔对朱达的支持，他们都因为这次选择，从一个普通的商人成为当时美国最富有的人，成为中央太平洋铁路公司的四巨头。

朱达开始以为自己碰到了救世主，但最后这四位让朱达后悔不

↓ 1873 年 3 月 8 日登载在《弗兰克·莱斯利画报》上的漫画，画上代表公众利益的山姆大叔命令涉嫌太平洋铁路公司动产信贷公司丑闻的议员们切腹自裁

已。1861 年 6 月 28 日，中央太平洋公司正式成立，斯坦福当选为董事会主席，朱达为总工程师，组成了五人董事会。

利兰·斯坦福与新当选的总统林肯私交甚好，他亲自出马到华盛顿游说总统。《太平洋铁路法案》顺利通过，美国跨洲铁路建设正式拉开序幕。负责这条铁路建设的除了中央太平洋铁路公司，还有一个政府控股的联合太平洋铁路公司。一个从西边开始建，一个从东边开始修，然后两家公司在中间会合。1863 年 1 月，中央太平洋铁路公司铲起第一铲土，工程正式开工。

“飞鸟尽，良弓藏；狡兔死，走狗烹。”

朱达以为自己的理想就要实现了，其实他已经无限接近出局。在骗取国家贷款方面，朱达与斯坦福四人产生了矛盾。根据《太平洋铁路法案》，政府将为铁路建设公司提供贷款补助，平原每公里 1 万美元、丘陵每公里 2 万美元、山区每公里 3 万美元。[42] 四巨头之一的亨廷顿要求朱达改线，将平原的线路移入山区以获得更多的国家贷款。但是朱达强烈反对。于是四巨头动起了将朱达踢出公司的想法。在五人股东会议上，四巨头一致同意，要求股东都要交齐自己所占股份的 10% 的资金。朱达本来想技术入股，因为自己前期做了大量的选线勘探工作，但是他的提议被否决了。朱达表示自己没有钱。但是四巨头的态度很明显，要么认缴，要么出局。

朱达走投无路，要求给予一定的时间。四巨头同意了。他准备返回纽约，求助当时的航运大亨范德比尔特。在没有铁路的情况下，跨越美洲大陆困难重重。朱达当时走的路线是先南下，然后穿过巴拿马地峡，再乘船到纽约。不幸的是，他在穿越巴拿马地峡时染上了黄热病，虽然勉强挨到了纽约，但最终不治身亡，年仅 37 岁。后来中央太平洋铁路公司拿出了 10 万美元给予朱达家人作为补偿，也相当于正式将朱达踢出了股东会。中央铁路太平洋公司正式成为四巨头的天下。

四巨头还成立了专门的信贷公司，用来倒账，并从中牟利。1867 年 12 月，该信贷公司的丑闻暴露，当时该公司宣布了它的第一次分红，比例接近 100%。对此，一位历史学家表示："即使是在那个有弹性的商业道德的时代，人们也认为那不够正派。"四位来自加利福尼亚的商人变得惊人地富有。铁路完工后，据政府委员会估计，四巨头将 6300 万美元揽入腰包，并且一共获得了 900 万英亩的土地。[43]

修建跨洲铁路的另外一家公司，联合太平洋铁路公司，阴谋水平比中央太平洋铁路公司，有过之而无不及。

实际掌管联合太平洋铁路公司的是副总裁汤姆·杜兰特。他开始的身份是一位医生，后来成为一个投机客，再后来就加入了联合太平洋铁路公司，策划了惊人的阴谋，将大量国家财产转移到了自己的腰包。

当时联合太平洋铁路公司是联邦授权成立的，政府为铁路建设划拨了 2000 万英亩国有土地，同时视施工难易程度的不同，为每英里的线路提供 1.6 万到 4.8 万美元的贷款，总额超过 6000 万美元。杜兰特联合另外 6 个人，买下了一家濒临倒闭的公司，改名为美国动产信贷公司，摇身一变成为联合太平洋铁路公司建设的独家承包商。该公司向联合太平洋铁路公司出具大大高于实际成本的开支发票，联合太平洋铁路公司再加上少许合理的管理开支和利润，再向联邦政府报销。这导致联邦政府的这一项目大大超出预算，两年投入 9465 万美元，有 5000 多万美元成了美国动产信贷公司的收入，其中 2300 万美元流入了杜兰特等人的腰包。

这个伎俩其实并不难识破，明显的关联交易。但是杜兰特联合马萨诸塞州议员贿赂政府官员。他们提前发行了公司股票，股票价格被爆炒翻了几倍，他们再以发行价格卖给国会议员与政府高官，并在联合太平洋铁路公司没有盈利的前提下，给这些官员配发超额红利。通过这些手段，他们成功地规避了政府的审查。

这一骗局终于在 1872 年被捅破，因为分赃不均，一位隐忍了四

---

42. 菲特，里斯．美国经济史 [M]. 司徒淳，方秉铸，译．沈阳：辽宁人民出版社，1981:417.
43. 沃尔玛尔．铁路改变世界 [M]. 刘嫩，译．上海：上海人民出版社，2014:100.

年的被贿赂对象，认为自己获益太少，将手里的受贿名单通过纽约《太阳报》公布了出来。国会和司法部开展了调查，涉及两党30多位议员，包括时任副总统科尔法克斯以及后来成为美国总统的著名政治家、数学家加菲尔德（历史上唯一一位数学家出身的总统，他在几何学方面有非常突出的成就，当选总统一年后被刺杀）。但只有少数人受到了议会申诫处分，多数人以不知情为由逃脱了制裁。这直接导致联合太平洋铁路公司破产重组，成为美国“镀金时代”的一大丑闻。

除了丑闻，这条铁路的修建者中也有英雄，那就是参与修建美国跨洲铁路的华人劳工。

鸦片战争后，开始有部分华南的中国人漂洋过海到北美谋生。太平天国运动爆发后，两广陷入贫困的人移民北美的数量开始增加，到同治年间（1862—1874），移民美国的华人数量激增，太平洋铁路修建期间，整个美国的华人数量接近10万人。

这些跨越太平洋到美国淘金的华人，多数是社会底层的穷苦人，他们穿越太平洋的悲惨遭遇与黑人贩奴船有得一拼。船主为了盈利，完全漠视华人生命，曾经发生过2000名华人过海，非正常死亡1600多人的惨剧。

太平洋铁路开始修建时，他们对华人劳工不屑一顾，认为他们身体瘦小，无法承担沉重的劳动。但是他们雇用的白人不断地旷工、怠工。很多人赚到能买一把铲子的钱，就立刻离开工地，到亚美利加河谷淘金去了。太平洋铁路进展极为缓慢，最初两年时间只修了80公里，他们决定雇用华人试一下。

1865年2月，第一批50名华工来到中央太平洋铁路工地。他

↓ 参与修路的华人劳工为美国跨洲铁路的通车而欢呼

们自带给养，结成若干小组。下车后，他们草草环顾一下四周的深山老林，就井然有序地支帐篷、做晚餐，匆匆用餐、洗漱一下便早早就寝了。第二天天刚亮，华工们就手持镐头、铁锹，推着独轮小车开始干活了。整整一天，他们埋头苦干，铺就的路基十分平整，进度也非常迅速。这一切使中央太平洋铁路公司承包商们既满意又惊讶。他们从此改变了认为中国人体质虚弱、不堪重体力劳动的看法。[44]

华人以自己的勤劳勇敢改变了整条铁路修建的历程。以华人为主

44. 陈依范 . 美国华人史 [M]. 韩有毅，译 . 北京：世界知识出版社，1987:86.

的中央太平洋铁路公司与以爱尔兰人为主的联合太平洋铁路公司展开了一场史无前例的修路竞赛。

首先是联合太平洋铁路公司的爱尔兰人一天铺轨 9.6 公里，中央太平洋铁路公司指挥华人一天铺设了 11.2 公里。中央太平洋铁路公司的现场施工主管甚至放言，要一天铺轨 16 公里。联合太平洋铁路公司的杜兰特不相信，愿意拿出 1 万美元打赌。结果华人成功完成了一天铺轨 16 公里的历史壮举。这个纪录被刻在碑上，至今还在中央太平洋铁路公司的边上竖立着。

1869 年 5 月 10 日，两家铁路公司终于在犹他州的海角峰会合，太平洋铁路正式竣工。主持竣工典礼的正是加州州长利兰·斯坦福，他举起锤子，将一个由一位富商捐赠的、象征胜利的金质道钉砸进了枕木。这条跨洲铁路将美利坚合众国的东西大陆连为了一个整体。以前从美国东部到西部需要花费半年的时间，现在只需要七天。全美的教堂都响起了钟声，来庆祝这一非凡的时刻。

在美国历史上，这件事是被作为美利坚合众国成为一个真正的统一国家来记述的。美国历史学家西摩·邓巴在一本书里写道："如果将来有人探寻这片土地最终成为一个国家的那一天，也许他们不会选择某些政治运动或者战场的情景，而是选择两辆火车头，一辆来自东边，一辆来自西边，在海角峰相遇的那一天。"[45]

建设高峰期，华人劳工高达 12000 多人，占当时用工总数的 85%。有上千华人在修建这条铁路的过程中丧生。但是，华人对于这条铁路的贡献并没有受到应有的尊重。在随后的庆典中，华人的贡献被完全无视了，铁路公司的头头们，感谢了法国人、英国人、德国人、爱尔兰人，但是没有提到华人。

他们甚至以怨报德。华人的吃苦耐劳遭到了美国白人的嫉恨和排斥。1882 年美国国会通过了臭名昭著的《排华法案》，这是美国通过的第一部针对特定族群的移民法。直到 2012 年 6 月 18 日，美国众议院全票表决通过，美国正式以立法形式就 1882 年通过的《排华法案》道歉。

太平洋铁路通车后，美国铁路继续快速发展。据统计，1850 年到 1910 年期间美国年均修建铁路 6000 多公里，其中 1887 年筑路达 20619 公里，创铁路建设史上的最高纪录。

铁路对美国崛起发挥的作用是空前的。整个 19 世纪后半段的美国经济史几乎就是一部铁路发展史，铁路资产的证券化让美国华尔街纽约证券交易所快速崛起。1835 年华尔街还只有 3 家铁路公司股票，到南北战争时期，铁路公司股票和债权已经相当于美国证券的 1/3。

铁路的快速发展也带动了美国其他工业门类的快速发展，1894 年美国 GDP 超越英国，成为世界老大。

也是在这一年美国在檀香山推翻了夏威夷王国。4 年后，1898 年，美西战争爆发，美国顺势兼并了夏威夷，成为美国的第 50 个州。此前，1867 年，美国还从在克里米亚战争中花光了钱的俄国手中，以 720 万美元的价格购买了总面积 172 万平方公里的阿拉斯加。至此美国的领土扩张基本完成。

1905 年，美国人均 GDP 超越英国，综合国力进一步提升。

---

45. 沃尔玛尔 . 铁路改变世界 [M]. 刘嫩，译 . 上海：上海人民出版社，2014:103.

到 1916 年，美国铁路营业里程达到历史上的最高峰，共 408745 公里，约占世界铁路总里程的 1/3 强。

由于公路运输与航空的崛起，此后美国铁路经历了漫长的市场衰退期。到 2019 年，美国铁路总里程只剩下了 22.5 万公里，但差不多仍比中国铁路总里程多 10 万公里。

现在，美国铁路以货运为主，客运线路寥寥无几，而且几乎全是内燃线路，电气化线路只有 1600 公里。

美国已经没有自己的轨道客运装备企业，美国铁路客运装备（动车组、铁路客车、地铁列车）是法国（阿尔斯通）、加拿大（庞巴迪）、德国（西门子）、日本（川崎重工）、中国（中国中车）、韩国（罗特姆）主导的市场。

中国中车长客股份公司、四方股份公司分别在波士顿、芝加哥各建立了一个轨道交通装备制造工厂，为美国当地带来就业，也帮助美国复兴铁路工业。

所以，时任美国商务部长骆家辉访华时曾感慨地说，100 年前，中国向美国输出的是铁路劳工；100 年后，中国向美国输出的却是铁路技术。

———

第二章

日本近代化与铁路发展

这些所谓新技术基本上全是欧洲人的原创，日本只是对这些欧洲原创技术进行改良形成“日本流”技术，然后为我所用而已。真正属于日本自己原创的技术基本上没有。

—— 东日本铁道公司（ JR 东日本 ）原会长 山之内秀郎

——→ 1964年10月1日，世界上第一条真正意义上的高速铁路，全长515.4公里、连接东京与新大阪的东海道新干线正式通车运营。世界铁路历史掀开了新的篇章。

东海道新干线全长515.4公里，开通之日，承担运营的列车包括光号和回声号两种列车。最高运行速度每小时200公里。光号列车全程需要4小时，平均运营时速128.9公里；回声号列车全程需要5小时，平均运营时速103公里。

一年后，1965年11月1日，东海道新干线最高时速提至210公里，光号列车全程运行时间缩短至3小时10分钟，平均运营时速提至161公里；回声号列车全程运营时间缩短至4小时，平均运营时速128.9公里。

新干线开创了新时代，但这个新时代是建立在对欧洲铁路技术吸收学习的基础之上的。第二次世界大战前，以德国、意大利、英国为代表的欧洲国家，已经开始探索高速铁路技术，在最高试验速度上已经突破了时速230公里。在运营速度上，德国1933年开通的柏林至汉堡间的列车“飞翔的汉堡人”，平均运营时速就达到了惊人的124.3公里（全程286公里，用时2小时18分钟）。

东日本铁道公司（JR东日本）原会长山之内秀郎，就1964年新干线开通曾做过这样的评价：

“新干线成功后，很多人都认为‘日本的铁路技术已是世界

↓ 东海道新干线电车内的宣传广告

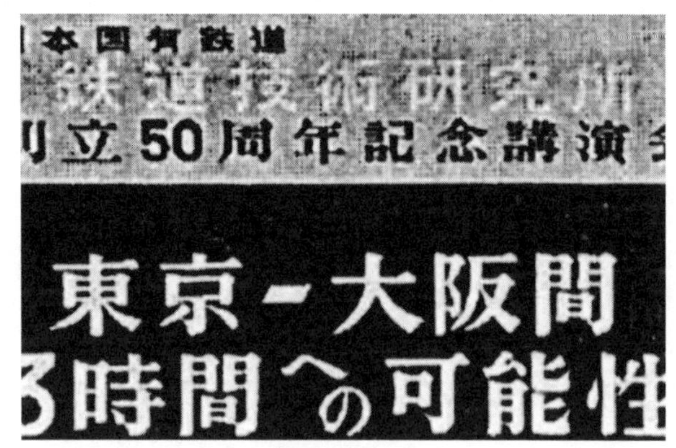

第一’，并为此感到高兴。但我却认为不能简单地就下结论。新干线的确很了不起，速度绝对是世界第一，车辆、线路、信号也都采用了最新的技术。然而，这些所谓新技术基本上全是欧洲人的原创，日本只是对这些欧洲原创技术进行改良形成‘日本流’技术，然后为我所用而已，真正属于日本自己原创的技术基本上没有。”[46]

或许山之内秀郎的说法有些苛责，但也不是没有道理。两次世界大战期间，欧美各国对铁路的高速化进行了大量探索。这些探索技术成为日本新干线的重要技术来源。新干线诞生前以及建设期间，日本派出了大批人员赴欧美考察，目的就是“拿来”欧洲最新的铁路技术。下面我们就看看日本新干线从欧美拿来了哪些新技术：[47]

动力分散技术（美国）；

46. 杨中平 . 新干线纵横谈：日本高速铁路技术 [M].2 版 . 北京：中国铁道出版社，2012:34.
47. 超级工程一览 . 高铁风云：世界高速铁路百年史话 [EB/OL].(2012−08−14)[2021−01−06] https://weibo.com/ttarticle/p/show?id=2309404590373019189331.

交流供电技术（匈牙利）；

无缝钢轨技术（德国）；

无砟轨道技术（德国）；

CTC 集中调度技术（美国）；

交流电传动技术（德国）；

空气弹簧技术（美国）；

高速转向架技术（英国）；

ATC 信号技术（英国）；

摆式列车技术（意大利）；

流线型车身制造（德国）；

…………

原中国南车董事长赵小刚认为，技术创新的类型有三种：一种是原始创新，一种是集成创新，一种是引进消化吸收再创新。日本新干线属于引进消化吸收再创新与集成创新的范畴。数据统计，1950—1981 年的 32 年间，日本共引进国外技术 38000 多件，引进费用达到 133 亿美元，[48] 拿到了外国半个多世纪花费上万亿美元研究出来的成果。

除了对欧洲高速铁路探索技术的引进，日本自身对高速铁路也进行了探索，如诞生在中国东北的南满铁路超特急亚细亚号列车。这是诞生在第二次世界大战之前的准高速列车，实际上是日本铁路公司运营的“第一条新干线”。

对欧美技术的引进学习，超特急亚细亚号列车运营经验的积累，以及 1941 年开始动工、因为太平洋战争爆发而下马的“弹丸列车计划”，共同构成了世界上第一条高速铁路——东海道新干线的技术来源。

---

48. 李宽，王会利．美国、日本和中国技术引进与创新的比较 [J]. 经济管理，2004(3):75-78.

日本“铁路之父”井上胜

——→ 写世界高铁史，不能不谈新干线；谈新干线，不能不说日本铁路；说日本铁路，不能不谈一个人——美国海军准将马休·佩里。

1853 年 7 月 8 日，江户幕府统治时期的江户湾浦贺港。这天天气很好，风和日丽，能见度很高。习惯了日出而作、日落而息的日本民众，正在为各自的生计忙活着。突然有人看到，远处的海面上似有黑烟升起，过了一会才发现竟然是通体黑色的舰船，还冒着黑烟，响声如雷，声闻数里。岸上民众不知所以然，大惊失色，四散奔逃，说海上来了四个怪物，无风而行，声若奔雷，史称“黑船事件”。来者不是别人，正是美国东印度舰队司令官马休·佩里。

佩里是美国东印度舰队司令官，他奉美国第 13 任总统米勒德·菲尔莫尔之命前往日本，要求日本打开国门与美国人做生意。佩里的舰队由四艘舰船构成，1853 年 7 月 8 日抵达江户湾——当时日本的统治中心。

江户湾浦贺港的老大是户田氏荣，他强打精神用望远镜一看，原来是与此前来过的荷兰人一样的“红毛鬼”。他派自己的手下和一名荷兰语翻译坐着小舢板去探明情况。出发前，美国总统给佩里下的命令是禁止开炮，加上当时佩里的粮食已经不多了，所以佩里并没有提出太过分的要求，直接告诉日本人让他们打开国门，与美国做生意。

户田氏荣不敢做决定，赶紧向江户幕府老大德川家庆汇报。德川家庆当时已经病魔缠身，奄奄一息，即将不久于人世，但他见多识广，是个老狐狸，他明白跟红毛鬼硬碰硬肯定是找死，但是打开国门又违背祖宗之法。怎么办？这老狐狸灵机一动，决定派人去京都报告天皇，请天皇拿主意。

这可把当时的孝明天皇吓了个半死，他心想，天皇在日本都已经退休 700 多年了，你们德川家族管理日本也 200 多年了，这时候你让我拿主意，这不是诚心让我死吗！ 22 岁的孝明天皇没有拿主意，他也拿不了主意，球又回到了德川家庆手里。

7 月 14 日，病危之中的德川家庆派人护送佩里一行上岸，佩里把美国总统的信交给了户田氏荣，然后威胁说如果你们不答应要求，大炮可不长眼。日本人只好使出缓兵之计，就说国书已经接收，但是需要跟民众商量一下，明年再答复。佩里对日本人的这种小聪明甚是反感，但也不好强来，加之还有其他任务，他就没有过多纠缠，在把江户湾的地理水文情况进行了一番详细测量后，7 月 17 日正式离开了江户湾。

佩里走后不久，7 月 27 日，德川家庆在与幕阁商量黑船事件对策时病逝。德川家庆创造了一个纪录：他生了 26 个孩子，12 个闺女，14 个儿子，但是早夭或早逝了 25 个（超过 1 岁的只有 4 个，最大的 14 岁），只有一个长大成人，那就是他的第四子德川家定，继承为征夷大将军，德川幕府的第 13 代掌门人。

既然说好了明年答复，第二年佩里如约而至。1854 年 2 月 13 日，佩里又来了。这次他直接到了横滨，而且一下带来了 7 艘舰船，声称后面还有 50 艘在路上。德川家定没有办法，只好与佩里协商签署通商条约，经过一个多月的谈判协商，3 月 31 日他们在横滨正式缔结了《日美亲善条约》，又称《神奈川条约》。通常人们将《神奈川条约》的签订，看作是日本被迫打开国门的标志。

佩里带领了一支 500 人的队伍在横滨上岸，除了与日本进行谈判外，还带来了按照 1 比 4 缩小的火车模型以及几英里长的铁轨。佩里在横滨接待大厅铺设了一个周长大约一英里的环形轨道，向在场的贵族展示，有着完整的“像小人国里的蒸汽机车、车厢和服务员”[49]。根据佩里远征队的官方记录，“许多日本人聚集起来，看着火车顺着轨道不断循环，非常高兴和诧异，每一声汽笛响，他们都不可抑制地发出喜悦的欢呼声”。其中一位观察者认为“一定能够驾乘”，他甚至坐到了小火车上。美国官方记录这样描述这位“尊贵的贵族”，“以 20 英里每小时的速度围着环形轨道前进，他松开的袍子在空中飞舞。他拼命抓住屋檐，带着极大的兴趣笑了，他蜷起的身体由于大笑而痉挛般地摇晃，而火车快速地沿着轨道前行”[50]。一位将军幕府“新孔子”派的官员还在自己的日记里写道：“飞速，就好像在飞，（火车）不断转圈。非常好玩！”[51]

其实这并非日本人第一次见到火车模型，就在半年前，俄罗斯帝国海军中将普提雅廷也曾率领 4 艘战舰进驻长崎港，当时负责守备长崎港的佐贺藩主锅岛直正，派人上舰谈判，在舰上见到了一个以燃烧酒精作为驱动力的火车模型，惊为天物。但是真正给日本人带来理念冲击的还是佩里舰队，因为当时在现场有几百人观看了火车模型表演。

值得关注的是，后来日本人对待佩里的态度。日本人把佩里当作推动国家现代化发展的英雄，在他第一次登陆的地点——神奈川县横须贺市久里滨建立了一座佩里公园，竖立了一座佩里登陆纪念碑，上有日本前首相伊藤博文的亲笔手书——“北美合众国水师提督佩里上陆纪念碑”。在佩里公园里，每年都有由民间组织的“开国”纪念活动，人称“黑船祭”。在纪念表演活动中，当年的入侵者以英雄的姿态出现。[52]

佩里以枪炮逼迫日本签订了不平等条约，这是一种屈辱，但它客观上促进了日本的现代化进程，让日本走上了富国强兵之路。能够全面客观地评价这样一件带有民族耻辱色彩的历史事件，事实上是心理强大的一种表现。只有强者才能直面曾经的屈辱。儿时跟小伙伴打架被揍了，怒意满胸，长大之后，你会一笑了之；如果事件还客观上促进了你的成长，你更可能因此谈笑风生。中日其实经历了相似的现代化历程，但中国2000年的帝制时代，成就更高、影响更大、文化更灿烂辉煌，走出来也就更难。

↓上图：日本绘画中的马休·佩里
↓下图：马休·佩里登陆地点建起来的登陆纪念碑

49. 海涅 . 随佩里到日本 [M]. 陶德曼，译 . 夏威夷：夏威夷大学出版社，1990:93.
50. 霍克斯 . 美国海军中国海与日本远征记：第 1 卷 [M]. 伦敦：麦克唐纳出版社，1952:171-194.
51. 日本国有铁道 1974 年编撰的《日本铁道百年史：略史》第 8 页中有引用。
52. 参见中文版维基百科“马休·佩里”词条。

回首晚清 70 年，如何更加全面客观地评价西方人对中国社会的影响，也许我们的心态可以更平和一些，特别是对那些本没有恶意的知华友华人士。好在，见闻君已经看到了中国人的心态在向更平和的方向发展，这也是我们这个多灾多难的民族变得更加强大的明证。回首这风雨飘摇的 70 年，你经常会为它捏一把汗，还有一些时候则是“哀其不幸，怒其不争”，更多的时候则会感激，经历如此多的磨难，我们的民族尚能如今日之盛，何其幸哉!

就在佩里第二次到达日本时，1854 年 4 月 5 日清明节，凌晨两点多钟，有一个 24 岁的日本长州藩小伙子带着自己一位弟子，趁着月黑风高，坐着小舢板向停泊在下田海面的美国舰队前进，然后爬上舰船。被发现之后，他双腿一跪，说了一句话“带我走吧!”这个人名叫吉田松阴，当时是日本长州藩武士，江户幕府末年的思想家、教育家、兵法家，被誉为明治维新的精神领袖及理论奠基者。清王朝在鸦片战争的拙劣表现，让当时的日本人产生了深深的危机意识。1851 年，魏源所著的《海国图志》流入日本，对吉田松阴产生了巨大的冲击，他产生了留学海外的想法。1853 年他就想爬上一艘俄国军舰借机出国，但是没有成功。这次经过周密计划终于成功了。但是，佩里没敢要他，因为就在五天前，佩里刚刚与江户幕府签订合约，他不想惹外交麻烦。佩里承诺为吉田松阴保密，然后将他放了回去。吉田松阴回去之后，立即自首，被囚禁于专门囚禁武士的野山监狱。陪同前去的弟子因为地位低下，被囚禁于平民所用的岩仓狱，第二年病死狱中。

↓ 吉田松阴画像

入狱后，吉田松阴开始在狱中讲学《孟子》，竟然将同时关在监狱的11位狱友都感化了。地方当局看他有两把刷子，允许他假释回家。回家后，他创办了日本近代史上大名鼎鼎的松下村塾，讲授《论语》《孟子》《孙子兵法》等中国典籍，并提出“尊王攘夷”思想，为倒幕运动提供了理论基础，也为明治维新培养了大批杰出人士。松下村塾因此被誉为“明治维新胎动之地”，又称日本首相的“孔庙”。出自这里的英杰既包括“松下村塾四天王”久坂玄瑞、高杉晋作、入江久一、吉田稔麿，还包括两位首相，四度组阁的伊藤博文和两度组阁的山县有朋，以及“明治维新三杰”之一的木户孝允。

1859年11月21日，吉田松阴被处死，终年29岁。

1860年1月24日，吉田松阴高足高杉晋作争取到一次随幕府蒸汽船“千岁丸”到上海的航行之旅，7月14日回到长崎。在目睹了沦为西方殖民地的上海后，高杉晋作极为震惊，他的“攘夷”思想开始发生变化，主张学习西方技术、富国强兵，他说：“我奉君命随从幕吏至中国上海港，且探索彼地之形势及北京之风说，如果我日本不速为攘夷之策，亦难料终将蹈中国之覆辙。”

1863年6月，吉田松阴的另外一位高足伊藤博文，也效仿老师干了一回偷渡出国的事情，但是他成功了。他与另外四个人在英国驻日总领事和怡和洋行驻横滨机构的帮助下，化装成英国水手，藏在一

↓ 长州五杰（萩博物馆收藏）。远藤谨助（左上）、井上馨（左下）、 井上胜（中间）、伊藤博文（右上）、山尾庸三（右下）

艘轮船的煤炭库中，到达了上海，又从上海去了英国，就读伦敦大学学院。这一群注定要成为日本领袖的年轻人就是声名赫赫的“长州五杰”。

“长州五杰”中，伊藤博文与井上馨均入读过松下村塾。伊藤博文后来成为日本首位首相并四次组阁，被称为日本“宪法之父”和日本“议会政府之父”。井上馨后来成为日本首位外相，被称为日本“现代外交之父”。他们到达英国后不久，日本发生了与英、法、美、荷四国的战事，仅仅几个月就回到日本。

其余三人继续留在英国伦敦学习理科课程。这三个人，一位是日本“工业之父”山尾庸三，一位是日本“现代造币之父”远藤谨助，还有一位就是我们接下来要重点介绍的日本“铁路之父”井上胜。

井上胜，1843 年 8 月 25 日出生在日本长州藩一个武士家庭，父亲在长州藩政务中拥有非常高的话语权，俸禄约 200 石。1855 年，黑船访日第三年，父亲带着年仅 12 岁的井上胜赴横须贺市任职。井上胜在这里认识了伊藤博文，开始了两人长达几十年的友谊。伊藤博文的西学救国论对井上胜产生了很大的影响。就在这一年，德川幕府在长崎开设了海军传习所，成为当时日本唯一能够学习洋学的地方。

得益于父亲在长州藩的强大影响力，1858 年，15 岁的井上胜与伊藤博文一起被长州藩派往长崎海军传习所，向荷兰士官学习西式兵法。1859 年他又被长州藩派往江户藩书调所（培养外交官、翻译官以及现代军事力量的学校）学习航海术。1860 年井上胜开始学习英语，并于不久后开始考虑出国留学。他认为在安于现状的日本国内学习洋学犹如隔靴搔痒，必须亲自出国学习才能获得真知。

与井上胜一起密谋的还包括山尾庸三和井上馨。后来伊藤博文与远藤谨助也加入进来，是为“长州五杰”。他们的计划获得了长州藩藩主的许可，但是并未获得德川幕府的批准，所以是一次秘密航行，他们冒着触犯国禁被处死的风险。1863 年 6 月 27 日，在英国驻日总领事的斡旋下，“长州五杰”偷偷登上了怡和洋行的商船，从横滨出发到上海后，分乘两艘轮船，前往英国。11 月 4 日，他们在伦敦会合，后在怡和洋行总经理马西森的介绍下，他们寄宿在伦敦大学学院化学教授威廉姆森家，并入学伦敦大学学院学习分析化学。威廉姆森是英国化学界元老人物，也是伦敦化学协会会长。

1863 年的英国已经相当现代化了，大伦敦高楼耸立，近代化制造工厂鳞次栉比，世界上第一条地铁也已经于当年 1 月 10 日建成通车。这引起了井上胜深深的危机感，必须尽快使日本开始近代化。井上胜敏锐地感觉到交通的革命可能会改变日本的命运。考虑到在日本建设铁路的问题，他在学习语言、数学、理化的同时，学习了矿山及土木工程学科。在英国的学习经历给了井上胜极大的震动，他惊叹于英国现代文明的繁荣与实力的强大，他的世界观开始发生改变，意识到“攘夷”理论难以实现，由此逐渐由“攘夷论”转变为“开国论”。

————

日本铁路建设与新干线概念提出

——→ 吉田松阴提出“尊王攘夷”的口号后，他的得意门生高杉晋作等将他的思想进一步发扬光大。

1860 年，高杉晋作坐船去了一趟上海，回来后他的思想开始升华，他意识到简单的“攘夷”必然让日本重蹈清王朝的覆辙。于是他决定不再提“攘夷”，而正式提出了“开港讨幕”战略。尊王攘夷运动开始向武装倒幕转化。

孝明天皇反对倒幕运动。

1867 年 1 月 30 日，36 岁的孝明天皇暴毙。有人说他死于天花，也有人说他是被人毒死的，至今未有定论。

孝明天皇去世后，他的儿子明治天皇即位。

1867 年 11 月 8 日，年轻的明治天皇向倒幕派下达了讨幕密诏。

1868年1月3日，明治天皇发布“王政复古”号令，宣布废除幕府，开启明治维新大幕。1 月 27 日至 30 日，以长州、萨摩两藩为主力的明治军队 5000 人，在京都附近的伏见、鸟羽与幕府军 1.5 万人激战，大败幕府军。此后明治军队东征，于 5 月 3 日进驻江户，并将江户改名东京。至年底，日本国内形势已经基本大定。

中日都是被列强用炮舰轰开的国门，但是发展路径却有比较大的差别。明治维新前后，日本民间一直涌动着进步的力量，吉田松阴也好，高杉晋作也罢，“维新三杰”也好，“长州五杰”也罢，日本近代化转型拥有相对更加充分的思想动员，进步知识分子参与度更高。而中国的变革更多局限于朝廷中的少部分人，广袤的中华国土之上，仍尽是沉睡之人。没有思想的洗礼，也缺少社会的广泛参与。因此，中国的洋务运动几乎与日本的明治维新同时开端，却在甲午中日战争中，被以小博大的日本杀得片甲不留。由此日本确立强国地位，而列强也彻底看穿了清王朝的虚弱本质。

1868 年 12 月 30 日，井上胜完成在英国的五年学习，回到日本，抵达横滨。回国后，井上胜听从木户孝允的建议，到东京发展，开始参与日本铁路建设。

倒幕运动中明治天皇依靠各藩兵力推翻幕府统治。战争结束后，藩兵回归故土，明治政府实际上并没有掌握任何兵权，日本国内仍然潜伏着分裂的危机。铁路建设则可以打破各藩界限，加强中央集权。1869 年 5 月 9 日，明治天皇迁都东京后，政治中心也由京都转移到东京，建设一条东京至京都间的铁路也可以起到稳定京都人心的作用。

当时日本人对外国人在日本修建铁路也是抱着很强的戒备心。时任大藏大辅（财政部副部长）的大限重信，直截了当地说“印度式的铁路计划，其结果是铁路到哪里，哪里就变成殖民地”[53]。但是日本一没技术，二没资金，还得求助英国。时任英国驻日大使巴夏礼（第二次鸦片战争导火索亚罗号事件的始作俑者、火烧圆明园导火索“巴夏礼事件”的当事人）向大限重信以及时任大藏少辅的伊藤博文推荐了英国人李泰国推进铁路建设。1869 年 10 月，在伊藤博文的宅邸，大限重信与、伊藤博文与李泰国举行了首次会谈。此时恰巧寄居在伊藤博文家中的井上胜，被要求担任英文翻译，参与了这次事件。在英国认真研修过土木工程并精通英语的井上胜，从此开启终其一生的铁路事业。

1869年12月，在大隈重信、伊藤博文等人的推动下，明治政府正式公布了铁路建设计划，准备修一条东京至神户全长640公里的铁路。消息传出，举国骚动，日本人大骂大隈重信、伊藤博文是卖国贼。有人认为这是“分裂帝国土地，并将它交给外国野蛮人的战略”[54]。中下级的武士阶层更是愤怒，认为这是“把令人厌恶的外国机器带到了神的土地上”[55]。他们还对原来被用来铸剑的钢铁，被拿去铸造了铁轨，然后被火车压在身下，表示极大的愤慨。

一次性修建640公里铁路，对当时的日本而言无疑是天方夜谭。最先付诸实施的是东京到横滨的铁路，全长近29公里。东京是日本的国都，横滨是外国人在日本聚居的地方。大隈重信、伊藤博文委托李泰国到伦敦发行铁路债权，计划筹集100万英镑用来建铁路。李泰国报的年利率是12%，但他在英国以日本关税做担保发行的实际利率是9%。《泰晤士报》报道后，日本舆论哗然，大骂大隈重信与伊藤博文是卖国贼。明治政府只好花了20500英镑的代价与李泰国解约。

为了修建京滨铁路，日本还雇用了大量外国技术人员，1871年是19人，1872年又增加到62人。[56]为日本铁路建设做出重要贡献

---

53. 出自《大隈伯时政谈》，转引自五藤高庆的《咸与维新的典范——大隈重信小传》。
54. 原田胜正，青木荣一．日本铁道：百年的进步 [M]. 东京：三省堂，1973:28.
55. 原田胜正．前岛密与铁道 [J]，递信协会杂志，1969(4).
56. 祝曙光．铁路与日本近代化：日本铁路史研究 [M]. 北京：长征出版社，2004:17.

的英国铁路建筑工程师艾德蒙德·莫瑞尔，被聘请担任京滨铁路的总工程师。当时英国国内建铁路采用的都是 1435 毫米轨距，但是在海外的一些殖民地，如南非、新西兰、澳大利亚（部分）、斯里兰卡等，为了省钱采用了 1067 毫米轨距。莫瑞尔曾经在斯里兰卡修建过铁路。他与大隈重信、伊藤博文等人沟通，建议日本放弃修建 1435 毫米标准轨的铁路，改修 1067 毫米的窄轨。一是为了省钱；二是因为日本国土山多，窄轨铁路正好适用曲线半径小的山区。大隈重信是个实用主义者，他征求了井上胜的意见后，就同意了莫瑞尔的建议。在莫瑞尔的建议下，日本还整合了工部省，成立了铁道寮，井上胜被任命为负责人。

就是这个决定为日本铁路日后发展埋下了巨大的隐患，产生了长达 80 年的改轨争议（是否由窄轨改建为标准轨），因为窄轨铁路拉得少而且跑不快。在日本第一条铁路刚开建时这个问题还不突出，为什么？因为当时标准轨铁路时速也只有三四十公里，窄轨铁路跑二三十公里，其实差别并不大。但是随着技术的发展，标准轨铁路试验速度都已经达到 574.8 公里时速了，160 公里时速仍是窄轨的极限。

轨距问题是日本铁路高速化的一个核心问题，日本正是因为抛弃了窄轨修建了第一条标准轨的铁路才诞生了新干线（所谓新干线就是跟以前轨距不一样的干线铁路，是相对旧铁路的新的干线铁路）。所以在这里我们有必要花费一点时间介绍一下轨距这个概念。

轨距指两条轨道之间的宽度，一般以钢轨的内距为准。目前世界上大多数国家都采用 1435 毫米的轨距建设铁路，称为标准轨。世界上第一条铁路斯托克顿—达灵顿的铁路，采用的是 1422 毫米的轨距，而到了曼彻斯特至利物浦铁路建设时，“火车之父”史蒂芬森采用了4英尺8.5英寸（1435毫米）的轨距。1845年英国皇家专员建议用1435毫米作为标准轨距，1846年英国国会通过法案，要求将来所有的铁路都使用标准轨。1937年国际铁路协会正式确定1435毫米为标准轨距或者国际轨距。

有一个疑问，这个1435的数字是怎么来的呢？有个非常有趣的说法是这样解释的：问“目前世界上标准轨4英尺8.5英寸是怎么来的呢”，答案是沿用了“火车之父”史蒂芬森在修铁路时采用的轨距；那史蒂芬森为什么选择4英尺8.5英寸作为他修的铁路的标准轨距呢，答案是史蒂芬森沿用了英国马车的轮距，因为最初的铁路需要照顾马车的行驶；那英国马车的轮距为什么是4英尺8.5英寸呢，答案是英国的马车轮距沿袭了古罗马战车的轮距；那古罗马战车的轮距为什么是4英尺8.5英寸呢，答案是那是两匹马屁股并行的宽度。

目前全球采用1435毫米轨距的国家大约占60%，包括美国、中国、英国、法国、德国等众多国家。比标准轨宽的称为宽轨，占到全球总量的两成多，主要包括俄罗斯、印度、巴基斯坦、孟加拉国、西班牙、葡萄牙等国。比标准轨窄的称为窄轨，包括日本、菲律宾、印尼、泰国、马来西亚等国。中国台湾地区铁路以及中国大陆的昆明至河口的铁路也属于窄轨范畴。

在高速铁路建设中，目前世界上各国基本上都采用了标准轨距。第一是方便与其他国家连通。这与当年各国修建不同的轨距很大程度上正是为了不连通如出一辙。西班牙与葡萄牙采用的1668毫米轨距，被称为利比里亚宽轨，初衷就是一种军事防御，相对于邻国的标准轨而言，采用不同轨距，战争时可以阻止敌国部队通过铁路长驱直入。现在西班牙高铁采用标准轨距，则是为了与欧盟国家互连互通。第二个原因是技术原因。轨距是成本与实用性的一种妥协，轨距越宽，建设成本越高，速度越快，运量越大，舒适性越好。同理，轨距越窄，成本越低，速度越慢，运量越小，舒适性越差。高铁时代追求速度与舒适性，窄轨方案自然会被抛弃。

但是在修建第一条铁路时，日本人还没有看这么远。

1870 年 4 月，京滨铁路从东京和横滨两地同时破土动工，到 1872 年 10 月 14 日，全长 29 公里的日本东京新桥至横滨铁路正式贯通。本来开通仪式定在 10 月 11 日，一场大雨让仪式推迟了三天。

开通当天，穿着日本传统服装的政府官员以及英姿飒爽的外国使节一起在奏乐中迎接着明治天皇。年轻的明治天皇穿着传统的宫廷服装参加庆典，将活动推向了高潮。天皇与高级官员以及外国使节登上首班火车，占满了 10 节车厢，从东京出发前往横滨。港口的军舰放枪 21 响，路上军队放枪 101 响，以示敬意。[57] 京滨铁路的成功给明治天皇留下了很深的印象，他重奖了大隈重信、伊藤博文、井上胜等人，也包括有突出贡献的外国技术人员。可惜不久后的 11 月 5 日，莫瑞尔就因罹患肺结核离开人世。

日本人难得见天皇一面，所以开通仪式当天早上，人们纷纷拥挤在铁道线旁，甚至还有一些人为了找一个好的观察点提前一天去占位子，他们还带了中饭，等待载着天皇和其他贵族的火车通过。但是当真正见到火车时，他们全都吓傻了。一位名叫清原玉的 11 岁女孩当时就在现场，后来她回忆，当火车带着隆隆声和不断升起的黑烟到来

↓《汐留至横滨铁路开业初乘诸人拜礼之图》（物流博物馆收藏）。1872 年，新桥和横滨之间的日本首条铁路开通

时，她觉得好像是“怪物……向我扑来”。许多她旁边的人“双手捂住了耳朵，闭上眼睛，低下头，好像在等待一个可怕的东西通过”[58]。在终点，也就是仪式举行的地方，更加疯狂。一位西方记者看到了在横滨发生的一切。当仪式结束后，天皇从为仪式准备的特别小亭子离开时，“人们冲向它，几分钟以后，天皇所坐的凳子就成了碎片，他所踩过的地毯也成了一片片的——那些能保留其中一小片的人们都认为自己无比幸运”[59]。

据报道，当最早的火车从新桥到达横滨时，乘客拒绝下车。尽管工作人员宣布已经到达终点，并要求他们下车，他们也予以拒绝。他们根本就不相信已经抵到了终点，在他们的印象中这条路没有一天的时间根本不可能走完，现在刚刚过了一小时，他们认为列车员在骗他

57. 日本铁道省．铁省一瞥 [S].1921:27-33.
58. 上田广．井上胜传 [M]. 东京：交通日本社，1956:95.
59. 铁路的开通 [J]. 远东， 1872.

们。[60]由于此前日本人已经习惯了慢生活，但是铁路却对准点有很高的要求，甚至有人抱怨说，要不是这该死的火车，他根本就不需要钟表。

但随着铁路逐渐走入人们的生活，人们开始逐渐拥抱这种现代化交通工具带来的巨大便利。明治政府中最有权势的大久保利通开始时是反对铁路建设的，在1871年9月21日第一次乘坐火车后对它变得狂热（大久保利通试乘的是先期开通的横滨至川崎段），他在日记中这样感叹："真是眼见为实！真是非常享受！没有这种便利，我们就不可能建设国家。"[61]

作为一个长期落后的国家，日本建成第一条铁路在全球舆论界引起非常大的轰动。此后，在井上胜的主持下日本铁路取得了快速发展，接着修建了大阪—神户（1874年通车）、京都—神户（1877年通车）、大阪—京都（1879年通车）、京都—大津（1880年通车，日本第一条自主设计建造的铁路）、长滨—厚贺等铁路，到甲午中日战争爆发时，日本铁路总里程已经达到2118公里。[62]这期间，民间资本的介入以及私营铁路的兴起，发挥了至关重要的作用。井上胜也因为自己对日本铁路的巨大贡献被誉为日本的"铁路之父"。

日本铁路技术从零起步，逐渐实现了自主化。1877年10月，井上胜成立了"工技生养成所"，也就是后来的帝国技术大学，开设数学、测量、制图、力学、土木学基础、机械学概要、铁道运输概要等七门课程，为日本铁道培养专门人才。1877年至1882年五年间该校共培养了24名工程师，修建了日本第一条自主设计建造的铁路：京都—大津铁路。到1880年除了生产蒸汽机车和建造复杂桥梁外，日本工程师已经基本掌握了其他所有铁路工程技术。

最初日本的机车也是万国牌的，主要来自英国、美国和德国。1893 年，日本从英国进口零部件，仿照英国威尔逊公司的 L 型蒸汽机车制造了第一辆蒸汽机车，蒸汽机车的发明人特里维西克的两个孙子都参与了该台机车的组装工作。[63]1896 年甲午中日战争结束，清政府的赔款让日本迎来大发展时代。1900 年，日本国营铁道厂与民营铁道厂联手研制了日本第一台国产的蒸汽机车。1906 年，在高铁发展历史上具有重要影响的川崎重工，开始介入铁路车辆制造。通过不断的“山寨”仿制，日本逐渐建立了完整的铁路工业体系。

但有一个问题，始终像达摩克利斯之剑一样悬在日本铁路人的头上，那就是标准轨（日本称“广轨”）和窄轨（日本称“狭轨”）之争，史称“改轨争论”。

第一次提出这个问题是 1887 年，日本陆军军部要求将东海道铁路（分段建设，尚未全线通车）改为标准轨，以利于提高运输速度并增加运输量。当然日本军方也想借此插手铁路事务。但这个提议被井上胜硬生生地挡回去了。当时井上胜最关心的问题是铁路的国有化问题，他认为铁路是公器，不应该留在私人手里。在自己的一亩三分地上，井上胜这样的政治强人，是不允许别人插手的。

第二次论争发生在井上胜卸任帝国铁道厅（1892 年 7 月改名）

---

60. 永田博．明治的汽车：铁道创设 100 年来的拾遗 [M]. 交通日本社，1964:1−30.
61. 大久保利通．大久保利通日记 [M]. 东京日本史籍协会 .1927:190.
62. 埃里克森．汽笛的声音：日本明治时代的铁路与国家 [M]. 陈维，乐艳娜，译．南京：江苏人民出版社，2011:8.
63. 泽和哉．日本铁道百年物语 [M]. 东京：筑地书馆，1972:103−104.

长官之后。因政见不合，1893 年刚直的井上胜在 50 岁的年纪愤而辞去了帝国铁道厅长官职务。不久甲午战争爆发，战争结束后，日本铁路运输需求激增。日本陆军军部更加意识到了提高铁路运输速度的重要性，于是再次提出改轨问题。军方挟甲午中日战争胜利之威风，势不可挡。所以 1896 年日本通信省正式成立“轨距调查委员会”，对改轨所需要的资金以及优缺点进行调查。[64]但又有一个强人阻止了这件事。这个人叫大泽界雄，1893 年 1 月去德国学习，1895 年 4 月学成回日本，1898 年 7 月发表了《铁路轨距改造意见》。德国一向是日本学习的对象，铁路在普奥战争、普法战争中所发挥的重要作用，为日本军部所高度重视。但是，大泽界雄在德国学习两年后回来为日本铁路开出的方子是，铁路的速度是第二位的，铁路控制在谁手里才是第一位的。[65]所以，他主张铁路国有化，而这正是井上胜领导的铁道局所致力追求的。于是军方也改变了方向，开始支持铁路国有化，改轨问题被放到了一边。1906 年 3 月 27 日，《铁道国有化议案》正式获得通过。

第三次改轨争论发生在国有化完成之时。日本在日俄战争中战胜了强大的沙皇俄国后，获得了南满铁路的权益。1906 年，原台湾的殖民头子后藤新平被任命为南满铁路株式会社总裁。后藤新平为了将南满铁路与朝鲜铁路连为一体，迅速地将原先 1522 毫米宽轨的南满铁路改建为 1435 毫米的标准轨。1908 年，后藤新平回国任递信大臣兼内阁铁道院总裁，南满铁路标准轨铁路的巨大优势让后藤新平心动不已。所以他回国后就力推窄轨改建为标准轨。1910 年，由后藤新平拟定的改轨方案正式获得通过。

此时，受后藤新平邀请，井上胜回到内阁铁道院担任顾问一职。1910 年 3 月受后藤新平委托，井上胜赴英国考察日英博览会情况，并计划考察欧洲各国铁路。遗憾的是，井上胜到伦敦后就一病不起，并于 8 月 2 日因尿毒症去世，终年 67 岁。

1911 年 4 月日本“广轨铁路改建委员会”正式成立。但又有第三个强人站出来阻止了改轨的完成，这个人叫原敬。当年 8 月，日本政坛发生大地震，后藤新平离职，原敬就任内阁铁道院总裁，“广轨铁路改建委员会”被撤销。1916 年，后藤新平重新担任内政部长兼内阁铁道院总裁，改轨计划开始进入全面推进期。

1918 年反对标准轨改造的原敬当上了内阁首相。原敬认为日本铁路最急迫的任务是增加线路的覆盖范围，而不是改轨。他将自己的心腹床次竹二郎派去担任内阁铁道院总裁，提出了“我田引铁”的计划，通过大规模新建线路来满足铁路线铺设到我家的选民的要求，日本铁路掀起了一个新的建设高潮。改轨计划再次成为泡影。

---

64. 三谷太一郎．日本政党政治的形成：原敬政治指导的展开．东京：东京大学出版社，1967:138.

65. 埃里克森．汽笛的声音：日本明治时代的铁路与国家 [M] 陈维．乐艳娜，译．南京：江苏人民出版社，2011:254.

“新干线的爷爷”

——→ 后藤新平的改轨计划虽然化为了泡影，但是他手下的两员大将却为日本高铁时代的到来开创了不世之功。

一位叫岛安次郎。他毕业于东京帝国大学工学部机械科，原是关西铁道公司的工程师。1907 年关西铁道公司被收归国有，岛安次郎与铁道公司的固定资产被打包，一起进入了日本内阁铁道院，任职工作局工作课长。其间，岛安次郎曾经两次赴德国留学，第一次是自费留学，第二次则是内阁铁道院委派。在德国学习期间，岛安次郎眼界大开，对德国发达的铁路技术深感震惊。回国后，他力主引进国外先进技术对日本国产化机车进行改良。

岛安次郎是日本标准轨改建计划理论与实践的核心人物，他针对 1067 毫米的窄轨提出了“标准轨干线铁路计划”，也就是后来的“新干线”。

在 1916 年改轨计划全面推进后，岛安次郎正是后藤新平计划的实际执行者。他制定了详细可行的方案，具体是先在目前的窄轨铁路边上铺设第三条轨道，这样原来的窄轨列车可以运行，标准轨列车也能运行，等到列车全部换成标准轨转向架后，再将窄轨拆除。这样操作，在铁路改造期间，并不需要让列车停运，也将损失降到最低。对于机车车辆也只进行转向架的改造，不涉及其他，尽可能地节约时间与金钱。

1917 年 5 月 23 日至 8 月 5 日，八浜线进行了改轨试验，试验大获成功，原计划 1919 年 4 月正式开始改造，预计 1923 年全部完成。无奈原敬上台后让岛安次郎的改轨之梦化为泡影。

第二位是日本“新干线之父”十河信二。1909 年 25 岁的十河信二从东京帝国大学法学系毕业后，被后藤新平引荐进入了内阁铁道院。岛安次郎推进改轨计划时，十河信二正是他的助手。

岛安次郎辞职后，先是到东京帝国大学任教。其间，他的长子岛秀雄也考入帝国大学学习铁路技术，后来十河信二推进新干线计划时，岛秀雄作为总工程师，成为十河信二的黄金搭档。

此后，岛安次郎受南满铁道总裁邀请，到中国东北担任南满铁路株式会社首席理事（社长助理）。在这里，他建设依托标准轨铁路探索高速铁路技术的雄心重新被激起。1925 年，岛安次郎被派往日本火车株式会社担任董事长，为南满铁路研发高速机车车辆。1930 年，受满铁总裁仙石贡的邀请，十河信二也到满铁担任理事。在岛安次郎的推动下，满铁在中国东北推进使用了一种最高时速达 130 公里的特快列车——亚细亚号，它是当时亚洲速度最快、档次最高的高端铁路列车，成为日后新干线的先驱，被称为“新干线的爷爷”。

中国的铁路建设要晚于日本，1876 年 12 月 1 日，美国人与英国人采用了各种欺诈手段，瞒着清政府建成了淞沪铁路，全长 14.5 公里。但清政府花了 28.5 万两白银从列强手里把这条铁路赎回后给拆了。1881 年，中国第一条铁路唐山至胥各庄铁路正式建成通车，这算是中国铁路的正式开端。到甲午战争时，清王朝一共修建了 447 公里铁路，而同时期日本铁路里程已经达到 2118 公里。

↓ 反映中国第一条营利性铁路淞沪铁路的版画《上海铁路火轮车公司开往吴淞》

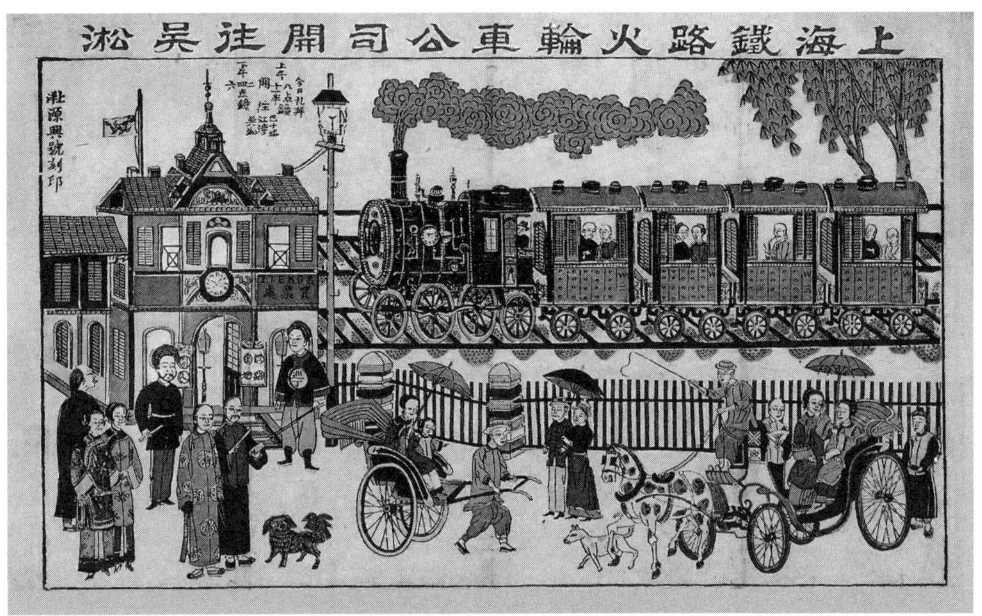

甲午战争，清政府一败涂地。反思败亡原因之后，清政府开始加大力气修建铁路。当时修筑的铁路主要有三种类型。

第一种，清政府出资或举债修路，这些铁路的路权部分在清政府手里。代表性铁路卢沟桥—汉口铁路，1906 年 4 月 1 日全线通车，全长 1214 公里；天津—浦口（南京）铁路，1912 年全线通车，全长 1009.5 公里；京奉铁路在唐胥铁路的基础上扩建，1912 年开通直达列车，全长 850 公里；沪宁铁路 1908 年竣工，全长 311 公里；另有汴洛铁路、道清铁路、广九铁路、吉长铁路等，到清王朝灭亡时，共计 4955.9 公里。

第二种是民间筑路，总里程 674.5 公里。

第三种就是列强直接筑路并控制路权及周边土地、矿产开发权，实际上是国中之国。主要包括沙俄修建的中东铁路（中国东三省铁路的简称）、法国人修建的滇越铁路、德国人修建的胶济铁路。沙俄修筑中东铁路，在中国东北建立了国中之国，攫取了许多特权，包括司法民政权、驻兵权、采矿权、伐木权、水运权等。

满铁原先是中东铁路的一部分。沙俄是扩张欲望最强的国家，第二次鸦片战争中，通过《瑷珲条约》和《北京条约》，攫取了中国黑龙江以北、乌苏里江以东大片土地。但是他们并不满足，他们还把中国东北看成囊中之物。恰恰逐渐强大起来的日本也看上了东北这块肥肉，于是新兴列强日本与老牌欧洲强国沙俄之间的争斗就上演了。

甲午战争，日本大胜清政府，双方签订《马关条约》，日本不但获得了二亿两白银的赔偿，清政府还要割让台湾及附属岛屿、澎湖列岛、辽东半岛。但是割让辽东半岛一事动了沙俄的奶酪。沙俄联合德国、法国干涉还辽。日本掂量自己还不是列强的对手，决定妥协。1895 年 5 月 4 日，日本决定接受三国建议将辽东半岛还给清王朝，但要求清政府必须支付一亿两白银。后来经过讨价还价，减到三千万两。

沙俄以干涉还辽有功为借口，要求在中国东北修筑铁路，开始称大清国东省铁路，简称“清东铁路”，后来改称中国东三省铁路，简称“中东铁路”。沙俄还假惺惺地说，日本狼子野心，一直觊觎中国领土，一旦清东铁路修建完成，沙俄可以随时支援清王朝。甲午战争后，清王朝开始视日本为心腹大患，处处以提防日本为核心要务，并不惜采用以夷制夷的策略。沙俄在中国东北修建的中东铁路就是在这个背景下诞生的。

1896 年 6 月 3 日，李鸿章访俄期间，双方签订了《中俄御敌互相援助条约》，又称《中俄密约》，其中规定沙俄有权在中国东北修建铁路。1897年3月大清国东省铁路公司正式成立，清政府以500万两白银入股，并派出了一个董事长。1898年6月9日，中东铁路正式开工。但是铁路一开工，沙俄政府就擅自派遣了“护路”骑兵入境，分段驻扎，强占土地。后来中国发生了义和团运动，袭击了中东铁路护路部队。清政府派去的董事长也被处决了，然后中方代表空缺了17年，中东铁路就完全成俄国人的了。

中东铁路是一条T字形的干线铁路，绥芬河经哈尔滨至满洲里，然后哈尔滨经长春至大连。铁路全长2200多公里，1898年6月9日开工，1903年7月14日全线通车。

中东铁路一建成，整个东北几乎成了沙俄的囊中之物。但这又动了日本的奶酪。三国干涉还辽之后，日本一直怀恨在心。1904年2月，日俄战争爆发。日本再次爆发超强战力，打败了强大的沙俄。沙俄被迫把中东铁路长春至大连段割让给日本，史称“南满铁路”。

日本成立了南满洲铁路株式会社，以经营南满铁路，及一切附属事业，实际上成了日本侵华的急先锋。首任总裁后藤新平，原先是台湾总督，由日俄战争中消灭旅顺港俄军舰队的儿玉源太郎推荐担任南满铁路总裁。南满铁路一系列经营方针都是由后藤新平制定，他把南满铁路变成一条趴在中国躯体上的吸血蚂蟥。

从1906年开始，日本在中国东北建立了一套完整的管理机构，包括关东厅、关东军司令部、日本领事馆和南满洲铁路株式会社四大机构。以1931年九一八事变为分界线，九一八事变前满铁是日本侵略中国东北的中枢机构；九一八事变后，关东军司令部成为侵华中枢，满铁开始转向以商业经营为主。[66]

后藤新平将南满铁路经营触角延伸到海港、海运、旅馆服务、煤矿、电气以及沿线城市市政等方面，他还沿铁路布局了不少学校，打算为日后长期殖民培养人才；开设了诸多医院，力争使每一所医院都具有野战医院的功能。更重要的是，他在总务部、运输部、矿业部、附属地行政部四个基本部门的基础上，又设置了直属总裁的经济调查部，于 1932 年 1 月 26 日正式成立，由十河信二担任经济调查部的委员长。

满铁经济调查部成为当时日本最大的特务情报机构，不但设了北京分所、上海分所，将触角伸向中国的东北、华北、华东，还在东京设置了东京分社，其分支机构甚至将触角伸向了美国、欧洲、东南亚等国家和地区。[67]他们积极参与对华政治人物的诱降活动。如上海事务所南京支所所长西义显先后参与了“汪精卫工作”“钱永铭工作”（钱时任中国交通银行董事长），并与国民政府外交部亚洲司司长高宗武、国民政府外交部亚洲司日本课长董道宁关系密切，他的活动报告，经上海事务所所长伊藤武雄，直送时任满铁总裁的松冈洋右。

在近 40 年的情报活动中（1945 年 9 月 30 日解散），满铁经济调查部完成了一万多份调查报告，接近一天一份。其中《远东苏军后方调查》《中国抗战力调查》《中国长江沿岸兵要调查》等报告，对日本战略制定发挥了十分重要的作用。鼎盛时期，满铁经济调查部有

66. 苏崇民，絮絮叨叨说满铁 [J]. 满铁研究，2012(3).
67. 胡平 . 访日归来话“满铁”[N]. 中华读书报，2007-08-22.

雇员1600多人，是日本头号情报机关，与美国中情局、苏联克格勃并称20世纪上半叶世界三大情报机构。[68]

1928年6月，日本炸死张作霖，导致少帅张学良于当年12月29日通电全国，改旗易帜，蒋介石完成了形式上的全国统一。蒋介石情绪大好，准备对东北做点事情。他掂量了一下日本不敢惹，所以准备先动苏联。1929年7月10日，他命令东北当局驱逐并逮捕了苏联特工，查封苏联驻东北各机关团体。苏联向蒋介石发出了警告。8月份，苏联成立了远东特别集团军，然后张学良奉蒋介石命令成立了“防俄军”，兵力10万人。8月17日，南京政府对苏宣战。10月12日，中苏之间的三江口战役，中国海军失利，苏军占领同江、富锦。11月，苏军西路军进攻满洲里和扎赉诺尔，东北军伤亡惨重。11月24日，苏军进占海拉尔、密山，东北军败局已定。12月22日，中苏签订《伯力协定》，中东铁路重新回到苏联占领北满铁路、日本占领南满铁路的状态。国民政府收复中东铁路的尝试以失败告终。

1931年日本策划了九一八事变，侵占了中国东北全境及中东铁路。苏联竟然提出将中东铁路权益售与日本。1934年10月，苏联以1.4亿日元将中东铁路卖与日本。第二年3月，双方正式签订协议，日本接收了中东铁路及其一切附属事业。由沙俄修建的整个东北干线铁路网落入日本之手，日本又将新获得的铁路线全部改建为标准轨铁路。

日本新干线的前身，亚洲第一列准高速列车亚细亚号特快列车就诞生在这里。基于亚细亚号特快列车的运营实践，日本推出了“弹丸列车计划”，而日本第一条新干线东海道新干线基本就是“弹丸列车计划”的缩水版，所以亚细亚号特快列车是名副其实的“新干线的爷爷”。

在日本国内处处碰壁的岛安次郎此时来到南满铁路，出任首席理事（社长助理）。在这里，他提出了利用南满铁路发展高速铁路的设想，希望以南满铁路为示范，推动日本国内铁路轨距变革。

九一八事变后，为了加快全面侵华，日本加紧了在中国东北的活动，南满铁路的客货运输需求大幅增加。为了提升南满铁路的运力，满铁从 1933 年开始布局研发新型亚细亚号特快列车。作为火车株式会社的董事长岛安次郎安排自己的儿子岛秀雄参与列车研发工作。

新的机车型号取名“太平洋 7 号”，由川崎重工车辆所的市原善积担任总设计师。为了研制新车，市原善积专门赴美国、欧洲考察了一圈，仅在美国就待了 102 天。据说，市原善积乘坐了美国 12 家著名铁路公司的列车，还跑到好莱坞福克斯电影公司录音棚学习隔音技术。为了使座椅更舒适，他特地到华盛顿试坐了总统座椅，感受弹簧的缓冲效果。为了使车厢更具有现代感，他还走遍了美国的博物馆、美术馆。这还不够，他还在中国东北考察了一圈，根据气候特点为列车设计了空调系统，选用的是美国凯利公司的空调系统。为了减少噪声，列车许多部位都用了毛毡、法兰绒、压榨木面板等进行了隔音处理，车窗也采用了密闭式双层玻璃。[69]

市原善积还深受欧美流线型车型设计影响，他为太平洋 7 号机车设计了流线型整流罩，使其摆脱了传统蒸汽机车的造型，减少了空气阻力。其流线型外壳曾经在川西飞机公司的风洞里进行过风阻测试。所有这些都深深影响了后来新干线列车的开发。

---

68. 胡平 . 访日归来话“满铁”[N]. 中华读书报，2007-08-22.
69. 胡慧雯 . 世界上最早的“高铁”诞生于大连 [N]. 半岛晨报，2014-12-07(B07).

1934 年太平洋 7 号正式交付使用。机车在测试平台上最高时速达到了 140 公里，但在实际路轨测试时，时速超过 135 公里后，列车就会发生强烈震动，所以最高运行速度限定在了每小时 130 公里。太平洋 7 号机车共生产了 12 台，其中 3 台在日本生产，后面 9 台在大连生产。

亚细亚号特快列车，整列车共包括 6 节车厢：

第一节为邮政和行李两用车，并配备了分拣室，能够收寄旅客途中邮寄的邮件。

第二节为三等坐车厢，设置都是沙发软椅，每排两张软椅，4 人对面而坐，中间是过道，定员 88 人。

第三节是餐车，装饰豪华，设 9 张餐桌，36 个餐位，车厢门口还设有 6 人座席等候室。餐具为高档水晶杯、银制刀叉，银器全都是从新潟县燕市定制的银器，上面刻有南满铁路的纹章。镀金的碗碟是景德镇生产的瓷具。餐饮以日本料理和西餐为主。酒吧还供应各种酒水饮料，餐车服务员均是俄罗斯女郎。

第四节和第五节车厢为二等座席，座椅为绒面沙发，可电动调节 45 度、90 度和 180 度等方向。

第六节是一等车厢，由观光室和座席两部分构成，还有一个小型的会议室和一间阅览室，配有书架桌子，旅途中，乘客可以看书、写信、下棋。带磁性的围棋棋盘，可以保证在列车运行期间，棋子不会发生任何移动。由于在列车尾部装配了大面积的玻璃窗，车厢内拥有极好的视线。车厢入口处则设有贵宾室，可以容纳两人，室内沙发、茶几等设施极尽奢华。贵宾室则拥有很强的私密性，可以进行一些重要事情的洽谈。

1934 年 3 月 1 日，亚细亚号特快列车正式投入运营，创造了以七个半小时跑完新京（长春）到大连全程 701.4 公里的纪录，全程最高时速 130 公里，平均运营速度 82.5 公里。这让岛安次郎兴奋不已，要知道当时日本国内的铁路普遍运行速度在三四十公里，号称日本国内最快的燕号特快列车也不过时速 60 多公里。

日本从苏联手里拿到北满铁路之后，迅速将它们改建为标准轨。1935 年，亚细亚号特快列车又延长开行至哈尔滨，从大连至哈尔滨的 943 公里距离需要 12 小时 30 分。此后日本还开通了长春至釜山的列车班次。根据现在获取的资料来看，亚细亚号已经是当时远东地区速度最快的准高速列车，它不仅仅是速度的宠儿，而且设施也堪称豪华。所以有大批日本富豪、高级军官、欧洲商人、外交官陆续到中国东北体验这趟远东的准高速列车。

亚细亚号从 1934 年一直运营到 1943 年，其间在 1941 年 7 月关东军特别大演习开始时，一度停止运营五个月。到 1943 年 2 月，日本已经在太平洋战争中被美国打得找不着北，局势一步步恶化，满铁为了增加运力保证军事需要，亚细亚号被中止运营，机车和车厢被改为普通列车。1945 年苏联出兵中国东北，将部分亚细亚号车厢运往苏联，剩下部分被中国接收。太平洋 7 号在新中国成立后被称为“胜利 -7”型，现仅存 2 台（SL751、SL755）。其中 SL751 号机车现存于沈阳蒸汽机车博物馆。

亚细亚号是当时亚洲最快的铁路列车，是日本追赶欧美铁路技术的一个阶段性成果，已经基本上达到了欧美主流干线铁路的技术水平。

↓ 上图：超特急亚细亚号特快列车乘客与送行的人挥手告别
↓ 下图：超特急亚细亚号特快列车上使用的餐具

亚细亚号为30年后日本开通新干线奠定了基础，是名副其实的日本高速列车鼻祖。

1945年日本无条件投降前，苏联出兵中国东北，再次占领中东铁路，并与国民党政府签订协议，合办中东铁路公司。新中国成立后，到1950年9月30日，苏联将中东铁路附属单位哈尔滨工业大学、哈尔滨博物馆、大连工业大学等移交中国东北人民政府。到1952年9月16日，苏联才最终决定将中东铁路完全移交中国政府。[70]

“弹丸列车计划”

——→ 南满铁路亚细亚号特快列车的成功，让岛安次郎声名大噪。1938 年 12 月 2 日，当时负责经营日本国有铁路的铁道省正式成立了“铁路干线调查委员会”，对东海道—山阳线铁路（东京—大阪—下关）的扩能项目进行专项调查。已经 68 岁的岛安次郎再次站在了历史的十字路口，向着自己 20 年前规划好的宏大铁路计划做最后的冲刺。

东海道—山阳新干线的再次提出，是因为日本本土铁路运能达到饱和。九一八事变后，日本到中国东北的客货运输大幅增加。当时，日本到中国东北的客货运输线路大致是这样进行的：从东京经过东海道—山阳线铁路，到达下关，然后通过转海运到达朝鲜半岛的釜山，再经过朝鲜铁路到南满铁路，最终到达中国东北。这就对东海道—山阳线运输能力提出了挑战。资料显示，东海道—山阳线铁路，里程只占日本国铁总里程的 7%，但是却承担了 30% 的运量。

加上战争爆发后，军方在日本政坛的话语权如日中天，建设标准轨铁路又是日本军方的夙愿。在军方看来建设标准轨干线铁路的优势一目了然：速度快、运量大，能够保证军需物资快速地运送到前线，满足他们的侵华需求。

在这种形势下，新干线建设工作推进得异常顺利，让岛安次郎

70. 中东铁路建设与回归始末 [M]// 哈尔滨市地方志编纂委员会 . 哈尔滨市志附录 . 哈尔滨：黑龙江人民出版社，1993.

↓ “弹丸列车计划”运行图

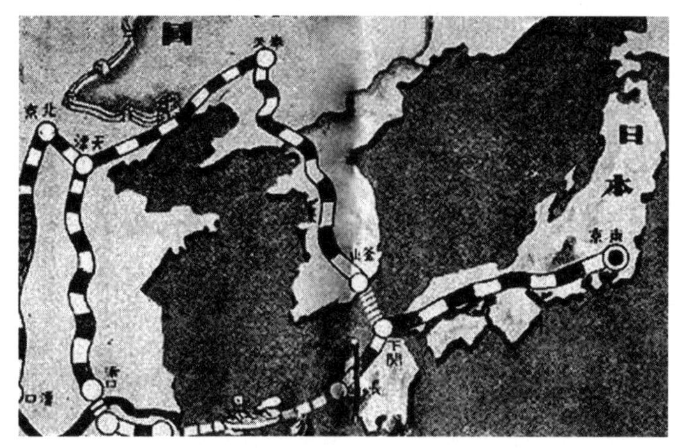

按捺不住地心花怒放。委员会成立半年后，1939 年 7 月 12 日，他们就组织召开了专家研讨会。11 月份，他们正式提出了建设一条标准轨干线铁路的计划，简称“新干线计划”。“新干线”这个名字正式登上历史舞台。

为了营造良好的舆论氛围，他们还在媒体上进行了大幅宣传。日本国内也是群情激奋，在帝国主义军队不断取得胜利的刺激下，新干线的建设计划在日本国内取得了意想不到的一致支持。这与此前各派政治实力对建设标准轨铁路以耗资巨大为借口横加阻拦形成了鲜明对比。媒体在宣传时无一例外地将“弹丸列车”的名字放到标题或者最突出的位置。所谓“弹丸”就是子弹的意思，“弹丸列车”指即将建成的东海道—山阳新干线所使用的列车，像子弹一样迅速。在那样一个时代，研制时速 200 公里的高速列车确实鼓舞人心，当时日本媒体更像是打了鸡血一样。“弹丸列车”成了大和民族强大科技的象征，是他们的骄傲。所以“标准轨新干线计划”在民间一直被称为“弹丸列车计划”。

根据岛安次郎等人制定的“弹丸列车计划”，日本将在东京至下关之间修建一条全长 970 公里的标准轨干线铁路，然后修建一条穿越对马海峡、长达200公里的海底隧道，到达釜山，实现日本与朝鲜半岛的直达运输（根据岛安次郎等人的设计，如果这条海底隧道不能很快修通，则暂时用火车轮渡代替，同样能够实现下关至釜山的直接连通）。这还不是终点，“弹丸列车”还将由釜山经汉城、奉天（沈阳）直达当时日本控制的伪满洲国首都新京（长春），此外还可以从奉天出发，经山海关、天津抵达北京。

且不说这个计划有多庞大、建设有多困难，单单一条连接下关与釜山之间的海底隧道，就让人不得不佩服日本人的想象力。开始，日本铁道省的建议是修建跨海大桥（200公里的跨海大桥，太逆天了），但是日本陆军以“敌人可能会用鱼雷攻击桥基”为理由加以反对，要求改成海底隧道。于是海底隧道的方案被确定下来。

全长200公里的海底隧道是什么概念？目前世界上最长的海底隧道——英吉利海峡隧道全长也只有51公里，1986年开始动工，1994年建成通车，耗时8年。即使今天的中国以敢建大工程闻名于世，正在规划的连接烟台与大连的海底隧道够让世人瞠目结舌的了，也不过123公里。而在80多年前，日本就规划过全长200公里连接下关至朝鲜半岛的海底隧道。

根据“弹丸列车计划”，这条铁路的日本段共分为19站，“弹丸列车”最高运行时速200公里，东京至大阪只需要4小时30分，东京至下关需要9小时。如果海底隧道暂时不能完成，下关至釜山9小时，釜山至汉城5小时，汉城至长春14小时，长春至北京4小时，全程3692.7公里，共需要两天时间。我们来看看当时以岛安次郎为

代表的铁路干线调查委员会为“弹丸列车计划”制定的一个时刻表：[71]

东京 20：00 出发→下关 7：00→釜山 16：00→新京（今长春）第二天 11：00。

东京 7：30 出发→大阪 11：30→下关 16：30→釜山第二天 8：00→京城（今首尔）13：00→北平（今北京）第三天 7：00。

“弹丸列车计划”的野心不可谓不大，对后世的影响也是不可估量。1964 年开通的东海道新干线基本就是“弹丸列车”的缩水版。下面我们就通过一张表格来比较一下“弹丸列车计划”与东海道新干线的异同。

· 表一：弹丸列车计划与东海道新干线比较[72]

	弹丸列车计划	东海道新干线
线路区间	日本段：东京—大阪—下关（970 公里）	东京—大阪（515 公里）
动力方式	动力集中	动力分散
最高速度	200km/h	210km/h
轨距	1435mm	1435mm
最大坡度	10‰	10‰
车辆尺寸	25m×3.4m×4.8m	25m×3.38m×4.45m
曲线半径	2500m	2500m
设站	东京、横滨、小田原、沼津、静冈、浜松、丰桥、名古屋、京都、大阪、神户、姬路、冈山、尾道、广岛、德山、小郡、下关	东京、新横滨、小田原、浜松、丰桥、名古屋、岐阜羽岛、米原、京都、新大阪
运行时间	东京—大阪 4 小时（东京—下关 9 小时）	东京—大阪 4 小时
列车运行次数	单程 42 次（东京—大阪）	单程 30 次
货运计划	有	无

有了军方的支持，“弹丸列车计划”的进展出奇地顺利，可谓势如破竹。1939 年 11 月新干线调查委员会正式提出“弹丸列车计划”，并着手前期勘测，1940 年 3 月，第 75 次日本帝国会议正式批准有关方案，前后只有不到半年的时间。根据批准的方案，先期启动建设的线路是东京—下关段，全长 970 公里，1940 年正式动工，1954 年全部竣工，工程造价 5.56 亿日元（约相当于 4 艘大和级战列舰的建造费用）。

为了配合这条铁路建设，日本还启动了高速列车的研制，也就是被日本媒体大力称颂的“弹丸列车”。参与“弹丸列车”研制的就包括岛安次郎的儿子岛秀雄。作为战后日本新干线的缔造者之一，岛秀雄通过“弹丸列车计划”的参与机会，积累了大量的经验。当时研制的车型主要有两种，一种是蒸汽机车 HD53 型，最高时速 150 公里。之所以研制蒸汽机车，是因为日本军方担心变电所、供电设备容易被空袭摧毁。另一种是电力机车 HEH50 型，最高时速 200 公里。

1941 年年底，太平洋战争爆发。战争初期，日本连战连捷，将东南亚大批土地纳入自己的统治范围，仿佛整个世界已经唾手可得。日本信心满满，更大的计划也在酝酿中，“弹丸列车计划”也准备扩容。在 1942 年 8 月召开的日本内阁会议上，日本人正式立项，对连接下关与釜山的海底隧道进行调研。

岛安次郎以为自己的宏愿就要实现了。但中国有句老话叫“为山

———

71. 杨中平．新干线纵横谈：日本高速铁路技术 [M].2 版．北京：中国铁道出版社，2012:5.
72. 杨中平．新干线纵横谈：日本高速铁路技术 [M].2 版．北京：中国铁道出版社，2012:9.

↓上图：上村义夫1942年编撰的《大东亚纵贯铁道》书影
↓下图：“大东亚共荣圈”的宣传海报

九仞，功亏一篑”，还有一句老话叫“行百里者半九十”。所谓“飞龙在天”之后就是“亢龙有悔”，实际上军国主义日本的末日已经悄然来临。中途岛海战后，日本在太平洋战争中已经由攻转守。战争局势的恶化对日本国内铁路建设也造成影响。到1943年，日本再也无力去实施“弹丸列车计划”，工程全面中断。岛安次郎的宏愿再次化为泡影。1945年8月15日，日本宣布无条件投降。半年后，1946年2月17日，岛安次郎含恨而终，享年76岁。好在岛安次郎还有一个争气的儿子岛秀雄，作为日本东海道新干线的缔造者之一，与日本“高铁之父”十河信二联手，推动了世界上第一条现代意义上的高速铁路在日本诞生，完成了父亲的遗愿。有鉴于此，岛安次郎也可以含笑九泉了。

“弹丸列车计划”其实只是日本臭名昭著的“大东亚共荣圈”的一部分。根据日本的规划，“大东亚共荣圈”范围涵盖了中国、朝鲜、日本、法属中南半岛、荷属印尼、新几内亚以及澳大利亚、新西兰、印度及西伯利亚东部等地。“大东亚共荣圈”中，日本本国与伪满洲国、中国为一个经济共同体，东南亚作为资源供给地区。

所以除了正式上马的“弹丸列车计划”，日本还提出过更加庞大的铁路网计划。早于“弹丸列车计划”，1938年2月，日本铁道省有一个狂人，名叫汤本升，他提出了一个“中央亚细亚横贯铁道方案”，又称“日德联络铁道”。根据汤本升的计划，将东京—釜山—北京的标准轨干线铁路，继续往西延伸，经过阿富汗、伊朗、伊拉克、土耳其，最终抵达柏林。这条铁路线，需要新建的部分以中国的包头为起点，经西安、甘州（今甘肃张掖）、哈密、喀什，然后通过天山山脉南麓帕米尔高原进入阿富汗，经过瓦罕、喀布尔，通过伊朗德黑兰，最终到达伊拉克首都巴格达，在此与通往伊斯坦布尔的巴格达铁路连接。建设总里程7500公里，预算12亿日元，约相当于当时日本国家预算的1/4。[73]除了要翻越帕米尔高原的部分施工难度比较大外，线路经过的其他地方并没有太大的技术难度。所以汤本升认为，这是一条必须兴建的铁路。

当时日本与德国、意大利结盟，构成轴心国集团，以苏联为假想敌。汤本升规划这条线路主要目的是替代苏联的西伯利亚大铁路。在汤本升的提案之前，南满铁路第10任总裁山本条太郎也曾提出类似的提案。1939年10月，汤本升在《旅》[74]杂志上发表文章，认为中亚地区在欧美列强进入后受到冲击，至今没有新的文化与产业兴起的根本原因就是交通不发达。当时从东京出发，经西伯利亚到达欧洲需要15天的时间，如果这条铁路修建完成，并使用高性能的机车车辆，

73. 阎京生．“超特急”亚细亚号：80年前中国最快的火车是日本人造的[EB/OL].[2015-01-04]. https://www.thepaper.cn/newsDetail_forward_1288861.
74.《旅》是日本最早的旅游杂志，1924年4月创刊，2012年1月正式停刊，共发行1002期。

旅行时间可以减少为 10 天。此外，该条铁路对振兴中亚地区经济与文化有重要作用，将成为“欧亚联络最短铁道”，是“世界唯一的和平铁道”。[75]

汤本升的方案过于宏伟，连他的日本同事都觉得他是在做梦，嘲笑他的方案为“梦一样的胡话”，甚至给他取了一个外号叫“貘”。在中日两国的传说中，貘是一种奇幻的生物，它会在每一个朦胧月色的夜晚，从幽深的森林启程，来到人们居住的地方，吞噬人们的梦境，也可以使被吞噬的梦境重现。[76]

但是汤本升的狂妄梦想并没有一直停留在纸面上，1941 年日本发动了太平洋战争，迅速占领了泰国、马来西亚以及一些法属殖民地，汤本升的方案引起了日本军方的关注。1942 年 8 月，日本召开内阁会议，决定正式调研汤本升的“中央亚细亚横贯铁道方案”，并成立“中亚横贯铁道调查部”，具体负责该项工作。

新成立的“中亚横贯铁道调查部”胃口比汤本升还要大，他们在汤本升方案的基础上又提出了“大东亚纵贯铁道计划”。这条铁道同样利用东京—釜山—北京的铁路，然后南下经过汉口、桂林、南宁、河内、曼谷，最终抵达新加坡。“大东亚纵贯铁道计划”还包括四条支线：第一条是天津至南京支线；第二条是汉口至上海支线，然后从上海经火车滚装轮渡到达日本长崎；第三条是长沙经昆明到缅甸的曼德勒；第四条支线，从曼谷出发经仰光到达吉大港。

根据“中亚横贯铁道调查部”的设想，在未来轴心国消灭苏联以后，将有三条轴心国联络路线。第一条就是汤本升提出的“中亚横贯铁道”；第二条是从长春、哈尔滨、满洲里并入西伯利亚大铁路，通往柏林；第三条是印度路线，经东京、长崎、上海、昆明抵达加尔各答，然后从白沙瓦通往喀布尔，与“中亚横贯铁道”会合。

不过，随着日本的战败投降，所有这些都成了泡影。只有"弹丸列车计划"建设期间留下的未完工的日本坂隧道、新丹那隧道等工程，以及征收的大量土地，后来直接成为东海道新干线的一部分。

———

75. 参见中文版维基百科“大东亚纵贯铁道”词条。
76. 参见百度百科“貘”词条。

第三章
十河信二与新干线引领

一花开，天下春。

—— 日本“新干线之父”十河信二座右铭

——→ 世界高铁发展史上，有两个国家的故事最为精彩，一个是日本，一个是中国。欧洲高铁的诞生是按部就班、自然而然的结果，而中日两国高铁的上马则面临着重重阻力与困难，都经历了种种波折与博弈，过程跌宕起伏，因为有非常之人才建立非常之功，所以才被称为传奇。

1945年日本战败投降，国民经济千疮百孔，铁路面临的局势更不乐观。数据统计显示，二战期间，日本铁路遭到美军毁灭性的打击，被炸毁的铁道共计1600公里、机车891台、客车2228辆、货车9557辆，损失总额18亿日元。[77]日本战败之初，被毁坏的列车车窗只能用木板代替，有些列车车身上还有被炸的痕迹，甚至有些列车的车门都无法关闭。与此同时，由于铁路装备制造工厂在二战中遭到严重破坏，所以新造装备也不能马上跟上。当时日本铁路面临的形势是客运量大幅增加而货运量大幅下滑（不再有军需物资的运输）。

就是在这样一种情况下，日本财阀并没有忘记因为战争而废弃的“弹丸列车计划”。1946年6月，私营企业日本铁道株式会社提出，引进外国资本来继续完成计划。他们规划将线路调整为东京至福冈，目标是东京至大阪4小时，东京至福冈10小时。[78]但是日本当时是在以美国为首的联合国军司令部（GHQ）的管制之下，对社会基础建设投资有严格的控制。1949年5月，日本政府在联合国军司令部的要求下，发布了《日本国营铁道法》，成立日本国有铁道公司，再次将铁路收归国营。初成立时的日本国铁，

↓ 上图：日本国铁第一任总裁下山定则
↓ 下图：下山事件肇事的列车

共有运营铁路2.6万公里，员工60万人。

新成立的日本国铁厄运不断，前三任总裁不是死于非命就是因重大事故被迫辞职。1949年6月1日，下山定则被任命为国铁第一任总裁。此时，以美苏为首的“冷战”已经正式展开，美国在日本则推出了“马歇尔计划”的翻版“道奇计划”。针对日本国铁，联合国军司令部要求裁汰冗员，提高效率。他们要求下山定则在7月4日前提交一份3万人的裁员名单。下山定则不愿执行但又没有办法，日本国铁工会更是强烈反对，扬言要罢工进行抵制。在提交裁员名单的第二天——7月5日，下山定则离奇失踪，7月6日，人们在常磐线铁轨上找到了下山定则，尸体已经被电车轧得七零八落。这就是日本铁路史上著名的“下山事件”。为了调查事件原委，日本成立了“下山事件特别搜查本部”，但是关于结论却没有达成一致，

77. 原田胜正．日本的国铁[M]．东京：岩波书店，1984:136–137.
78. 参见日文版维基百科“弹丸列车”词条。

↓ 上图：扑朔迷离的三鹰事件
↓ 下图：樱木町事故

搜查一课认定是自杀，而搜查二课认定是他杀，继续调查。时任国铁副总裁加贺山之雄坚持认为下山定则是被谋杀的，他还写了一篇文章刊登在《日本》杂志上。到 1950 年，搜查二课搜查员被调离，案件也就不了了之。

“下山事件”发生 10 天后，1949 年 7 月 15 日晚上，在日本东京都北多摩郡三鹰町，中央本线三鹰站一辆无人驾驶的空列车（63 系）突然从车站停车库窜出，以时速 60 公里冲向车站，连带冲击到线路旁的商业街，共造成 6 人死亡、20 人受伤。无人列车突然冲出，肯定是有人在列车操控系统上做了手脚，但真凶一直未能缉拿归案，史称“三鹰事件”。

一个多月后，8 月 17 日 3 点过 9 分，日本国铁东北本线福岛县松川站—金谷川站间发生列车倾覆事件，造成司机等三名乘务人员死亡，事故调查显示轨道曾被人为破坏，警方先后逮捕了 20 名嫌疑人，经审判后又全部无罪释放，史称“松川事件”。

“下山事件”“三鹰事件”“松川事件”被称为日本“国铁

三大谜案”。

松川事件后不久，1949年9月24日，加贺山之雄被任命为日本国铁第二任总裁。1951年4月24日，日本国铁京滨东北线樱木町站内，往东京方向的上行线维修时，有个电工不小心掉落了扳手，导致输电线脱落，进而导致第1271B次列车受电弓接触车顶激起电弧，点燃车顶的油漆起火。当时的列车是木制的，火势迅速扩大。更为要命的是，由于当时日本生产的玻璃强度不够，列车车窗被设计成中间固定的三段式，乘客无法跳窗逃走。而且列车两节车厢之间不通，有门但平时是锁死的。列车长和驾驶员从专用门逃脱后，车站人员无法从车外把门打开。负责线路供电的是横滨变电所与鹤见变电所，横滨变电所立刻切断了电源，距离较远的鹤见变电所没有检测到电流过载，电话联系上之后才切断了电源，此时已经过去了5分钟。火势进一步蔓延。事故造成106人死亡、92人受伤，史称“樱木町事故”。事后三个电工、一个信号员还有电车司机被判刑。四个月后，加贺山之雄引咎辞职。时任日本国铁车辆局局长的岛秀雄也受牵连辞职。

加贺山之雄辞职后，8月25日，日本国铁第三任总裁长崎惣之助走马上任。在长崎惣之助任上，日本国铁发生了两次死亡人数更多的大事故。日本国铁部分线路需要跨海，采用轮渡进行衔接，日本称之为“联络船”。如青函联络船，连接青森站与函馆站，直到1988年3月13日青函隧道贯通后才停止使用；宇高联

↓ 三车相撞的鹤见事故

络船连接宇野站与高松站，直到1991年3月16日濑户大桥启用后才停止使用。长崎惣之助任上两次重大事故正是发生在这两条联络线上。1954年9月26日，日本国铁的青函联络船洞爷丸号由北海道函馆站驶向青森站，由于船长判断失误，遭遇台风，洞爷丸号沉没，全船1337人中的1155人死亡，史称“洞爷丸事故”。1955年5月11日，宇高联络船紫云丸号，在女木岛附近与“第三宇高丸”发生碰撞事故，造成166人死亡、122人受伤，其中很多死者都是毕业旅行的中小学生，史称“紫云丸事故”。“紫云丸事故”发生第二天，长崎惣之助引咎辞职。

“樱木町事故”“洞爷丸事故”“紫云丸事故”以及后来发生在1962年5月3日的三车连环相撞，造成160人死亡、296

人受伤的“三河岛事故”（时任总裁十河信二），1963年11月9日的三车连环相撞造成161人死亡、120人受伤的“鹤见事故”（时任总裁石田礼助），并称“日本国铁战后五大事故”。

三任总裁，一任死于非命，两任引咎辞职，一时之间，日本国铁总裁成了一个烫手的山芋。如何找到一位合格胜任的国铁总裁，成了一件让日本政府颇为头疼的事情。日本政府只好请出了已71岁高龄的重量级人物——日本国铁第二任总裁加贺山之雄的岳父十河信二。

老鬼子十河信二

——→ 1946 年，日本东京。全世界的眼光聚焦到这里，东京大审判在这里举行。中国国民党政府向远东国际法庭提报了日本战犯名单，共有 48 人，既包括大名鼎鼎后来被判处绞刑的板垣征四郎，也包括后来因缔造新干线而知名的日本侵华先锋十河信二。[79]

十河信二 1884 年 4 月 14 日生于日本爱媛县新居郡中村，1905 年考入东京帝国大学法学系研修政治学。大学期间与当时在东京音乐学校就读的菊花结婚。1909 年，十河信二大学毕业后进入日本内阁铁道院。当时掌控内阁铁道院的正是满铁首任总裁后藤新平。在递信大臣兼内阁铁道院总裁后藤新平的支持下，岛安次郎正在全力推进他的标准轨改造计划。十河信二一生受后藤新平及岛安次郎的影响很深。1917 年，十河信二获得了赴美考察铁路建设的机会。此时第一次世界大战激战正酣。赴美前，十河信二曾认为日本与美国难免一战。但为期一年的美国考察经历大大改变了他的想法，见证了美国强大的工业制造体系后，他认为与美国作战的想法是世界上最愚蠢的想法，即便两国关系高度紧张也必须想办法避免战争。

十河信二前期政治生涯甚是平淡，直到 1920 年，36 岁的他才当上了内阁铁道院经理局会计课课长。1923 年 9 月 1 日，日本发生了里氏 8.2 级的关东大地震，造成 10 多万人丧生，200 多万人无家可归。日本为此专门设立了帝都复兴院，负责震后重建工作，院长由

↓十河信二

内务大臣后藤新平兼任。他把十河信二调到复兴院担任经理局局长。不久，帝都复兴院在赈灾过程中爆发受贿丑闻，十河信二被捕入狱，他的朋友太田圆三畏罪自杀。但十河信二为人刚毅，承压能力极强，他在监狱里被关了91天，在一审判决有罪的情况下，坚持上诉，最终被无罪释放。

1930年，46岁的十河信二在满铁总裁仙石贡的邀请下，赴中国东北就任南满铁路理事，开启了他政治生涯的第一个辉煌。九一八事变前，南满铁路是日本侵华的核心机构。当时日本国内对于如何殖民中国东北有两派意见，一派认为应该深耕满洲，从经济、文化上彻底奴化中国人；另一派则认为，张作霖表面上虚与委蛇，但暗地里与英美勾勾搭搭，还纵容民间反日，准备把日本赶出东北，所以应该发动对华战争，占领满洲全境，进而侵占中国。主张对华战争的主要是少壮派军人，如策划“皇姑屯事件”炸死张作霖的战争狂人、关东军少佐河本大作。十河信二也是对华战争扩大派的代表，他到南满铁路后与关东军相勾结，成为日本侵华的急先锋。

1931年上半年，日本关东军筹备对华战争，满铁积极配合。1931年6月，不支持军方冒险行动的内田康哉就任第12任满铁总裁。

79. 台北“国史馆”藏《国民政府外交部档案“日本主要战争罪犯名单”》，典藏号020-010117-0003-0011。

十河信二积极斡旋，大肆鼓吹对华战争的好处，说服内田康哉成为对华战争的激进扩大派。在 6 月底的一次交通联络会议上，十河信二公开要求制定非常时期的交通应急策略，暗示军事行动已经迫在眉睫。[80] 9 月 17 日，河本大作到达大连，9 月 18 日凌晨河本大作与十河信二在大和旅馆进行密谈，十河信二表示将毫无保留地协助关东军的军事行动，还答应亲自与板垣征四郎、石原莞尔接头。[81]18 日深夜，日本关东军安排铁道“守备队”炸毁沈阳柳条湖附近日本修筑的南满铁路路轨，并栽赃嫁祸给中国军队。日军以此为借口，炮轰沈阳北大营，九一八事变爆发。次日，日军侵占沈阳，又陆续侵占了东北三省。1932 年 2 月，中国东北全境沦陷。

十河信二在九一八事变中的表现深受关东军赏识。关东军军部要求满铁加强情报搜集能力，认为有必要再设立一个综合调查研究机构。1932 年 1 月 26 日，满铁经济调查部正式成立，十河信二任委员长，经济调查部的核心人员来自原总务部调查部。经济调查部主要任务是对东北地区资源进行调查，从事“满洲经济的根本研究”。[82] 十河信二领导的这个机构，规模庞大，下设 7 个委员会，包括中国经济调查委员会、国际经济调查委员会、葫芦岛筑港委员会、特产对策委员会、银委员会、满洲财政委员会、附带事业委员会，另外还有 5 个部，经济部、农林部、交通运输部、商业金融部和法制劳动殖民部及干事室，部下有 27 个研究班。[83] 此后，经济调查部发展成为日本最大的情报机构，前面一章我们已经做了介绍，此处不再赘述。十河信二当然也就成了日本情报系统的头子。

中国东北根本满足不了法西斯日本的胃口，他们的下一个目标是

↓九一八事变日军侵占我国东北示意图

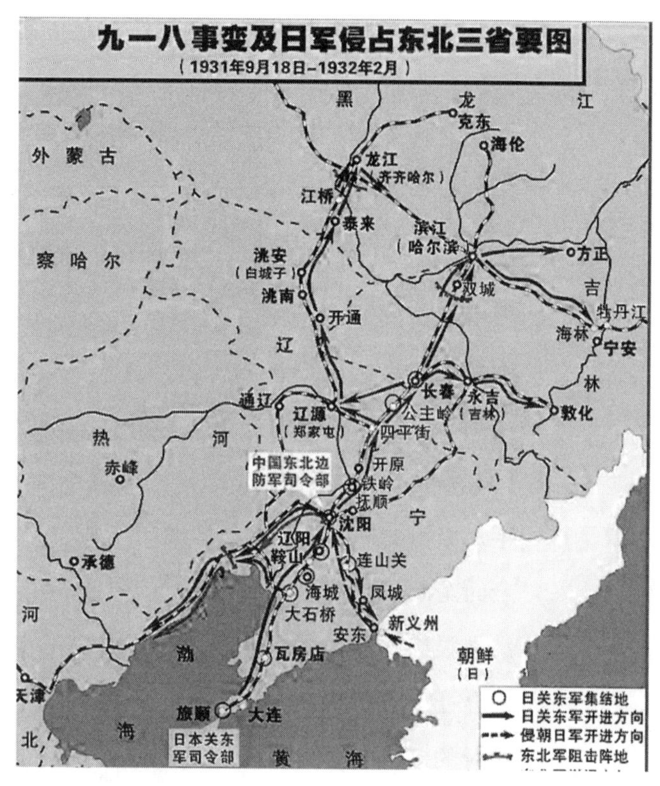

华北。1934 年 6 月和 9 月，十河信二两次到华北考察，提出了向华北经济扩张的方案。当年 10 月，日本的中国驻屯军司令部制定了《华北重要资源经济调查之方针及要项》，提出向华北扩张的设想。[84]1935 年年初，关东军、满铁以及日本驻华武官，又就侵华方针达成一致意见。他们认为，对华北政治工作可由国家机关直接进行，而经济工作必须由国家以外的机关担当。于是满铁开始筹划成立兴中公司，以“作为对华经济工作的统一机关”。[85]

1935 年 12 月 20 日，兴中公司正式成立，注册资金 1000 万日元，满铁是最大股东，十河信二担任社长。臭名昭著的兴中公司是日本对中国华北进行全

---

80. 胡德坤，韩永利 . 中国抗战与世界反法西斯战争 [M]. 北京：社会科学文献出版社，2005:384.
81. 张志 . 狂热的日本军国主义分子河本大作的罪恶史 [J]. 中央档案馆丛刊，1986(1):53-59.
82. 辽宁省地方志编纂委员会办公室 . 辽宁省志：大事记 [M]. 沈阳：辽海出版社，2006.
83. 林善玉 . 朝鲜民族由西伯利亚向中国东北的再迁 [J]. 民族研究，1997(9):25-29.
84. 李惠兰，薛凤 . 七七事变前日本对华经济战：垄断华北命脉 [N]. 北方新报，2013-05-30(46).
85. 吉林省社会科学院存日文档案抄件，108-279 号。

面经济扩张的中枢机关，主要任务是控制华北煤矿、铁矿、工业盐、金矿、铝矾土、石英、棉花等战略物资。其中煤矿是重中之重。无论储量还是产量，华北煤炭都居中国之冠。仅仅山西省当时探明的储量就占到了全国的一半。开滦、井陉、正丰等煤矿所产的煤，又都是非常适合炼铁的黏结性煤。十河信二对这些资源垂涎已久。开滦煤矿在英国人手里，十河信二就把目标放在了井陉、正丰等煤矿上，动用各种手段占为己有。兴中公司 1939 年产煤 409 万吨，1940 年产煤 738 万吨，绝大部分都运回了日本国内。[86] 据日方统计，当时中国向日本输出的工业原料及粮食，占日本输入总量的 8%—10%。[87]1937 年七七事变后，日军发动全面侵华战争，兴中公司规模更是迅速膨胀，全面垄断了华北重工业资源。兴中公司的红火生意，让日本其他财阀甚是眼红，日本政府为避免内斗，决定将兴中公司改组为华北开发株式会社，到 1945 年日本战败，华北开发株式会社的总资产，已从起家时的 3.5 亿日元，膨胀至 189.2 亿日元（相当于当时中国 GDP 的 10%），子公司多达 60 余家。[88] 他们不但抢夺中国的资源，还残酷迫害中国劳工，引起多次工人罢工事件，被这两家公司残害致死的中国工人难以计数。在东京大审判中，虽然有些战犯受到了审判，但包括十河信二在内，很多财阀在战争中犯下的罪行并没有被清算。

1937 年，十河信二的政治生涯迎来一次转折。这一年的 2 月 2 日，因与军方不和，日本广田弘毅内阁总理大臣辞职，林铣十郎接替广田弘毅组阁。林铣十郎是最顽固和狂热的右翼军人，他自知政治根基浅薄，所以邀请当时大红大紫的“满洲帮”石原莞尔、十河信二、浅原健三作为组阁参谋。后来因为十河信二反对板垣征四郎担任陆军

↓ 林铣十郎（左）与十河信二

大臣，而林铣十郎不愿违背军方意愿，十河信二愤而离去。

1938 年，54 岁的十河信二辞去了一切职务，开始过无官一身轻的生活。1946 年的东京大审判，他也最终逃过了一劫，没有被审判庭列入最终的战犯名单。此后，61 岁的十河信二当选为爱媛县西条市市长。1946 年十河信二又辞去市长职务担任铁路弘济会会长，1947 年担任日本经济复兴协会会长。

这时日本国有铁路开始了灾难模式，事故一个接着一个，辞职的国铁总裁一任接着一任。1954 年“洞爷丸事故”，1155 人死亡，国铁将事故责任推到了台风上；接下来 1955 年 5 月 11 日又发生了“紫云丸事故”，死亡 166 人、受伤 122 人，这次直接是联络船碰撞，而且死者又多是中小学生，民愤极大，长崎惣之助只好引咎辞职。

辞职对长崎惣之助而言是一种解脱，但是这可愁坏了时任日本首相鸠山一郎（日本民主党总裁，他的孙子鸠山由纪夫 2009 年当选日本第 93 任首相）。当时日本举国上下对国铁一片挞伐之声。鸠山一郎需要一位帅才来稳定局面，国会议员、日本民主党总务会长三木武吉向他推荐了已经 71 岁、正因高血压住院的十河信二。十河信二知

86. 崔艳明．满铁调查与日本全面侵华 [J]. 河北学刊，1997(6):108–111.
87. 阿林斯，宏基．日本攫取华北富源的斗争 [J]. 世界动向，1936(1):18–27.
88. 张利民．华北开发株式会社与日本政府和军部 [J]. 历史研究，1995(1):156–169.

道这是一个烫手的山芋，于是以年龄和健康为由推掉了。

三木武吉是鸠山一郎政府的重要成员，也是十河信二的老乡。最初，他希望找一个财经界的人士接受国铁总裁一职。十河信二基于对国铁发展的关心，向他推荐了很多优秀人才代表。但国铁的烂摊子，让财经界优秀人士避而远之。十河信二没有想到积极为三木武吉寻找“猎物”的自己，最终成了三木武吉的“猎物”。

十河信二积极为国铁出谋划策，但是他无意出任国铁总裁一职。三木武吉深悉十河信二内心的渴望，他决定亲自登门拜访，改变他的想法。他质问十河信二：“现在国家需要你，你能因为自己的困难就退缩吗？你对大日本的忠心哪里去了？你的雄心哪里去了？”[89]十河信二的雄心成功被唤醒，于是1955年5月，71岁的老鬼子走马上任，成为日本国铁第四任总裁。鸠山一郎政府请十河信二出山，看中的是他不同寻常的经历和积累下来的人脉，希望他能够稳定住局面，不要再出事故。谁知道，他不干则已，干就要干大事，他要为病入膏肓的日本国铁带来一场革命。

十河信二要拾起来的正是战前夭折的“弹丸列车计划”。他刚进内阁铁道院时，深受后藤新平和岛安次郎的影响，后来在南满铁路工作，更是亲自参与了超特急亚细亚号特快列车的运营工作。他对标准轨高速度、大运量的体会非常深刻。他一上任就命令部下开展东京至大阪标准轨干线铁路建设的预备调查。

当时日本国铁，问题堆积如山，财力也相当有限，他不去抓安全问题，竟然提出建设标准轨的高速铁路，很多部下认为这老头人老智衰。还有一部分人强调，欧美都已经开始大力发展航空业与汽车业，并同时启动了大规模的铁路拆除计划。他们认为铁路已经是夕阳产业，未来的日本也必然是飞机与汽车的天下。

但是，十河信二看得比他们远。此时的国际格局已经发生了重大变化，以美苏为首的两大集团正处于“冷战”之中，美国为了遏制社会主义阵营的发展，在东亚需要一颗强大的棋子。日本正好可以扮演这样一个角色，并借力美国把国民经济搞起来，扭转国家民族命运。朝鲜战争爆发后，美国在日本采购的军需物资规模巨大，1950—1960 年累计达 610.7 亿美元，[90] 相当于 1950 年日本 GDP 的 2.2 倍。这种强大的外需拉动了日本工业的快速发展，日本铁路运能开始紧张。尤其东海道线，沿线集中了日本 41% 的人口、70% 的工业产值，以 2.9% 的铁路里程完成了日本铁路 25% 的运量。解决东海道沿线运输瓶颈，在既有技术框架里已经无望。十河信二认为，在东京至大阪之间建设标准轨新干线承担两地客运任务，然后腾出既有线运力负责货物运输是不二选择。

但十河信二的僚属坚持认为他的脑袋被驴踢了，尤其是总工程师藤井松太郎，他认为十河信二的计划根本就是一个不切实际的幻想。对于十河信二交代的任务，他觉得应付应付就行了，老头也不能拿他怎么着。于是，他提交的报告，只是将明治时期以来的改轨争论进行了一下梳理回顾，再将战前的“弹丸列车计划”做了一个概要总结，至于要不要建东海道新干线以及如何建，他压根就没有提，因为他认

89. 参见日文版维基百科“十河信二”词条。
90. 叶永烈 . 樱花下的日本 [M]. 北京：中国社会出版社，2009.

为这根本就没有必要。

十河信二看完报告，鼻子都气歪了，他把藤井松太郎叫到办公室，让他立刻辞职，滚蛋走人。藤井松太郎非常爽快地就拍屁股走人了，或许，他觉得这才是一种解脱，与其跟着一个71岁的神经病疯疯癫癫，不如该干吗干吗去。1955年10月17日，藤井松太郎正式离职。

十河信二需要一个大将，成为自己的左膀右臂，执行他的计划，然后一起完成一个伟大梦想。他想到一个人，他的领路人、标准轨干线铁路的旗手岛安次郎的儿子岛秀雄，这个人曾经参与过亚细亚号特快列车的设计。

———

大将岛秀雄

——→ 岛秀雄是岛安次郎的长子，1901 年 5 月 20 日出生于大阪。中学毕业后，考入东京帝国大学工学部机械系。当时父亲岛安次郎刚刚辞去内阁铁道院职务到东京帝国大学任教。岛秀雄 24 岁从大学毕业后，进入铁道院，主要从事机车设计工作，从此开始了自己的铁路生涯。在岛秀雄早期设计的众多蒸汽机车型号中，大多都不怎么成功，多数都有一些缺陷和毛病。但也有他相对满意的代表作，如 D51 型蒸汽机车，该型机车在 1936—1945 年期间创下了制造 1115 辆的日本铁路历史纪录。二战后，该款车型还一直服务了许久。

日本迈入现代化国家行列以后，倡导脱亚入欧，一直非常重视向欧美国家学习，各个行业每年都会派出大量人员去西方留学。当时，日本的铁路技术在欧洲面前几乎处于无足轻重的地位，德国铁路的最高运营时速已达 160 公里，最高试验时速已突破 230 公里，而日本铁路试验时速还没有突破 130 公里。德国铁路一直是日本模仿的对象。为了进一步提高本国铁路技术，也为了找机会将日本已经有一定水平的铁路产品卖到南美洲、非洲国家，1936 年 4 月日本铁道院派出了一个 20 人左右的考察团，历时 1 年零 9 个月，足迹踏遍亚洲、非洲、欧洲、南美洲、北美洲。35 岁的岛秀雄以铁道院在外研究员的身份参与了这次考察。

欧美的先进铁路技术让岛秀雄大开眼界。1937 年 4 月，岛秀雄在优美的莱茵河游船上，见到了正沿着莱茵河畔飞驰的荷兰动力分散型动车组（不仅车头有动力，中间的车厢也有动力）。他深受启发。他明白，要想提高列车的速度，就必须加大列车的牵引动力；要想加大列车的牵引动力，就必须增加列车的轴重。但是列车的轴重不能无限增大，因为列车的轴重越大，对轨道的冲击和破坏就越大。日本国土地质松软，很难建设像欧洲那样坚固的轨道。所以岛秀雄认为动力分散型技术一定更适合国情。动力分散型动车组还有很多其他优点，如在列车减速刹车时，列车的电动机反转可以实现制动能量的回收，节约能源。当然，动力分散型动车组也有很多缺点，而且在当时看来几乎难以克服。最大难点就是震动和噪声问题。动力集中型动车组，只有车头和车尾两台机车安装有电机，中间旅客乘坐的车厢是没有动力的，静音效果非常好。但是动力分散型动车组每节车厢都有动力，每节车厢下面都装有电机，列车在运行时震动和噪声非常大，长时间乘坐令人很难忍受。那时候的动力分散型动车组，一般只在城市内较短的线路上运行，超过 30 公里就只能放弃。所以要想将动力分散型动车组应用于长途运输首先要解决震动和噪声问题。岛秀雄回国后，就开始跟踪和研究这一难题。

1939 年，日本正式启动“弹丸列车计划”，岛秀雄 68 岁的父亲岛安次郎被任命为铁路干线调查委员会委员长。1940 年，岛秀雄被召入参与“弹丸列车计划”，主要负责“弹丸列车”的设计工作。

关于“弹丸列车计划”的车辆开发，岛秀雄提出采用动力分散型电车的主张，但是遭到了军方的反对，主要是担心战争期间受攻击影

↓ 1936 年，日本铁道省“环球考察”的照片。照片里的人就是后来新干线计划的技术主持人岛秀雄

响运输稳定。最终确定线路以蒸汽机车牵引为主，部分路段采用电力机车。蒸汽机车确定以南满铁路亚细亚号使用的 PASHINA 型为原型进行开发，并参考德国技术，命名 HD53 型，设计最高时速 150 公里；电力机车则由岛秀雄主持开发，同样参考德国技术，命名为 HEH50 型，设计最高时速 210 公里。

1943 年随着太平洋战争局势的逆转，“弹丸列车计划”被迫放弃。

1945 年 8 月 15 日，日本战败投降，来自军方的大批技术人员失业。岛秀雄主管的日本国营铁路铁道技术研究所及时伸出援手，笼络了大批高技术人才，代表人物包括日本海军航空技术厂的三木忠直和松平精。三木

忠直最著名的作品是“神风特攻队”的 MXY7 樱花自杀飞机（共生产了 852 架）。他是后来 0 系新干线列车车体设计负责人。松平精原本从事的是飞机振动理论研究。

此时，岛秀雄正在集中攻关电车震动和噪声问题。1946 年 12 月，岛秀雄主持成立了“高速台车震动研究会”，松平精成为核心人物。1946—1949 年，日本集中全国铁路技术力量，着手研究高速列车的技术难题——高速列车转向架振动问题，并在理论上取得重大突破，解决了转向架的蛇行运动难题，为其后研制新干线列车奠定了基础。

1946 年 2 月 17 日，当父亲岛安次郎带着标准轨建设屡战屡败的遗憾离开人世时，岛秀雄悲伤异常，立志要继承父亲的遗志，推动日本本土标准轨干线铁路建设。1948 年 3 月，岛秀雄被任命为日本国铁车辆局局长。当时日本东海道铁路已经开始出现运能紧张情况，日本国铁希望能够研制新的列车型号缓解运输压力。岛秀雄抓住机会，希望研制一款动力分散型动车组在东京至沼津之间共 124.7 公里的路段运营。因为东京至沼津的线路要经过湘南地区，所以新设计的列车被称为“湘南列车”或“湘南电车”。这是一个极富挑战性的想法，要知道当时铁路业界已经有结论，认为动力分散型列车不适合长距离运行。经过努力攻关，1950 年 3 月 1 日，湘南电车（又称“80 系电车”）正式投入运营。尽管投入运营初期，湘南电车故障不断，被媒体揶揄为“遭难电车”（日语中读音与“湘南电车”相近），但经过一段时间的运营与反复修改，湘南列车故障率降了下来，开始实现稳定运营。湘南电车的投入运营具有划时代意义，它打破了长距离铁路运输只能采用动力集中的固有认知，开创了世界铁路客运的动力分散时代。日本新干线诞生之后，研发的所有高速动车组均为动力分散型。

湘南电车问世不久，因为故障不断，岛秀雄正组织研发人员全力攻关之时，1950 年 4 月 24 日，日本铁路发生了历史上著名的“樱木町事故”，造成 106 名乘客死亡、92 名乘客受伤。在日本媒体的一片挞伐之声中，日本国铁第二任总裁、十河信二的女婿加贺山之雄引咎辞职。时年 49 岁的岛秀雄受到牵连，也提交了辞职报告。离开日本国铁后，岛秀雄到住友金属公司担任技术顾问。住友金属是住友财团下面的垄断性钢铁企业，岛秀雄去时企业改名扶桑金属公司（1952 年又改回“住友金属公司”）。1953 年岛秀雄又担任了“铁路同好会”的首任会长，从事铁路文化传播工作。

岛秀雄已经厌倦了日本国铁的官僚气氛，他准备在住友金属结束自己的职业生涯。但有一个人准备改变他的人生轨迹，这个人就是 1955 年 5 月临危受命的日本国铁第四任总裁十河信二。炒掉总工程师藤井松太郎后，十河信二就想到了岛秀雄，并认为他是不二人选。

十河信二向岛秀雄正式发出了邀请，但是岛秀雄已经厌倦了日本国铁的工作环境，所以他拒绝了。十河信二多次劝说，仍然无法打动他，他甚至决绝地说，再也不会回到国铁工作了。可见岛秀雄伤心之深。但是他表示可以在外部从技术方面对日本国铁发展提供力所能及的帮助。十河信二需要的是一个总工程师而不是一个技术顾问。他决定三顾茅庐，拖着多病之身专程从东京飞到大阪，做岛秀雄老板的工作，他告诉住友金属的社长，日本国铁非常需要岛秀雄。住友金属的社长有大将风度，亲自出马说服岛秀雄回归国铁。十河信二也拿出了杀手锏，搬出了岛秀雄的父亲岛安次郎。登门之后，十河信二问岛秀雄："你忘了你父亲岛安次郎的遗志了吗？我是来请你与我一起完成'弹丸列车计划'的。"岛秀雄大为感动，决定重新出山并辅佐十河信二完成东海道新干线的建设工作。1955 年 12 月 1 日，岛秀雄正式回归日本国铁，担任总工程师（副总裁级）一职。

岛秀雄回归国铁担任总工程师后，十河信二用人不疑，所有技术问题放手让他去做，从不干涉；岛秀雄也自认良禽择木而栖，视十河信二为知己，后来十河信二因财务丑闻离开日本国铁总裁职位，岛秀雄也立马辞职，尽管被极力挽留，他还是头也不回地离开了。

雄主遇良将，看来东海道新干线的建设已经无人可以阻挡了。1956 年 5 月 10 日，十河信二推动成立了"东海道线增强委员会"，岛秀雄担任会长，负责调研东海道铁路的改进方案。日本政府也希望他们尽快拿出一个方案来，解决东海道铁路线运能紧张问题。更重要的是他们正在着手申办 1964 年的夏季奥运会，他们希望东海道干线铁路的建设能够发挥作用。在岛秀雄的主持下，委员会先从战前的"弹丸列车计划"入手，然后对东海道沿线的经济发展情况、铁路运输状况进行了详细调研，并对未来的运输需求做了预测，提出了最终的方案。

东海道线覆盖的国土是日本经济最发达的区域，东京、横滨、名古屋、京都、大阪、神户都在沿线。20 世纪 50 年代，东海道沿线区域占日本国土面积的 12%，但却集中了日本 41% 的人口，其工业产值和国民收入竟然占到了全日本的 70%。[91] 如此密集的城市、如此密布的人口、如此发达的工业，其对东海道铁路运输需求之大可想而知。东海道铁路以占日本全国 2.9% 的铁路里程却完成了全国 25% 的客货运量。针对这种情况，“东海道线增强委员会”提出了三种增建方案：

第一种是窄轨双复线，即在窄轨复线的基础上再建一条复线；

第二种是窄轨新线方案，就是另外再选线建设一条新的平行铁路；

第三种就是建设一条时速 200 公里的标准轨干线铁路，也就是新干线，承担客运职能，然后老线转而主要承担货运职能。

在十河信二和岛秀雄的心里，前两种方案显然只是陪衬，调查还没有开始他们已经坚定了要建设新干线的决心。但是日本政府很多人（尤其是管财务的大藏省）不这样想，他们关心的是资金投入大小的问题；他们的同事不这样想，他们关心的是方案的可行性问题；日本的媒体界不这样想，他们关心的是哪个方案更符合眼下利益的问题；而日本的民众，在不能深入研究的情况下，主要受媒体舆论的左右。在这场社会大讨论中，似乎第一种方案才是最符合实际的。首先，这个方案花费的资金最少；其次，修建 1067 毫米的窄轨便于与既有线联网；最后，时速 200 公里的高速铁路前无古人，闻所未闻，技术能不能达到？存不存在安全问题？媒体或许还会问，这么快的速度，是否需要停下发展的脚步，等一等他们的灵魂？

但十河信二与岛秀雄准备联手干一票大的，无论前路是否平坦，他们都义无反顾。媒体虽然喜欢预设立场，但专业深度不够，也并非铁板一块，如果找到切入点说服他们，情况也容易反转。正如当年在英国举行的“伦希尔大赛”（见本书第一章）让史蒂芬森的火箭号出尽了风头，也让蒸汽机车深入人心一样，岛秀雄决定举行一场公开的

---

91. 杨中平 . 新干线纵横谈：日本高速铁路技术 [M].2 版 . 北京：中国铁道出版社，2012:12.

说明会，邀请所有感兴趣的媒体参加。1957 年 5 月 30 日，为纪念日本国铁铁道技术研究所成立 50 周年，在岛秀雄的策划下，技术研究所在东京银座的山叶会馆举行了一场名为“超特快，东京至大阪 3 小时运行可能性”的说明会。

东京至大阪 3 小时是什么概念？对当时的日本人而言，用石破天惊来形容一点都不为过。要知道当时东京至大阪的特快列车也要 7 小时 30 分钟，如果实现东京到大阪 3 小时，相当于旅行时间压缩 4 小时 30 分。岛秀雄还特意安排朝日新闻社作为此次说明会的支持单位，在说明会之前，朝日新闻社已经做了大量宣传。5 月 30 日是大雨天，但不妨碍听众纷至沓来。500 名听众济济一堂，很多听众都是站着听完整个说明会的。岛秀雄安排了 4 位专家主讲，三木忠直、松平精侃侃而谈，从线路建设、车辆设计、信号建设、乘坐舒适度、运营安全性等方面对未来的新干线进行了一次大的科普。他们用自己扎实的研究成果告诉大家，东京至大阪之间实现 3 小时旅行在技术上是完全可行的。岛秀雄也去了，但是他只坐在观众席上，静静地观察着人们的反应。

演讲会结束后，日本社会炸开了锅。关于新干线的争论由国铁内部蔓延到整个社会。各大媒体就是否应该建设新干线展开了激烈的争论。反建的声音依旧强大。当时汽车正处于飞速发展的阶段，在日本学界普遍弥漫着铁路已经是夕阳产业的声音，特别是伴随着美国大规模拆除铁路线路，这种声音仿佛找到了理论依据。美国都已经开始拆铁路了，你们竟然还要花纳税人的钱去建这无用的废物？日本作家阿川弘之就对新干线进行过辛辣的嘲讽，他把新干线计划称为“战舰大和第二”。二战期间，日本为了与美国在太平洋上对决，举全国之力，秘密建造了象征“帝国精神”的大和战舰。战舰全长 263 米、宽 39 米，是当时世界上最大的一艘战列舰。1945 年 4 月 7 日，大和战舰在实施自杀式进攻时被美军击沉，成为日本投降前的一次垂死挣扎。同样将新干线计划比作“战舰大和第二”的还有东京大学教授今野源八郎，他们认为新干线计划不切实际，劳民伤财，没有竞争力，很快就会被淘汰。[92] 甚至欧美国家有些人也讥笑落后的日本人竟要重拾已经被自己淘汰的运输方式。[93]

当然支持的声音也很多，主要来自普通的民众。十河信二指示有关部门在媒体上做了大量的广告，以争取获得更多支持的声音。但是十河信二明白，民众的支持只是一个方面，更重要的是搞定管事的那些官老爷。1957 年 7 月，十河信二向日本运输省提出请求，希望能把东海道线的增建列入国家级项目来对待。对于这样一个耗资巨大、影响深远的项目，单凭日本国铁的力量是无法完成的，所以必须有政府参与。1957 年 8 月 30 日，日本运输省正式成立了“日本国有铁道干线调查会”，主要组成人员是当时一些铁路专家，调查会就东海道线的改进问题展开了调查。岛秀雄组织了最得力的技术专家与调查会的成员进行了持续深入的沟通。搞定专家比搞定媒体相对要容易，因为他们是行家，他们能够通过逻辑进行说服。

花开两枝，兵分两路。要确保东海道新干线项目的成功，一是要

92. 蒋丰 . 日媒：“新干线之父”用蒙骗搞日本高铁？ [EB/OL].[2011-03-08]. http://www.chinanews.com/hb/2011/03-08/2891729.shtml.
93. 刘美 . 日本新干线：半世纪前的争议 [J]. 环球财经，2011:(1)79-81.

做好公关工作，确保项目能够顺利获批；二就是要进行技术攻关，确保项目能够顺利实施。这个重任自然就落到国铁总工程师岛秀雄的肩上。岛秀雄为未来的这条高速铁路定了一条极其简明同时也极其重要的原则：不采用任何未经实际验证的新技术，只对已经成熟的技术进行有效集成。某种程度上正是这条简明原则确保了东海道新干线的成功。日本国内从来没有尝试过标准轨干线铁路的建设，更不用提时速200公里的最高运营速度，此前日本连试验速度都没有超过130公里时速。高速铁路是个系统工程，涉及土木、车辆、信号、供电、通信、运行管理等，稍有差池就会功亏一篑。这样的例子并不少见，如1967年英国人启动的APT-E高速列车计划，他们采用了大量的新技术，以燃气轮机作为动力装置，设计最高时速250公里，采用主动摆式架构，列车过弯时通过油压控制使车体倾斜以提高过弯速度，车辆还采用铝合金材料实现轻量化（当时日本0系新干线列车采用的是碳钢车体），总之英国准备倾力打造一款领先的高速列车，实现在高速铁路领域的反超。但是该项目最终以失败告终。

岛秀雄为新干线定下的这条技术原则看起来简单，其实体现了一种高明的智慧。于是，美国的、德国的、英国的、法国的、瑞士的，所有的技术都来者不拒，在新干线上得到了应用与体现。所以JR东日本会长山之内秀郎才会说，日本新干线没有自己的原创技术。严格来说，山之内秀郎的话也并不准确，因为系统集成技术也是核心技术的一种。站在巨人的肩膀上能够更进一步也是一种伟大的创新。

学习的技术还要用实践来验证，并最终转化成自己的技术。此前从国铁辞职前，岛秀雄已经主持研发了湘南电车，尽管诞生初期故障频发，但随着运营的展开，车辆质量趋于稳定。湘南列车的伟大意义在于第一次将动力分散技术应用在铁路长途客运上，并奠定了日本高速铁路的动力分散技术发展方向。1955 年 12 月，岛秀雄重新回归国铁后，就着手研发新一代动力分散型高速列车回声号。不过回声号特快列车正式诞生前，在岛秀雄的推动下，日本国铁还与私营铁路公司小田急电铁联合研制了一款“小田急 SE 列车”，并命名为“浪漫号”。1957 年 9 月 27 日，SE 列车在东海道线上做高速运行试验，创造了时速 145 公里的当时世界窄轨铁路最高纪录。SE 列车一鸣惊人，它优秀的性能、舒适的乘坐环境，获得了业内外一片赞赏。当时小田急电铁与日本国铁是竞争关系，岛秀雄能够打破门户之见，与私营铁路公司通力合作，共同推动日本铁路技术的发展，展现了一种少有的大将风度。SE 列车在流线型设计、轻量化技术应用等方面均有突破，后来也为 0 系新干线列车积累了经验。SE 列车的主要设计者之一三木忠直就是那次著名说明会的主要演讲嘉宾之一。

回声号也在紧急研制中。1958 年 7 月，日本国有铁道干线调查会做出结论并正式向日本政府建议，东海道线的最佳增建方案是建设东海道新干线。调查会做出上述结论的依据是：第一，标准轨干线铁路可以实现更高速度运输，能够承担更大的运输量，符合东海道沿线的经济发展情况；第二，建设东海道新干线将应用在国际上已经验证过的新技术，能够大大提高铁路运营的安全性（这对为日本国铁战后事故频发正无计可施的日本政府而言，具有极大的吸引力）；第三，通过引入新技术可以实现日本铁路技术的升级换代，进而拉动科技发展，实现日本铁路运输的现代化。十河信二满意地笑了。当年 11 月，回声号正式投入运营，首次将美国人发明的空气弹簧应用到铁路列车上，并且开创了日本国铁史上全空调列车的先河。回声号成为后来 0 系新干线的模特，我们看到回声号就像看到了 0 系新干线的影子。

到此时，东海道新干线的上马已经万事俱备，只欠东风，这个“东风”就是国会对预算案的批准。

———

世行贷款背后的阴谋

——→ 日本国有铁道干线调查会做出了支持建设东海道新干线的结论后，十河信二利用自己强大的人脉资源，努力去说服大多数政府官员支持新干线建设。日本政府很快做出决定，同意调查会的建议，而且要求新干线必须在 1964 年 10 月 10 日之前开通，那是东京奥运会开幕的日子。

东海道新干线上马只剩下最后一道关要闯了，但也是最难的一关——预算通过国会审批。十河信二指示有关部门根据岛秀雄主导的方案编制预算。最终预算编制完成，工期 5 年，预算投资 3000 亿日元。看完报告后，十河信二陷入沉思。他知道，这已远远超出了日本国会议员们所能承受的底线。如果预算案通过不了，此前的所有努力不过是镜中花、水中月。届时新干线必然被拿下，而政府极有可能启用此前的双复线方案予以取代。放弃？那不是十河信二的性格。那就没有办法了吗？当然有。什么办法？造假。十河信二指示会计部门，把预算缩减一半，然后去国会闯关。会计部门费了九牛二虎之力也无法把预算缩减一半，最终形成了一个 1972 亿日元的预算案。[94] 经过缜密的事前沟通，预算闯关成功。

94. 蒋丰．日本高铁是“新干线之父”用肮脏的手建成的？[N/OL]. 环球时报．[2011-03-08]. http://www.cnjpetr.org/html/renyuanwanglai/zuixinzixun/2011 0308/33806.html.

↓ 1961 年 5 月 2 日，日本国铁与世界银行正式签订了 8000 万美元（当时折合 288 亿日元，分 24 年还清）的贷款合同

1959 年 3 月 30 日，东海道新干线预算案正式获日本国会通过，十河信二与岛秀雄大喜过望。对岛秀雄而言，这意味他父亲终其一生所追求的标准轨干线铁路愿望就要实现了。1959 年 4 月 20 日，东海道新干线工程便迫不及待地在“新丹那隧道”东口举行了开工仪式，这标志着世界第一条高速铁路建设拉开了序幕。工程主要由国铁和日本铁道建设公团承担。日本国铁为了更好地管理东海道新干线项目，专门成立了新干线总局。除此之外，日本国铁还把所有能动员的力量都动员了起来，为东海道新干线建设全力以赴。日本国铁的员工也被他们总裁为他们描绘的一个伟大梦想所激励着，他们为能够参与这样一个具有划时代意义的伟大工程而自豪。日本民众也被媒体的宣传刺

激，他们对宣传中的“梦之超特急”倍感期待。

但是钱怎么解决？首先是日本国铁自己出资，但这一部分相当有限。因为国铁经营具有一定的公益性，国铁的定价受政府限制，调价需要国会讨论批准。剩下的就通过发行铁路债券和向银行贷款来筹集。十河信二非常清楚，随着东海道新干线的推进，他向国会撒谎的事情迟早会暴露。如果正好赶上内阁换届的话，他的新干线计划极有可能因为预算问题半途而废。怎么办？有人给十河信二支了一个高招，此人就是当时的大藏大臣（类似财务部长）、原铁道省出身后来担任过日本首相的佐藤荣作。他给十河信二支的招是向世界银行贷款。

这个招有什么高明之处？高明就在借贷方世界银行的特殊性。世界银行有什么特殊之处？世界银行其实是二战后美国领导的国际金融秩序的化身。1945 年 12 月 27 日，在布雷顿森林会议后，世界银行正式成立，它共有国际复兴开发银行、国际开发协会、国际金融公司、多边投资担保机构和国际投资争端解决中心五个成员机构。狭义的世界银行就指国际复兴开发银行。世界银行与国际货币基金组织（IMF）和世界贸易组织（WTO），并称为国际经济体制中最重要的三大支柱。世界银行的使命之一就是帮助在第二次世界大战中被破坏的国家重建，带有一定的公益性。世界银行有个规定，要想从它那里贷到款，除了要与它签订借款协议外，还要由所在国政府对贷款项目进行担保。十河信二需要的正是这个条款。如果能够顺利地从世界银行贷到款，也就相当于把日本政府与这个项目紧紧地捆在了一起。日本政府碍于国际信誉，必然不会让新干线下马，而是会全力以赴支持该项目圆满完成。

然而世界银行也不是十河信二家的提款机，不是想贷款就能贷到。它还有一个规定，这个规定将给十河信二带来大麻烦，它要求申请贷款的项目不能带有试验性质。这个条款对于东海道新干线而言是致命的。因为当时世界上还没有一条实际运营时速200公里的高速铁路，而日本国内铁路最高试验时速也只有145公里。更何况当时铁路技术发达的欧洲，采用的是动力集中型牵引方式，而日本标新立异，采用了动力分散型动车组。这一切在世界银行官员眼里，都算是试验性质的。

关键时刻岛秀雄的技术说明发挥了关键作用。1959年10月，以马丁·M.罗森为团长的世界银行代表团访问日本，岛秀雄出面进行技术说明。他解释说，根据日本土质松软的线路特点，轴重轻的动力分散型列车更适合长距离运输，而在动力分散型列车的使用经验中，日本已经拥有了湘南电车、小田急SE列车和回声号，这都是实实在在的运营业绩而不是试验性质的。至于速度，东京至大阪新干线全长515.4公里，预计运行时间3小时，列车平均时速只有167公里，而在3个月前，1959年7月回声号在试验中创造了最高时速163公里的世界窄轨铁路试验速度纪录，将来的新干线不过是将在窄轨上运营的回声号转移到标准轨上运营而已。而日本国铁为新干线定下的技术标准就是不采用未经实际验证的技术，所以东海道新干线不是试验性质的，而是成熟技术。总之说得头头是道，让世界银行的官员说不出什么话来。在正式答辩之前，他们进行了细致而有成效的公关，事先安排世界银行的官员乘坐了回声号列车。其实当时回声号也不过刚开通半年时间。最后，经过面上的还有面下的各种公关，十河信二与岛

↓《朝日新闻》关于1940年东京奥运会申办成功的报道

東京オリムピツク正式決定!

吾等の待望實現!
"東京"遂に勝てり
日本卅六票 芬蘭廿七票

萬歳!!
凱歌あがるまで
きのふの委員總會

日本を理解の表象
吉報に接して欣快

豪壯スポーツ殿堂
二年後には實現
計畫はすでに成る

"東京"に歡喜!

ラツール伯

ビールだ乾杯だ
沸立つ市役所

多年の宿望を達す

來年決定

秀雄成功地拿到了世界银行的贷款，前提条件是1964年必须建成通车，十河信二拍着胸脯保证，绝对没有问题。1961年5月2日，日本国铁与世界银行正式签订了8000万美元（当时折合288亿日元，分24年还清）的贷款合同。这个合同签订后，十河信二知道已经没有任何力量能够阻挡东海道新干线前进的步伐了。这笔资金只占到东海道新干线工程总造价的8%，远远不能解决资金问题，但是绑架日本政府的目的却完美实现了。

新干线的成功上马，有一个因素不得不提，那就是第18届夏季奥林匹克运动会的申办。其实早在1936年日本就赢得过1940年第12届奥运会的主办权，是亚洲首个赢得奥运会主办权的国家。但不久，日本就悍然发动了标志着全面侵华的七七事变。1938年7月，国际奥委会在开罗举行会议，中国奥委会代表抗议日本侵略中国，破坏世界和平，违反奥林匹克精神，并要求剥夺日本东京、札幌两市夏季与冬季奥运会的主办权。国际奥委会采取了观望态度，没有同意中国代表团的诉求，但在随后的执委会秘密会议上，决定将赫尔辛基和奥斯陆两市作为夏、冬季奥运会候补地。“开罗会议”不久，日本奥委会迫于军方压力，正式宣布放弃第12届奥运会的主办权。日本成为继1908年意大利放弃罗马奥运会主办权后第二个放弃奥运会主办权的

↓鸭宫试验线纪念碑

国家。

二战结束不久，日本重新燃起了申办奥运会的欲望。在1960年第17届夏季奥运会的争夺中，东京败给了意大利的罗马。但他们没有放弃，继续申办1964年第18届奥运会。全新的新干线被当作日本申办奥运会的秘密法宝之一，十河信二也在上面大做文章。1958年东京奥运会申办工作紧锣密鼓地进行，日本政府也正式认可日本国有铁道干线调查会做出的结论，支持建设东海道新干线，并要求必须在1964年奥运会举办前完工。1959年5月26日，日本正式赢得1964年第18届夏季奥运会的主办权。同年10月，他们也迎来了世界银行官员的考察。十河信二的超级政治手腕以及岛秀雄作为资深工程师雄辩的论证是新干线获得世行贷款的重要原因，但是第18届奥运会也是一个潜在的重要因素。世界银行与日本签订的合约中明确规定，东海道新干线必须于东京奥运会正式开幕前完工。

1962年，日本国铁在神奈川小田原市附近，建成了全长37公里的鸭宫试验线，用于收集高速列车试验数据。为此日本国铁共采购了6列1000型试验列车，分为2节车厢编组和4节车厢编组两种形式，转向架和车体设备均不相同。1963年3月20日，4节编组的1000型试验列车在试验中创造了时速256公里的纪录。

纸终究还是包不住火。东海道新干线在工程进行到一半时预算已经快花完了，事情曝光后，日本国铁受到了新闻媒体的一片声讨与挞伐。十河信二开始着手解决问题，向政府申请增加预算。要想成功增加预算，他也需要争取媒体的支持。他想到的办法是举办试乘活动。新干线被宣传为“梦之超特急”，如果不亲身试乘，如何能够体验梦幻的感觉？因此鸭官试验线将成为决定历史走向的关键。但此时鸭官试验线尚未完工，十河信二顾不了那么多了。他力排众议，强烈要求试验线在未完工的状态下开通运营。

就在这关键时刻，1962 年 5 月 3 日，日本国铁又发生了重大责任事故——“三河岛事故”，由于驾驶员忽视了信号提醒，导致列车脱轨，事故造成 160 人死亡、296 人受伤。接下来三个月，日本国铁又大大小小发生了 5 次列车脱轨或者相撞事故。十河信二陷入四面楚歌的境地。

即便面临如此复杂的局面，十河信二还是没有屈服，他坚持不辞职，他要继续为他的东海道新干线奋斗。1962 年日本国铁重新对东海道新干线工程进行评估后，计算出来工程所需要的资金约是 3600 亿日元，比国会当年通过的 1972 亿日元已经超出近 1 倍。其实 3600 亿日元仍旧不足以支撑东海道新干线的完工，因为最终工程花费的金额是 3800 亿日元。

关键时刻，十河信二的政策再次奏效。

新干线试乘活动开通之后，大受欢迎，尽管试验线只有三十多公里，二十几分钟就有一班往返，并不能完全发挥出高速的优势来，但是参与试乘的人还是给予了高度评价。1962 年至 1964 年间，参与试乘的人员总计达到 20 万之众。这里面包括众多显贵，有来自美国、苏联的外国专家团，也有皇室成员。就连此前与十河信二敌对的一些政客也被试乘活动征服了，这其中就包括后来成为日本首相的田中角荣以及被十河信二扫地出门的原总工程师藤井松太郎。

挟高涨的民意，十河信二要求国会增加新干线预算。最终国会于 1963 年 2 月通过了新干线增加预算的申请，额度是 954 亿日元。但，这是有条件的——让十河信二滚蛋。

十河信二并不惧怕辞职，他只是不想让自己的梦想化为泡影。辞职前他要做最后一件事，为他的继任者铺平道路，确保东海道新干线如期建成。1963 年 4 月下旬，离他辞职还有一个月，媒体曝光了东海道新干线的实际资金缺口，除了国会追加的 954 亿日元外，工程资金缺口预计还有 600 亿日元。

1963 年 5 月 19 日，十河信二正式辞任日本国铁总裁，执掌长达八年，为历任国铁总裁执掌时间最长的一位。他卸任时，外界对他的争议极大，大多数媒体称他为“花言巧语欺骗国家的诈骗犯”。他对时任日本首相的池田勇人说，这条铁路明年就要通车了，如何完成剩下的工程你看着办吧。池田勇人当然不能让这个工程烂尾，他又通过发行铁路债券（占到了总投资的 50%）、银行贷款的方式，最终把这个巨大的资金窟窿给堵上了。

离任前，十河信二向政府推荐了继任者——曾担任过国铁监察委员会委员长的石田礼助。十河信二认为石田礼助继任总裁可以很好地执行他国铁改革的路线，政府也认可石田礼助的丰富经验，于是在他辞职前 10 天，政府正式确认石田礼助为新一届总裁。

十河信二以为找到了合适的继任者，其实石田礼助才是他政策的掘墓人。他将东海道新干线称为“十河强推的败家子”。如果一开始石田礼助就是总裁的话，他一定不会让这个工程上马。但是，十河信二已经谋好篇、布好局，石田礼助骑虎难下，只能想办法确保工程完工。

石田礼助上任两周后，日本皇室成员要参加鸭宫试验线的试乘活动。这次活动是岛秀雄推动的，他亲自担任解说嘉宾。当着皇室成员的面，石田礼助质问岛秀雄：“线路尚处于试运行阶段，就让皇室贵宾乘坐，是不是太危险了呢？”岛秀雄反击说：“线路已经经历了长时间的试乘检验，安全性完全没有问题。”石田礼助又当着皇室成员的面，质疑十河信二的信用问题，岛秀雄同样给予了坚决反击，现场气氛一度十分紧张。

石田礼助上任后，开始对十河信二的嫡系人马进行清洗，副总裁、新干线总局局长先后离职。岛秀雄也主动提交了辞职报告。八年前，他接受十河信二的邀请出山担任国铁总工程师，纯粹是为十河信二的诚意所打动。现在十河信二卷铺盖回家了，他觉得也没有继续待下去的必要。岛秀雄是大将，所有的人都心知肚明，石田礼助也明白得很。所以他极力挽留岛秀雄，无奈岛秀雄去意已决。在石田礼助正式批准他的辞职前，他已经不再参与重要事项了。当然，岛秀雄这样做并不是撂挑子，他知道此时的新干线核心工程已经基本确定，主要的技术难题也已经解决，他此时辞职不会对工程建设以及最终的通车运营产生任何影响。他应该是一种淡泊名利的选择。要知道，他辞职时已经是 1964 年，如果坚持到 10 月份新干线正式开通，作为技术总负责人的他，一定会声名鹊起，能想到的和想不到的荣誉都会纷至沓来。但他选择了默默地追随自己的老领导而去。这一年他 63 岁。

↓世界上第一条高铁线路东海道新干线开通仪式现场。台上剪彩之人为时任日本国铁总裁石田礼助

接替岛秀雄担任日本国铁总工程师的，正是岛秀雄的前任，被十河信二扫地出门的藤井松太郎。藤井松太郎实际上并不反对技术进步，只是他觉得十河信二的计划过于荒诞，他反对的是不切实际的项目。当东海道新干线全面上马，藤井松太郎亲自到鸭宫试验线试乘考察后，他转而成为新干线的支持者。历史就是如此荒诞，正是十河信二亲自挑选的继任者石田礼助，上任后掀起了一股强烈的新干线逆风，反而是被他扫地出门的藤井松太郎，上任后兢兢业业确保了东海道新干线工程的顺利完成。

1964 年 10 月 1 日，东京奥运会开幕前 9 天，各方贵宾云集东京至大阪新干线东京站 9 号站台，世界上第一条高速铁路通车剪彩仪式在此举行。时任日本国铁总裁石田礼助、东京都知事一同出席典礼。

此时的日本国铁面临一个巨大的难题——剪彩仪式要不要邀请十河信二参加？此时的十河信二争议性仍旧极大，爱之者称之为英雄，恶之者称之为骗子。社会上对这位极具传奇色彩的人物参加剪彩仪式的呼声还是很高的。但石田礼助是不会允许这个情况发生的。

为了平息批评之声，在工程开通前，8 月 24 日，十河信二与岛秀雄被邀请参观了已经竣工的东海道新干线工程。同行的记者如是描述现场的十河信二，“好像远道而来的小学生一样，双目炯炯”。看

到藤井松太郎完美的收尾，岛秀雄也放下了悬着的心。

10 月 1 日清晨 6 点，随着发车铃声响起，在人山人海的送行人群的欢呼声中，首发车光 1 号列车从东京站发往新大阪站，光 2 号列车从新大阪站发往东京站，全程 515.4 公里，共有 13 个站，用时 4 小时，最高运营时速 200 公里，平均运营时速 128.85 公里。第二年，东海道新干线进行了一次提速，东京至大阪的最短旅行时间被压缩到了 3 小时 10 分钟，基本实现了当初东京至大阪 3 小时的承诺。铁路史上一个全新的时代诞生了。

开通仪式当天，十河信二只能孤寂地坐在家里看电视转播。4 个小时后，当天上午 10 时，国铁还是邀请他到国铁总社参加了开业纪念庆典，并且颁赠了天皇赐予的“银杯”。[95] 岛秀雄则没有收到任何邀请，他在家里静静地观看了开通仪式的电视转播后，他走出房间，站在阳台上欣赏着以他的思想设计的光号列车从距离他家不远的东海道新干线轨道上疾驰而去。

东海道新干线的开通让日本整个国家陷入了欢乐的海洋。在正式开通前，日本国内的火车迷们就想方设法打听各种有关东海道新干线的内容，拍摄图片，分析各种参数，他们沉浸在成为世界领先铁路大国的喜悦之中。新闻媒体更是做了充分的准备，开通前做了连篇累牍的预告，开通当天留足了版面。还在东海道新干线试运营期间，他们就动用了直升机进行过现场直播。一时间新干线成了日本的国家名片，成了日本的国之重器。

95. 蒋丰．日媒：“新干线之父”用蒙骗搞日本高铁？[EB/OL].[2011-03-08]. http://www.chinanews.com/hb/2011/03-08/2891729.shtml.

当然东海道新干线作为东京奥运会的献礼作品，工期紧张，存在赶工的情况，开通初期还是发生了很多故障。曾于 1965 年 6 月起担任过东海道新干线车辆支社部长的斋藤雅男，在 2006 年 9 月出版了《新干线的安全神话是这样创造的》一书。他在书中详细披露了东海道新干线运营初期发生的各种故障，包括多次半路抛锚，半路断电，乘客在没有照明、没有暖气的寒冷环境中忍耐几个小时才等来维修人员抵达现场。另外，他还披露新干线在试车过程中，曾发生过严重的电机故障，有机械碎片被崩飞，像炮弹一样击穿车厢地板，然后砸到附近的居民房中，幸运的是没有造成人员伤亡。其他情况还包括脱轨事故、车轴断裂、车厢漏水、车门被大风吹飞等等。不仅是列车，新干线的轨道系统也曾发生过很多故障，包括路基的不均匀沉降、信号系统故障，只是多数已经不为外人所知而已。到 1974 年 7 月前后，东海道新干线开通 10 周年时，经过长时间的运营，新干线的故障更是集中爆发，主要包括钢轨损伤、路基翻浆冒泥等，并由此导致列车运行晚点、堵塞事故时有发生。由于东海道新干线列车运行对数已经由开业时的每天 30 对，增加到 1976 年的每天 137.5 对，大量发生的晚点堵塞事故，对运输产生了严重影响。当时的日本运输大臣忍无可忍，为此对新干线的安全性提出警告，并于 1974 年 10 月成立了“新干线综合调查委员会”，负责监督铁路行车安全。面对如此多的故障，日本国铁不得不对东海道新干线进行“十周年大修”。在 1975 年至 1982 年的 7 年间，日本国铁先后投资 400 亿日元，进行路轨更换，用每米 60 公斤的重轨替换原先使用的每米 50 公斤的轻轨，从而消除钢轨病害，并对路基、边坡、道砟（3/4 的道砟被更换）、接触网

↓ 晚年岛秀雄

进行了大改造。经过这次大修之后，东海道新干线的运营稳定性才大幅提高。

但无论如何，东海道新干线的开通创造了铁路发展史上一个新的时代。尽管因为财务造假丑闻，十河信二黯然离场，但是人们并没有忘记他。新干线开通数年后，很多人建议给十河信二授奖，但十河信二坚持如果要给自己授奖，首先要把奖项颁给岛秀雄。

岛秀雄离开日本国铁后，先是回到了住友金属担任技术顾问，然后又去担任铁路同好会会长直到 1970 年。1969 年 7 月，岛秀雄被英国机械工业协会授予“瓦特国际奖”，他是第一个获此殊荣的日本人。1969 年 10 月 1 日，日本宇宙开发事业团（现日本宇航局）成立，岛秀雄成为第一任理事长。这是岛秀雄第一次从事铁路以外的工作（在住友金属岛秀雄也是从事铁路列车用钢材研究）。在岛秀雄的带领下， 1970 年 2 月 11 日，日本在鹿儿岛发射场，发射了第一颗人造卫星大隅号，比中国早了两个月。正如在日本国铁任职一样，岛秀雄将他的可靠性理念（不使用未经验证的技术）带到了日本人造卫星的开发中。现在日本人使用的“向日葵”“听”“百合”等人造卫星都是岛秀雄在任理事长时开发的。[96] 岛秀雄在宇宙开发事业团工作了八年，担任了两届理事长后，于 1977 年退休，时年 76 岁。

96. 参见日文版维基百科“岛秀雄”词条以及中文版维基百科“宇宙航空研究开发机构”词条。

1995年11月3日，日本天皇在日本皇宫将“文化勋章”授予了这位日本铁路界的杰出工程师、传奇人士，他也是日本铁路界唯一一位获“文化勋章”的人。1998年岛秀雄与世长辞，享年97岁。值得一提的是，岛秀雄的次子岛隆也是日本铁路界的知名工程师，日本新干线出口中国台湾项目，就是在岛隆的参与下完成的。[97]岛安次郎一门三代均为日本铁路发展做出巨大贡献的故事在世界铁路史上被传为佳话。

当然，十河信二的功绩日本人更没有忘记。1973年，日本国铁在东海道新干线东京车站第18、19号站台上兴建了“东京车站新干线建设纪念碑”，上面镶嵌有十河信二的头像以及他喜欢的座右铭——一花开，天下春。他也被尊称为“日本新干线之父”。1981年，97岁的十河信二因为肺炎在国铁中央铁道医院去世。[98]这一对好搭档，竟然连与世长辞的岁数都如此的一致，实属罕见的一对传奇。

———

新干线的世界波

↓ 日本《读卖新闻》对东京奥运会的报道

日本選手団堂々の行進

讀賣新聞

東京オリンピック開く

世界の心一つに

日本晴れ、94か国参加

技術は同じ NEC!

インスタントビジョン

——→ 1964年这个年份对日本相当重要。因为尽管日本经济到1955年就已经恢复到战前水平，并从此开启了长达20年的飞速发展时期，但是战败国的阴影一直笼罩着日本民众。1964年发生的两件事给了民众以极大的自豪感，帮助他们走出战败阴影，开始追求成为一个正常的国家。

第一件事是东京奥运会的举办。这是世界上规模最大、影响力最大的体育赛事首次在亚洲国家举办。在本届奥运会上，日本运动员一举拿下了16块金牌，奖牌总数达到29块，在金牌榜上紧随美国、苏联位居第三位。日本为了本届奥运会还一举投入30多亿美元修建了大批体育场馆，奥运会期间日本接待了94个国家和地区的5410名运动员，并用卫星向全世界转播了开幕式和比赛实况。日本人称之为“奥林匹克景气”，并自豪地宣称：“日本不再是战败

97. 永持裕纪，后藤绘里．台湾新干线试运行推迟3个月，日欧混合系统令人不安[N]. 朝日新闻，2005-01-08.

98. 蒋丰．日本高铁是“新干线之父”用肮脏的手建成的？[N/OL]. 环球时报，[2011-03-08]. http://www.cnjpetr.org/html/renyuanwanglai/zuixinzixun/20110308/33806.html.

↓ 驻日盟军总司令麦克阿瑟与日本天皇合影

国了。”[99]经济学家认为这届奥运会是日本进入世界工业强国的里程碑。美国历史学家安德鲁·格登在《德川时代至现代——日本的200年》中写道：“这些成果，一经大众媒体扩大、传播，极大增强了日本国民对他们在和平背景下以集团方式获得的众多经济、技术、体育、文化领域方面成果的自豪感。”[100]

第二件事就是新干线的开通。欧洲才是火车的故乡，也一直引领着铁路技术发展的方向。作为一个此前在铁路技术领域无足轻重、靠模仿欧洲技术缓慢发展的东方国家竟然一跃成为铁路领域的领军者，这不但让欧洲人刮目相看，也极大地满足了日本人的自豪感。20世纪70年代，日本寄往欧洲的圣诞贺卡上，有一半都印着新干线的照片。[101]这种自豪感溢于言表。2014年6月18日，日本公益社团“法人发明协会”评选，“战后影响日本社会的100件最重要发明创造商品”，走入亿万家庭的方便面只能排到第二位，排第一位的正是新干线。他们认为，1964年投入运营的新干线，不仅体现了日本高超的列车制造技术，也为世界高速列车的发展作出了巨大贡献，并因此改变了日本人的生活，成为一个新时代的象征。[102]由此可见新干线诞生给日本人所带来的自豪感。

东海道新干线开通取得的巨大成功，不但超出了反对者的预期，也超出了日本国铁的预期。东海道新干线开通后，日均客流量迅速突破6万人次（10年后日均发送旅客数达到34万人次），到1967年

7 月 13 日，乘客总人数就突破了 1 亿人次。更让人吃惊的是，东海道新干线开通后两年就实现了盈利，到 1971 年开通 7 年后竟然就收回了全部的建设投资。石田礼助咒骂的“十河强推的败家子”，竟然成为下金蛋的鸡。到 1974 年，东海道新干线开通 10 周年时，东海道新干线累计盈利竟然已经达到 6600 亿日元，已接近当年全部投资的 2 倍。东海道新干线的巨大竞争优势，让这条线上的航空公司与高速公路客运公司无法继续经营下去。东京至名古屋的航班直接全部取消，东京至大阪的客流，东海道新干线也占到了 7 成。

基于东海道新干线的巨大成功，日本国铁准备把新干线向西延伸。东海道新干线开通不到一年，感受到了“十河强推的败家子”的巨大效应后，石田礼助又推动批准了山阳新干线的建设。1967 年 3 月 16 日，山阳新干线新大阪至冈山段正式动工，新大阪至冈山段于 1972 年 3 月 15 日通车。1975 年 3 月 10 日山阳新干线全线通车，从新大阪到博多，全长 554 公里，耗资 9100 亿日元，建设成本是东海道新干线的 2.4 倍。一是因为高速铁路建设越晚成本越高，二是因为山阳新干线建设标准高于东海道线。山阳新干线的冈山至博多区段地形比较复杂，山峦起伏，隧道总数为 111 个，隧道总距离达到 223

---

99. 北京市社会科学院科研处 . 申办 2008 年奥运会对北京发展的影响分析 [R/OL].[2010-08-21].https://www.docin.com/p-72788051.html.

100. 刘迪 . 造就一个强大的中产阶级：后奥运政治经济学 [N]. 日本新华侨报，2008-09-26.

101. 新土地规划人 . 日本站城一体化：完美的“骗局”[EB/OL].[2018-09-17]. https://www.sohu.com/a/254404786_275005.

102. 新干线登日本战后重要发明物榜首 方便面排第二 [EB/OL].[2014-06-19]. http://japan.people.com.cn/n/2014/0619/c35467-25172086.html.

公里，占该段铁路总里程的56%，其中新关门隧道总长达18713米，是当时世界第二长隧道。东海道新干线最小曲线半径只有2500米，而山阳新干线最小曲线半径则控制在4000米。

虽然我们前面谈到，东海道新干线开通两年就实现了盈利，七年就收回了全部建设成本，它巨大的吸金能力让此前反对的人哑口无言，但如果在评判新干线的作用时，仅仅看到这种直接的经济效益，仍旧不够恰当。新干线所带来的间接效应意义更大。它不但给国民经济发展注入了活力，还让人们的活动范围扩大了，文化交流更加活跃，生活质量也明显提高。新干线不仅带动了土木建筑、机械制造等相关产业的发展，还促进了人员流动，加速和扩大了信息、知识和技术的传播，从而带动了地方经济发展，缩小了城乡差别。在东海道新干线的带动下，到1968年日本GDP就超越了法国和联邦德国，成为仅次于美国、苏联的经济大国。山阳新干线开通后，东京到福冈全长1069公里的线路连为一片，成为横贯日本太平洋沿岸的大动脉，将京滨工业带、名古屋工业带、阪神工业带、濑户内海工业带和北九州工业带等连为一体，形成连绵上千公里的“太平洋工业带”。这里是日本工业最密集的地区，占到日本工业产值的75%、工业就业人口的67%、钢铁产能的95%、重化工产能的85%。产业聚集效应进一步刺激了日本经济的成长。

为了缩小日本内陆地区与沿海地区的经济差距，日本政府认为有必要修建连接内陆的新的高速铁路，以高铁为轴心把核心城市连接起来，从而形成全国高速铁路网。1970年5月18日，日本出台了《全国新干线铁道整备法》，规划了6000公里的新干线铁路网络。20世纪70年代，日本首相田中角荣抛出了著名的“日本列岛改造论”，其中最重要的一点就是以高速交通网将日本列岛连接成一个以东京为中心的整体。为此日本要扩大、兴建高速公路和新干线。在日本领导人的倡导下，1971年11月，日本又新开工了两条新干线，第一条是东京—新青森全长714公里的东北新干线，分段开工；第二条是大宫—新潟全长270公里的上越新干线。上越新干线本来计划工期为6年，但是建设过程中多次发生隧道施工重大事故，最终花了11年，1982年11月15日正式开通运营。上越新干线全长273公里，耗资高达1.63万亿日元。东北新干线更是一段一段修修停停，直到2010年12月4日才全线贯通，建设周期竟然长达39年，其中东京至盛冈段全长535公里就耗资2.66万亿日元，是东海道新干线的9倍！

新干线给日本人带来了荣耀，也给日本经济注入了活力，但是新干线却救不了日本国铁。就在1964年东海道新干线开通的年份，日本国铁开始出现300亿日元的赤字。此后，日本国铁赤字逐年增加，财务状况急速恶化。尽管新干线能带来不菲的经营收益，但日本政府每年还是要向国铁支付大量补贴，以维持国铁线路运营。为了消除赤字，日本国铁也反复提高运费，在20世纪80年代前6年，新干线的运费就提高了38%，当年日本国铁的赤字也达到了1.85万亿日元，长期债务更是高达37.1万亿日元，相当于日本财政总预算的4.9%和GDP的0.4%。面对这种困境，日本政府决定改革日本国铁——拆分和民营化。1987年4月1日，依照《国有铁道改革法》，日本国铁被分割为七家运输公司——JR 东日本、JR 西日本、JR 东海、JR 四国、JR 九州、JR 北海道、日本货运铁道公司，和四家非运输公司——新干线铁路保有公司、铁路通信股份公司、铁路信息系统股份公司和日本铁道综合技术研究所（JR 总研）。其中新干线铁路系统被 JR 东日本、JR 东海、JR 西日本三家瓜分，其他四家运输公司负责经营普通铁路。[103]

1985 年，日本铁路总里程 2.7 万公里，由日本国铁以及 100 多家私营公司经营，其中日本国铁拥有里程超过 80%。尽管 20 世纪 80 年代初，日本国铁已经进行了一轮大裁员，由 41.36 万人裁减为 27.6 万人，但仍是一个巨无霸。同时期的民营巨型企业如新日本制铁、三菱重工员工都只有 8 万人左右。[104] 日本国铁最初的重组方案是，分割后的 11 家公司雇用 18.3 万人，然后 2 万人主动提前退休，3.2 万人进入国家单位或者铁路有关企业，另外 4.1 万人进入国铁清算公司，然后通过培训，争取实现三年内再就业。但当时日本正处于泡沫经济大发展的阶段，人员安置比预想的要顺利。他们为自愿退休的人员设置了一笔相当于 10 个月工资的特殊津贴，结果有 4.6 万人拿钱走人，并且迅速找到了新的工作。[105] 这样，日本国铁正式员工就还剩下 23 万人。日本政府为了保持稳定，又将 11 家公司的用人总额由 18.3 万人上调为 21.5 万人，采用双向选择的方式，员工申请，然后公司面试，最终 11 家公司的录用人数是 20.6 万人，占剩余员工总数的 89.4%。剩余 2.4 万人，其中 2510 人成为国铁清算公司的正式员工，剩下 21150 人进入国铁清算公司，通过培训后找机会实现再就业。到 1990 年，除 1047 人被解雇外，其他的人都通过培训再就业找到了工作。[106] 人员问题得到了完美解决。

但日本国铁重组改革还有一个更加挠头的问题就是债务问题，到1987 年 3 月 31 日，日本国铁应处理的长期债务共计 37.3 万亿日元。当时日本国铁每年贷入 2.5 万亿日元，刚刚够以新债还旧债，根本无力经营。[107] 根据分割方案，JR 东日本、JR 东海、JR 西日本三家公司获得了新干线的运营权，而拥有新干线所有权的是新干线铁路保有公司，三家公司通过租用该机构的线路进行经营。对于这三家铁路客运公司，谁都知道它们将来一定会大赚特赚。所以在债务重组的时候，分给了他们 5.9 万亿日元的债务，新干线铁路保有公司承担了 5.7 万亿日元（相当于新干线资产账面值）债务，后又追加了 2.9 万亿日元，总额 8.6 万亿日元。剩下的 25.6 万亿日元债务，则由新成立的国铁清算公司（代表日本政府）背负。

改革一启，欢天喜地，第一件事是什么？当然是涨票价！然后几年内，几家新干线运营公司的利润就涨了 3 到 4 倍，分给它们的债务都是毛毛雨，很快就还完了。但是他们还不知足，他们不但要新干线的经营权，还要新干线的所有权（本来规定他们租用期限为 30 年）。于是，他们反复诉苦，说新干线的所有权与经营权的分离，不利于经

103. 刘迪瑞 . 日本国有铁路改革研究 [M]. 北京：人民出版社，2006:269.
104. 刘迪瑞 . 日本国有铁路改革研究 [M]. 北京：人民出版社，2006:9.
105. 刘迪瑞 . 日本国有铁路改革研究 [M]. 北京：人民出版社，2006:279.
106. 近藤祯夫，安腾阳 . 日本铁路集团：以“民营化”求生的基础铁路 [M]. 东京：大月书店，1990:113.
107. 刘迪瑞 . 日本国有铁路改革研究 [M]. 北京：人民出版社，2006:247.

↓ 日本新干线全图（作者：罗一童）

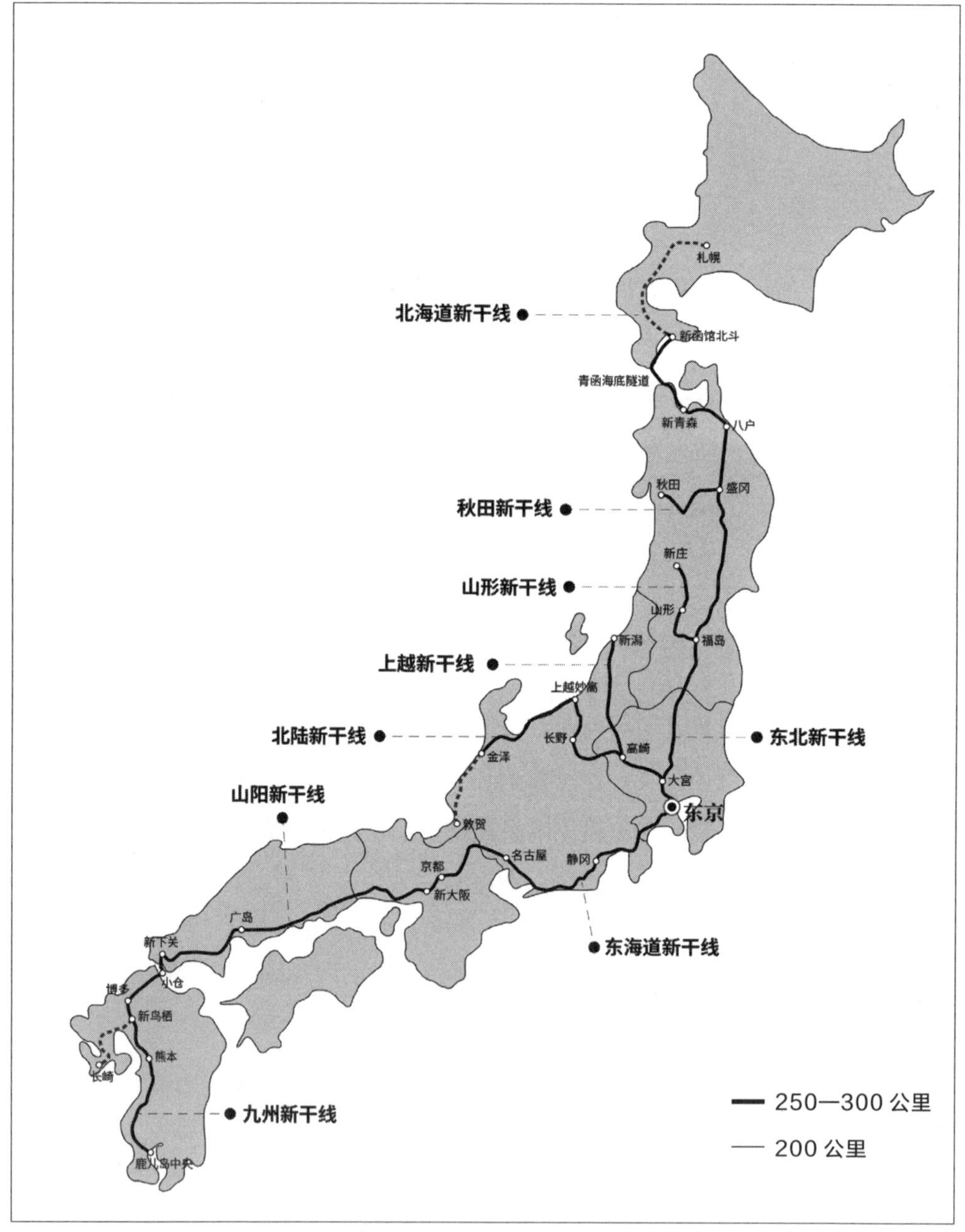

营，更让他们没有投入技术研发的积极性。媒体更是跟在他们屁股后面，煽风点火。于是，到了1991年，政府只好又把新干线卖给了他们，其中JR东海出了5.0957万亿日元、JR东日本出了3.107万亿日元、JR西日本出了9741亿日元。到1991年10月1日，新干线铁路保有公司正式解散。拥有了新干线的所有权之后，下一步就是上市，经营新干线的三家JR公司，分别于1993年、1996年和1997年在东京、大阪证券交易所上市，日本政府逐步出售国有股份获取大量现金。至2006年4月，本州三家JR公司的国有股权全部转让完毕，实现了完全私有化。其余四家运输公司——JR北海道、JR四国、JR九州和货运公司，由于效益达不到上市条件，则一直由日本政府100%持有，并提供财政补贴。

承担了大部分债务的国铁清算公司的还债却很不顺利，1998年国铁清算公司解散时，欠款比刚从日本国铁接收时还要高出2.8万亿日元，升至28.4万亿日元。这些债务中有16.7万亿日元被划入国家一般会计，通过税收和发行国债偿还，换言之也就是全民买单。其他债务通过出售股票与卖地最终还完。荡气回肠的日本国铁改革正式完成。

日本国铁改革完成后，由于包袱都甩走了，三家经营新干线的公司更是赚得盆满钵满，它们也有更多的资金用于技术开发、线路建设与维护。此后日本新干线也是稳步发展，截至2019年年底，日本共建成7条标准新干线，总里程2765公里，两条迷你新干线，总里程276公里，具体情况如下：

线路名称		起讫城市	线路长度（km）	最高运营时速（km/h）	建成年份
标准新干线	东海道新干线	东京—新大阪	515	285	1964 年
	山阳新干线	新大阪—博多	554	300	1972—1975 年
	东北新干线	东京—新青森	675	320	1982—2010 年
	上越新干线	大宫—新潟	270	240	1982 年
	北陆新干线	高崎—金泽	345	260	1997—2015 年
	九州新干线	博多—鹿儿岛中央	257	260	2004—2011 年
	北海道新干线	新青森—新函馆北斗	149	260	2016 年
迷你新干线	山形新干线	福岛—新庄	149	130	1992—1999 年
	秋田新干线	盛冈—秋田	127	130	1997 年

现在新干线已经成为日本的交通大动脉，日客流超过 100 万人次，年运输量接近 4 亿人次，相当于日本民众每年乘坐两次新干线。新干线线路长度，仅为日本铁道总里程的 10% 左右，但它的收入竟然占到铁路总收入的 40%，而运输量占到铁路总量的 30%。

日本新干线除了线路长以外，还以车型众多著称，先后投入商业运行的车型高达 16 种之多。这些车型都是动力分散型的，共由两大家族构成，一个叫东海道家族，主要在东海道、山阳、九州新干线上运行；一个叫东北家族，主要在东北新干线、上越新干线、山形新干线、北陆新干线、秋田新干线以及北海道新干线上运行。这些列车的主要参数见下表：

· 东海道家族列车参数

项目	0 系（K 编组）	100 系（V编组）	300 系	500 系	700 系	800 系	N700 系
投运年份	1964	1985	1992	1997	1999	2004	2007
编组	16M	12M4T	10M6T	16M	12M4T	6M	12M4T
运营速度（km/h）	初期 210 后期 220	230	270	300	285	260	300
启动加速度 [(km/h)/s]	1.2	1.6	1.6	1.6	2.0	2.5	2.59
最大编组定员	1285	1285	1323	1324	1323	392	1323
最大编组长度（m）	400	402	402	404	405	155	405
受电弓台数	8	3	2	2	2	—	2
总重量（t）	967	851.8	710	688	708	—	—
轴重（t）	16	15	11.4	11.4	11.4	—	11
电机功率（kW/ 台）	185	230	300	285	275	275	305
牵引控制	直流	直流	交流	交流	交流	交流	交流
制动控制	电阻 +空气	电阻 +涡流 +空气	再生 +涡流 +空气	再生 +空气	再生 +涡流 +空气	再生 +空气	再生 +空气

· 东北家族列车参数

项目	200 系	400 系	E1	E2	E3	E4	E5	E6	E7
投运年份	1982	1992	1994	1997	1997	1997	2011	2012	2014
编组	10M 12M 14M2T	6M1T	6M6T	6M2T	4M1T 6M2T	4M4T	8M2T	5M2T	10M2T
运营速度（km/h）	275	240	240	275	275	240	320	320	275
启动加速度[(km/h)/s]	1.6	1.6	1.6	1.6	1.6	1.65	1.71	1.71	—
最大编组定员	1285	399	1235	814	402	817	731	338	934
最大编组长度（m）	400	148	302	251	251	201	253	148	300.25
受电弓台数	2—4	2	2	2	2	2	1	1	—
总重量（t）	697	316	693	353	—	428	—	306.5	540
轴重（t）	17	13	17	13	13	16	—	—	—
电机功率（kW/台）	230	210	410	300	300	420	300	300	300
牵引控制	直流	直流	交流	交流	交流	交流	交流	交流	交流
制动控制	电阻 +空气	电阻 +涡流 +空气	再生 +涡流 +空气	再生 +空气	再生 +涡流 +空气	再生 +空气	再生 +空气	再生 +空气	再生 +空气

你可能会问，日本两大家族的高速动车组能够相互行驶到对方的地盘吗？比如 E2 能够在东海道新干线和山阳新干线行驶吗？答案是不能。下一个问题，日本高速动车组为什么要分成两个家族呢？原因

有两条：第一，因为日本国内的供电制式不统一，东京以北采用的是50Hz频率供电，这是东北家族动车组行驶的区域，而东京以南采用60Hz频率供电，这是东海道家族行驶的区域。第二，因为气候环境差异较大，东北新干线所经过的线路酷寒积雪，坡度也大，所以东北家族都加装了除雪排障器和取暖设施，东海道家族行驶的区域温暖湿润，所以不需要加装这些设施。

下面见闻君就新干线的车型做一个简单的梳理与介绍。

首先出场的当然是老爷车0系新干线，从现在的角度来看，0系当然已经很落后了，比如它还没有采用铝合金车体而是采用了碳钢车体，它还不是交流传动供电而是采用直流供电。但在1964新干线开通时，它可是引领时代的潮流者，就凭最高运营时速200公里的动力分散型动车组这一点，就足以傲视群雄。0系在世界高速铁路史上的历史地位无可取代。0系还有一个历史纪录，迄今为止还没有一个新干线车型能够打破，将来打破的机会也不大，它在20年的时间里共生产了3216辆，是累计生产数量最大的一个车型。这个老爷车在历史上活跃的时间跨度之所以如此长，主要原因是当时的日本国铁债务沉重，根本就没有钱来研发新的车型。0系只好勉为其难，苦苦支撑。0系最初为12辆编组，1970年大阪世博会召开时扩编为16辆编组，后来0系的最高运营时速也从200公里先后提高到了210公里、220公里。1999年0系开始从东海道新干线上隐退，然后被缩编为4编组或者6编组在山阳新干线上继续发挥余热。2008年11月30日，最后一列0系抵达终点站博多，也彻底退出了历史舞台。

日本研制的第二款高速动车组是东北家族的“雪国急先锋200

系”，1982年投入运营。200系在技术上的创新并不多，除了首次采用了铝合金车体外，最重要的改变就是加装了除雪装置与取暖装置，以适应东北新干线的运营环境。当然，装置的增加也导致了一个很大的问题，就是轴重暴增至17吨，跟法国研制的动力集中型动车组一样了，动力分散动车组的优势在200系身上荡然无存。

紧随200系之后问世的是东海道家族的100系。之所以会出现先有200系后有100系的情况，是因为当时规划把偶数开头的列车编号留给东北家族，而东海道家族列车编号都以奇数开头。后来这个规则有了变化，东北家族开始以E+数字的方式命名，所以东海道家族后来研制了800系列车。100系在技术上也没有什么大的突破，主要是在车头的流线型方面有所改进，“鲨鱼”头型进一步降低了空气阻力。其次就是引入了双层列车，14M2T（M代表带动力的动车，T代表不带动力的拖车）整编组有两节车厢是双层的。其三，就是从100系开始新干线车辆的座椅可以旋转改变方向了，这一点改进还是大大方便了乘客。1985年100系正式上线运营，这是日本国铁研制的最后一款动车组型号，1987年4月1日，日本国铁就不复存在了。2003年9月16日，100系也退出了东海道新干线的运营，被缩编为6编组在山阳新干线继续发挥余热，2012年3月17日，100系正式退役。

接下来问世的300系是日本新干线动车组发展史上具有重要转折意义的一款，它在技术上取得了一系列的突破，为接下来的新型动车组研制奠定了基础。首先它的最高运营时速提高到了270公里，东京到大阪的旅行时间也由3小时10分压缩到2小时30分，这让

↓东海道新干线家族左起分别是700系、300系、100系和0系

东海道新干线的竞争力又上了一个台阶。其次，它首次采用了先进的交流传动技术。从直流传动到交流传动的跨越是革命性的。它不但能够大大减轻电传动系统的重量，简化结构，更重要的是它让车辆的维护工作大大减轻。此前在动力分散技术与动力集中技术的竞争中，动力分散技术一个很难克服的缺点就是电机分散，维护工作量巨大。所以尽管世界上第一条高铁采用了动力分散技术，但是它并没有追随者，后来的法国、德国、西班牙、韩国都选择了动力集中技术。交流传动技术的应用，彻底扭转了这一局面，它让动力分散技术的缺点消弭于无形，而让它的技术优势发挥得淋漓尽致。此后德国也抛弃了动力集中技术转而投入到动力分散技术阵营。其三，它首次采用了再生制动技术。什么叫再生制动技术？就是驱动动车组往前跑的时候，电机正着转；列车刹车时，电机就反转，将制动能量转化为电能并回收。这既达到了节能的目的，又大大地减轻了机械制动的负担。其四，它在轻量化上取得重大突破，轴重由0系和100系的16吨（200系是17吨）降到了11.4吨，这意味着同样是16

辆编组，300 系要比 100 系轻 263 吨。这种轻量化对于节能也有非常明显的效果。300 系于 1992 年问世，1993 年 3 月 18 日，正式在东海道—山阳新干线运营。这款功勋车型，现在也已垂垂老矣，逐渐被后来的 700 系以及 N700 系替代。2012 年 3 月 16 日 300 系退出了东海道—山阳新干线的运营，其中 JR 东海公司所属的 300 系车辆在同月被全数报废。

跟 300 系几乎同时问世的是东北家族的 400 系。400 系主要运营于山形（迷你）新干线，所以它的特点就是小，它在东北新干线上最高运营时速是 240 公里，但在山形新干线最高时速只有 130 公里。此外，它仍然坚持了直流供电的方式，主要是考虑性价比的问题。

400 系之后问世的是东北新干线家族的 E1 系。与 400 系相反，这是一个超级大家伙，它的特点也只有一个字就是大，它所有的车辆都是双层的，最大高度 4.5 米，如果你站在它的面前，你会觉得它是一个庞然大物，有泰山压顶的感觉。随着新干线上班族的增多，JR 东日本公司最初的对策是增加车辆，但是这受到线路设备条件的限制，为了能让更多的人坐上新干线，于是就在 1994 年推出了这样一个大家伙。

1997 年又是一个重要年份。在这一年，JR 西日本推出了东海道家族的一个重量级车型 500 系，一个很不完美但是充满个性的车型。作为一个火车迷，500 系是见闻君最喜欢的车型之一。同时，东北家族也推出了 3 款重要车型，E2 系、E3 系和 E4 系。其中东北新干线的主力车型 E2 系被称为“疾风号”，是爬坡高手，后来被简配后引进到中国（E2 在日本是 6M2T，引进到中国的是 4M4T），由中国

↓上图：东北新干线家族 E2-1000（铁路摄影家：罗春晓）
↓下图：有“飞毛腿”之称的东海道新干线家族 500 系（铁路摄影家：罗春晓）

南车四方股份公司（现中车四方股份公司）引进消化吸收，国产化的 E2 在中国被称为 CRH2A。北陆新干线高崎至轻井泽之间有一段长约 30 公里、坡度达到 30‰的线路，需要一款爬坡能力超强的高速动车组，于是 JR 东日本就推出了爬坡高手 E2 系。E2 系最高运行时速 275 公里，是东北家族首个达到这个速度的车型。E3 系则主要运行于秋田（迷你）新干线，设计时速 275 公里，但在秋田新干线上也只能以 130 公里时速运行。秋田是日本盛产美女的地方，是传说中的歌仙美女“小町”的故乡，所以它在日本被以“小町”命名。秋田新干线沿线拥有日本最美的风景，到秋田新干线拍火车是很多火车迷的挚爱。E4 则基本是 E1 的改进版，由 10 编组缩为 8 编组，但是通过重联就能够以 16 编组运营。它在 E1 基础上的突破就是采用了铝合金车体，代替了 E1 的碳钢车体。此外 E4 还以一张夸张的带鱼脸为车迷诟病（当然也有很多火车迷非常喜欢），也有人说它像一只布鞋，总之它那冷酷的表情独树一帜。但是，可不要小瞧了它，它那冷酷的带鱼脸拥有良好的气动性能，对于减低风阻作用巨大。

至于东海道家族的 500 系见闻君来重点说一下。它的缺点一大堆，第一，造价极高，16 辆编组造价 50 亿日元，而后面研发的用来替代 500 系的 700 系动车组 16 辆编组造价只有 36.4 亿日元。第二，能耗高。第三，空间小，乘坐舒适度不高。但是它矫健的身影也让火车迷们如痴如醉，对它的爱欲罢不能。它是新干线上的飞毛腿，是日本探索速度更高动车组的代表产品，设计时速达到 300 公里，是日本首款达到这个速度的车型。当时法国的 TGV 运营时速已经达到 300 公里了，或许是受到了法国人的刺激，日本人觉得自己作为高速铁路的开创国，速度没有理由落在法国人之后，当然也有与航空公司竞争的因素，于是他们在 1997 年 3 月正式推出 500 系在东海道—山阳新干线上运营。500 系整体流线型的设计、最小的断面积，让它的空气阻力降到了最低，最终实测值竟然比设计值还要低。它出色的设计，甚至在它正式投入运营前就获得了日本通产省最佳产品设计奖，1998 年它又获得了铁道友之会的第 41 届“蓝丝带奖”。但高速列车毕竟不是用来欣赏的，实用是至关重要的因素，500 系开始慢慢地退出历史舞台。2010 年 3 月 1 日，500 系开始全面撤出东海道新干线，被缩编为 8 编组在山阳新干线运营。

取代 300 系与 500 系的后起之秀是 700 系与 N700，现在这两款车型是日本新干线东海道家族的当家小生。700 系的特点是什么？它的特点就是没特点。如果我们将 300 系、500 系、700 系放在一起进行比较，你会发现 700 系就是它们两个的折中版。300 系最高运营时速 270 公里，500 系最高运营时速 300 公里，那好两者取中 700 系的最高时速就是 285 公里；300 系是 10M6T，500 系是 16M，那好两者取中，700 系就是 14M2T，谁都不得罪。但 700 系

↓东海道新干线家族700系
（铁路摄影家：罗春晓）

是性价比之王，我们前面说了一列16编组的700系竟然比同样编组的500系便宜13.6亿日元。与500系相比，它车体更宽、空间更大、乘客乘坐环境也更舒适。此外，它的鸭嘴兽头型设计，也具有良好的空气动力学性能。后来，日本出口中国台湾的高速列车就是700系，在台湾称为700T，“T”是“Taiwan”的缩写。截至2013年10月，日本共有86组（16辆编组）700系列车投入运营。700系之后，日本还推出了800系，基本就是在700系的基础上稍加改进，用于在九州岛的九州新干线。因为九州岛没有那么多人，所以800系被缩为6编组，因为九州新干线坡度比较大，所以6辆车全为动车。此外，因为很多中国人、韩国人喜欢到九州岛旅游，所以在九州新干线运营的800系以日语、英语、汉语、朝鲜语四种语言进行广播。800系以飞燕为造型，纯白的车身加上细小的金色线条，非常可爱。800系2004年正式投入运营。

700系很优秀，但是到2007年，就在中国引进的缩水版E2国产化后以CRH2A的名字在中国大地掀起一股高速动车组旋风时，日本又推出了700系的下一代车型N700。所谓“N”是英文“next”的缩写，意味着下一代，这是一款更加优秀的车型。它的创新设计成为一种典范。日本东海道新干线由于修建年代早，所以线路建设条件并不高。其中有一个重要限制因素就是曲线半径，也就是线路弯度的大小。最小曲线半径越大表示这条线路越直，动车组可行驶的速度就越快；相反最小曲线半径越小表示这条线路的弯越急，动车组可行驶的速度就越慢。比如中国的京沪高铁、京广高铁，最小曲线半径都是 7000 米，是世界上最高等级的高速铁路，只要动车组有能力，完全可以按 380 公里时速运营。日本后来建设的山阳新干线最小曲线半径是 4000 米，动车组在这条线上的最高运营时速就只能是 300 公里。但是东海道新干线的最小曲线半径只有 2500 米。所以尽管 500 系设计时速 300 公里，但是在东海道新干线只能以最高 270 公里时速运营（在曲线半径 2500 米的区间不能超过 250 公里时速）。而且东海道新干线曲线半径在 2500 米的区间又特别多，达到 50 处，几乎相当于整条线路的三分之一长度。所以列车在东海道新干线以时速 270 公里最高速度行驶时，就需要不停地加速再减速，这不但带来了能耗的大量增加，而且严重影响着旅客的乘坐舒适性。而东海道新干线恰恰又是日本最繁忙的一条线路，日本最著名的大城市几乎都集中在这条新干线沿线。为了解决这个问题，N700 应运而生。N700 的绝技就是倾斜，在通过曲线半径只有 2500 米的区间时，通过控制调节左右空气弹簧，让车体向曲线内侧倾斜 1 度，就可以比原来通过速度提高 20 公里每小时，达到 270 公里，所以东海道全线就可以以时速 270 公里运行。谈到这个特技，很多人可能会想到摆式列车，但 N700 不是摆式列车。摆式列车一般是利用列车的离心力（被动式）或转向架上专门的装置（主动式）来实现，而 N700 只是调节空气弹簧就能实现；其次，摆式列车倾斜的角度一般是 5 度到 10 度，会给乘客乘坐体验带来极大的不适，而 N700 只倾斜 1 度，基本没有太大影响。只这一点的改进，就让 N700 成为日本第二款设计时速达 300

↓日本运营速度最高的 E5 系新干线列车（铁路摄影家：罗春晓）

公里的列车。此外，N700 在降低空气阻力方面也有突破，通过改进头型设计，它不但比 700 系降低了噪声，还降低了 20% 的空气阻力。在舒适性上，N700 加装了半主动减震器，而且列车采用了一次连续制动取代 700 系的阶梯式制动，使列车制动变得更加平稳。N700 系在 2005 年问世后，很快于 2007 年投入运营，获得业界的一致好评。当然 700 系也就不再生产。

N700 之后，日本近期还投入了一款明星车型，它就是日本新干线的速度状元，来自东北家族的 E5 系。E5 系设计时速 320 公里，是 E2 系的替代产品，它的宣传口号是“MADE IN DREAM”，在日本被称为“21 世纪的梦特急”。2009 年中国开通武广高铁后，列车以时速 350 公里运营，成为世界上运行速度最快的高铁线路。E5 系尽管有“日本新干线速度状元”之称，但当它于 2011 年 3 月 5 日正式上线运营时，最高时速其实只有 300 公里，没有达到此前宣称的 320 公里。一个月后的 4 月中旬，中国铁路主管部门宣布中国高铁降速消息。6 月 30 日，世界上建设标准最高的京沪高铁以时速 300 公里开通运营；7 月 1 日，中国铁路大调图，武广高铁、郑西高铁由时速 350 公里降速到 300 公里时速运营，沪宁城际由时速 350 公里降速到 250 公里运营。7 月 23 日，震惊中外的甬温线动车事故发生，中国高铁发展遭遇重大挫折。8 月 16 日，京津城际、沪杭高铁由时速 350 公里降速到 300 公里，从此世上再无时速 350 公里高铁。2013 年 3 月 17 日，E5 系在东北新干线宇都宫至盛冈段运营速度调整到时速 320 公里，东京至新青森之间东北新干线的旅行时间由 3 小时 10 分，缩短为 2 小时 59 分，世界最高速度高铁桂冠重新戴在了日本新干线的头上。需要特别指出的是，东北新干线宇都宫至盛冈段最小曲线半径只有 4500 米，建设标准远低于中国京沪高铁、京广高铁的 7000 米。

E5 系之外，日本 2012 年还投入使用了 E6 系，其实就是缩小版的 E5 系，7 辆编组，5M2T，设计最高运营时速与 E5 系一样也是 320 公里。E6 系可在秋田新干线上运营，是新一代小町号。此外，2015 年 3 月 14 日，日本北陆新干线长野至金泽区段开通运营，最新的 E7 系列车投入运营。该车于 2013 年 11 月 28 日正式亮相，12 辆编组，10M2T，设计时速 275 公里（在北陆新干线以最高时速 260 公里运营）。

第四章
从法国到全球

从 TGV 中可以看到法国令人赞叹的科技、发展和创新的能力。

—— 法国前总统希拉克

——→ 高铁的诞生具有划时代的意义。为什么这么说？因为它让业已被断定为夕阳产业的铁路重新焕发了勃勃生机。

美国铁路在 1916 年达到 40.9 万公里以后，就进入了拆毁的过程。美国不但是修铁路的冠军，在拆除铁路方面也是冠军。到现在它已经拆毁了将近 20 万公里的铁路。如果把美国拆除的铁路当作一个国家的铁路网来进行排名的话，历史上铁路网长度排名前三的分别是：美国（建设）、美国（拆除）、苏联。

“二战”期间，铁路的重要作用曾经在欧美国家中短暂回潮。美国本土在“二战”期间调动的军队累计超过 89 个师，平均每个师 1.5 万人，它们分布在美利坚辽阔的土地上，调动一个步兵师需要 48 列火车（每列火车由 16 节客车和 2 节餐车组成）；另外还需要配套 20 列货车（每列 50~60 个车皮）提供后勤保障。所以 1944 年美国运送部队的总人数和总公里数分别达到 1916 年的 2.5 倍和 1939 年的 5 倍。美国 4.2 万台机车昼夜不停地运转，让美国铁路成为庞大的战争机器。1942 年至 1945 年期间，德国也出厂了 7559 台专门为战争设计的 52 系列简易机车，这种机车可以牵引 1.2 万吨货运列车，创造了同一系列机车生产数量的世界纪录。但是“二战”后铁路进一步式微，欧洲也加入了拆除铁路的阵营。火车的故乡——英国在欧洲率先开启了拆除铁路的进程，然后联邦德国在 1950 年之后也拆除了将近 20% 的线路。在人们的眼中，铁路已经成为一个即将退出历史舞台的垂垂老者，只能在落日余晖里回味 19 世纪曾经有过的辉煌。造成铁路这种境况的

↓新干线与富士山的组合已经成为日本的象征

主要原因是公路与航空的快速发展，人们觉得它们是更加便捷的交通工具。通常情况下，政治家、商人、白领，要么翱翔在蓝天，要么驾车行驶在一条条平整的公路上。在飞机与汽车面前，火车已经变得太慢、太乱、太不舒适，在人们的心目中，火车已经成为煤炭、粮食等货物的运输工具。于是美国逐渐变成了“汽车轮子上的国家”。欧洲的法国也不遑多让，1956 年法国全国拥有 324 万辆汽车，到 20 世纪 60 年代末这个数字增长到了 1500 万辆。[108] 连法国铁路部门的大多数人都开始逐渐接受这个残酷的现实，他们也看不到铁路未来发展的方向。

但是世界上第一条高铁——日本东海道新干线的开通，让铁

108. 孔祥安 .TGV：法国高速铁路 [M]. 成都：西南交通大学出版社，1997:14.

路界为之一振，人们看到了这种古老的运输方式所蕴藏的巨大能量。最让他们青睐的是新干线的安全性。随着汽车数量的大幅增加，道路交通事故开始成为人类第一大杀手。数据统计，1966年美国道路交通事故死亡人数达到了50894人，[109]相当于每小时接近6人死于交通事故；而中国卫生部2007发布的《中国伤害预防报告》显示，1951年中国机动车交通事故死亡人数仅为852人，但到2002年这一数字增加到10.9万人。[110]航空事故率比较低，每年也有数百人死亡，国际航空运输协会（IATA）2014年的全球飞行安全统计报告显示，2009年至2014年间，平均每年空难死亡的人数为517人。[111]作为一种鲜明的对比，新干线的安全性好到让人诧异，在它运送的超过100亿人次旅客中，竟然没有一位旅客因为新干线本身的事故死亡。人们惊奇地发现铁路运营速度越快越安全，要知道2005年日本的普通铁路还发生过死亡107人的特大交通事故，更不用提“日本国铁战后五大交通事故”（五大事故死亡总人数近2000，具体参见本书第三章）了。这一数据充分证明高速铁路已经成为人类有史以来最安全的交通工具。

新干线为什么会拥有如此良好的安全纪录呢？有四点不得不提：第一，它引进了全封闭的线路运营环境，没有任何平交道口，只允许高速列车在线路上运营。第二，它引入了列车运行计算机管理系统，调度室里的中央计算机能够与运行列车紧密连接，列车信息由轨道电路传输给中央计算机，无论列车在什么位置，在调度室里，你都能够从中央计算机的大显示屏上进行跟踪。第三，高速列车引入自动驾驶系统，列车上装有车载电子控制管理系统，在高铁运行时，如果司机不进行人工干涉，高速列车将自动完成加减速过程，列车上的控制系统会自动分配牵引动力、制动力等保证列车的安全运营。第四，高度发达的通信手段使列车之间、车站之间、列车与车站之间、中央计算机与列车之间均能实现信息的有效传输，大大提高了高速列车的安全管理能力。

新干线的成功让欧洲铁路界人士脸上火辣辣的，原先在铁路技术领域无足轻重的日本竟然率先在世界上建成了高速铁路，并开始引领铁路行业走向复苏，欧洲铁路人固有的技术上的自负、心理上的自尊都让他们心里有些失落。欧洲铁路毕竟技术底蕴深厚，他们也不愿低下高贵的头。如 JR 东日本原会长山之内秀郎曾经回忆，1969 年法国的朋友告诉他："日本的新干线没有什么崭新的技术。建一条像新干线一样的高速铁路，我们很快就能建好……"法日友好协会的会长也在有日本人出席的公开场合表示："从日本邮来的圣诞卡的一半都是新干线的照片，日本人通过这样的手段在全世界宣传着他们的新干线。这个现状是我们所不能容许的，我们必须要建设自己的高速铁路。"[112]

于是欧洲展开了反击。

---

109. 宋洪飞 . 道路交通眩目规律及其控制技术的研究 [D]. 成都：西南交通大学，2010.
110. 吴琦幸 . 美国交通事故死亡率为何低 [J]. 运输经理世界，2008(C1):94.
111. 赵巍 . 全球航空安全的统计特征分析 [EB/OL].[2015−06−12]. https://www.sohu.com/a/80231704_389790.
112. 杨中平 . 新干线纵横谈：日本高速铁路技术 [M].2 版 . 北京：中国铁道出版社，2012:185.

欧美国家高铁技术探索

↓普尔曼火车宣传画

⟶ 火车诞生的 19 世纪，铁路发展主要是解决有无的问题。

现在人们已经很难想象早期铁路运营的场景。早期的火车车厢非常简陋，其实就是敞口的板车加装上几排座椅——敞篷的，后来才加装上了顶篷。

1864 年，美国人乔治·普尔曼发明了火车卧铺车厢，这是铁路客运历史上的一次重大突破。一次不算愉快的火车旅行使普尔曼萌生了制造卧铺车厢的想法。1865 年，普尔曼在芝加哥造出“车轮上的卧室”，将其命名为“先驱号”豪华火车车厢。时值林肯总统遇刺身亡，热爱总统的民众决定用火车将总统的灵柩送回伊利诺伊州首府斯普林菲尔德，即林肯总统政治生涯开始的地方进行安葬。普尔曼广泛游说，成功让他的先驱号挂在了载着总统灵柩的火车专列上。于是，在那漫长的 2700 多公里的路线上，全美大约有三分之一的人目睹了普尔曼车厢的豪华与舒适。普尔曼车厢的名气一举打响。等到林肯总统入土为安，生产豪华火车车厢的普尔曼公司也随即成立。[113]有着漂亮红绒布、樱桃木座椅、厚橡胶垫、丝绸灯罩、大理石宽敞浴室以及餐车和卧铺车厢的列车几乎完全颠覆了原来寒碜简陋的火车出行服务。据说，普尔曼车厢的诞生推动了每年新增1000万美国人选择火车出行。[114]

火车的发展，除了对舒适度的追求，还有对速度的追求，这就需要改进火车的动力系统。在火车近200年的发展历史中，总共经历了三次动力革命。第一次是蒸汽机车的诞生；第二次是柴油机车的诞生，尽管柴油机车的诞生要晚于电力机车，但是柴油机车普及比电力机车早，逻辑上它大力替代的也是蒸汽机车，所以见闻君说它是火车的第二次动力革命；第三次是电力牵引系统的诞生。

对火车速度的追求变成了一场竞赛，你追我赶，在20世纪的大国中间展开。

蒸汽机车的王者是英国。英国对蒸汽机车一直非常偏爱，毕竟是大不列颠将这个工业革命的巨兽带到了人间。史蒂芬森发明了商业运营的蒸汽机车后，各国对蒸汽机车进行了反复改进。整个19世纪都是蒸汽机车的天下，可不要小瞧这个老古董，它们也曾经跑出令人惊叹的速度纪录。

---

113. 历史上普尔曼以“恶老板”臭名昭著。2010年11月美国《时代》周刊评出了英美历史上十大“恶老板”，普尔曼榜上有名。他有强烈的控制欲，建设了普尔曼镇，对小镇居民实行独裁统治：禁止独立报纸，禁止公共演讲讨论，禁止居民开会，派检查员定期进入职工住宅检查卫生。后被法院收回了管理权。

114. 陈倩璐. 卧铺车厢缔造者 普尔曼镇恶魔 [EB/OL].[2013-01-23]. https://www.tmtpost.com/12895.html.

1848 年，美国的“安特洛普号”在波士顿至缅因铁路上创造了时速 96.6 公里速度纪录。

1850 年英国的“大不列颠号”蒸汽机车跑出了 125.6 公里的时速。

1938 年 7 月 3 日英国人以一台蒸汽机车跑出了令人瞠目结舌的 202.6 公里时速，这是迄今为止蒸汽机车创造的最高纪录。

英国有一趟著名的蒸汽机车线路在伦敦—爱丁堡之间运行，牵引列车被称为“飞翔的苏格兰人号”。该线路 1862 年开通，一直运营到 1962 年，到后期线路运营速度也达到了惊人的每小时 160 公里。

当然，蒸汽机车的弊端也非常突出。比如能耗高，它运送的煤炭有相当大数量都被它烧掉了；蒸汽机车每行驶 100 公里左右就要加水，行驶 200～300 公里就要加煤，行驶 5000～7000 公里就要清洗锅炉。更无法解决的是它的浓烟，对环境的污染比较大，特别是过隧道的时候，浓烟久久不能散去，对铁路工人以及乘客健康都有比较大的影响。

其实，世界上第一条地铁也是由蒸汽机车牵引的，你能想象冒着浓烟的蒸汽机车在地下奔跑的情景吗？ 1863 年，世界上首条地铁伦敦大都会地铁正式开通。牵引动力采用的是蒸汽机车，冒着浓烟在地下隧道里奔跑。但是英国工程师还挺有创意，每隔一段距离就弄一个风槽，释放浓烟。伦敦的城市面貌，也让他们作践得够呛，时不时地下就有个窟窿往外冒浓烟。

正是由于上面这些原因，电力机车与内燃机车才顺利登上历史舞台，并逐渐替换淘汰了蒸汽机车。无论是电力机车还是内燃机车，都是从德国开端的。德国完成统一后，发展更加迅速。在第一次世界大战爆发前，德国铁路总里程已经达到 58570 公里[115]，仅次于美国、

↓“飞翔的苏格兰人号”宣传海报

俄罗斯两个面积庞大的国家，位居世界第三位。这一时期，德国的科技创新能力一直处于爆发状态。数据统计，1850 年至 1900 年，世界各国的重大科技发明，英国是 106 项，法国是 75 项，美国是 53 项，德国是 202 项。[116]

内燃机车是从 1892 年德国工程师鲁道夫·狄塞尔发明柴油机开始的。1909 年普鲁士国家铁路订购了一台柴油机，并于 1912 年设计出了世界上第一台柴油机车。不过交付后经常出故障，后来试验终止了。

此后，美国人扛起了大旗，主角是托马斯·爱迪生的美国通用电气公司（GE）。爱迪生 1880 年开始玩电力机车，1892 年创立 GE 公司，1895 年 GE 推出了一台电力机车原型车，然而高成本的电气化费用让 GE 公司对电力机车失去兴趣，转而研究柴油机车。

在 1914 年，GE 公司的柴油机车技术取得突破，该公司的工程师赫尔曼·莱帕发明了一种可靠的直流电力控制系统并申报了专利。

115. 胡才珍 . 论 19 世纪末 20 世纪初德国在欧洲历史地位的巨变 [J]. 武汉大学学报（人文科学版），2001(5):584–590.
116. 胡才珍 . 论 19 世纪末 20 世纪初德国在欧洲历史地位的巨变 [J]. 武汉大学学报（人文科学版），2001(5):584–590.

1917 年，GE 公司利用莱帕的控制技术，试制了一台实验性电力传动柴油机车。

1923 年，柴油机车的应用迎来重大转折。美国纽约市通过了“考夫曼法案”，禁止污染严重的蒸汽机车驶入纽约市范围。为此，他们定制了一台柴油机车“Boxcab”，该车采用的正是 GE 公司的柴油机、牵引电动机及控制系统，机车功率 220 千瓦，1925 年 7 月交付。这是世界上第一台商业运营的柴油机车。[117]

与蒸汽机车相比，内燃机车动力强大，没有煤烟污染，维护起来也相对容易。于是从 20 世纪 30 年代开始，柴油机车大规模替代蒸汽机车。

柴油机车的实力也着实了得。1934 年 5 月 26 日美国的先锋者“微风号”柴油机车创造了时速 181 公里的纪录。

1936 年 2 月 17 日，德国柴油机车时速突破 200 公里，达到了 205 公里。

二战之后，欧洲大陆的德国、法国开始玩电力机车，此时早已没有了“日不落帝国”荣光的英国，跟上世界前沿的脚步越来越慢，它开始意犹未尽地玩起了柴油机车。1987 年 11 月 1 日，英国 43 型柴油机车时速达到了 238 公里，这是柴油机车历史上速度纪录的顶点。

电力机车也是从德国人开始的，它的诞生其实早于柴油机车。1847 年 10 月 1 日，德国人维尔纳・冯・西门子创办了西门子公司。1879 年维尔纳・冯・西门子设计出了世界上第一台真正意义上的电力机车。但是由于电力机车条件要求比较高，需要铺设供电网络，所以后来登上历史舞台的内燃机车却率先大规模应用。

↓火车齐柏林号

内燃机车虽然速度了得，但电力机车才是真正的速度玩家。

刚一诞生，电力机车就展示了它的高速特质。1901 年，德国的电力机车在柏林郊区的铁路上创造了时速 162 公里的世界纪录。两年后，1903 年，人类历史上火车速度第一次突破 200 公里时速。当年 10 月 28 日，西门子研制的三相交流电力机车，还是在柏林郊区线路上，创纪录地达到了每小时 210 公里。中国铁路试验速度突破 200 公里已经到 1997 年，当年 1 月 5 日，在北京环形试验线，韶山 8 型电力机车创造了 212.6 公里的中国铁路试验第一速。[118]

就在此时，高速铁路的另外一个分支——磁悬浮列车也取得了重大突破。发明者依旧是德国人。1922 年，德国工程师赫尔曼·肯佩尔创造性地提出了磁悬浮原理，并准备将其用在铁路上，制造悬浮在

117. 美国另外一家电气设备公司也对柴油机车的发展作出过重要贡献，它就是西屋电气公司。1929 年，西屋公司制造了两台柴油机车卖给了加拿大国家干线铁路运营，这是柴油机车首次在干线铁路上应用。

118. 温继武，高李鹏，骆文．中国高速铁路的“特种部队”：来自中国铁道科学研究院“联调联试”的报告 [N]. 人民铁道，2013-01-20(A1).

↓齐柏林飞艇

轨道之上的高铁列车。1934年，肯佩尔正式申请了磁悬浮列车专利。[119]他的思想是如此超前，所以应用推广的过程困难重重，时至今日，磁悬浮列车在全球的推广依旧坎坷异常。

在铁路高速化探索方面，齐柏林号作为一个传奇车型需要重点介绍一下。严谨的德国人在这款车型上所展示的想象力非常惊人，它创造的速度纪录保持了24年，直到1955年才被法国人打破。1964年东海道新干线开通时运行的0号新干线，在外形上也参考了这款火车。

火车齐柏林号，由极具传奇色彩的飞机设计师弗兰茨·克鲁肯巴赫设计，推进的动力是螺旋桨。“齐柏林”这个名字在航空史上举足轻重。第一次世界大战期间，齐柏林飞艇出尽了风头，每一艘齐柏林飞艇都具有优美的线条、巨大的尺寸。德国军队把这种飞艇看成他们的终极武器。当时尚显稚嫩的飞机还不能对这种庞然大物构成威胁，那时候如果飞机发现了一艘军用飞艇，唯一能做的事情也不过是在它粗厚的外皮上戳两个小洞洞，但这根本不会对飞艇产生致命影响。唯一能够阻止这些空中猛犸象一般怪物的只有天气。这些飞艇通常傍晚从德国本土起飞，华灯初上的时候到达英国上空。英国城市的灯光是它们最好的导航器，它们扔下危险的“货物”后，再掉头东飞，第二天黎明返回德国。但齐柏林飞艇决定不了战争的胜负，1918年11月德国战败投降。战后，齐柏林飞艇公司又推出以“齐柏林伯爵”命名的商业运营飞艇，开启了飞艇商业运营史上的一段传奇。齐柏林伯爵飞艇长 236.6 米，高 35 米，最高时速 120 公里，可以乘坐 50 名旅客，内部犹如豪华宾馆，阵容强大的厨师团 24 小时制作着美味佳肴。1928 年 10 月 11 日，齐柏林伯爵飞艇的处女航就是从德国法兰克福飞到美国纽约，用时 111 小时 44 分钟，航程 9900 公里，这是人类首次跨越大西洋的商业飞行。尽管处于“大萧条”时代，执行越洋飞行航班的 齐柏林伯爵号仍然生意兴隆，乘客们花费数百美元做一次越洋旅行，一边享受着美食，一边欣赏着乐队的表演，一边在二三百米的空中观览大西洋的美景，在那个年代这是非常时髦的事情。

为了向“齐柏林”致敬，德国研制的很多先进装备都以“齐柏林”命名，包括纳粹德国研制的第一艘航空母舰——齐柏林伯爵号航空母舰，也包括火车齐柏林号。1929 年，德国飞机工程师弗兰茨 · 克鲁肯巴赫另辟蹊径，试图把飞机与火车融合为一体，设计出一种采用螺旋桨推进的新型火车，由汉诺威的德意志帝国铁路公司制成首列样车，也就是火车齐柏林号。它的尾部安装了一台宝马（现在的宝马汽车公司）12 缸航空发动机，输出功率达到 600 马力，驱动尾部的螺旋桨。

1931 年 5 月 10 日，火车齐柏林号进行了首次线路试验，时速突破了 200 公里。6 月 21 日，它又创造了令人咋舌的 230.2 公里世界铁路试验最高时速。[120] 这个速度纪录直到 1955 年 3 月 29 日，才由法国的 Jeumont-Schneider BB 9004 号电力机车打破。[121]

---

119. 刘琳 . 磁悬浮技术与磁悬浮列车 [J]. 现代物理知识，2004,16(3):16-20.
120. 巴尔特勒山姆 . 火车秘史 [M]. 武汉：湖北教育出版社，2010.
121. 详见中文版维基百科“轨道车辆速度纪录”词条。

火车齐柏林号因为其创新性，一经推出就引起了轰动。它的流线型设计成为未来高铁列车设计的标准之一。但是尾部巨大的开放式螺旋桨也带给它很多缺点，一是没法牵引列车，二是对线路坡度要求比较高，三是对车站的乘客以及并行运输的其他车辆存在巨大安全隐患。

后来，弗兰茨进行了多次改进，换装了迈巴赫引擎公司（德国超豪华轿车品牌，也是航空发动机供应商）的 GO5 引擎，并在螺旋桨上面安装了一个整流罩，改装后的列车速度可以达到每小时 180 公里。[122] 火车路齐柏林号惊世骇俗，但是终究难以在现实中应用。1934 年它被卖给了德意志帝国铁路公司，五年后被拆解。

此时，德意志帝国铁路又研制了动力分散型的柴油动力机车——“飞翔的汉堡人”。1932 年研制成功，1933 年开始在柏林至汉堡间运行。

“飞翔的汉堡人”是当时火车技术最高水平的代表，它的低阻流线型车体设计、基于新材料的轻量化车身都非常优秀。它还创新性地采用了动力分散技术，每两节车厢为一个编组，每一组车厢拥有一个来自迈巴赫引擎公司研制的 12 缸柴油发动机，并与一部直流发电机直接串联发电。

“飞翔的汉堡人”1935 年 5 月 15 日开始在柏林至汉堡之间执行长途班次，全程 286 公里仅仅用时 138 分钟，平均运营速度达到了每小时 124.3 公里。[123] 这是什么概念？前面我们介绍过，1964 年 10 月 1 日，东海道新干线开通时共有两种高速动车组光号与回声号。515.4 公里的全程，回声号用时 5 小时，平均运营速度 103 公里。光号全程用时 4 小时，平均运营时速 128.9 公里。

二战后，“飞翔的汉堡人”被法国军队没收，并且在法国使用到1949年，然后又还给德意志联邦铁路公司。德意志联邦铁路公司接着用，一直用到1957年。目前仅存的一节车厢保存在德国纽伦堡交通博物馆中，只保留了驾驶室，其他部分被报废拆除。另外一列“飞翔的汉堡人”柴油动车组，归属了当时的民主德国，被有幸保存下来，目前已经恢复成原来的涂装，在莱比锡中央车站进行展示。

1939年的世界，已经笼罩在战争的阴云之下，9月1日希特勒进攻波兰，英法对德宣战，第二次世界大战爆发，欧洲人的高铁梦就此戛然而止。

第二次世界大战后，美苏争霸阴影笼罩全球。他们勃勃的野心、瑰奇的想象与齐柏林号并无二致，可惜的是，下场也无二致，都无一例外地以失败告终。毋庸置疑，很多伟大的发明创造都是从想象开始的，但是对于高铁这样一个庞大的工程系统而言，它的成功不仅仅是技术问题，更重要的则是经济可行性的问题。

此时的美苏，内心深处对对方都有一种深深的恐惧，外在表现出来的则是寸步不让，相互较劲。继承齐柏林号路线，他们着手研制喷气式列车，把喷气式飞机的发动机装在高速列车上。某种意义上，这些产品都是那个年代服务美苏争霸的奇葩武器的一部分。他们研制的喷气式高速列车被看作是国家战略核打击的一部分。当时除了路基发射平台、战略轰炸机和刚刚发展起来的战略核潜艇外，他们都希望能够拥有在陆地上快速移动的发射装置，来增强战略核武器的成功率。

122. 详见英文版维基百科“Schienenzeppelin”词条。
123. 详见中文版维基百科“德意志国铁路877型柴油动车组”词条。

↓美国“黑甲虫”高速试验列车

率先发力的是美国。就在日本东海道新干线开通的第二年，1965年美国国会通过了《高速地面交通法案》，批准政府在首都华盛顿和纽约之间建高铁。[124] 负责高速列车研制的是美国纽约中央铁道公司，合作伙伴是美国通用电气公司。他们共同提出了喷气式高速列车的方案。试验主体是一辆 RDC-3 柴油机车。在他们的方案中，这种高速列车有两个最重要的要素：第一是流线型车头，于是他们把这辆 RDC-3 柴油机车的车头改造成倾斜式流线型的；第二就是有喷气式发动机，这个由 GE 公司提供。他们提供了两台原本安装在 B-36H“和平卫士”重型轰炸机上的 J-47-19 涡轮喷气发动机，单台推力达到 2359 公斤。新的喷气式高速列车被命名为 M-497，绰号“黑甲虫”。1966 年夏天，“黑甲虫”在巴特勒至史赛克的铁路上进行了高速试验，创造了时速 295.54 公里的美国铁路试验最高速，这个速度纪录，截至目前仍未被打破。

自己的死敌竟然研制出了时速近 300 公里的喷气式高速列车，苏联怎么会甘于在这个领域落后？其实苏联有比较好的高速列车技术开发基础。从 20 世纪 50 年代末开始，苏联就着手对干线铁路进行提速改造，首选的线路是莫斯科—列宁格勒（圣彼得堡）铁路，在 1958 年至 1963 年间，分三个阶段把列车时速由 100 公里提高到 160 公里。1963 年 3 月，苏联第一列最高运营时速达 160 公里的特快旅客列车阿芙乐尔号在莫斯科—列宁格勒铁路投入运营，平均时速达到 130.4 公里。此后，苏联部长会议还通过了发展高速铁路运输的计划。美国喷气式高速列车试验成功后，苏联也开始组织高水平人员攻关喷气式高速列车项目。1969 年，他们正式提出喷气式高速列车方案。

1970 年，苏联的喷气式高速列车问世，被命名为 SVL（高速试验列车），又称“俄罗斯三套车”。为了研制一款优秀的低阻流线型车头，他们设计了 15 种头型，然后去苏联中央空气流体力学研究院做风洞试验，最终挑选出了最优秀的一款，实测风阻系数为 0.252。列车的动力装置则选择了雅克 -40 支线客机所使用的 AI-25 型喷气发动机。两台发动机可以输出 3000 公斤推力（小于“黑甲虫”的 4718 公斤）。车辆整备重量为 59.4 吨，其中燃料（航空煤油）占 7.2 吨。1971 年 SVL 机车在戈卢特温—奥廖拉铁路上跑出了 187 公里时速，与老对手的数据比还有点差距，不是很满意；1972 年年初，SVL 机车在新莫斯科夫斯克—第聂伯捷尔任斯克铁路上进行测试，采用分步加速的方法，最高时速达到了 249 公里的速度纪录，成为当时苏联铁路的最高试验速度。当时，担任全苏火车设计科学研究院院长的卡赞斯基曾宣称：“实验证明，‘俄罗斯三套车’完全可以达到时速 360

124. 刘植荣 . 高铁：你所不知道的那些事 [N]. 羊城晚报，2014-09-27(B01).

公里，并且能够保持安全平稳地行驶。再过一年半，我们就可以制造出一列可以投入使用的有 3 节车厢的高速列车。”[125] 但那不过是美好的梦想，SVL 机车进行过很多次试验，但有些问题始终难以解决，最终它被弃置在加里宁车辆制造厂（后更名为“特维尔车辆制造厂”）。2008 年，在纪念特维尔车辆制造厂建厂 110 周年之际，他们回想工厂走过的历史岁月，最让人印象深刻的还是 SVL 喷气式高速列车的研制。于是他们把老东西翻了出来，将车头切割下来，在特维尔市的宪法广场上建了一座纪念碑，成了当地的地标之一。

美国的“黑甲虫”高速列车下场也差不多，尽管试验成功的那一刻，美国媒体欢呼雀跃，但这种车辆在复杂的普通铁路上运营并不现实，更何况涡喷发动机的燃油消耗过高，经济性很差，所以计划不得不被放弃。

喷气式高速列车计划虽然都以失败告终，但是两个超级大国并没有停下探索高速铁路技术的脚步。美国纽约中央铁道公司研制成功“黑甲虫”后没多久就破产了，它与宾夕法尼亚州铁道公司合并为宾州中央铁道公司，此后他们推出了城际特快列车，运行于纽约至华盛顿之间，最高运营时速 190 公里，平均运营时速 114.6 公里。不久，宾州中央铁道公司也破产了。

美国那些私营铁路公司一看铁路客运不挣钱，都不玩了，把所有的资金都投入到货运上。美国政府一下傻眼了，虽然铁路客运需求量不大，但是作为公共交通保障也不能全停。美国国会只好紧急立法，成立了美国铁路公司承接铁路客运业务。宾州中央铁道公司研发的城

↓苏联 SVL 高速试验列车宣传海报

际特快列车就转到了美国铁路公司手里，一直不死不活。到了 1991 年，看着日本、法国、德国甚至西班牙的高速铁路都搞得红红火火，美国国会头脑一热又想搞高铁了，还一下子规划了五条线路。高速铁路不是在纸上画画那么简单，由于没有人愿意掏钱，所以美国国会的这次规划又成了纸上谈兵。[126] 五条高速铁路的规划基本就被束之高阁了，但是为了安慰美国铁路公司，国会还是批了一笔小钱，让他们在东北走廊铁路（华盛顿至波士顿）上搞提速试验。美国铁路公司一看钱没有多少，从头开始研发根本就不可能，那就买吧，于是向阿尔斯通与庞巴迪的联合体买了一些高速列车。2000 年，美国唯一一条达到高铁标准（既有线提速最高时速超过 200 公里）的东北走廊铁路终于开始载客运营，这就是“阿西乐特快”，最高时速 240 公里，实际平均运营时速只有 110 公里，在条件最好的纽约—华盛顿段时速勉强达到 150 公里。

抛弃喷气式高速列车后，苏联研制了 ER200 动力分散型电动车

125. 空中网军事频道军事百科“SVL 高速火车”词条。

126. 还有一个因素值得一提，在美国，航空界势力非常强大，触角伸得也非常远，他们认为高铁建设会有损航空短途客流，所以极力游说国会，试图扼杀高铁建设。

组，这是苏联第一款投入运营的高速动车组，1973 年研制成功，两年后最高试验速度达到每小时 210 公里。1976 年，动车组正式投入运营考核。但是，他们这一考核就考核了 7 年，直到 1983 年年底才在莫斯科—列宁格勒铁路上投入营运，最高运营时速 200 公里，平均运营时速 140 公里。苏联解体后，俄罗斯国力衰弱，早已没有了当年超级大国的样子，工业、科研实力都一去不复返，在世界分工中慢慢沦落成一个原材料供应国。开发更高水平的动车组，他们已经有心无力。经过长时间的运营，ER200 动车组早已老旧不堪。2007 年，俄罗斯甩了一个大单给德国的西门子，向西门子购买了 16 列 Velaro Rus 高速列车，这款车在俄罗斯被称为“游隼号”，最高运营时速 250 公里，平均运营时速 150 公里。这是世界上第二个在宽轨上运营的高速列车项目（第一个是西班牙）。2009 年，西门子正式交付游隼号，ER200 动车组退出历史舞台。[127]

说完美苏，我们再来看看英国。19 世纪纵横无敌的日不落帝国，二战后沦为美国的小弟，看到日本凭借新干线崛起为高铁大国时，只能靠回忆过往辉煌度日，回味火车故乡荣耀的“不列颠”的自尊心，受到了深深的刺激，看着身边的德国、法国在铁路技术上“嗖嗖”地超过也就罢了，竟然连日本也跑到了前头，而且大有拯救铁路这个夕阳产业于水火的气魄与豪情，仿佛铁路不是英国的孩子，而是日本的孩子。英国人决定搞点动静出来，挽回点面子。1967 年英国公布了他们梦幻般的高铁计划，“APT-E 高速铁路计划”。APT-E 列车设计时速 250 公里，采用了一系列在当时看来是眼花缭乱的新技术：

动力采用燃气轮机，车体采用铝合金材料，主动摆式结构（倾斜角度可达 10 度）可实现在既有线高速运行……总之，英国希望通过荟萃高端技术，一鸣惊人创造出一款领先世界的高速动车组。

项目初期进展还算顺利。1972 年 4 辆编组的试验列车问世，创造了时速 245 公里的速度纪录。这是当时摆式列车的最高试验速度纪录。1973 年第一次石油危机爆发，石油价格暴涨至此前的 4 倍左右。采用燃气轮机的 APT-E 试验列车因为是“油老虎”的缘故被放弃。

英国雄心不减。燃气轮机不行，电力牵引接着搞。新列车被命名为“APT-P 列车”，8 辆编组，转向架继续采用倾摆结构。1979 年，APT-P 列车在试验中跑出了 257 公里时速。如果只看这些速度纪录，似乎非常不错。但是吃了多少苦，遇到了多少障碍，只有英国人知道。就这么说吧，这款车可把英国人折腾惨了！因为采用了太多新技术，这款车故障频发，英国人不得不对列车反复进行改进，投入运营时间因此一拖再拖。1981 年 12 月，这款列车终于投入运营，但故障率仍旧居高不下。英国人只好又紧急让这款车休息，然后继续改进。但是无论怎么改，这款车都难以达到目标，到 1986 年英国人实在是被折腾得没有脾气了，终于放弃了。其实，该列车的摆式转向架在设计上还是颇有独到之处，最后被意大利人看中了，菲亚特铁路公司花钱将之收入囊中，将其技术融入自己开发的潘多利诺（Pendolino）摆式列车中（Pendolino 在意大利语中就是“摇摆”的意思）。

---

127. 波波夫 . 高铁上的俄罗斯慢生活 [EB/OL]. [2013-06-18]. http://finance.sina.com.cn/column/lifestyle/20130618/081915821949.shtml

什么是摆式列车？见闻君先举个例子来说明，我们看摩托车比赛时，会看到驾驶员经常随着弯道的变化身体一会转向这边，一会转向另外一边，有些时候身体几乎接触到地面。如果骑过自行车，你也会有同样的经历，遇到弯比较急的时候，身体总是会不自觉地向内侧倾斜。为什么？因为物体在快速移动中转弯时会产生一个向外的离心力，速度越快这个力就越大。这也是铁路弯道为什么会限制列车速度的关键因素，如果弯道太急，随着列车速度的增加，会有一个临界值，这个离心力会大到让整个列车脱轨。要想平稳移动就要有另外一个力来平衡离心力,这也是摩托车选手为什么身体费力地往内侧倾斜的原因。早期修建铁路时，主要是解决有无的问题，能够按照时速四五十公里跑就很满足了，压根就没有想到有一天火车竟然能够按照时速 200 公里甚至更高来运营。所以早期修建的铁路弯都比较急，专业术语就叫曲线半径过小。这导致列车在这些铁路上无法把速度发挥出来，最理想的状态当然是重建新线，其次就是旧线改造截弯取直。但修铁路是个耗时耗钱的事，如果能够通过列车在转弯时车体向内侧产生一个对抗离心力的平衡力，就能够将列车的最高速度提升一档。这种在转弯时车体能够向内侧倾斜的列车就叫“摆式列车”（中国台湾称之为“倾斜列车”）。列车在过弯时受离心力的作用会自然向内侧倾斜，充分利用这个力的列车就被称为被动式摆式列车（西班牙 Talgo250 列车是这方面技术的代表）；另外一种则是利用液压系统，主动让列车发生倾摆，这种称为主动式摆式列车（意大利潘多利诺与瑞典 X2000 列车是这种技术的代表）。

↓意大利高速铁路示意图（制图：王烯）

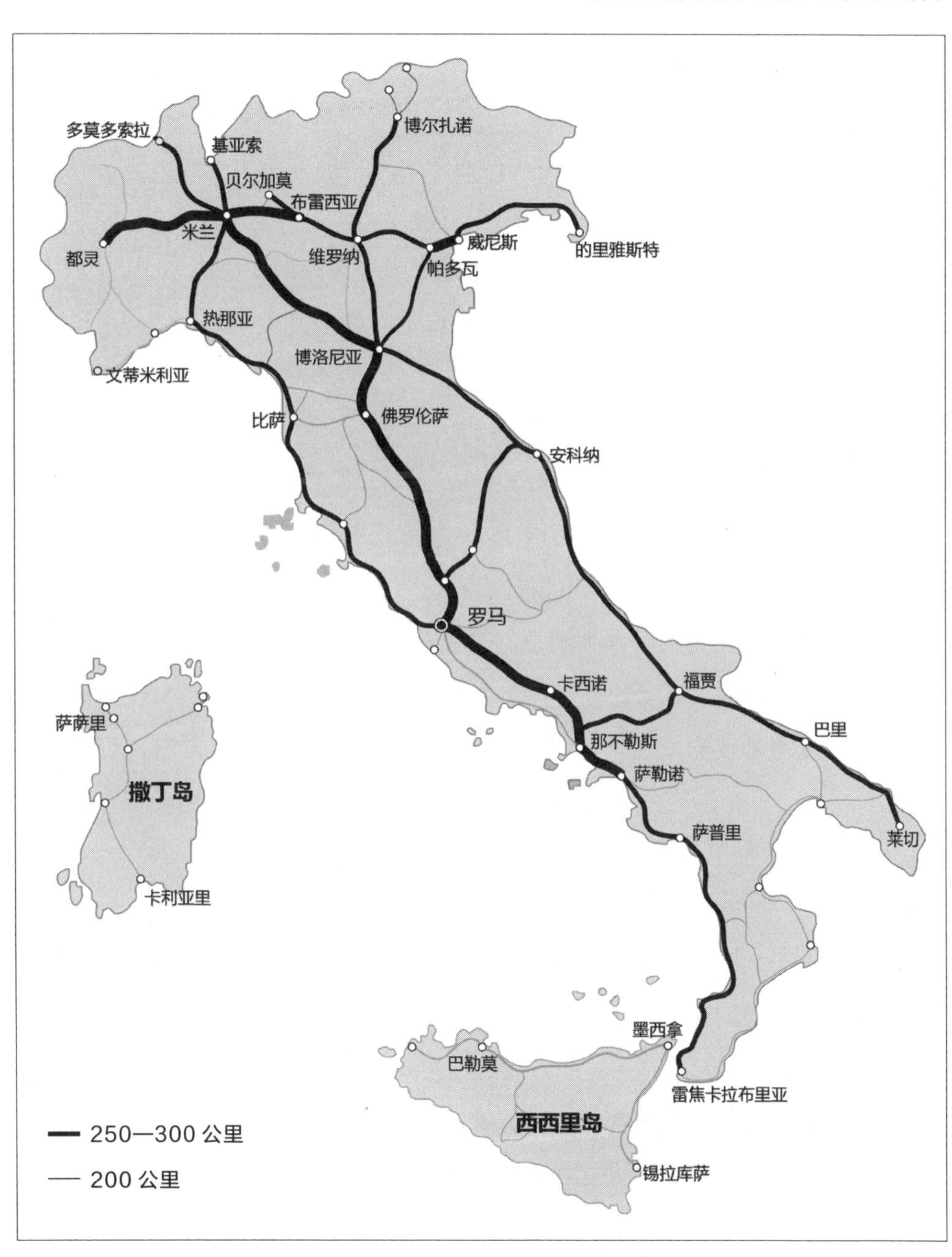

有道是着意栽花花不发，等闲插柳柳成荫。在集中精英人士重点开发 APT-E 列车的同时，英国人还准备了一个备选方案，那就是开发 HST 城际动车组，采用动力集中型柴油动车组方案。哪知道着力培养的 APT-E 列车是扶不起的阿斗，而不怎么受重视的 HST 城际动车组竟然是个“灰姑娘”，最终为英国挽回了一点面子。1973 年 6 月 11 日，HST 城际动车组创造了时速 230 公里的内燃动车组世界纪录。1976 年 HST 城际动车组在英国东海岸线（伦敦—爱丁堡）正式投入运营，采用 2M7T 编组，编号 IC125，最高运营速度 200 公里。按照世界铁路联盟定义，既有线铁路改造最高运营速度超过 200 公里就算高铁，那么英国 1976 年就已经迈入高铁国家行列（当然这个有争议，国际铁路联盟并没有认可）。1982 年 HST 城际动车组还走出国门卖到了澳大利亚，这款列车被命名为 XPT，担负悉尼至墨尔本的铁路客运任务，列车上不但设置了卧铺车厢，还有淋浴间，大受当地民众欢迎。[128] 毕竟电力牵引才是高铁的发展方向，于是英国人 1989 年又在 IC125 的基础上研发了动力集中型电力动车组，命名为 IC225，继续在东海岸铁路上运营。

1994 年英国铁路推行民营化改革，铁路研发能力也是一天不如一天，剩下的事只能靠购买来解决了。他们先是购买了意大利的潘多利诺摆式列车，此后英吉利海峡贯通，英国 1 号高速铁路开通（伦敦至巴黎，其实是法国北方线的延伸线，在英国境内只有 109 公里），欧洲之星投入运营，英国人就购买了法国 TGV 列车担当欧洲之星班次，再后来英国人又转向德国西门子，洽购了 Velaro E320 电力动车组作为新一代欧洲之星运营列车，到了2010年英国人又联系了日本的日立公司，洽购400系新干线作为第三代欧洲之星运营列车（由日立公司在英国建立工厂生产，为此日立直接把轨道交通全球总部搬到了英国）。

2012年1月8日，英国政府又启动高速铁路2号线项目。2020年2月份，英国政府正式批准2号高速铁路计划，一期将建设伦敦至伯明翰段，预计将在2028年至2031年前后完成。二期建设将向北延伸至曼彻斯特和利兹，预计将在2035年至2040年前后完成。高铁建成后，从伦敦至伯明翰的乘车时间将由一个半小时左右减少到52分钟，伦敦至曼彻斯特的乘车时间也将缩短1小时左右。2020年9月4日，英国高铁2号线公司宣布项目正式开工建设。

世界高速铁路发展史上，还有一个国家也不得不提，那就是意大利。意大利铁路研发技术底蕴深厚。早在1934年意大利法西斯头子墨索里尼就提出了一个雄心勃勃的计划，准备建设贯通全国的电气化铁路，将米兰、博洛尼亚、佛罗伦萨、罗马、那不勒斯等主要城市连接起来，全程700多公里。墨索里尼希望把这条铁路打造成为意大利尖端工业的象征。

意大利军工巨头埃内斯托·布雷达公司接受了墨索里尼的任务，并与都灵理工大学展开合作。1936年他们的成果ETR200型电力机车正式诞生，设计时速200公里，实际运营时速160公里。不过在试验过程中，ETR200出现了一些问题。经过改进后，ETR200型

128. 苏昭旭 . 世界高速铁路百科 [M]. 台北：人人出版股份有限公司，2009:192.

↓上图：意大利 ETR500 红箭列车
↓下图：潘多利诺摆式列车

电力机车于 1937 年正式在博洛尼亚—那不勒斯铁路线上运营。该车采用流线型设计，在都灵理工大学工程学院进行了风洞测试。该车还配备了头等舱，装备了自动调温器、前景天窗和躺椅。

ETR200 的改进型号 ETR212 型电力机车更为优秀，曾在 1939 年 7 月 20 日创造了每小时 203 公里的速度纪录。ETR212 型电力机车的优异性能让墨索里尼高兴异常，为了炫耀法西斯意大利的伟大成就，1939 年 4 月 30 日墨索里尼还将其送到美国纽约参加了第 20 届世界博览会。

日本建成新干线，高铁时代大幕开启之后，第二个着手建设高铁的，既不是超级大国美国、苏联，更不是“日不落帝国”大不列颠，也不是铁路技术强国法国、德国，而是意大利。

1966 年，日本东海道新干线开通后两年，意大利正式提出了高速铁路计划，1970 年罗马至佛罗伦萨高铁正式开工。这条铁路全长 297 公里，最小曲线半径 3000 米，最大坡度 8‰，设计最高时速可达 300 公里。但是意大利人艺术气息过于浓厚，办事经常吊儿郎当，加上拆迁困难、居民反对等因素，意大利人竟然将这条高铁修成了世界上建设速度最慢的线路之一，一修就修了 22 年。这条高铁比法国的东南线早开工 6 年，但是要晚完工 11 年，直到 1992 年才全线正式开通，年均修路 13.5 公里，这蜗牛速度让人眼镜碎了一地。好在此后，意大利人加快了高速铁路建设进度，米兰—佛罗伦萨完成改造升级，都灵—博洛尼亚、米兰—威尼斯、米兰—热那亚高铁先后完工。

为了配合高速铁路建设，意大利人还研制了性能良好的高速动车组，代表作品是 1996 年推出的 ETR500 动力集中型动车组，2M11T 编组，以“红箭号”的名义担当罗马至米兰高速铁路运营，最高时速可达 300 公里。2000 年意大利又推出了第二代 ETR500，能够驶入法国南部地区，展示了意大利高铁准备走向世界的雄心。截至 2014 年 9 月 1 日，根据国际铁路联盟发布的统计报告，意大利共拥有高速铁路 923 公里，在建高铁 125 公里，远期规划高铁 221 公里，共计 1269 公里。[129]

意大利虽然以蜗牛速度折腾了一把，但总体看来它在世界高铁领域的重要地位，还是要远超前面提到的美国、俄罗斯、英国。不仅仅因为他们建设了 923 公里的高速铁路，还因为他们在高速列车领域的研发实力。意大利是日本、法国、德国之外另一个重要的高铁技术输出国，他们不但研发了上面提到的运行时速可达 300 公里的

129. 刘植荣 . 高铁：你所不知道的那些事 [N]. 羊城晚报，2014-09-27(B01).

ETR500高速列车，还推出了他们最重要的代表作品——潘多利诺摆式列车。从一开始，意大利在铁路高速化发展上就采取了“两条腿走路”的策略，建设高速铁路新线的同时，大力推动既有线提速改造。他们认为在既有线提速方面摆式列车可以大有作为，它能够实现在线路不大改的情况下将列车运行速度提起来的目标。

潘多利诺是世界上影响最大的摆式列车之一。早在1971年意大利就推出了2节的Y0160摆式试验列车，以主动式油压控制，实现列车过弯时向内倾斜，可使列车在过弯时提高30%的车速，最高试验速度达到每小时250公里。1975年，在改良Y0160试验车的基础上，意大利推出了ETR401摆式列车，4节编组，共设有171个座位，最大摆角10度，最高运行时速250公里。但是这列车经过反复实验一直没有投入使用。1988年5月，第一款成熟车型ETR450摆式列车在意大利正式投入运营，它被设计成圆脸、红色腰身，采用复古造型，是世界高速列车史上具有里程碑意义的一款列车。ETR450采用8M1T编组方式，最高运行时速250公里，铝合金车体，最大摆角10度。此后意大利又开发了ETR460、ETR470、ETR480，先后输出到德国、荷兰、西班牙、葡萄牙、斯洛文尼亚、芬兰、俄罗斯、捷克、英国、斯洛伐克、瑞士等众多国家。意大利负责潘多利诺摆式列车研发的是菲亚特铁路公司，2000年后菲亚特铁路公司被法国阿尔斯通收购，潘多利诺开始具有TGV血统，此后阿尔斯通又推出了新一代潘多利诺ETR600和ETR610。ETR600列车主要在罗马至威尼斯之间运营，在意大利被亲切地冠以“白箭号”的美名。2004

年阿尔斯通与中国北车长客股份公司组成联合体获得 60 列时速 200 公里动车组订单，根据协议，阿尔斯通在潘多利诺 ETR600 的基础上去掉了摆式列车功能，改造成动力分散型列车，然后将技术转让给中国北车长客股份公司，国产化后被命名为 CRH5A 型动车组。

———

一鸣惊人的法兰西

——→ 东海道新干线的开通让世界各国艳羡不已，但有一个国家表示不服，那就是法国。在他们的心中，战后世界铁路速度的引领者是法兰西。早在 1955 年 3 月 29 日，法国人就创造了 331 公里时速的世界铁路试验最高速。法国国铁的人曾经对山之内秀郎说："日本的新干线没有什么崭新的技术。只要建一条新线，像新干线那样的高速铁路我们很快就能建好……"

说说容易，但是做起来难。从 1965 年法国人正式提出 TGV（法国高速铁路）设想，到 1981 年法国第一条高铁建成通车，前后历时 16 年，其经历之曲折不亚于日本东海道新干线的开通。高铁的成功，技术只是其中的因素之一，还有一个重要因素是经济。高铁的建设与运营需要巨量资金的投入，单凭铁路部门自身的积累是无论如何也难以完成的。面对飞速发展的航空旅行与汽车运输，如果没有政治强人的强势干预，在综合交通运输体系中，铁路只能按照既有的逻辑在边缘化的道路上越走越远。但公路与航空的飞速发展终有迈不过去的坎，而高速铁路的发展与普及也有其内在逻辑，两者的交叉点就是 1973 年 10 月 16 日爆发的第一次石油危机。法国高铁的转折点自然也在此时。

法国高速铁路的规划起步很早。1965 年 12 月 28 日，当时负责

↓法国的 TGV 高速列车

法国北方铁路网改造的法国国铁北方局副局长在向北方铁路局局长的报告中率先提出了建设法国北部高速铁路的设想。他认为铁路应该向高速公路学习，学习什么呢？第一，建设路基结构更好的铁路新线；第二，新建的铁路应该是高速客运专用线路，类似高速公路只允许汽车在上面跑，这样才能保证实现高速安全。他认为与高速公路相比，高速铁路在节约资源方面有巨大的优势，只有两条轨道的高速铁路占地远低于四车道或者六车道的高速公路，所以它的建设成本应该低于高速公路。他还在报告里提出了一些具体的措施，认为能够保证新建高铁线路成本低于日本新干线铁路。

这个报告提出之后，法国立刻行动起来，第二年法国国铁就设立了主要研究铁路高速化的技术研究局。1967 年 7 月 10 日，“TGV 计划”正式启动。1968 年 6 月，在维也纳召开的一场关于铁路高速化的国际研讨会上，法国国铁信心百倍地对外宣称，法国将建设巴黎至里昂间约500公里的TGV高速铁路。[130]对当时的法国人而言，这可是一个巨大的突破，要知道1937年以来，法国就再未建设过新的铁路线。

与日本建设高速铁路新线的思路不同，法国人决定两条腿走路，一方面谋划建设新的高速铁路，另一方面准备对既有铁路线进行提速改造。新建高铁线路与既有铁路线无障碍连通，是法国TGV高铁网络的重要特点。他们从最开始规划的时候就考虑了新线与既有线的兼容问题，TGV列车不但能在高速铁路上奔跑，也能在延伸的既有线上跑。所以尽管法国高铁线路网络长度不如日本，但是它覆盖的范围却是日本新干线的数倍，达上万公里。

1966年法国交通部部长埃德加·皮萨尼在出席一次活动时登上了一列电力机车的驾驶室，火车行驶到巴黎至维埃尔宗区段时他被告知，列车的瞬间时速已经达到了200公里。皮萨尼高兴地点了点头，问随行的工程师要花多长时间才能够让法国拥有一条运营时速而非瞬间时速达到200公里的铁路。那工程师很痛快地说，只要给的银子足够，对既有线路铁路进行改造，并不难，几年内就能完成。他正得意地等着部长表扬时，皮萨尼对他说：我给你六个月的时间，你要让法国拥有一条能够按时速200公里运营的铁路线。

这位工程师瞪大了双眼，心想这部长也太狠了吧，六个月不是要我的命吗？任务给出了，接还是不接？这位工程师还真接了。半年之后他真的做到了。

在巴黎—图卢兹铁路一个长度约80公里的平直路段，由BP9200机车牵引的被命名为卡皮托利号的旅客列车实现了时速200

↓卡皮托利号

公里商业运营。皮萨尼大喜过望，专门发了贺电。当然卡皮托利号没有能力全线按照时速 200 公里运营，在高原路段它只能小心翼翼地以时速 110~140 公里的速度运营。然后列车的车厢里会突然响起列车员充满激情的广播：“女士们、先生们，我们马上就要达到 200 公里时速了！”人们开始躁动不安，“要系安全带吗？”不，当然不需要，因为列车上压根就没有安全带。[131] 惊喜的人们很快就成了卡皮托利号的活广告，它的名声不胫而走，获得了巨大的成功。后来，法国国铁还为卡皮托利号换上了功率更大的 CC6500 型电力机车，以牵引因为旅客不断增加而不断变长的列车。

既有线的提速虽然比较顺利，法国建设全新的高速铁路的计划却阻力重重。尽管 TGV 的计划已经被提出来了，但是法国政府对新建高铁线路所要花费的巨额资金以及未来是否会成为国铁的负担心里没底。1969 年，在法国交通部长的建议下，法国国铁被迫解散了他们的 TGV 研究小组。但是法国国铁不愿放弃自己的计划，他们进行了不屈不挠的斗争，努力想办法把建设 TGV 高铁的计划放到总统的桌子上。如果能够取得总统的支持，很多问题都能迎刃而解。

---

130. 杨中平 . 新干线纵横谈：日本高速铁路技术 [M].2 版 . 北京：中国铁道出版社，2012:185.
131. 孔祥安 .TGV：法国高速铁路 [M]. 成都：西南交通大学出版社，1997:16.

转机出现在1973年，这年10月第四次中东战争爆发，石油输出国组织为了打击对手以色列及支持以色列的国家，宣布石油禁运，暂停出口，石油价格在不到一年时间内涨到了战争前的4倍。这次石油危机对发达国家的经济造成了严重的冲击，触发了二战后全球最严重的经济危机，美国的工业生产值下降了14%，GDP下降了4.7%；日本的工业生产下降了20%多，GDP则下降了7%；欧洲GDP下降了2.5%。[132] 法国当年在能源方面对石油的依赖性达到67%，虽然低于日本的86%，但是作为一个贫油国，法国对自己的能源安全还是产生了深深的担忧。于是他们做出一个决定，要发展两个产业，第一个是电气化的铁路，第二个就是建设核电站。（高铁与核电正是中国两张闪耀的国家名片。）因此，大家就会很容易理解为什么法国作出修建TGV高速铁路的决定是在一次能源会议而不是交通会议上。

1974年3月6日，法国总统乔治·让·蓬皮杜[133]正式决定修建TGV高速铁路。但是三周后，这位在法国政坛有重要影响力的总统因白血病在任上去世。继任的德斯坦总统对TGV高速铁路计划并不感冒，要求终止TGV计划。

但是时任法国总理、后来连续担任3届巴黎市长，还当选过法国总统的雅克·希拉克，并没有理会德斯坦总统的意见，而是按国务委员会的决议于1976年3月23日签署了TGV计划批准书，[134] 而且希拉克还把这条高铁项目定为公共利益项目，在第二天的政府公报上正式刊发。1976年10月法国第一条高速铁路TGV东南线（巴黎—里昂）正式开工。第二年，希拉克不干总理了，转而去当了巴黎市市长，法国政界又掀起了一股针对TGV高铁的阻碍风，但是法国TGV东南线建设还是顶住了重重阻力，最终于1981年9月27日部分建成通车。

心高气傲的法国人虽然口出狂言，但是他们在技术上非常慎重，对新干线进行了透彻的研究，并针对新干线造价高、动力分散型动车组维护复杂、编组不够灵活、换乘麻烦、列车受电弓接触不良、列车舒适度不高等方面进行了改进，他们开出的方子就是研制动力集中型高速列车。最初法国人也想像英国人一样研制燃气轮机驱动的高速列车，但是第一次世界石油危机让法国人放弃了这种想法。1974 年，由阿尔斯通公司研制的第一款采用电力牵引的 TGV 原型车下线，被命名为“泽比灵斯号”。泽比灵斯号共运行了约 100 万公里，进行了受电弓、悬挂和刹车等系统测试。1976 年法国国铁正式向阿尔斯通订购了 109 列 TGV 高速列车。1978 年 7 月 25 日，阿尔斯通交付第一列 TGV 量产车型，被命名为“TGV-PSE”，也就是第一代 TGV 高速列车。该列车采用动力集中方式，2M10T，轴重 17 吨。1981 年 2 月，TGV-PSE 在试验中创造了时速 380 公里的世界纪录。1981 年 9 月 27 日，TGV 东南线南段（圣佛罗杭丹—萨多那伊）建成通车，全长 275 公里，最高运营时速 260 公里！法国一鸣惊人，第一条高铁就把日本甩到了身后，比当时日本新干线最高时速高出 40 公里。但这还只是一个开始，第二年 9 月 TGV 东南线全线开通，从巴黎至里昂全长 417 公里（有部分连接线不是新建），最高运营时

---

132. 杜征征，杜巍巍.历次石油危机回顾及对中国的警示 [J].渤海大学学报（哲学社会科学版），2009(2).
133. 第一位访华的法国国家元首，也是第一位访华的西方发达国家元首。
134. 孔祥安.TGV：法国高速铁路 [M].成都：西南交通大学出版社，1997:17.

速提高到 270 公里。

TGV 高铁线路开通后，受到了法国乘客的极大欢迎，巴黎至里昂铁路客运量比此前增加了 2.4 倍。很快车次就增加到每天 23 对，并且还在逐年增加，一直到 1996 年增加到 47 对。TGV 东南线高速铁路客运的开通对民航与公路都造成了比较大的冲击。如巴黎至里昂线的航线客流大幅下降，而巴黎至尼斯航线虽然没有大幅下降，但是也增长放缓。而与东南线高铁竞争的高速公路，此前每年都有比较大的增幅，但是在 TGV 东南线开通的第二年来了一个零增长。有意思的是，这成绩还是在法国国铁错误地估计形势的情况下取得的。在东南线正式开通的前一年，法国国铁做了一次问卷调查，竟然有 74% 的人认为 TGV 不是为一般乘客服务的，而是为公司经理等高级乘客服务的。64% 的人认为，巴黎至里昂之间每日往返 13 对列车就足够了。这个问卷调查严重影响了法国国铁的决策，他们要求阿尔斯通提供的第一批列车头等座和二等座的数量分别为 111 个和 275 个[135]，这导致了一等座的空闲与二等座的严重供不应求。法国国铁只好赶紧让阿尔斯通在后面的列车中降低一等座的比例。

TGV 东南线的成功不仅仅在于它的速度，还包括服务方面的一系列创新，如准确预测客流量，他们采取的方式是提前订票。自从 TGV 东南线开通以后它就强行推广订票制（日本新干线也有订票制，但不是强制的），1982 年 TGV 列车提前 48 小时订票的旅客达到 75%。TGV 另外一个更加显著的特色就是列车从巴黎到达里昂后还能继续沿着既有线铁路往前行驶，到达蒙彼利埃、马赛、尼斯等法国东南部几乎所有重要城市，而且旅客在新线的末端不用换乘。这极大地扩展了高速列车的通达范围，有利于增加客运量，扩大潜在的客运市场。所以 TGV 东南线尽管长度只有 417 公里，但是它通达的范围却能达到 1600 公里。

如果你认为法国人的表演已经达到高潮，那就错了，他们的兴致刚刚上来。就在 TGV 东南线高铁的开通仪式上，法国总统密特朗要求法国国铁准备修建大西洋线（呈“Y”字形，西线巴黎—勒芒，西南线巴黎—图尔，全长 282 公里）。他说：“这一次，大西洋高速列车将服务法国西部，使雷恩和南特到巴黎只要两个小时，波尔多至巴黎只要三小时。”这就是浪漫的法国人，喜欢率性而为，兴致来了挡也挡不住。1984 年 5 月 25 日，法国国务委员会正式批准了大西洋线项目，并在次日的公报上以法令的形式宣布大西洋线高速铁路为公共利益项目。1985 年 2 月 15 日，TGV 大西洋高速铁路正式开工。1988 年 4 月 14 日，阿尔斯通为 TGV 大西洋线研制的第二代 TGV 列车 TGV-A 正式下线，1989 年 9 月 20 日，TGV 大西洋线西段正式建成通车。1990 年 5 月 18 日，在卢瓦尔至歇尔省的旺多姆区段，TGV-A 高速列车创造了时速 515.3 公里铁路试验最高速度，人类轮轨历史上第一次突破时速 500 公里大关。这个像天神一样的速度纪录，直到 2007 年 4 月 3 日才由法国人自己以逆天的 574.8 公里时速打破。

1990 年 9 月 30 日，TGV 大西洋线全线开通运营，最高运营时速 300 公里，世界上第一条运营时速 300 公里的高速铁路诞生，法国也正式确立高速铁路一代霸主的地位。TGV 的巨大成功几乎让世

135. 孔祥安 .TGV：法国高速铁路 [M]. 成都：西南交通大学出版社，1997:21.

界铁路界认为动力集中型动车组要比动力分散型动车组有天然的优势。如 20 世纪 90 年代初期，铁道部正积极推进京沪高铁立项，并为此做了大量的研究准备工作。受其委托，铁科院于 1994 年 8 月形成了一份《京沪高速铁路技术引进与国际合作问题的报告》，报告认为：高速电动车组采用动力集中式是国际趋势，而动力集中式电动车组的主要优点是造价和维修费用都比较低。日本当时的 300 系电动车组采用动力分散技术，铁道部并不看好。[136] 于是来自世界各地的高铁订单纷至沓来，西班牙的、韩国的、美国的，一时之间法国 TGV 大有独霸天下之势。

TGV 大西洋线延续了西南线的优势，继续保持高速铁路与既有线铁路的兼容性。大西洋线尽管只有 282 公里，但是它的通达长度竟然达到了 380 公里，覆盖着法国西部、西南部和大西洋地区广大区域，涉及 6 个大区（全国 22 个）32 个省（全国 95 个）2500 万人口（约占当时总人口的 45%）。到 1991 年，大西洋线开通一年后，客运量就已经达到 1661 万人次，盈余 7.94 亿法郎。

法国人再接再厉，TGV 北方线也于 1989 年正式开工。这不仅是法国一条重要的高速铁路，还是欧洲最重要的国际性铁路，线路从巴黎引出，往北到达加莱，然后通过英法隧道通向英国伦敦；另一个方向，里尔往西到达比利时的布鲁塞尔，进而到达荷兰的阿姆斯特丹和德国的法兰克福。

这条铁路有一个控制性工程就是英法海底隧道，又称英吉利海峡隧道。在这里修建一条海底隧道可不简单，并不是因为这个海峡有

↓英吉利海峡隧道示意图

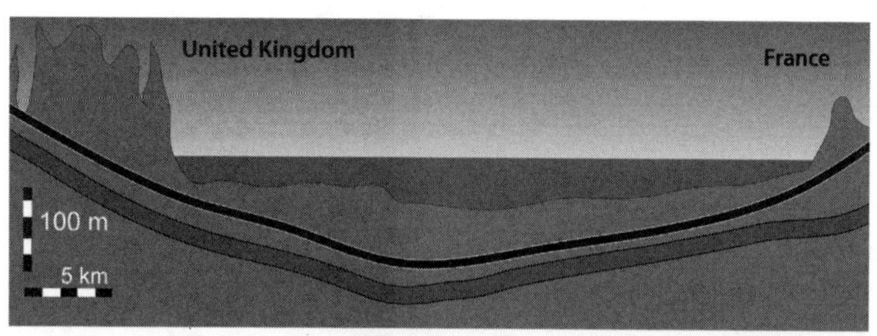

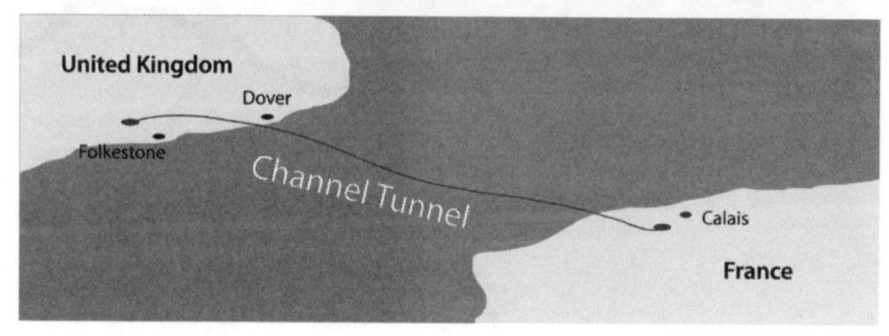

多宽，技术难度有多大，实际上英吉利海峡最窄处只有34公里，英国的多佛尔与法国的加莱隔海峡相望。但是英吉利海峡是将英国与欧洲大陆隔开的天然屏障，军事地位极其重要，无论是拿破仑战争期间，还是纳粹德国时代，英国能够保持不败之身，英吉利海峡都发挥了至关重要的作用。其实早在1802年法国工程师马悌厄就曾向拿破仑一世建议修筑一条海底隧道直通英国，但被否决了。以后，许多人又接连提出过各种开凿英法海峡隧道的建议，但是都无一例外地被否决了，因为有一点他们始终无法跨越——获得英国军方的支持。建一条隧道把打了几百年架的哥俩连在一起，这不是开玩笑吗？1955年，对英吉利海峡的命运是一个具有关键意义的年份——英国取消了军队对英吉利海峡建设的否决权。[137] 更重要的是，经济与文化的连接具有无穷的力量。到20世纪80年代，跨越英吉利海峡的运输已经非常繁忙，每年往返运输旅客2000万人次，货运

136. 王强，罗率 . 京沪高铁十年一觉 [J]. 商务周刊，2004(17):50-57.

137. 孔祥安 .TGV：法国高速铁路 [M]. 成都：西南交通大学出版社，1997:66.

↓法国高速铁路示意图（制图：王烯）

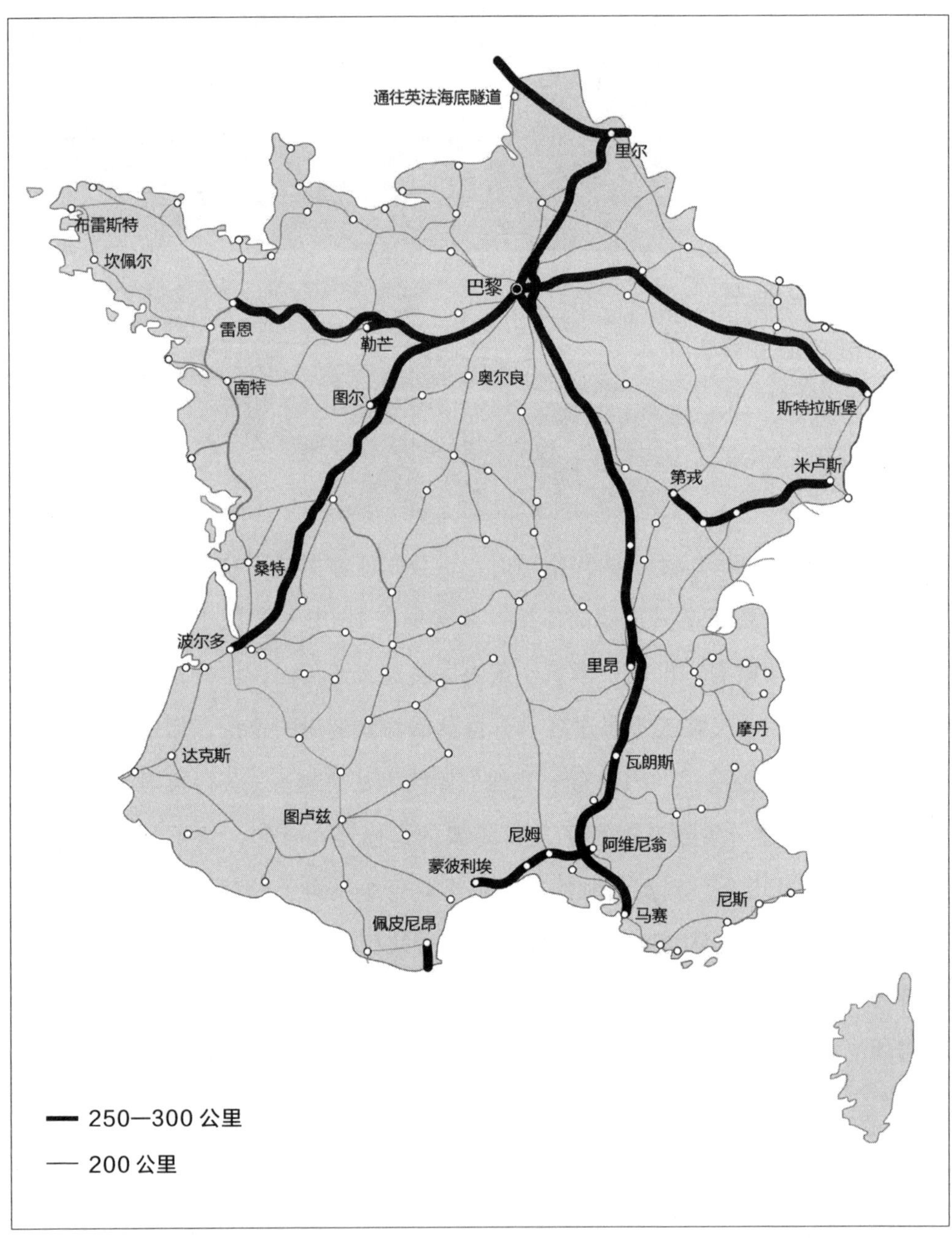

达2000万吨。这样繁忙的往来，使人们感到解决海峡运输问题势在必行。1973年11月，英法两国政府签订了关于修建海底隧道的条约，并提出了具体方案。1986年2月12日，双方在英国东南部的坎特伯雷大教堂正式签约，史称“坎特伯雷协议”，英国首相撒切尔夫人和法国总统密特朗出席了签字仪式，从而正式确认了两国政府对于建造海峡隧道工程的承诺。

1987年12月1日，英吉利海峡隧道正式开工，原计划1993年建成通车，但是后来延迟了一年多，到1994年5月6日才正式建成通车。此时法国的TGV北方线刚刚通车不到两年。英法海底隧道正式通车那天，法国总统密特朗和英国女王伊丽莎白二世分别在隧道的两端主持通车典礼。伊丽莎白二世说，这是英法两国元首第一次不是乘船，也不是乘飞机来会面的。她希望海底隧道能增加两国人民间的相互吸引力，希望两国继续进行共同的事业。密特朗说，两个多世纪的理想实现了，他本人和法国人民都为这一工程的实现而感到高兴。这一工程将促进欧洲统一建设，欧洲其他地方不会对英法两国之间所发生的事无动于衷。[138]当年11月14日，由法国TGV-A列车担当的欧洲之星高速列车经过法国TGV北方线，从法国的加莱进入海底隧道，从英国的多佛尔进入英国的高速铁路1号线直达伦敦。

法国TGV北方线作为一条重要的国际高速铁路，是欧洲一体化不可或缺的部分，它提供了一种现代化的运输方式，服务于欧洲各大

138. 历史上的今天：1994年5月6日，英法海底隧道通车 [EB/OL].[2010-05-06]. http://bbs.tianya.cn/post-5004-6311-1.shtml.

城市约一亿居民，将法国北部、英国、比利时、荷兰和德国大小城市连为一体，加强了它们之间的经济文化联系，所以这条高速铁路极大地改变了欧洲人的出行习惯。

高铁对法国人的居住和出行习惯产生的影响也不言而喻。同自己驾车相比，坐法国高速列车不仅不会堵车，还避免了开车的疲劳。同普通列车相比，省时、舒适是法国高速列车最大的优势。巴黎—里尔线（200 多公里，1 小时车程）的开通，使不少里尔人到巴黎就职成为可能。甚至，你可以早上在布鲁塞尔喝早茶，1 个多小时后到巴黎上班，下午再坐 2 个小时的欧洲之星到伦敦看音乐剧。同乘坐飞机相比，法国高速列车的乘客在市区就可上车，省去了从市区到机场的麻烦，也不用提前很长时间上车。[139]

三条干线高铁开通后，法国人又修通了环绕巴黎大区的 TGV 巴黎联络线（全长 128 公里），这条线将已经建好的东南线、北方线和大西洋线连为一个整体。

这条线是一个巨大的历史突破，为什么这样说呢？ 1842 年 6 月 11 日，在法国修建铁路的高潮期，法国议会通过了一部史称“基佐法（Loi du 11 juin 1842）”的法律，规定法国所有的铁路要么以巴黎为始发站，要么以巴黎为终点站。[140] 所以此前法国建设的三条 TGV 干线高速铁路都是以巴黎为终点站的，如东南线上的乘客若想越过巴黎继续到 TGV 北方线旅行，他必须在巴黎换乘。TGV 巴黎联络线的修建是一个巨大的历史突破，它把三条 TGV 高速铁路连接起来，乘客可以直接坐高铁畅游全国。1996 年全长 128 公里的巴黎联络线全线贯通，从东部环绕巴黎，将北方线、东南线和大西洋线连为一个

↓创造世界高速铁路试验最高时速 574.8 公里的 TGV（V150）试验列车（图片来源于维基百科）

整体，还途经法国最大的戴高乐国际机场高速车站和欧洲迪斯尼乐园高速车站，使空运、地铁和著名景点与高速线连接起来。

2001 年 6 月 10 日，法国又修建了连接法国中部工业城市里昂和南部港口马赛、总长 295 公里的“地中海线”（其实就是东南线的延伸线），采用 TGV 第三代列车 TGV-2N 型双层列车，最高时速 350 公里。其他重要线路还包括东南线延伸线、欧洲东部线等。根据国际铁路联盟 2014 年 9 月 1 日发布的统计报告，法国运营高铁里程共计 2036 公里，在建高铁 757 公里，计划建设高铁 50 公里，远期规划高铁 2357 公里，共计 5200 公里，成为高铁运营里程仅次于中国、

---

139. 吕禾 . 省时、舒适：法国高铁在欧洲延伸 [N]. 环球时报，2004-05-09.
140. 孔祥安 .TGV：法国高速铁路 [M]. 成都：西南交通大学出版社，1997:49. 另可参考法文版维基百科“Loi relative”词条。

日本、西班牙的世界运营里程第四长的国家。[141]

谈法国高速铁路，有一件事不能不提，那就是 2007 年 4 月 3 日 V150 试验列车创下的 574.8 公里世界轮轨铁路试验最高速。当天下午 1 点，法国国铁与阿尔斯通联合策划的冲高行动正式开始。刚刚竣工的巴黎—斯特拉斯堡东线铁路上，编号 4402 的 TGV（V150）列车如猎豹一样快速冲出，10 分钟它就达到了 515.4 公里时速，在运行了 73 公里后，它瞬间速度冲到 574.8 公里，一个逆天的纪录从此诞生，至今仍未被打破。V150 是阿尔斯通公司专门为此次试验研制的列车，意思是每秒前进 150 米。该车采用 2 动 3 拖编组，全长 106 米，重 268 吨。全车 8 个转向架，其中 6 个带动力。为庆祝试验成功，阿尔斯通公司将 V150 列车装上驳船，在塞纳河上向巴黎市民展示，做足了广告宣传。时速 574.8 公里是目前人类轮轨历史上的最高速度纪录。值得一提的是，2011 年 11 月 25 日原中国南车四方股份公司研制的 Cit500 型高速试验列车（当年命名为“更高速度试验列车”），在滚动试验台上测试出 605 公里时速，曾准备在铁路上冲击 600 公里时速，但该方案一直未获准许。后来该车更名为 CRH380AM，大隐隐于市，作为一款检测车默默服务于中国铁路。

姗姗来迟的德国人

——→二战前铁路高速化的王者毫无疑问是德国，但是二战后德国认为铁路已经是夕阳产业，公路与航空才是发展的方向，于是铁路被大规模拆除，高速公路得到迅速发展。统计数据显示，1950 年至 1990 年的 40 年中，德国公路增加了 15.2 万公里，增长 44%，其中高速公路达到 8800 公里，增加了 319%。但是同时期铁路总里程却减少了近 20%，缩短到只有 3 万公里。

1964 年日本东海道新干线的开通刺激了德国人（这里指当时的联邦德国）。恰巧 1965 年 6 月德国慕尼黑要举办国际运输展览会，他们决定展示一下自己的铁路高速化技术。于是，在展会期间，他们在慕尼黑到奥古斯堡之间开行了由 DB class103 电力机车牵引的运营时速达 200 公里的客运列车。[142] 这着实让德国人出了一把风头。但是德国人准备得并不充分，虽然只是开行了很短的一段时间，但是列车已经对轨道造成了非常严重的损伤。德国人只好停止了这种客运列车的运行。DB class103 最终于 1970 年 5 月 27 日才正式投入运营，时速达到了预期目标 200 公里，成为联邦德国铁路的标志性产品，直到 2003 年才正式退休。

其实德国人认识到高速铁路的重要性，一点都不比法国人晚，而

141. 刘植荣 . 高铁：你所不知道的那些事 [N]. 羊城晚报，2014-09-27(B01).
142. 罗赟 . 机车驱动装置悬挂结构及参数的研究 [D]. 成都：西南交通大学，2005.

且动工建设高速铁路的时间还比法国人更早。1970 年联邦德国政府计划修建汉诺威—维尔茨堡高速铁路，全长 327 公里，采用新线建设与旧线改造相结合的方式，设计最高时速 280 公里。[143]1973 年汉诺威—维尔茨堡高速铁路正式开工，但是建设速度极其缓慢。有多缓慢呢？与意大利的罗马—佛罗伦萨高铁的蜗牛速度差不多。1976 年法国 TGV 东南线比这条铁路晚 3 年开工，到 1981 年 TGV 东南线开通时，这条高铁刚修了一点点。本来资金就不足，德国人还把大部分资金投入了理论研究，用于实际建设的资金更是杯水车薪。这条高铁直到 1987 年才修通了 87 公里，到 1991 年才全部建成投入使用。与该条高铁差不多的时间，1971 年德国政府还决定开工建设另外一条高铁——曼海姆—斯图加特高铁，全长 107 公里，其中新修线路只有 99 公里。1976 年该条线路正式开建，如果以年修建里程来算，这条高速铁路的修建速度更加缓慢，到 1991 年正式建成通车，每年只修建 7 公里，是世界上建设速度最慢的高铁线路。

二战前德国铁路人行动力极强，主要是当时的思想家以及执政者把铁路看成完成德国统一的法宝之一，而在两次世界大战期间，德国人也把铁路看成重要的战略资源。但二战后，其他交通工具的飞跃式发展让铁路开始边缘化。德国铁路人开始逃避现实，陷入无穷无尽的理论研究之中，继而行动力、执行力越来越退化。原因无他，就是因为没钱。当时高速公路才是联邦德国政府的亲儿子，铁路早就被当成干儿子了。联邦德国在交通政策的制定上对亲儿子无比优待，然后剩点汤水再给干儿子。数据显示，从 1960 年至 1992 年，国家财政投资公路的费用高达 4500 亿马克，但同一时期，用于改建和扩建铁路网络（包括修建汉诺威—维尔茨堡和曼海姆—斯图加特两条高速铁路）的资金，只有 560 亿马克（平均每年 17.50 亿马克）。[144]

本来建设费用就不多，德国人还将这少得可怜的费用的相当一部分用在了理论研究上。1970 年联邦德国研究技术部制定了高速铁路研究计划，主要包括两个内容，第一个是磁悬浮，希望在磁悬浮技术成熟后可以发展更高速度的交通运输系统；第二个是“轮轨技术经济极限速度的研究”。他们制定了庞大的研究计划，包括轮轨关系的基础研究、轮轨滚动试验台建设、修建专门的试验线、制造可调参数的试验车，光这一项就耗资 10 亿马克。最终，他们得出了一个结论，轮轨的极限速度是时速 350 公里。[145] 但是，1981 年法国 TGV 高速列车在巴黎至里昂的高速铁路线上跑出了 380 公里的时速。他们辛辛苦苦研究出来的理论结果，在实践面前竟然不堪一击。高速铁路是民生工程，也是实践工程，是骡子是马拉出来遛遛，躲在书斋里面研究的理论往往会脱离现实。终于，德国人在被法国人用事实打脸的情况下，意识到这些东西没有必要继续研究下去了。

法国 TGV 高铁的成功给了德国人以非常大的刺激，这一盆冷水基本把他们给浇醒了，政府开始反思自己以往交通政策的失误，决定加大对铁路的投入。他们做的第一件事就是削减 1982 年的高速铁路研发经费，把钱拿来干实事。1982 年 5 月 13 日，原联邦德国铁路

143. 朱剑月 . 高速铁路有砟轨道结构动力特征分析研究 [D]. 上海：同济大学，2006.
144. 许飒 . 中国铁路投融资中的利益主体分析 [D]. 北京：北京交通大学，2007.
145. 谢奕波 . 高速铁路牵引供电系统新技术在京津城际工程中的应用 [D]. 天津：河北工业大学，2011.

成立新的董事会，确定了加快高速铁路建设的方针。1982 年 7 月，政府决定加快已经开工了九年的汉诺威—维尔茨堡高速铁路以及开工了六年的曼海姆—斯图加特高速铁路建设。同一年，政府决定研发 ICE-V 高速试验列车，先后投资 7800 万马克。1985 年原联邦德国政府正式出台了《联邦运输道路规划》，明确了加强铁路网建设的目标，计划未来 10 年拨出 417 亿马克用于新建高速铁路和旧线改造。根据这项规划，在综合交通体系中，用于铁路的投资额提升到了 27.8%；公路投资仍旧占据首位，但是比例有所下降，只占到 39.7%。根据这项规划，德国铁路的目标是开行时速 200~250 公里的高速客运系统以及时速 80~120 公里的货运系统，到 20 世纪末形成一个 2000 公里的高速（快速）客运网络。

德国人终于奋起了。好在他们的技术底蕴深厚。ICE-V 是一个规模庞大的联合项目，集中了德国顶尖科研机构，包括克虏伯、蒂森-亨舍尔、梅塞施密特（MBB）、林克-霍夫曼等工业巨头参与制造工作。1985 年 7 月，2M3T 动力集中式的 ICE-V 试验高速动车组正式问世，这一年正值德国铁路创始 150 周年。车虽然出来了，但是线路还没有建好，只好到旧线上热热身，随便跑跑。随便跑跑的 ICE-V 试验高速动车组跑出了时速 317 公里的速度纪录。1987 年，汉诺威—维尔茨堡高速铁路有一段 87 公里的线路终于正式贯通，ICE-V 试验高速动车组迫不及待到那里一展身手。1988 年 4 月 28 日，人类历史上轮轨速度第一次突破 400 公里时速；两天后，它又在这条线上创造了时速 406.9 公里的纪录。德国人用实际行动证明，在高速铁路领域，他们虽然来得有点晚，却是不可忽视的存在。

↓德国的 ICE 高速列车

联邦铁路公司 1985 年 12 月向国内制造公司下了 ICE1 型动车组的订单，1990 年 7 月首批 ICE1 正式交付。1991 年 6 月 2 日，汉诺威—维尔茨堡和曼海姆—斯图加特两条高速铁路正式开通，ICE1 也正式投入运营，设计最高时速 280 公里。当年秋天，60 列 ICE1 全部交付完毕。德国高速铁路投入运营虽然比法国晚了 10 年，但是 ICE1 一诞生就展现出了极强的竞争力。在技术上，它应用了三相交流传动技术、计算机控制的机车牵引及列车制动技术、轻型车体结构、低能耗低噪音空气动力学等。[146] 在舒适性上它更是当之无愧的佼佼者，ICE1 乘客的人均占有地板面积为 1.32 平方米，日本新干线 200 系只有 0.933 平方米，法国 TGV-A 型高速列车也只有 1.041 平方米。[147]ICE1 不但宽敞，内饰装潢也引领着时代潮流。它的座椅比照波音 747-400 座椅设计，后方有显示屏提供视频服务。[148] 车厢与车厢的连接处采用了自动感应玻璃门，并设有私人包间，包间里面有完备的办公设施如复印机、传真机、电话等，你可以在旅途中与同事开会，也可以选择与家人拥有一个密闭的空间。

146. 谢奕波 . 高速铁路牵引供电系统新技术在京津城际工程中的应用 [D]. 天津：河北工业大学，2011.
147. 杨中平 . 新干线纵横谈：日本高速铁路技术 [M].2 版 . 北京：中国铁道出版社，2012:199.
148. 苏昭旭 . 世界高速铁路百科 [M]. 台北：人人出版股份有限公司，2009:147.

↓德国高速铁路示意图（制图：王烯）

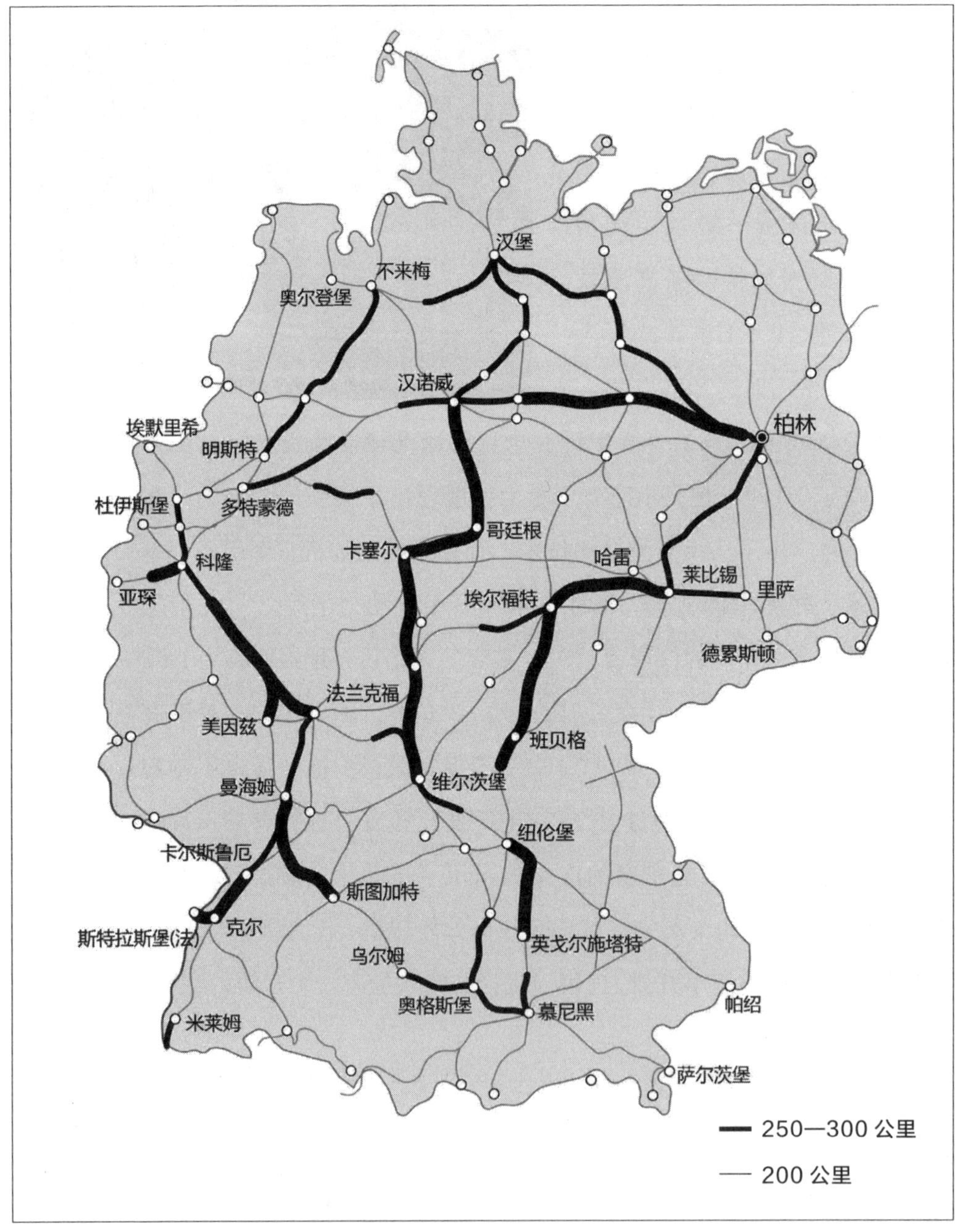

ICE1 的餐车更是一流，餐车中部为厨房，两端分别为餐室和酒吧。餐车比普通车厢高出 0.455 米，餐室和酒吧上面有采光天窗，显得宽敞明亮。无论你是独自一人，还是与亲人朋友一起旅行，在这里一边享受旅途的风景，一边享受美食带来的快感，都会有一种特别的体验。

天下大势，分久必合，合久必分。到了 1990 年，东、西德国已经越走越近了，1990 年 6 月 28 日，原东德政府与西德政府签订协议，准备改造柏林至汉诺威铁路。当年 10 月，东、西德国完成统一，德国决定迁都柏林，柏林的政治经济地位日益凸显，柏林成为欧洲重要的交通枢纽，修建柏林至汉诺威高速铁路的计划被提上议事日程。1992 年 11 月，该条线路正式开工，全长 264 公里，其中 170 公里按照时速 280 公里建设，其他路段为既有线改造，时速可达 200 公里。与此同时，德国正式决定研发第二代车型 ICE2。1993 年 12 月德国铁路正式向国内铁路装备制造公司下单订购了 44 列 ICE2，1996 年首列 ICE2 下线，1998 年 9 月柏林至汉诺威高速铁路建成通车，ICE2 正式投入运营。ICE2 其实就是 ICE1 的短编版本，由 2M14T（或 2M12T）变为 1M7T。这样做的原因主要是便于灵活组织运输，既可以短编组运行，旅客多的线路又可以重联运行。

德国高速铁路的一个重要特点就是客货共线，在强调客运高速的同时特别重视扩大货物运输能力，他们的高速铁路既运行 ICE 列车，也要运行货物列车，更高效率地组织运输对他们而言是一个重大挑战。之所以如此，大概是与德国人多中心分散型居住现状有关系。德国人是多中心分布的，国内没有很大的城市，人口超过 100 万的城市只有柏林、汉堡、慕尼黑、科隆，像德国著名的工业中心法兰克福人口也只有 67 万，差不多能赶上中国的一个小县城。这就导致德国铁路没有一条客流非常集中的干线，而是每条铁路运输量都很平均。

尽管如此，德国人最终还是迈出了建设客运专线的步伐。1995 年年底，科隆至法兰克福高速铁路正式动工，全长 219 公里（包括科隆机场线 15 公里）。这是德国第一条客运专线，只跑客运列车不运货物，其中有 158 公里线路铺设无砟轨道，其余铺设有砟轨道。这条铁路的建设标准为时速 300 公里，最小曲线半径 3500 米，最大坡度 40‰，根据此线路的断面和速度要求，原先的 ICE1 与 ICE2 都已不能满足要求，于是第三代 ICE 的研发被提上了议事日程，这就是大名鼎鼎的 ICE3。1994 年德国铁路订购了 50 列 ICE3，其中有 13 列要在国际高速线路上运营，所以要求 ICE3 必须能够适应欧洲四种不同的牵引供电系统的技术要求，这 13 列也被称为 ICE3M 车型。1995 年荷兰又增订了 6 列 ICE3M，用于阿姆斯特丹—科隆—美茵高速铁路运营。

ICE3 在欧洲高速列车研发史上有重要地位，它由动力集中阵营转到动力分散阵营。德国人之所以做出这种改变，是因为 ICE1 和 ICE2 过于追求乘车环境的舒适，导致轴重过大，达到了 19.5 吨（新干线 300 系是 11.4 吨，法国 TGV-A 是 17 吨），这为 ICE 列车带来很多烦恼。按照欧洲的铁路运输规范，国际直通列车的轴重必须限制在 17 吨以下（轴重越大，对轨道的冲击就越大，有些国家拒绝让轴重过大的列车驶入）。ICE1 和 ICE2 显然都无法满足条件，所以只能眼见 TGV 风风光光地走出国门。德国人面临的难题，就是既要提高单位重量的牵引功率，还要降低列车轴重。早在 ICE1 身上德国

↓上图：停靠在科隆站的 ICE3 高速列车
↓中图：出口俄罗斯的 Velaro RUS 高速列车
↓下图：技术转让给中国的 Velaro CN 被命名为 CRH3C 型高速列车

人就已经采用了交流传动技术（比日本新干线 300 系还早一年），此前动力分散型动车组因为电机分散在不同车厢底下维护保养工作量大的缺点得到了克服，而动力分散型动车组轴重轻还能再生制动的优点展现出来。于是德国人毫不犹豫地决定开发属于他们的动力分散型动车组。

同 ICE1 一样，ICE3 虽然是德国开发的第一款动力分散型高速动车组，但是一诞生就站在了这个行业的制高点上，它设计时速 330 公里，抛弃了 ICE1 方形的前脸，根据空气动力学设计了流线型的车头，采用了 4M4T 的编组形式，最大轴重 16 吨。ICE3 的问世受到了业界的高度好评，并开始走出国门，给 TGV 造成了很大的竞争压力。如我们前面提到，ICE3 的国际车型称为 ICE3M，在法国跑的称为 ICE3MF。后来西门子公司在 ICE3 的基础上整合成了 Velaro 平台，出口英国的称为 Velaro E320，出口西班牙的称为 Velaro E，出口俄罗斯的称为 Velaro RUS，中国引进的车型在德国被称为 Velaro CN，引进中国国产化后被称为 CRH3C。作为在国际上享有盛誉的高速动车组品牌，Velaro 成为继 TGV 之后的又一个国际高速列车品牌。

德国的高速铁路非常复杂，不像中国高速铁路那样形成一张独立的网络，他们的网络甚至比法国高速铁路还要复杂。法国 TGV 高铁至少能分清楚高速铁路与既有线铁路，TGV 在行驶到高速铁路末端后能直接开到既有线，然后以相对比较低的速度继续行驶。德国的高速铁路则和既有线铁路混杂在一起，不同的区间段采用的标准都不同。经常会出现一条铁路前半段是无砟轨道，后半段变成有砟轨道，或者前半段还是高速铁路，中间段变成了既有线铁路，后半段又变成高速铁路的情况。所以德国并非只有一个 ICE 网络，他们还有一个 IC 网络，有人将其称为“平民高铁”，由电力机车牵引普通客车实现时速 200 公里的运营，最高时速甚至能够达到 230 公里。这就是德国著名的电力机车“欧洲短跑手”，虽然在舒适度上远远比不上 ICE 系统，但是能够省一大笔银子。“欧洲短跑手”在全球也是广受欢迎，先后出口奥地利、西班牙、匈牙利、波兰、丹麦、希腊、韩国等国家。[149]“欧洲短跑手”还通过技术转让的形式进入了中国，国产化后被称为 HXD1B 型电力机车，主要用于货运。

为了研发一款既能够在高速铁路上快速奔跑又能在既有线铁路上加速的高速列车，德国人将目光聚焦在了摆式列车上。早在 1987 年德国铁路就对装有主动倾摆控制装置的意大利潘多利诺摆式列车以及采用被动倾摆结构的西班牙 Talgo 列车进行了实验，效果非常好，于是德国人向这两家公司分别订购了一批摆式列车，在IC 网里运营。为了将ICE 网与IC 网进一步融合，德国人决定开发一款基于ICE 列车技术的摆式列车ICET（T 在德语中是摆式列车的缩写），它采用了ICE 列车的所有成熟技术，另外吸取了意大利菲亚特铁路公司潘多利诺摆式列车的技术，使它能够在既有线上以时速 230 公里运行。1997 年德国铁路公司共订购了 43 列 ICET 型摆式动车组，其中 32 列是 7 辆编组，另外 11 列是 5 辆编组。1999 年 ICET 摆式动车组开始交付，2002 年 5 月 28 日正式投入运营，通过让列车在过弯时倾斜 8 度，可以让它在既有线上提速 30%，[150] 大大提高了 ICET 在既有线上的运行速度，使得德国铁路整体运输绩效大大提高。

149. 苏昭旭 . 世界高速铁路百科 [M]. 台北：人人出版股份有限公司，2009:159.
150. 苏昭旭 . 世界高速铁路百科 [M]. 台北：人人出版股份有限公司，2009:153.

高铁大国的全球化竞争

——→ 如果说日本是高速铁路的开创国，那么法国就是开拓国，它不但让高速铁路在欧洲落地生根，还以自己的实践证明，这是一种有生命力的交通方式。在日法的带动下，世界上有多个国家跃跃欲试，包括西班牙、韩国、美国、澳大利亚、瑞典、中国等。于是日本、法国、德国等高铁技术输出大国为此展开了第一轮博弈。

第一个高铁国际市场订单出现在西班牙，西班牙是继日本、意大利、法国、德国之后较早规划高速铁路的国家，还是目前世界上高速铁路里程仅次于中国、日本，排名世界第三的高铁大国。根据国际铁路联盟的数据，截至 2014 年 9 月 1 日，西班牙运营高铁 2515 公里，在建高铁 1308 公里，远期规划高铁 1702 公里，共计 5525 公里。[151] 当然，西班牙最为人津津乐道的还是它的第一条高铁——马德里—塞维利亚高铁，他们有一个 5 分钟承诺，即保证到达时间不会晚于原定到达时间后 5 分钟，否则退回全部车费，这个承诺是西班牙铁路公司在 1994 年做出的。[152] 后来，类似的承诺也被运用到了马德里—巴塞罗那线上，延误 15 ~ 30 分钟乘客可以得到车票金额 50% 的赔偿，延误超过 30 分钟则将返还全额票款。

2013 年 7 月 24 日，西班牙当地时间 20 点 41 分，发生了高铁列车整列颠覆的重大事故，造成 79 人死亡、180 人受伤。这是世界高铁历史上第二大伤亡事故（第一是德国 ICE1998 年事故，死亡

100人，第三是2011年中国甬温线动车事故，死亡41人）。当时列车由西班牙首都马德里开往西班牙西北部一个叫德孔的城市，出事的列车是由西班牙Talgo公司与加拿大庞巴迪联合研制的可变轨距（可以直接由1668毫米轨距的轨道通过列车自动变轨驶入1435毫米轨距的轨道）列车Talgo250。根据事故组调查的结果，造成事故的原因是超速，出事地段限速每小时80公里，但是出事前列车的行驶速度却达到了每小时193公里。当时很多媒体认为，西班牙铁路的“5分钟承诺”是酿成这起事故的罪魁祸首。但是做出5分钟承诺和15分钟至30分钟承诺的线路，与发生事故的线路其实不是同一条线路，非要把事故原因归结到5分钟承诺上有些牵强，而事故发生的原因确实是因为超速，不可否认对准点的过分追求会对列车的安全行驶产生压力。2011年7月23日中国发生的甬温线动车事故，准点压力也是重要诱发因素。在事故发生前的20多天，京沪高铁刚刚开通，频繁出现晚点事件，媒体的不断曝光对运营方造成了巨大的舆论压力。7月23日，在甬温线信号被雷电击穿的情况下，他们为了避免晚点太多，启用人工调度将列车放行到信号已经损坏、呈现一片红光带的区间段内。其实，信号被雷击穿并不是发生事故的充要条件，如果信号损害后区间段内所有的列车停止运行，待信号修好后再恢复运营，也就不会有事故发生了。

西班牙启动马德里至塞维利亚高铁建设是在20世纪80年代末，

151. 刘植荣. 高铁：你所不知道的那些事 [N]. 羊城晚报，2014-09-27(B01).

152. 冯俊伟，坎波斯. 高速列车引领西班牙飞向未来 [EB/OL].[2010-04-10]. https://finance.qq.com/a/20100410/001382.htm.

↓西班牙 AVE 高速列车

当时巴塞罗那赢得了1992年奥运会举办权，同一年塞维利亚赢得了世博会的举办权。为了办好这两场国际赛事，西班牙政府谋划修建马德里至塞维利亚高速铁路。西班牙与葡萄牙的铁路并不是准轨，而是1668毫米的伊比利亚宽轨。据说当年在建设铁路时，年迈的“火车之父”史蒂芬森曾经亲自到西班牙，希望说服西班牙采用1435毫米的标准轨，但是西班牙铁路公司拒绝了他的请求，创造了独特的伊比利亚宽轨（只有西班牙与葡萄牙及二者的殖民地有采用）。[153]之所以这么做，主要目的就是阻止火车的跨国境行驶，避免邻国的战争侵略。[154]但是，到了今天，在欧盟一体化的前提下，伊比利亚宽轨却成了阻碍西班牙与欧洲其他国家联通的绊脚石。经过慎重考虑，西班牙政府决定建设1435毫米标准轨距的AVE高速铁路（西班牙语“Alta Velocidad Espanola”意为“高速铁路”）。同时，AVE在西班牙语中还有“小鸟”的意思，所以如果你乘坐过西班牙的AVE高速列车，你会在那流线型车头的部分看到一只飞翔的小鸟，车头的侧面也会看到小鸟的翅膀。

1989年3月西班牙通过国际招标订购24列高速列车，要求运行时速270公里。参与竞标的企业共有三家，法国阿尔斯通、德国西门子、西班牙本土企业 Talgo。这是高铁市场第一单国际竞标。当时日本的新干线最高时速还只有 220 公里，所以不符合条件；德国西门子尽管号称已经有了时速 280 公里的列车，但是他们自己的高速铁路都还没有建成，列车也没有正式投入运营；西班牙的 Talgo 公司也只是有个方案，而法国东南线已经按照时速 270 公里运营六年了，他们的第二代高速列车 TGV-A 在新建的大西洋线上试验速度达到了每小时 352 公里。招标之时大西洋线已经全线铺轨完成，计划当年秋天举行通车典礼。当时的 TGV 系统可以说是睥睨天下，最终阿尔斯通 TGV-R 高速列车成功中标。根据中标方案，阿尔斯通需要向西班牙国内公司转让技术，其中 4 列在法国生产，另外 20 列由阿尔斯通在西班牙的子公司与当地的合资公司来生产。

对于阿尔斯通的中标，也有人做出另外一种解读——他们认为当时西班牙社会工人党执政的西班牙政府，是出于政治原因与法国作了交换。西班牙有个恐怖组织叫埃塔，成立于 1958 年，进行的恐怖活动包括绑架、爆炸等，手段极其残忍，做过的大案数不胜数，曾经在 1973 年该组织杀害过当时的西班牙总理布兰科，此后还杀害过数十名现役军官（包括马德里军事长官奥尔廷少将、陆军中将拉卡西等）。他们的纲领是“脱离西班牙，实现巴斯克民族独立”，成立一个包括法国南部三个巴斯克省在内的独立国家。有人认为，西班牙政府为了回报法国帮助他们缉拿藏匿于法国的埃塔分子，投桃报李，所以将该条铁路合同授予法国公司。当然，这只是关于该项商业活动的其中一

153. 沃尔玛尔 . 铁路改变世界 [M]. 刘嫩，译 . 上海：上海人民出版社，2014:3.
154. 苏昭旭 . 世界高速铁路百科 [M]. 台北：人人出版股份有限公司，2009:174.

种说法，属于民间野史，仅供参考。[155]也有人质疑，西班牙为什么优先建设马德里—塞维利亚高速铁路（要举办1992年世博会），而不是优先建设马德里—巴塞罗那高速铁路（要举办1992年奥运会），要知道马德里是西班牙第一大城市，巴塞罗那是西班牙第二大城市。有人认为，因为当时西班牙总理费利佩·冈萨雷斯是塞维利亚人，他在决策时存了私心。[156]但无论如何，塞维利亚毕竟是西班牙第四大城市，仅次于马德里、巴塞罗那和巴伦西亚，而且还要承办世博会，西班牙想通过修建马德里—塞维利亚高铁振兴一下南部经济，也是情理之中的事情。高速铁路是一项规模宏大的综合工程，无论在哪个国家，总是与各种传说以及质疑相伴随，坐在电脑前面敲敲键盘就会有一篇评论，但是要推动一项工程的立项并成功实施，却无比艰难。所以有一句诗，见闻君喜欢倒过来念，“不见当年秦始皇，万里长城今犹在”。

西班牙引进的是基于法国第三代TGV列车设计的TGV-R，设计最高运行时速270公里，2M8T，最大轴重17吨。马德里至塞维利亚高速铁路有许多隧道，为了防止过隧道时因气压变化引起耳朵的不适感，TGV-R还增加了德国ICE1动车组首先使用的气密设计。1992年4月随着塞维利亚世界博览会的开幕，马德里至塞维利亚高速铁路正式开通。当年还是哥伦布发现新大陆500周年，塞维利亚正是哥伦布全球航行的出发点，西班牙政府希望这届展会能够成为西班牙从塞维利亚走向全世界的一个象征。[157]TGV-R在西班牙被称为AVE-S102，用的是纯白车体，车鼻改成了浑圆状，看起来比法国

↓西班牙高速铁路示意图（制图：王烯）

155. 关于这项传闻详见中文版维基百科“西班牙高速铁路”词条。
156. 关于这项传闻详见中文版维基百科“西班牙高速铁路”词条。
157. 苏昭旭. 世界高速铁路百科 [M]. 台北：人人出版股份有限公司，2009:163.

↓上图：停靠在英国的“欧洲之星”高速列车
↓下图：法国 TGV 出口韩国的高速列车

原版的 TGV 动车组要漂亮得多。后来这条高铁进行了升级，目前最高运营速度可达每小时 300 公里。

拿下第一个高铁国际订单后，阿尔斯通又兵不血刃地拿下了第二个订单。英法海底隧道开通后，由法国、英国、比利时三国铁路公司联合成立了一个欧洲之星运输公司，总部设在英国伦敦，负责英国伦敦至法国巴黎至比利时布鲁塞尔之间国际列车的运营，其中法国国铁持股 55%，是第一大股东。这次，阿尔斯通共获得了 38 列动车组订单，其中 31 列被称为“三国首都编组”，顾名思义就是在三国首都之间运行的列车，采用 2M18T 的超长大编组运营。这 31 列车，由欧洲之星运输公司大致按照股权比例分别购买，其中法国国铁购买了 16 列，比利时购买了 4 列，英国欧洲之星公司（已经私有化了，国家快车集团持股 40%，法国国铁持股 35%，比利时国铁持股 15%，英国航空公司持股 10%）购买了 11 列。此外英国欧洲之星公司还购买了 7 列，用于伦敦以北铁路线运营，采用 2M14T 形式，被称为“伦敦以北编组”。1994 年 11 月，第一列欧洲之星列车正式开出，成为伦敦至巴黎铁路路线之间最受欢迎的列车。在 2004 年 11 月时，欧洲之星的使用率占了伦敦至巴黎运输通道的 68%，占到了伦敦至布鲁塞尔运输通道的 63%。

前两次较量发生在欧洲，第三次较量则发生在亚洲。1992 年韩国规划了首尔至釜山全长409公里的高速铁路线路，准备向全球招标。参与竞标的公司共有五家，最终有三家进入了第二轮，作为亚洲主场的新干线肯定不能少，这次参与投标的是新干线重要制造商日本三菱，另外两家是法国阿尔斯通与德国西门子。1993 年 6 月到第三轮时，参与竞争的只剩下西门子与阿尔斯通了。1993 年 8 月韩国人宣布阿尔斯通中标，一年后双方正式签约。法国 TGV 再次笑傲世界高铁市场。这次韩国人共采购了 46 列 TGV 高速列车，其中阿尔斯通在法国工厂生产 12 列，剩余 34 列由阿尔斯通与韩国现代集团的 Rotem 公司在韩国成立合资公司 Rotem Alstom 来生产。根据合同，阿尔斯通需要转让技术。韩国从法国阿尔斯通引进的车辆，以出口西班牙的 TGV-R 动车组为原型，2M18T 超长编组，被命名为“KTX-Ⅰ”高速列车。由于车身狭窄，一等座采用了 2+1 布局，二等座采用了 2+2 布局，全列定员 935 人。1997 年首列 KTX-Ⅰ高速列车在法国下线，2002 年首列韩国产 KTX-Ⅰ高速列车下线。全部列车于 2003 年 12 月交付完毕。

这条高速铁路于 1992 年开工，但受制于各种因素纠缠，进展极其缓慢，1997 年亚洲金融危机后，相关方案还做了修改，工期一再拖延，预算费用也不断追加，从最初的 5 万亿韩元一直到最终通车时花费 20 万亿韩元（当时约合 120 亿美元），被韩国媒体称为“檀

↓基于法国TGV技术的美国阿西乐高速列车

君（传说中韩民族的创始人）以来韩国最大的‘国策工程’”。[158]在韩国高速铁路建设的10年间，近千名韩国铁路工程技术人员到法国受训，400多名法国人在韩国工作。法国负责提供设备及维修、铁路营运协助等服务。其间还发生过一些有趣的小故事。话说2009年年初，在大丘—釜山区间，铺轨已完成的96.6公里区间内的15.5万个无砟混凝土枕木（占全区间的37%）中，有332个发生了严重的龟裂。龟裂的部位在混凝土枕木上的“缔结装置”，在这个装置里按规定是要放防水发泡的填充物，但韩文里的“防水”与“放水”的写法相同，因为他们没用汉字进行区别，故施工公司理解错了图纸的意思，枕木里不但没有加防水材料，反而加了吸水材料，造成全部15.5万多根枕木成为次品而需要重新铺设。[159]又因为修建过程中经历了工程司法调查、佣金收受、官员贿赂、工程人员被捕等事件，所以韩国高速铁路工程被韩国人称为“檀君以来最大浪费、最大不正之风的工程”[160]。2004年4月1日，京釜高铁一期首尔至大邱段开通运营，KTX-Ⅰ型高速列车投入运营，最高运行时速300公里，韩国成为继日本、法国、德国、西班牙、意大利、瑞典、英国、美国之后第9个拥有高速铁路的国家。韩国人的民族自信心大增，国内掀起了一股高铁热。

此后韩国马不停蹄，2010年开通了京釜高铁二期大邱至釜山段，

2015 年开通了湖南高速线（五松至光州松汀）。京釜高速线与湖南高速线构成了韩国“Y”字形的高速铁路主干网络。2016 年 12 月，水西平泽高速线（水西至平泽）开通运营，这是一条民营高铁线路。2017 年京江高速线（首尔至江陵）开通运营。截至 2020 年，韩国共拥有 866 公里高速铁路，是亚洲仅次于中国和日本的第三高铁大国。

韩国不仅建设高速铁路，而且在车辆研发方面也取得了不小的突破。在 KTX- Ⅰ高速列车的基础上，韩国又推出了第二代高速列车，命名为“KTX- 山川”。KTX- 山川是针对湖南高速线相对较小的客流研发的，采用 2M8T 编组，设计时速 330 公里，最高运营时速 300 公里。2010 年 3 月 2 日，KTX- 山川开始在京釜高速线和湖南高速线投入运营。

2012 年 5 月 17 日，韩国推出了设计时速 350 公里、最高可达 430 公里的下一代试验高速列车，命名为“海雾（HEMU-430X）”。

韩国高铁继承了法国高铁深度通达的特点，高速列车不仅可以在专用高铁线路上运行，也可以延伸到既有线上奔跑。

第四次较量转移到了美国。前面我们已经介绍了，美国在高铁领域一直在折腾，但是最终一事无成，没办法的他们决定买，联邦政府给了美国铁路公司一点钱，让它在东北走廊搞提速实验，他们折腾出一趟勉强算高铁的线路，命名为“阿西乐特快”。得到美国要买车的

———

158. 詹小洪．韩国高速铁路的是是非非 [EB/OL]. 瞭望东方周刊，[2004-05-19]. http://news.sina.com.cn/w/2004-05-19/10563270829.shtml.

159. 参见中文版维基百科“韩国高速铁道”词条。

160. 詹小洪．韩国高速铁路的是是非非 [EB/OL]. 瞭望东方周刊，[2004-05-19]. http://news.sina.com.cn/w/2004-05-19/10563270829.shtml.

信息后，行动最快的是 ADtranz 公司，1992 年 10 月，他们就弄了一组 X2000 型摆式动车组在东北走廊做测试。1993 年，X2000 在东北走廊进行了为期 7 个月的载客试运营。

关于 X2000 摆式列车这里要多说几句，因为它关系着世界高速铁路史一个已经消失了的重要玩家，它的名字叫 ADtranz，开始是一家合资公司，由瑞士 ABB 公司（瑞典阿西亚公司和瑞士布朗勃法瑞公司，总部设在苏黎世）与德国的戴姆勒 - 奔驰公司各持有一半的股权，因此有人说它是瑞典公司，也有人说它是德国公司。这家公司是德国高速铁路研发的重要玩家，不要一提 ICE 就想起西门子，其实 ADtranz 是 ICE 的重要玩家，拥有相关知识产权，所以在前面介绍德国铁路公司订购高速动车组时，见闻君都是说向“国内高铁装备制造企业”，而没有直接说西门子公司，原因正在这里。后来西门子公司为了走出国门，在 ICE3 的基础上搞了一个 Velaro，这个才是属于西门子的东西。当时世界高速铁路领域有四大玩家，一个是阿尔斯通，一个是西门子，还有两个就是庞巴迪与 ADtranz。但是 ADtranz 经营情况并不是很好，1997 年亏损 3.8 亿马克，1998 年亏损增加到了 7.63 亿马克。[161]ADtranz 公司只好大幅度裁员，ABB 公司也玩得意兴阑珊，于是 1999 年将它的股权全部转让给了德国戴姆勒公司。戴姆勒也没有能够玩转 ADtranz，2000 年又转手卖给了庞巴迪公司。2000 年是高铁装备领域力量分化重组的重要年份，庞巴迪收购了 ADtranz，阿尔斯通收购了菲亚特铁路公司 51% 的股权，老中车（中国铁路机车车辆工业总公司）拆分成了中国南车与中国北车。尽管中国此时已经推出了蓝箭动车组，并着手研发中华之星，但此时的南北车技术实力有限，主要精力也都放在了国内业务上，所以阿尔斯通、西门子、庞巴迪高铁装备制造领域三巨头的格局正式形成。2000 年，在被庞巴迪正式收购之前，ADtranz 公司还应瑞典国家铁路公司要求，开发了 Regina 电力动车组，后来庞巴迪将其引入在中国的合资公司BST公司进行生产，在中国该车型被命名为“CRH1型”动车组。

X2000 摆式列车正是 ADtranz 公司的代表作之一。1989 年 ADtranz 公司开始研制 X2000 摆式列车，采用主动摆式结构，最大摆角 8 度，设计最高运营速度每小时 200 公里到 210 公里。X2000 摆式列车不同于意大利的潘多利诺和西班牙的 Talgo 摆式列车，那两种列车采用的都是动力分散结构，而 X2000 采用的是动力集中结构，由 1 节动力车头牵引 5 节非动力车厢构成。动力机车没有倾摆功能，只有客车车厢才有。如果列车行驶时速低于 70 公里，倾摆功能会自动关闭。X2000 另一项重要技术是径向转向架，容许各个轮对自由独立运动，大大减低轮对对轨道曲线产生的作用力，让 X2000 在通过弯道时的速度可以最多提升 50%。在 1993 年的一次试验中，一列带有两台机车的 X2000 列车曾经跑出过时速 276 公里的速度纪录。X2000 于 1990 年 9 月开始在瑞典斯德哥尔摩至哥德堡之间运行，最高时速 210 公里，车程约 3 个小时。X2000 是与潘多利诺、Talgo 齐名的世界著名摆式列车代表产品。在 1989 至 1998 年间，ADtranz 共制造了 44 列 X2000 列车，编号为 2001—2043，另有

161. 苏明 .ADtranz 公司将大量裁员 [J]. 国外内燃机车，2000(4).

一列出口到中国，被命名为“新时速”列车，编号2088。这是后话，我们将在下一章节中进行介绍。

总之ADtranz跑到美国去了，但是德国西门子也不是善茬，为了抢市场，赶紧也弄了一列ICE1过去，1993年7月3日开始在东北走廊进行测试。最终美国铁路公司决定招标，竞标方共有3家，分别是ADtranz公司、西门子公司、阿尔斯通与庞巴迪联合体。1996年3月15日中标结果公布，阿尔斯通与庞巴迪联合体中标。列车主要技术以TGV列车为基础，在摆式列车技术方面使用了庞巴迪公司的一些技术。此外，列车还要满足美国政府的一些特殊要求，如车厢与货运列车碰撞时车体不能溃缩，因此车厢需要使用更多的钢铁，重量也更重。

阿尔斯通连赢四阵，几乎是打遍天下无敌手。第五次较量又回到了亚洲，这次是中国台湾的高铁。台湾地方当局进行高速铁路研究也非常早，1987年就进行了可行性研究，1990年还成立了“高速铁路工程筹备处”，到1993年7月16日，台湾地方当局通过高铁计划，并决议政府不出资，由民间兴办。台湾高铁是世界高铁史上第一个采用BOT模式（兴建、营运、移转）的高速铁路，建设总成本估计达4806亿新台币。由“台湾高速铁路股份有限公司”（大陆工程、长荣集团长鸿建设、太平洋电线电缆、富邦集团与东元电机为主要股东）负责兴建、营运阶段的工作，特许运营期限为35年。1997年9月，西门子与阿尔斯通支持的代理人击败了新干线支持的代理人，顺利获得高铁工程。

阿尔斯通似乎又要习惯性地获胜，但是天有不测风云，1998年

↓基于日本新干线700系的中国台湾高速列车

6月3日，德国ICE发生了迄今为止高速铁路历史上伤亡最大的一次事故。当天上午10时58分，一辆运载287人的ICE1列车从慕尼黑开往汉堡，在途经小镇埃舍德时，橡胶减震车轮发生金属疲劳断裂，导致列车脱轨翻覆，并高速撞上混凝土立交桥。这场事故造成100人死亡，88人重伤，106人轻伤，遇难者包括两名儿童，生还的18名儿童中有6人失去了母亲。救援工作花了三天，调查和审判工作花了五年，三名德铁员工承担了刑事责任。根据最终的调查，这次事故是由于德国人盲目采用新技术，为了减震，在列车钢轮中加了橡胶圈，最终由于金属疲劳，车轮损坏，导致了脱轨事件。事发后，ICE1列车的全部车轮被更换。此次事故严重打击了德国高铁的声誉。

事故发生后，台湾当局紧急转向，抛弃了法德联盟，选择了日本新干线。日本新干线获得了第一个出海订单。台湾高铁虽由日本新干线企业联合承建，但却没有获得日本新干线的运行技术。日本企业只是将台湾当成了设备的销售市场，没有提供任何铁路运营与维护的经验。1998年台湾高速铁路股份有限公司正式成立，2000年3月1日工程正式动工。台湾高铁原计划2005年10月31日完工，但是工期不断后延，直到2007年2月1日才正式通车运营，车辆为新干线700系，在台湾被命名为“700T”。台湾高铁盈利能力还不错，数据显示，2014 年营收 385.08 亿新台币，同比增长 100%，净利则达到 55.2 亿新台币。[162]

1998 年的高铁事故尽管对德国 ICE 的声誉打击非常严重，但是等事态逐渐平息后，德国人又于 2000 年推出了全新设计的 ICE3 型高速列车。前面我们已经谈到，ICE3 作为世界上最优秀的高速动车组之一，诞生后在业界赢得了良好的口碑，德国高铁因为事故受损的声誉开始慢慢修复。为了更好地走出国门，西门子公司在 ICE3 的基础上推出了完全拥有自主知识产权的 Velaro 系列动车组平台，德国高速动车组也开始走向全球。

仿佛又一个轮回，西门子 Velaro 的第一个重要订单也是西班牙。2001 年 7 月西班牙铁路公司与西门子签订了 16 列时速 350 公里动车组订单，西门子基于 Velaro 平台开发的全新动车组，被命名为“Velaro E”。与西门子合作的西班牙公司叫卡福（CAF）公司，现在也已经成为高速铁路装备制造领域的重要玩家。2005 年首批 Velaro 动车组出厂后，西班牙铁路公司又增购了 10 列。2008 年 2 月 20 日，马德里至巴塞罗那高速铁路通车运营，Velaro E 正式投入运营，最高运营时速 320 公里。

或许你会有一个错觉，以为西班牙的高铁市场对阿尔斯通与西门子予取予求，仿佛就是一个大国倾销高铁产品的市场，其实西班牙同样是一个高铁大国，他们也有历史悠久的高铁装备制造公司，还是高铁技术输出国之一。这里面具有代表性的企业就是 Talgo 公司，代表产品是 Talgo 摆式列车。这是一种超级独特的铁路列车。普通列车的两个轮子都是由一个轴连接起来的，这两个轮子与轴合在一起叫轮对，然后再与其他零件组成列车转向架。但是Talgo列车的转向架超级特别，它的轮子是独立的，由一个单轴关节与转向架相连，两个车轮之间没有车轴直接连接。所以，它不但能够在小弯道线路上让列车顺利通过，而且还可以变换轨距，行驶在不同轨距的铁路线上。

Talgo最早的产品是被称为“Talgo Ⅰ型”的客车，诞生于1944年，1950年Talgo Ⅱ型客车问世，1964年西班牙人又研制了Talgo Ⅲ型客车。1968年Talgo公司继续推出新型的Talgo列车，命名为“Talgo YD”，它的特点就是可变轨距（RD是西班牙文“Rododura Desplazable”的缩写，意思是“轨距可变轮”）。1969年6月起，Talgo YD客车开始在法国、瑞士等国家运行。1974年Talgo公司又推出了带卧铺车厢的Talgo YD车型。1980年Talgo车型继续优化，西班牙人给它赋予了倾摆功能，推出的Talgo Pendular，成为世界上最著名的被动摆式列车，它借用列车过弯时产生的离心力，利用转向架上空气弹簧的伸缩，让火车过弯时能够自然摆动，车体最大倾斜3度，速度可以提高20%，成为当时铁路系统划时代的创举，也成为Talgo公司的独门秘技。该车型获得了西班牙国铁340辆订单。后来Talgo公司又推出了下一代Talgo Pendular列车，命名为“Talgo Pendular 200”，最高运行速度达到每小时200公里，在欧洲大受欢迎。Talgo Pendular 200不但先后获得了西班牙国铁387辆的订单，还在1992年6月获得了德国国

---

162. 高旭．台湾高铁去年盈利55亿，躲过破产危机[EB/OL].[2015-05-01]. https://www.chinanews.com/tw/2015/05-01/7246925.shtml.

铁 29 辆的订单。[163]

Talgo 公司主要生产客车，基本不具备机车生产能力。西班牙高铁市场庞大，发展迅猛，为了提高竞争力，能够与阿尔斯通、西门子等大公司角逐西班牙高铁市场甚至其他国家高铁市场，Talgo 公司与庞巴迪公司结成伙伴关系，一方面联手开发新型的高速动车组，一方面联手竞标西班牙高铁的新建高速动车组项目以及动车组维修保养市场。他们联手开发的第一款重要产品是 Talgo 350，目标线路是马德里至巴塞罗那高速铁路，竞争对手正是西门子的 Velaro E。他们早于 Velaro E 中标，2001 年 3 月 Talgo 350 获得了西班牙国铁同样数量的 16 列订单。Talgo 350 采用 2 台机车牵引 12 辆客车的编组形式。牵引机车技术由庞巴迪向 Talgo 公司转让，16 列共 32 节动力机车，其中 4 节在庞巴迪德国基地生产，6 节在德国生产，剩下的 22 节则在西班牙生产。[164]2005 年 Talgo 350 正式投入运营。在 2010 年的柏林轨道交通展会上，Talgo 公司还推出了 Talgo 380，号称设计时速 380 公里。除了上面介绍的两款车，Talgo 还有一款重要车型就是 Talgo 250，它是 Talgo Pendular 200 的升级版，具有可变轨距的功能。2013 年 7 月 24 日发生车祸的列车正是该款。值得一提的是，该款车型还顺利出口到中亚的乌兹别克斯坦。

此外，西班牙还有另外一家重要的高铁设备制造企业——卡福公司，这是一家拥有百年历史的老厂，靠做一些修理工作起家，但是在引进西门子 Velaro E 的过程中，它受让了西门子的技术，所以技术实力也慢慢发展起来，不但后续开发了一些在西班牙国内跑的车型，还先后获得了土耳其、沙特阿拉伯等国家的高速铁路订单。以庞大的

↓亮相 2012 年德国柏林轨道交通展的
Talgo 350 高速列车

国内高铁市场为依托，西班牙高铁装备制造公司慢慢成长起来，西班牙也逐渐成为高铁技术输出国之一。

西门子拿下西班牙高铁订单给了阿尔斯通以非常大的刺激。我们前面大致介绍过，日本新干线开创了动力分散型动车组的发展方向，但是法国 TGV 高铁的成功几乎让人们认为高速铁路采用动力集中型具有天然的优势。不过交流传动系统的成功应用虽然解决了动力分散型动车组的缺点，却放大了动力分散型动车组的优点，代表作品就是新干线东海道家族的 300 系。德国铁路由动力集中阵营倒向动力分散阵营，则起到了风向标的作用。阿尔斯通明显感觉到它的动力集中型动车组不像以前那么好卖了。

其实早在 1998 年，阿尔斯通也开始研究动力分散型动车组。西门子拿下西班牙铁路订单后，阿尔斯通加快了开发节奏，2003 年正式成立了 AGV 开发团队，通过广泛市场调研制定了 AGV 列车的性能要求和总体技术参数。他们为这个项目专门拨款 1 亿欧元，内部抽

163. 高文俊 . 西班牙 Talgo 摆式列车的发展 [J]. 国外铁道车辆，1996(3):16-18.
164. Garcla. 新型 Talgo 350 动车组 [J]. 国外铁道车辆，2003(5):15.

调了160名精英进行开发。[165]2007年样车编组完成，2008年2月，阿尔斯通正式将AGV向全世界进行推介。AGV是阿尔斯通由动力集中向动力分散大转型的一款高速列车，体现了阿尔斯通很多独特的技术优势，如灵活的编组形式——AGV共有7辆编组、8辆编组、10辆编组、11辆编组、14辆编组、26辆编组等不同形式，其中26辆编组的列车长达450米，是目前世界上最长的高速列车。此外，AGV还保留了阿尔斯通的铰接式转向架，并尝试采用了永磁同步电机。AGV研制成功后，阿尔斯通成功扳回一城，2008年阿尔斯通AGV赢得了意大利NTV公司（一家成立于2006年的私营铁路公司，法拉利集团的总裁Luca Cordero di Montezemolo是四位股东之一，靠租用意大利国铁线路运行）25列订单（分11辆编组与14辆编组两种），设计时速360公里，被意大利人命名为“Italo”，即“意大利的”。Italo采用通体鲜艳的红色，被誉为高速动车组中的“法拉利”，看见它就会有一种速度感扑面而来。2012年4月18日，Italo正式投入运营，目前最高运营速度为每小时300公里。

西门子Velaro平台动车组在获得了西班牙高铁项目后，又于2005年与中国国内装备制造商唐山客车厂联手拿下中国订单，西门子向中国厂商转让了Velaro CN动车组技术，在中国被称为“CRH3C”。2007年Velaro又获得俄罗斯订单，西门子称之为“Velaro RUS”。一时之间，Velaro风光无限，大有把TGV踩在脚下之势。

所有这些，阿尔斯通都忍了，但是2010年西门子Velaro平台又拿了一个订单之后，阿尔斯通终于怒了，宣称其中有黑幕，并向法院提起诉讼要求判定西门子的合同无效。这到底是一个什么样的合同，为什么让阿尔斯通如此出离愤怒？原因是这次西门子直接杀进了阿尔斯通的老窝，拿下的是欧洲之星的订单。在欧洲之星铁路运输公司，法国国铁持股 55%，主要在巴黎—伦敦—布鲁塞尔之间运行，这可是阿尔斯通的大本营，订单被西门子拿下，阿尔斯通当然不能忍。

2010 年 10 月 7 日，欧洲之星公司在英国伦敦举行新闻发布会，宣布采购西门子 10 列最高运营速度 320 公里的新式动车组，总金额 7 亿英镑（包括对现有车辆的现代化改造）。消息一公布，阿尔斯通立即就此次交易提起了法律诉讼，认为此次交易涉嫌暗箱操作，阿尔斯通受到了不公正待遇，要求取消此次交易。法院经过四天的聆讯，于 2010 年 10 月 29 日驳回了阿尔斯通的请求。欧洲之星公司也在法庭上做了解释，辩称整个招标过程操作规范，符合法定程序，西门子的标书在欧洲之星所制定的 100 项评分标准中获得了 98 分，被认为明显优于阿尔斯通（74 分）。同时阿尔斯通的标书一直缺乏各方面的必要详细说明。但是 2011 年 11 月 20 日，阿尔斯通再次向高等法院提起诉讼，欧洲之星公司与西门子的合同被迫推迟。法院要进行为期 3 周的公开审讯，欧洲之星与西门子以涉及商业机密为由要求不公开审理，但被法院驳回。2011 年 7 月，西门子的标书在法庭上得到认可。阿尔斯通在这场官司结束后继续赔偿损失的诉讼，直至 2012 年 4 月。会哭的孩子有奶吃，阿尔斯通闹了一通，官司虽然失败了，但法国国铁为了安慰它，还是马上给了它一个大单。

---

165. 杨中平 . 漫话高速列车：第 2 版 [M]. 北京：中国铁道出版社，2013:56.

阿尔斯通与西门子的高铁大战并非个案，高铁大国在全球市场的争夺，每个订单都惊心动魄，体现了经济的、政治的考量，既有台面上的标书，也有台面下的谈判与交易。而一个市场更大、发展更快、技术研发潜力更强的国家的加入，让这场战争变得更加激烈，以至于呈现出一种白热化的状态——这个国家就是中国。

第五章
中国高铁三国杀

我就感觉到快，有催人跑的意思。所以我们现在正合适了，我们现在正合适坐这样的车。

—— 邓小平在考察日本新干线时对记者说

——→ 如果要评选20世纪国际大事，有一件事或许会被有些人忽略,但是见闻君却一定要把它排在前列,就是中国的改革开放。有些人忽略，主要是因为没有把它当国际事件来看待，而仅仅把它当成了中国的国内新闻；见闻君一定要把它排在前列，是因为它造就了一个东方强国的崛起，在悄无声息之中让国际格局发生了难以逆转的巨大变化，如果我们把眼光再放长远一点，到21世纪50年代，你将会越发明白20世纪70年代末期那次改变的伟大意义。

1978年10月22日，就在党的十一届三中全会召开前两个月，时任国务院副总理的邓小平率团访问了日本。访日期间，邓公试乘了日本的新干线，乘坐期间，身边的工作人员问他：“怎么样，乘新干线以后有什么想法？”邓公说：“我就感觉到快，有催人跑的意思。所以我们现在正合适了，我们现在正合适坐这样的车。”[166]

现在谈论中国高铁的源头，往往都会从这个故事开始。1964年东海道新干线开通后，对二十世纪六七十年代的中国铁路究竟造成过怎样的影响现在已经很难考证，但是邓公乘坐新干线的画面却久久地印在中国人的脑海里。中国人一提高速铁路，就会想起这个画面。十一届三中全会后，改革开放的春风吹遍华夏大地，来自国外的各种思潮潮水一般涌入国内。受国外先进铁路技术的影响，中国铁路人也开始在越来越多的场合谈论高速铁路的建设。特别是1981年法国TGV东南线的开通，260公里的时速震惊了整个世界，一股高铁风潮开始席卷全球，包括西班牙、意大利、美国在内的十几个国家开始着手规划自己的高速铁路网络。

在这股思潮的影响下，中国建设高速铁路的呼声也开始变得越来越强烈。当时日本新干线的最高运营时速还只有220公里，而TGV东南线一开通最高运营时速就达到了260公里，两年后又提高到了270公里，这对于当时旅客列车平均运营时速刚过40公里[167]的中国来说，简直是一种梦幻般的感觉。据中国交通运输协会原副会长雷汀介绍，高速铁路在20世纪80年代中期提出以后，大家都没有什么不同意见，只是在修建地点、修建时间、修建方法上有些分歧。[168]

还有人更激进，直接提出了在中国建设磁悬浮铁路的主张。如中国著名物理学家、中科院院士严陆光，1987年曾到日本做客座研究，日本正在研制的超导磁悬浮引起了他的兴趣。他去参观了日本超导磁悬浮的试验，人家也向他做了介绍，包括怎么做超导线圈，怎么做车，怎么控制。为了更加深入地了解这种“新事物”，严陆光还专门在那里待了半个月时间。[169]后来，严陆光回到国内，

---

166. 中共中央文献研究室．邓小平 [M]. 北京：中央文献出版社，2014.

新闻 1+1. 高铁：中国未来的新名片 [S]. 中央电视台“新闻 1+1”，[2014-10-15].(该期节目播放了当年邓小平乘坐日本新干线时的镜头，亦有此段对话视频。)

167. 铁道部档案史志中心．中国铁道年鉴 1999[M]. 北京：中国铁道出版社，1999:549-554.

168. 韩福东．京沪高铁激辩 12 载 [N]. 南方都市报，2006-04-09.

169. 严陆光．磁浮交通文集 [M]. 北京：中国电力出版社，2007.

担任了中科院电工研究所所长。

回国后，严陆光开始高调宣传磁悬浮技术，并得到了中国著名粒子物理、理论物理学家、中国科学院院士、著名公众人物何祚庥以及原铁道部科学研究院院长、桥梁和铁道工程专家、中科院院士程庆国的支持，三人成为中国高铁磁悬浮派的教父级人物。

改革开放思潮对中国社会的影响是方方面面的，具体到交通运输领域，有两种新事物是大家最感兴趣的，一个是高速公路，一个就是高速铁路。与高速铁路相比，高速公路的突破要聪明得多。他们采取的方式是先行先试，先上车后买票，突破口就是有“神州第一路”之称的沈阳至大连高速公路。[170] 为什么选择沈阳至大连高速公路作为突破口？这既是历史的偶然又是历史的必然。东北作为中国老工业基地在改革开放初期具有很高的地位，1984年辽宁省工农业生产总值尚排全国第四位，而沈阳与大连又是东北老工业基地的明星城市，两个城市之间的人员与物资往来非常频繁，这是客观条件。主观条件就是辽宁省非常积极，努力做工作。一分付出就会有一分收获，很快辽宁省就拿到了国家计委的批文——但不是辽宁省想要的批文。

辽宁省想要的是一条高速公路，但国家计委批给他们的甚至不是一条一级公路，而是沈阳、大连两头修建一级公路，中间段保持二级公路。辽宁省傻眼了。他们有两条路可以选择，第一是按照批文开工建设，第二是放弃开工，继续找国家计委做工作。而辽宁省选择的是第三条道路——一边开工建设，一边继续去做国家计委的工作。改革开放的伟大精神之一就是先行先试，在沈大高速公路建设上辽宁省表现出来的先蹚出一条道来的精神，正是改革开放精神的完美诠释。

1984年6月27日，沈大公路正式动工。辽宁省一边建设一边继续争取国家政策。1986年2月，国家计委改批复沈大公路中间段改扩建为一级公路。沈大公路的身份提高了一个等级。这只是辽宁省的第一步目标，他们的真正目标是汽车专用路（当时对"高速公路"的官方称呼）。经过不懈地努力，辽宁省计委最终做通了国家计委的工作，1987年9月，辽宁省计委在经国家计委同意的前提下，批复了沈阳、大连两头建汽车专用公路的可研报告和计划任务书。"神州第一路"终于获得了合法身份。

其实中国公路人的聪明远不止于此，他们的真正成功是对融资模式的突破，也就是所谓的"贷款修路收费还贷"，这项政策为高速公路建设赢得了源源不断的资金注入，最终为高速公路的腾飞插上了翅膀。此后，高速公路开始像一条条流淌在华夏大地的血脉慢慢铺开，将国家的一个个经济重镇连为一体，为中国经济发展注入了强大动力，也让每一个中国人走入了高速公路时代。目前，经过20多年的建设，截至2019年年底，中国的高速公路已经达到14.96万公里[171]，位居

---

170. 沈大高速公路是最先开工的高速公路，但不是最先完工的，沪嘉高速公路因为只有16公里，所以通车时间早于沈大高速公路。
171. 交通运输部.2019年交通运输行业发展统计公报[R/OL].[2020-05-12]. https://xxgk.mot.gov.cn/2020/jigou/zhghs/202006/t20200630_3321335.html.

世界第一位。

高速公路的快速发展，对铁路的发展造成了巨大冲击，20世纪90年代中期，在高速公路客运的冲击下，中国铁路客运量竟然出现了连续三年的同比下降，铁路夕阳论盛行中国。[172]与高速公路相比，国家对铁路的投资也日渐减少，铁路投资占全国总投资的比重，从新中国成立初的14.5%一路下滑到20世纪80年代6%左右。[173]甚至有人说十年内不考虑修建南北铁路新干线。[174]在这样一种环境下发展高速铁路，其困难可想而知。铁路人规规矩矩、亦步亦趋，但是困难如山，阻力重重，在经历了种种磨难后，中国高速铁路仍旧停留在文件里、论文中，没能取得任何突破。早在20世纪80年代末，铁道部就开始推动京沪高速铁路的上马，他们组织专家起草了《京沪高速铁路线路方案构想报告》，并于1990年12月正式完成，提交全国人大会议进行讨论，这是中国首次正式提出高速铁路兴建计划。铁路人欢呼雀跃，以为即将迎来属于中国的高铁时代，但是让他们没有想到的是，他们迎来的却是长达18年的争吵，各种派别先后登场，理论争议无穷无尽，一波未平一波又起……从1990年《京沪高速铁路线路方案构想报告》完成，到2008年4月18日京沪高铁正式动工，这条高铁论证时间跨度之长、争议之激烈、过程之复杂都堪称前无古人，演绎了一段世界高铁史上的别样传奇。

思想启蒙

——→ 中国高铁的历史是从京沪发端的。

谈到高铁诞生前京沪两地的火车旅行，见闻君喜欢引用民谣歌手周云蓬在他的《绿皮火车》里的一段话，他生动地描写出了那个特定历史时期的时空感觉：

快到长江的时候，妈妈把我叫起来，说前方就是南京长江大桥，在无数宣传画上看过，就是两毛钱人民币上那个雄伟的大家伙，我就要亲眼看到了。在夜里，过桥的时候黑咕隆咚，只看见一个个桥灯刷刷地闪向后方，想象着下面是又深又宽的江水，火车的声音空空洞洞，变得不那么霸道了。大概持续了十几分钟，当时想这桥该多长啊，一定是世界上最长的桥，就像我认为中国是世界上最大的国家，沈阳是中国最大的城市，当然除了北京。[175]

那个时候要在中国这两个最大的城市间进行火车旅行并不是一件容易的事情。新中国成立初期，1954 年，从北京到上海坐火车需要 36 小时 39 分，两个白天一个晚上；到 1990 年，从北京到上海坐火车旅行最快也还要 20 个小时左右。

172. 鞠家星 . 提速，世纪之交的宏伟篇章：铁路提速历程的回顾 [J]. 中国铁路，2002(11):14–23，29–10.
173. 吴昌元 .1993 年中国铁路文稿 [M]. 北京：中国铁道出版社，1994:550.
174. 李李军 . 中国铁路新读 [M]. 北京：中国铁道出版社，2009:17.
175. 周云蓬 . 绿皮火车 [M]. 北京：中国华侨出版社，2012:3.

↓曾经是一个时代象征的南京长江大桥

如果建设一条连接两地的高速铁路，将二者间的旅行时间缩短到几个小时是什么概念？如果你是在几十年前提出，那是科幻小说。但是当20世纪90年代法国TGV大西洋线最高运营速度达到时速300公里时，人们不再这样认为了，如果以TGV大西洋线的运营速度跑完京沪两地全程的话，不到5个小时。

但是，京沪之间有建高铁的条件吗？京沪高铁建成能够盈利吗？要回答这两个问题，我们首先来看看连通两地的这条长长的走廊是怎样一种情况。这两个中国人口规模最大、经济最发达的城市，一个是环渤海经济圈的领头羊，一个是长三角经济圈的发动机，两者之间还有像天津、济南、徐州、南京这样的大城市，沿途人口超过100万的城市达到11个之多。统计数据显示，虽然京沪高铁穿越的国土面积仅占全国国土面积的6.5%，但是区域人口却占到全国人口总数的

26.7%，沿线区域 GDP 占到全国 GDP 总量的 43.3%。这就是一条为高速铁路而生的黄金经济走廊。2011 年 6 月 27 日，京沪高铁开通前三天，在京沪高铁新闻发布会上，有人问原铁道部新闻发言人王勇平“京沪高铁到底能不能盈利”，王勇平说：“如果这一条高铁都挣不了钱的话，那中国铁路就没有希望了。”[176] 事实也证明了王勇平的判断，京沪高铁在开通第三年就实现了日均发送旅客列车 250 列，日均发送旅客超过 29 万人次，年发送旅客超过 1 亿人次，并率先实现盈利。[177] 数据显示，2014 年京沪高铁旅客运送人数突破 1 亿人次，营业收入实现 205.93 亿元，成本控制在预算范围内，全口径条件下年度利润总额达 22.68 亿元。[178]2019 年 11 月 14 日，京沪高速铁路股份有限公司登陆上海证券交易所，次年发布的首份上市公司年报显示，2019 年京沪高铁实现营业收入 329.42 亿元，净利润 119.4 亿元。妥妥的印钞机。

就是这样一条看起来如此理所应当的高速铁路，它的上马却经历了常人难以想象的磨难。当然，磨难也有磨难的价值，对于中国高铁而言，这场历时 18 年的争论成了一场史无前例的高速铁路思想启蒙，无论是“建设派”与“缓建派”的论战，还是“轮轨派”与“磁悬浮派”的论战，都是一场高速铁路理论的思想洗礼。

这场漫长的争论结束后，人们逐渐找到了很多问题的答案，如中

---

176. 许可新 . 铁道部指望京沪高铁为铁路挣钱 [N]. 第一财经日报，2011-06-28（A2）.
177. 齐中熙，刘诗平，樊曦 . 运营 3 年如何实现盈利？京沪高铁带来的启示 [EB/OL]. [2015-01-25]. http://www.gov.cn/xinwen/2015-01/25/content_2809776.htm.
178. 参见京沪高速铁路股份有限公司第二届董事会总经理工作报告。

↓ CHR380AL 型高速动车组驶过京沪高铁泰安凤凰山隧道

国要不要建设高速铁路，该如何建设高速铁路，以什么样的标准建设高速铁路等。在 20 世纪 90 年代初期，高铁支持者最大的梦想就是在京沪之间建设一条时速可达 250 公里的高速铁路，[179] 预定运行时间在 7 小时左右。在那个时代，这种标准已经让他们非常满足了，但是现在回过头来看，这个速度值显然已经不够理想了。

京沪高铁争论的起点是 1990 年 12 月完成的《京沪高速铁路线路方案构想报告》，第二年铁四院就在铁道部的安排下开始进行现场勘察，当年 4 月完成了《北京至南京段高速客运系统规划方案研究报告》和《沪宁段高速客运系统规划研究报告》。[180] 1992 年 5 月，经过将近一年的考察和研究，铁道科学研究院提交了一份《京沪高速铁路可行性研究报告》。到 1993 年 4 月，铁道部联合当时的国家科委、国家计委、国家经贸委和国家体改委组织专家成立了“京沪高速铁路前期研究课题组”。1994 年 3 月 4 日，“四委一部”向国务院报送了《关于建设京沪高速铁路建议的请示》，论证了修建京沪高速铁路的必要性，以及技术、经济上的可行性，他们认为京沪高铁愈早建愈有利，应尽快批准立项。“力争 1995 年开工，2000 年前建成。”[181]

为了更好地推动京沪高铁上马，中国也组织了一个类似于新干线说明会的研讨会——中国高速铁路技术发展战略讨论会（香山科学会议第 18 次学术讨论会）。这次会议于 1994 年 6 月 10 日至 12 日在北京香山举行[182]，被称为中国高铁发展史上的“香山会议”。在这次会议上，京沪高铁的“建设派”与“缓建派”、“轮轨派”与“磁悬浮派”进行了一次大亮相，堪称中国高铁的一次“华山论剑”。

“建设派”的代表是沈之介，当时的职务是铁道部总工程师，从 20 世纪 80 年代末期开始，他就在各种会议场合呼吁建设京沪高速铁路。沈之介在此次会议上做了《关于我国铁路高速列车发展模式探讨》的发言，分析了中国铁路未来发展的方向，重点分析了目前京沪铁路的现状，指出了建设京沪高铁的紧迫性，主张越早建越好。他建议国家有关部门及早立项，希望最好能够在 1995 年开建，力争 2000 年建成通车。根据沈之介的介绍，当时京沪高铁的预算大约在 523 亿元。[183]此外，京沪高铁建设派的另外一位重量级人物，中科院院士、西南交

---

179. 沈之介 . 建设京沪高速铁路构想 [J]. 铁道知识，1995(2):6–8.
180. 李树德 . 京沪高速铁路研究历程和主要工程概况 [J]. 铁道标准设计，2006(21)1–5.
181. 韩福东 . 京沪高铁激辩 12 载 [N]. 南方都市报，2006–04–09.
182. 香山科学会议第 18 次学术讨论会综述：中国高速铁路技术发展战略 [C/OL].[1994–06–10].http://xssc.ac.cn/waiwangNew/index.html#/xsscNew/meetingdetailsNew/366/jkxq.
183. 王强，罗率 . 京沪高铁十年一觉 [J]. 商务周刊，2004(17):50–57.

通大学的教授沈志云也参加了此次会议。

“缓建派”的代表则是当时已经退休的原上海铁路局总工程师华允璋。据媒体报道，1992 年，华允璋到美国去看儿子，看到了美国当时铁路线上跑的摆式列车（应该就是 ADtranz 的 X2000 摆式列车），时速已经达到 200 多公里，他感觉非常好。为此，他多次跑到美国的图书馆去查找关于摆式列车的相关资料。回国后，他开始积极呼吁中国发展自己的摆式列车，主张京沪铁路要进行电气化改造扩能，然后运行摆式列车。于是，在香山会议上他当场就向沈之介提出了反对意见，问：“为什么节约高效的扩能方案不实施？因为按照 1990 年 9 月铁道部通过的京沪电气化项目建议书，电气化后通过能力可提高 14%，货车牵引定数可提高 25%~35%，拟投资只有 22 亿元。”[184]

这次会议上亮相的不只有“建设派”和“缓建派”，还有“磁悬浮派”。本次会议的主持就是“磁悬浮派”的两位大佬——中科院院士何祚庥、严陆光。其中严陆光还以《超导磁体技术与应用的进展》为题发言。“磁悬浮派”的另外一位大佬程庆国则以《关于我国高速铁路发展战略的建议》为题进行了演讲。这是“轮轨派”与“磁悬浮派”的第一次较量。但当时的主要矛盾是京沪高铁建与不建的问题，所以总体而言“轮轨派”与“磁悬浮派”还处于统一战线内，共同呼吁京沪高速铁路及早上马。

缓建派的主要观点包括两个方面，第一是既有京沪铁路技术改造潜力还很大，不需要新建铁路。关于这一点，原铁道部副部长孙永福曾经在一篇文章里进行过详细论证，20 世纪 90 年代京沪铁路运输能力使用已经达到了98%，部分区段运输能力使用在98%以上，已经饱和甚至超饱和了。[185]第二是认为中国经济不发达，人均GDP远未到1000美元，消费水平低，老百姓坐不起。于是，1994年年底，铁道部联合当时的国家科委、国家计委、国家经贸委和国家体改委共同推出《京沪高速铁路重大技术经济问题前期研究报告》，共有47个单位120余位专家参与。结论是："京沪线长期以来通道运输能力严重不足，整个通道处于持续、全面的紧张状态之中。建设京沪高速铁路是迫切需要的，在技术上是可行的，经济上是合理的，国力是能够承受的，建设资金是有可能解决的。因此，要把握时机，下决心修建，而且愈早建愈有利。"[186]铁道部为此还专门成立了京沪高速铁路预可行性研究办公室，由沈之介担任主任一职。

有各大部委的支持，京沪高铁的推进工作似乎非常顺利，尤其是《京沪高速铁路重大技术经济问题前期研究报告》的正式上报，让铁道部看到了胜利的曙光。但此时"缓建派"另外一位人物站了出来，给了积极推进的京沪高铁计划以致命一击。此人就是曾任铁道部专业设计院副院长的姚佐周。他的主要做法是在报纸杂志上刊发反对高铁建设的文章，然后给国家领导人以及人大代表、政协委员写信。1995年，姚佐周在《上海交通运输》杂志上先后发表两篇文章——《新建高速铁路并非当务之急》和《再论新建高速铁路并非当务之急》，认为京沪高铁建设支持者"高估运量、低估运能、低估投资、高估效

184. 沈颖，李虎军.高速梦中他俩醒着 [N]. 南方周末，2003-02-27.
185. 孙永福.中国高速铁路的成功之路 [J]. 铁道学报，2009(6):139, 135.
186. 贾冬婷.京沪线高速起跑，带动沿线城镇繁盛 [J]. 三联生活周刊，2007.

益，以使项目可行，这是我国铁路建设项目可行性研究中相当时期内的惯性”。[187]他还在中国科学技术协会主办的《科技导报》上接连发表文章质疑“四委一部”的报告。

姚佐周回忆，时任国务院副总理朱镕基看了他的文章后，就问铁道部京沪线为什么不进行电气化改造，并将姚佐周的建议批复给铁道部，要求京沪高速铁路继续论证。在另外一次会议上，姚佐周还复述了国务院领导的原话，“这个线路大家都说要快修，唯有姚佐周说要缓修，这个精神就很好。要有不同的意见。我在上海的时候，没有不同意见，我不敢拍板。有了不同意见，做了对照之后，我才知道哪个对，哪个不对，我才敢拍板。”[188]

国务院领导批示继续论证后，当年 2 月，铁道部就组织召开了论证会。作为“缓建派”的代表，华允璋与姚佐周都被邀请参加了该次会议，他们也在会上提出了自己的意见和疑问，坚决反对京沪高速铁路立刻上马，认为京沪高速铁路没必要这么快建，可以缓建。华允璋建议，最好还是用摆式列车技术和电气化对既有京沪铁路进行升级改造，实现扩能。当然，在这次论证会上，更多与会专家还是支持尽快上马京沪高速铁路。

1996 年的两会，又是一场媒体的狂欢。支持者与反对者都充分利用这次会议展开了公关对决，姚佐周以个人名义给人大、政协每个代表团送去了一份关于缓建京沪高速铁路的建议。而铁道部高速办主任沈之介也以政协委员的身份向全国政协提交了建设京沪高速铁路的书面建议。经过慎重综合的考量之后，1996 年 3 月，全国人大批准的《中华人民共和国国民经济和社会发展“九五”计划和 2010 年远景目标纲要》中明确表示："下个世纪前10年，集中力量建设一批对国民经济和社会发展具有全局性、关键性作用的工程……着手建京沪高速铁路，形成大客运量的现代化运输通道。"[189]这相当于把京沪高铁排除出了"九五"计划，开工日期被推迟到21世纪。

但是京沪高铁的"建设派"并未就此放弃抵抗。他们认为，既然硬碰硬不行，可以"曲线救国"，既然上马全长1300多公里的京沪高铁困难重重，可以考虑采取分段突进的方案，先上马京沪高铁上海至南京段。沈之介有一次在接受媒体采访时说："我后来回顾，铁道部在策略上有错误，不应一开始就提出修这么长的高速铁路，应该先修沪宁（上海至南京）段。国外也是这样一段一段修的。"[190]两会后的4月份，铁道部又组织了一次研讨会，华允璋与姚佐周也参加了该次会议，京沪高铁建设支持者阵营中的重量级人物、中科院院士、西南交通大学教授沈志云呼吁，高速铁路项目在"九五"期间应该尽早上马，"没有工程项目等于没有目标，空对空的研究无济于事，因而必须先通过预可行性研究报告，国家立项，尽快上工程，先干起来再说"。沈志云强调，"建设高速铁路是千秋大业，历史责任重大，应动员上下包括领导都来关心、支持，现在不要再反复讨论，而是埋头苦干的时候了。"[191]

---

187. 沈颖，李虎军．高速梦中他俩醒着 [N]. 南方周末，2003-02-27.
188. 王强，罗率．京沪高铁十年一觉 [J]. 商务周刊，2004(17):50-57.
189. 中华人民共和国国民经济和社会发展"九五"计划和2010年远景目标纲要 [C/OL]. [1996-03-17].http://www.npc.gov.cn/wxzl/gongbao/2001-01/02/content_5003506.htm
190. 韩福东．京沪高铁激辩12载 [N]. 南方都市报，2006-04-09.
191. 韩福东．京沪高铁激辩12载 [N]. 南方都市报，2006-04-09.

京沪高铁“建设派”继续做着不屈不挠的努力，1996年4月18日，铁道部在部署1996年新开工项目会议上提出的“九五”计划，还是列上了沪宁高速铁路，意图先修上海到南京段的高速铁路，作为京沪高速铁路的前奏和试验。1997年3月，铁道部又完成了京沪高速铁路预可行性研究，编制了《新建北京至上海高速铁路项目建议书》，建议1998年开工沪宁高铁，2005年全线开通京沪高速铁路。1998年3月，该课题组又按照1998年开工的建议做出了预可研汇报提纲的修改稿。

京沪高铁的转折点出现在1998年。当年6月1日，中国科学院第9次院士大会、中国工程院第4次院士大会在京召开，[192]时任国务院总理朱镕基在开幕式上作了重要报告，他提到了京沪高速铁路，提出京沪高速铁路是否可以采用磁悬浮技术。[193]这次院士大会之后，关于京沪高铁“建”与“不建”的争论终于尘埃落定，但有关京沪高铁的争论又随之进入了一个新的阶段，分化成建“磁悬浮”与建“轮轨”两大意见。

“磁悬浮”与“轮轨”之争的高潮是三封信。

严陆光没有参加1998年的院士大会，当时他在美国。他回忆说：“回北京后，很多同志给我打电话说，现在总理提磁悬浮了，还不赶快响应。”严陆光连夜就给总理写了封信，介绍了德国和日本磁悬浮列车的发展情况，以及近年来中国在这方面的技术发展，认为作为国家战略，大力发展高速磁悬浮列车十分必要，并建议已定建设的京沪高速铁路采用轮轨还是磁悬浮按国家经济发展的实际需求而定。严陆光这封信的结果就是，朱镕基总理向铁道部作了批示：“请志寰、永福同志阅。请和严陆光同志一谈。我还是那意见，同德国合作，自己攻关，发展磁悬浮高速铁路体系。先建试验段。”[194]1998 年 7 月底，原铁道部副部长孙永福带着总工程师沈之介以及科技司的官员拜访了严陆光，据媒体报道，他们进行了深入交流，就建设磁悬浮试验线的问题达成一致意见。

当然，孙永福也表达了磁悬浮并不适合京沪高铁全线建设的观点。事实上，在 1998 年 6 月 23 日至 7 月 8 日期间，孙永福曾带领一队由 12 人组成的考察团访问德国和法国，并重点考察了德国磁悬浮运输系统以及德国的 ICE 高铁系统和法国 TGV 高铁系统。

孙永福在《中国高速铁路成功之路》一文中这样描述他对磁悬浮的看法[195]：

磁浮技术的缺点也是显而易见的，最主要的问题就是没有投入实际运营。德国埃姆斯兰磁浮试验线 TR 型常导磁浮列车是对外开放的，世界各地的人感到好奇，都可以买票坐一趟。全程 31.5 公里，南北为环线，只有中间直线段 6 公里能跑到时速 430 公里，时间只有 6 秒，然后马上就减速了。每天只运行几趟，其余时间为分析试验数据，进行设备检查。日本山梨磁浮试验线 18.4 公里，MLX 型超导磁浮列车最高时速 500 公里，直到今天都没有商业运营，只是展示高速成果而已。我们考察的时候得知，他们技术上还有一些问题，有待深化研

192. 中国科学院第九次院士大会 [C/OL].[2008-06-11]. http://www.cas.cn/zt/hyzt/zkyd14cysdh/bjzl/ljysdhhg/200908/t20090810_2355194.html.
193. 李伟 . 中国高铁 21 年争议未止 [N]. 东方早报，2011-06-30(A05).
194. 俞建伟 . 严陆光传 [M]. 宁波：宁波出版社， 2005:105.。
195. 孙永福 . 中国高速铁路的成功之路 [J]. 铁道学报，2009(6):139,135.

↓基于德国常导磁悬浮技术的上海磁悬浮高速列车

究。另外，磁浮技术的造价要比轮轨高，还有就是它和现有轮轨体系的兼容性差，比如说修了北京至上海磁浮铁路，那么从上海到东北或到西北去的旅客，必须要换乘别的轮轨技术列车才能到达，这就给旅客带来不便，也会因此丢失一部分客流。

孙永福考察归来后写了一份《德法高速铁路考察报告》，详细比较了磁悬浮与轮轨的技术特点，认为轮轨才是中国高铁发展的方向。但是他也建议由科技部牵头，将磁悬浮科技作为国家重大科研项目予以立项，并建立磁悬浮试验线。

为了进一步理清中国高铁发展的道路方向，中国工程院还组织了3次专题研讨会，对磁悬浮方案和高速轮轨方案进行比较论证。严陆光回忆："会上我们争论得很厉害，意见分歧很大，可会议上却要写个统一的意见，我不赞成。但主持讨论的同志最后还是给中央写了报告，表示赞同轮轨，这个报告对我们有歪曲。"[196]当时"磁悬浮派"与"轮轨派"的争论几乎成了"鸡同鸭讲"，谁都说服不了谁，但是讨论总得有个结论，如果非说有结论，那就是大部分人员支持"轮轨派"，但另外有部分人有不同意见。严陆光认为不应该有一个统一的结论，如果有了统一结论，不同的声音就会被淹没，所以是对他们的歪曲。

此后，负责为国家重大建设项目投资和审批提供决策咨询意见的中国国际工程咨询公司，组织了对铁道部京沪高速铁路立项报告的评审，结论也与中国工程院结论一致。

1999 年 4 月，严陆光又给朱镕基写了第二封信，这次他联合了中科院院士何祚庥和时任国家科技部副部长的遥感应用学家徐冠华院士，他们详细阐述了与中国工程院报告分歧的观点及原因，主张考虑采用磁悬浮技术修建高速铁路。总理批示给曾任铁道部副部长、时任中国国际工程咨询公司董事长的屠由瑞："组织研究，要请计委、经贸委、铁道部、科学院、工程院等有关部门专家参加。"[197]

1999 年 9 月，中国国际工程咨询公司再次组织有关专家对两个方案进行论证，论证的结果还是高速轮轨更占优势。其实得出这样的结论并不困难，1964 年诞生以来，高速轮轨已经在日本、法国、德国、西班牙、意大利、瑞典等国家遍地开花，而磁悬浮技术自 20 世纪 30 年代诞生以来，经过无数次试验，最终也没有一条商业线路诞生。作为一个铁路技术并不发达的国家，想通过磁悬浮技术实现"弯道超车"，其实是一种不切实际的幻想。

如铁道部研究员周宏业就曾经指出，"磁悬浮方案"在四大核心问题上存在障碍：一、后车对前车的越行问题；二、磁悬浮与普通铁路的不兼容；三、"磁悬浮"造价相当高，德国和日本分别认为磁悬浮比轮轨高 1.7 倍和 2 倍；四、"磁悬浮"运力小于"轮轨"。结合第三、第四两点，磁悬浮高速列车票价将是飞机票价的 1.8 倍~2.4 倍。

196. 王强，罗率 . 京沪高铁十年一觉 [J]. 商务周刊，2004(17):50−57.
197. 王强，罗率 . 京沪高铁十年一觉 [J]. 商务周刊，2004(17):50−57.

与此相对比的是，轮轨高速列车票价只有飞机的 40%~60%。[198]

严陆光觉得既然让整个京沪高铁全线上马磁悬浮有点困难，不如先建设一条试验线。“我想，要有一致意见很难，还是促进建个试验线吧。这是当务之急。我便和屠总（指中国国际工程咨询公司董事长屠由瑞）谈了，他表示，看来看去京沪线用磁悬浮还是不成熟，但要搞个试验线是可以商量的。”[199] 于是，严陆光又给总理写了第三封信，建议建设中国的磁悬浮试验线。总理批示给了科技部，由“磁悬浮派”大将、时任科技部副部长的徐冠华负责组织具体实施。

就这样，世界上第一条商业运营的磁悬浮线路正式上马。针对即将上马的磁悬浮线路项目，北京、上海、深圳这三个中国经济走在前列的城市分别提出了申请，展开了激烈竞争，在最终比选中，上海胜出。上海磁悬浮铁路项目，采用了德国的常导磁悬浮技术，2001 年 3 月 1 日正式动工，到 2002 年 12 月 31 日全线试运行，2003 年 1 月 4 日正式开始商业运营，线路全长 29.863 公里，运营时速 430 公里，全程只需 8 分钟。

这条试验线路的建设也基本意味着“磁悬浮”争论的终结。为什么这么说呢？因为这条线路建成后，与高速轮轨路线形成了直接对比，高速轮轨路线的优势显而易见。第一，磁悬浮造价高，吓退了一些潜在的客户。德国《法兰克福汇报》曾报道说，上海磁悬浮的亏损面正在扩大，至 2005 年，全年营业额不过 1.35 亿元，亏损额上升至 4.4 亿元。[200] 当时考虑磁悬浮技术方案的主要有两条铁路，京沪高速铁路和沪杭高速铁路，在沪杭高速铁路的方案讨论中，上海方面主张在上海短距离磁悬浮基础上做中距离的尝试。但是浙江方面更倾向于做高速轮轨，因为后者技术稳定，运能是磁悬浮的 2 倍，价格却只是它的一半。[201] 第二，中国并不能因此获得磁悬浮技术，在技术上仍旧受制于人。磁悬浮有四大核心技术——控制技术、车厢制造技术、驱动技术和土木轨道技术，通过上海磁悬浮项目，中国只拿到这四种技术中的土木轨道技术一项。2003 年上海磁悬浮事故，电缆之所以烧毁而且还需要把电缆从德国空运过来，就是因为中国没有拿到相关技术。第三，与高速轮轨技术相比，磁悬浮技术在稳定性方面还有比较大的差距。上海磁悬浮试验线开通仅半年即出现技术问题，因为某些电缆发生局部过热导致烧毁。尽管中德专家一致认为，可能是由于上海的湿度、温度和空气纯净度与德国不同，导致德国的技术在中国“水土不服”，而且发生烧损并不影响磁悬浮的正常安全运行，但是考虑到京沪高铁、沪杭高铁等线路的影响，没有人敢在这种线路上进行试验。此外，磁悬浮线路的救援工作也非常困难。

2006 年，上海磁悬浮线路再次发生烧毁事故。据德国《世界报》透露，自 8 月 11 日上海磁悬浮列车起火以来，这辆列车“像一个大虫一样趴在原地”。直到 8 月 18 日，抢修完毕的事故列车才驶往维修点。事故救援整整花了七天时间。当然，事故的原因又是由于“上海的气候、湿度跟德国不一样。该蓄电池在德国并没有发生过起火事

198. 沈小雨 . 北京到上海高速铁路已经初步确定采用磁悬浮技术 [N/OL]. 财经时报，[2002-06-07]. http://news.sohu.com/30/83/news201358330.shtml.

199. 严陆光 . 磁浮交通文集 [M]. 北京：中国电力出版社，2007.

200. 青木 .“磁悬浮失火”给中国教训，盲目迷信就要付出代价 [N]. 环球时报，2006-08-30.

201. 左志坚，康健陈，中小路，等 . 上海磁悬浮电缆触头烧毁事件 [N].21 世纪经济报道，2003-07-30.

故”。这与2003年的上海磁悬浮电缆触头（接触点）烧毁事故被归因于“上海的湿度、温度和空气纯净度与德国不同”如出一辙。

而在德国国内，由于德国人口最多的北莱茵—西伐利亚州也因造价太高而决定废除79公里的磁悬浮铁路计划，使德国磁悬浮火车公司遭受了沉重打击。

与此同时，铁道部还在认真地从事着高速轮轨技术的研究与储备，早在1999年10月就成立了京沪高速铁路办公室，由副部长孙永福兼任办公室主任，组织了一系列的技术研究，在1999年到2003年期间，完成高速铁路科研项目353项，其中铁道建筑及设备115项，机车车辆及供电121项，通信信号54项，运输经济43项，新材料新工艺10项，综合技术10项[202]——这些研究成果在后来中国高速铁路的建设中发挥了重要作用。直到2007年8月国务院正式批准了京沪高速铁路可行性研究报告，这场漫长的争论才宣告结束。

据朱海燕《当惊世界殊》一书采访记载，2010年9月26日，朱海燕到上海拜访了华允璋先生，跟已经99岁的华允璋有一段非常有意思的对话。他问华允璋现在是否还反对建设高速铁路，华允璋明确回答反对。问他为啥，他说票价太贵，老百姓坐不起，客流太少。朱海燕告诉他，自己是从苏州坐高铁到上海的，没有买到坐票，站着过去的。华允璋惊讶地陷入沉思。朱海燕问他，从1985年退休后，是否对京沪铁路做过调研。华允璋表示没有。问他如果没有调研，那么他反对京沪高铁建设的依据是什么。他回答说，看别人的资料，并拿出一份题为《外媒警告：高铁巨额投资或拖累中国经济》的资料来。朱海燕问他，仅仅靠这些文章恐怕没有说服力，外媒的报道成为您的依据，不是很可笑吗？……

另外一个主角却是别一种云淡风轻。2010 年 6 月 26 日至 30 日，铁道部组织离退休老干部体验武广高铁，78 岁的沈之介参与了这次活动。沈老高高的个子，清瘦面容，颇具学者风采，他凝视着窗外飞速倒退的景物，体验着时速350公里的世界第一速，心潮澎湃。有人问，如果京沪高铁当年在他的主持下上马了，现在情况该如何呢？沈之介笑笑，说："如果那时真的建了，很难做到世界领先。看来晚建有晚建的好处。虽然，对我来说是壮志未酬，但对后来者而言，却为国家、为民族、为中国铁路争了光。"[203] 这就是中国铁路人的心胸与境界。

---

202. 孙永福．中国高速铁路的成功之路 [J]. 铁道学报，2009(6):139,135.
203. 朱海燕．当惊世界殊：京沪高速铁路建设纪实 [M]. 北京：中国铁道出版社， 2018:95.

三大实践工程

——→ 中国高铁能有今天的成就得益于 2004 年实施的那次技术引进，但更离不开此前的技术积累。用北京大学政府管理学院教授路风的话说，这叫技术可以引进，但是能力引进不来，如果不具备创新的能力，只会陷入“引进—落后—再引进—再落后”的怪圈，只有具备了创新的能力，才能够通过引进技术，在引进技术的基础上去创新，实现自我超越。[204]

中国这种创新能力从何而来？见闻君认为主要是来自于此前的积累，见闻君把它们分为三个部分：第一部分就是上一节我们讲到的京沪高铁理论启蒙探索；第二部分则是线路试验与运营实践探索，主要包括三大工程实践——广深准高速铁路、既有线大面积提速和秦沈客运专线建设；第三部分则是国产高速列车的研制与探索，以“中华之星”“蓝箭”和“先锋号”为代表。

我们重点介绍一下中国高铁技术引进前的三大工程实践。

中国人喜欢拿印度与中国进行比较。2015 年 6 月 4 日媒体报道，当日印度完成了时速 160 公里特快列车试验，从新德里到阿格拉运行的 Gatimaan 特快完成最后试跑，115 分钟跑完 195 公里，最高时速达 160 公里。[205] 中国网友纷纷在印度身上找到了自信，嘲笑印度连 160 公里时速都敢拿出来炫耀。其实大可不必。对于高速铁路技术而言，时速 160 公里是一个重要的坎，是迈向时速 200 公里高速

↓在秦沈客专上运行的“中华之星”动车组

铁路的重要台阶，中国在探索高速铁路建设的过程中，第一个要迈过的坎也正是160公里时速。

早在20世纪80年代末期，铁道部就决定从实际国情出发，把时速160公里的准高速铁路作为突破口，为将来的高速铁路建设与运营积累经验。当时的铁道部没有钱，所以就得琢磨花小钱办大事。他们决定选一段既有线路进行技术改造，力争用最少的时间、花最少的钱，达到开行时速160公里准高速列车的目标。选来选去，最终选择了广深铁路。

广深铁路位于我国的南大门，是改革开放最早的窗口，紧邻港澳，是珠三角和港澳之间的重要纽带，也是港澳台同胞和国际友人来往频繁的重要通道。改革开放以来，进出深圳的旅客、物资剧增，其中旅客每年约2000万人次，高峰时日流量达8万人次，其中70%是港澳台人员。将广深铁路打造成时速160公里的准高速铁路，有重要意义。其次，广深线位于我国铁路网的尽头，进行改造、试验对整个铁路网运输影响很小，加上该线全长147.3公里，长度适中，且以客运为主，白天开行旅客列车，晚上开行货物列车，行车

204. 路风．追踪中国高铁技术核心来源 [J]. 瞭望，2013(48):30-32.
205. 时速160公里！印度最快火车完成试跑，不过还是晚点了 [EB/OL].[2015-06-04]. https://www.guancha.cn/Third-World/2015_06_04_322177.shtml.

组织比较简单，所有这些因素集合在一起，让广深铁路成为这次准高速试验的不二选择。

1989 年铁道部成立了广深铁路提速联合专家组，由中国铁道科学研究院和广州铁路局组成，1990 年铁道部下达了《广深线准高速铁路科研攻关及试验计划的通知》，广深铁路准高速机车车辆、线路工程、信号系统、速度分级控制及安全评估试验等 15 个重点技术攻关研究计划开始全面执行，其中东风 11 型准高速内燃机车、韶山 8 型准高速电力机车、25Z 型准高速双层客车、25Z 型准高速客车、准高速旅客列车速度分级控制、旅客列车移动电话系统、准高速铁路接触网及受流技术等八项专题列入“八五”国家科技攻关计划。

1991 年 12 月 28 日，广深准高速铁路技术改造工程在石龙特大桥正式动工，由广州铁路局成立的广深准高速铁路建设指挥部负责建设，总投资 48 亿元人民币，改造有两个重点，一个是改造既有小曲线半径，另一个是换铺每米 60 公斤的重型无缝钢轨。改造后的广深准高速铁路，设计时速 160 公里，其中新塘至石龙之间设有时速 200 公里高速试验段。广深准高速铁路 1994 年 9 月 21 日开始夜间综合试验，同年 12 月 8 日完成了历时 79 天的提速试验，试验中准高速列车最高时速达到 174 公里。广深准高速铁路 1994 年 12 月 22 日正式开通，成为中国第一条准高速铁路。

广深准高速铁路对于中国铁路而言是一次重要探索。据曾任中国南车四方股份公司董事长但江靖回忆，在广深铁路的试验中有两件事让他印象深刻：一是在两列车交会试验时，强大的交会压力波竟然将列车车窗玻璃全部打碎了；二是有一次，列车在高速行驶时，将一块施工人员留在钢轨间的钢板吸起来，并将车底的设备损坏了，这些现象提醒设计人员一方面要降低列车的升力，另一方面也为无砟轨道的采用提供了依据。[206] 当然这条准高速铁路的改造，不但在线路建设上进行了探索，还引领中国铁路信号系统也进行了革新。为了配合广深铁路，20 世纪 90 年代初，中国引进了法国阿尔斯通公司的计算机连锁系统。该系统于 1991 年 11 月 19 日率先在广深铁路红海站开通使用，成为中国铁路干线上第一个计算机连锁车站。

此时的广深铁路尚未电气化，列车是由内燃机车牵引的，主力车型是东风 11 型内燃机车。1996 年，广深铁路被改造为广深铁路股份有限公司在香港、纽约上市，开始融资对广深铁路进行电气化改造。1996 年 6 月，广深高速电气化铁路实施方案论证会召开，确定广深线电气化建设以“先客运、后货运，先高速、后普速”为原则。1997 年 2 月，总投资 8 亿元人民币的广深线高速电气化工程全面开工。电气化改造完成后，广深铁路石牌至平湖段 108.5 公里可以满足时速 200 公里运行条件，其中下元至茶山段 27.14 公里设有时速 250 公里的试验段。1998 年 5 月 28 日，广深线高速电气化工程竣工，同年 8 月 28 日正式投入运营。

为了配合广深准高速铁路的电气化改造，广铁集团还决定租赁一列摆式高速列车进行运营。经过考察，1996 年 11 月广铁集团与瑞典 ADtranz 签订租用一列 X2000 列车合同，租期两年，租金为每年 180 万美元。广铁集团租赁 X2000 一方面是想服务广深铁路的运

206. 赵小刚 . 与速度同行：亲历中国铁路工业 40 年 [M]. 北京：中信出版社，2014:207.

营，另外一方面也是想测试摆式列车在中国的可行性。列车于1998年初运抵中国天津，被命名为“新时速”高速列车，其编组比北欧版本增加了一节客车。X2000在中国铁道科学研究院北京环形铁路完成试验后，1998年8月28日起担当每天各两对广九直通车和广深城际列车。但瑞典方面并未提供电子维修技术给中国，当时列车的维修工作需在香港由瑞典工程人员完成。后来广铁集团把整组X2000买下，用以取得电子维修技术。此后各级维修工作都是由中国的维修人员完成，主要配件则仍旧由国外购入，部分在国内制造，由收购了ADtranz的“庞巴迪瑞典”提供有限的技术支援。到2007年4月18日，和谐号CRH系列高速动车组投入使用，第二天X2000正式停运。该车后来被调往成都铁路局，但是没有正式投入使用。到2012年被拆解后运回了瑞典。“新时速”包括两种车型，除了这列X2000外，还有一种我国自主研制的动力集中型动车组“蓝箭”，共生产了8列，这个我们将在下一节中进行介绍。

广深铁路因为在国内率先采用了一些新技术，因此被视为中国高速铁路的实验基地和当时展示中国铁路发展的“窗口”，广深准高速铁路有80多项科技成果被授予1999年度铁道部科学技术进步奖，其中时速200公里电气化新技术获铁道部科技进步一等奖。

中国高速铁路技术实践的第二大工程就是从1997年4月1日开始实施的六次大提速。其中第六次大提速发生在中国高铁技术引进之后，实际上是中国高铁的元年，所以这里重点说一下前面的五次大提速。这五次提速调图，是对中国铁路传统运输组织方式的一次深刻变革，不仅列车运行速度实现了飞跃，运行图编制发生了根本的变化，

↓铁路大提速（摄影：由田）

而且对全国铁路的运输组织、经营理念等都产生了深远的影响。

1997 年 4 月 1 日，中国铁路实施第一次大面积提速，这次提速的主题词是“夕发朝至”，开行了被称为“移动宾馆”的夕发朝至列车，受到商务人士的喜爱。在京广、京沪、京哈三大干线，提速列车最高运行时速达到了 140 公里，全国铁路旅客列车平均旅行速度由 1993 年初的时速 48.1 公里，提高到时速 54.9 公里。

1998 年 10 月 1 日，中国铁路实施了第二次大提速，这次提速的亮点是开行了时速 160 公里的旅客列车。夕发朝至列车增加到 228 列。

此后的 2000 年、2001 年铁道部又先后组织了两次大提速，全国铁路旅客列车平均运营时速先后提高到了60.3公里和61.6公里。

第五次大提速发生在2004年的4月18日，这次大提速的焦点是“Z”字头的直达特快列车，共开行了19对，主要范围是京沪、京哈、京广等铁路干线，其中涉及上海铁路局的有11趟（大“动局”这个时候早已威风凛凛了）。经过此次提速，时速160公里及以上提速线路总里程已经达到7700多公里，全国铁路旅客列车平均旅行速度达到时速65.7公里，比第四次大提速提高了4.1公里，其中直达特快列车平均运营时速119.2公里，特快列车平均运营时速92.8公里。此次提速还有值得一提的地方是，部分路段能够达到200公里时速能力。在机车车辆方面，本次大提速有几个明星，在客车方面是25T型客车，能够满足以时速160公里持续运行达20小时不停站，能够满足一次库检作业5000公里无须检修，主要部件满足200万公里内无须修换的要求。25T型客车，构造时速为210公里，最高运行时速为200公里，最高运营时速为160公里。在机车方面则是韶山8型电力机车、韶山9型电力机车（车迷称之为“烧酒”）和东风11G型内燃机车。其中韶山8型电力机车是我国高速电力机车的一个代表，曾经进行过多次高速试验，1997年1月6日在北京铁科院环行线上跑出212公里时速，这是我国铁路试验速度第一次突破200公里时速。1998年6月24日，韶山8型电力机车又在京广线的许昌至小商桥区间创造了时速240公里的中国铁路速度纪录，韶山8型电力机车对推动我国客运高速化及高速机车的发展具有重要意义。

在这几次大提速中，铁道部还把为京沪高铁研制的一些技术与设备拿了出来，并在几次提速的实践中进行应用，让这些新技术、新设

↓上图：大提速中的韶山9型电力机车
↓下图：担当第五次大提速主力的东风11G型内燃机车

备在实际运营中经受检验。

中国高速铁路技术实践的第三大工程就是秦沈客专。秦沈客专是一条连接秦皇岛与沈阳两座城市的铁路，自河北省秦皇岛市起，经辽宁省绥中县、兴城市、葫芦岛市、锦州市、盘锦市、台安县、辽中县，至沈阳市沈阳北站，全线总长404.6公里。当年为了缓解进出山海关客货运能力不足的问题，在既有铁路沈山线运能已经饱和的情况下，亟需建设新的干线铁路。关于新建秦沈铁路应该以什么样的标准进行建设，意见并不统一，有人主张修建一条客货混跑铁路，有人主张修建一条货运专线，也有人主张修建客运专线。据曾任铁道部副部长的孙永福介绍，铁道部经过充分论证，从“客运快速化”发展战略出发，决定修建客运专线。设计之初，铁道部就想把目标定在200公里时速，鉴于当时京沪高速铁路尚未获准建设，所以1998年铁道部在秦沈客专可行性研究报告中把速度定在160公里时速以上，没有出现“高速铁路”这个敏感词。1999年4月国务院批准新建秦沈铁路客运专线可研报告，行车速度定为160公里时速以上。于是，秦沈客运专线就这样以“挂羊头卖狗肉”的方式开工建设了。1999年8月开工，

2003 年 10 月开通运营，不仅在桥梁、路基、轨道等工程技术方面取得了新成果，而且在运输组织方面也总结了新经验。这次重要的工程实践，为我国后来建设 300~350 公里时速高速铁路提供了重要平台。[207]

铁路工程一般分为线上和线下两部分。线上主要指轨枕、接触网等；线下工程主要是路基，涉及线路经过区域、曲线半径以及桥梁结构等，线路一旦建成就很难改变。如果一条铁路线下工程是按照时速 300 公里建设的，即便线上工程暂时按照 200 公里时速建设，将来提速也比较容易。相反，如果一条铁路线下工程就是按照时速 200 公里建设的，那这条铁路线提速至时速 300 公里则几乎是不可能的。秦沈客专虽然线上工程是按照时速 160~200 公里建设的，但是线下工程是按照时速 250 公里建设的。如果按照线下标准来衡量，毫无疑问秦沈客专是高速铁路；但是开通初期，它的运行时速又只有 160 公里。在当年那样一个特殊的历史时期，技术标准又是如此不上不下，所以关于谁才是中国第一条高速铁路的争论也注定要纷纷扰扰。

中国高铁进入引进消化吸收发展阶段后，铁路走上了不同的发展道路，秦沈客专并不受待见，一直没有获得名分。2007 年 2 月 1 日，秦沈客运专线被并入京哈线，成为京哈铁路秦沈段。

不管是否把秦沈客专定义为中国第一条高铁，它在中国高速铁路发展史上的地位都是不能抹杀的，当年秦沈客专立项的一个重要意义，就是为中国后来大规模的高铁建设先行探路，并为其储备技术和人才。如为了适应高速列车运行，秦沈客运专线采用了长站距的设计，全线只设 10 个车站，平均约 40 公里设一个车站，其中，新建的绥中北等 6 个车站平均站间距为 55 公里，最大站间距达 68.6 公里，同时区间还不设渡线。这些设计突破了常规铁路甚至国外高速铁路的站间距分布原则，是一个大胆的尝试。此外，在路基工程上，秦沈客专对路基与桥、涵之间，不同刚度的路基间均设置过渡段，以保证轨下基础刚度的平顺变化。在路基填料、压实标准、变形控制、检测标准等方面，均做出了比一般铁路严格的规定。在轨道工程上，秦沈客专全线采用不淬火跨区间焊接长钢轨 377.238 公里。采用 18 号、38 号大号码道岔，钢轨均经机械打磨，使其平顺性达到高速行车的要求。在某些区段，开始使用了无砟轨道。在电气化工程、通信及自动化工程、信号工程上，秦沈客专都有许多突破性的技术和尝试，为后来的高铁建设所沿用。[208] 所以在一次学术活动上，曾任铁道部建设司司长的杨建兴激动地说，参加京沪高铁建设的技术骨干有 90% 的人都参加过秦沈客专的建设。[209]

---

207. 孙永福 . 中国高速铁路的成功之路 [J]. 铁道学报，2009(6):139,135.
208. 孙春芳 . 中国高铁断代史：第一条高铁秦沈客专如何被湮没 [N].21 世纪经济报道，2011-06-11(005).
209. 赵小刚 . 与速度同行：亲历中国铁路工业 40 年 [M]. 北京：中信出版社，2014:214.

和谐号前传

——→ 高速铁路技术储备不仅要有线路，还要有移动设备，通常指高速动车组。之所以强调是高速动车组，因为动车组并不意味着高速。自 2007 年 4 月 18 日，一种被称作“和谐号”的白色精灵开始在神州大地奔驰，很多人已经习惯将动车组与高速画等号，将动车组与高铁画等号。其实这是一种误解，所谓动车组是指一种固定编组的列车，通常在正常使用寿命周期内始终保持这种固定编组，不能随意更改编组形式，它们一般由若干带动力的车辆和不带动力的车辆组成。所以地铁列车也是动车组，只是一种运行速度比较低的动车组，我们通常不以动车组来称呼它而已。

动车组有很多种类型，如果以动力类型进行分类，则分为内燃动车组（DMU）和电力动车组（EMU）；如果以动力配置方式来分类，则分为动力集中型动车组和动力分散型动车组；如果以速度类型来划分则可以分为高速动车组（时速 200 公里以上）和普速动车组。

最早的动车组起源于德国。1903 年 7 月 8 日，世界上第一列由接触网供电的单相交流电动车组在德国的西门子公司问世，同年 10 月 28 日，西门子公司制造的三相交流电动车组进行了高速试验，首创时速 210.2 公里的历史性纪录。但是在铁路发展史的早期，动车组并没有体现出太多的优势，反而因为编组形式不够灵活，不为人们所重视。真正让动车组赢得赫赫威名的是日本的新干线，随着 1964 年东海道新干线的开通，0 号动车组成为铁路界首屈一指的大明星。

目前中国最知名的动车组是复兴号 CR 系列动车组，此前还有和谐号 CRH 系列动车组，但是并不为人所熟知的是，中国此前已经有一个很长的动车组研发历史，这段历史积累下来的人才与技术基础，成为后来动车组引进过程中能够成功消化吸收并实现再创新的关键因素之一。如负责 CRH2 型动车组技术引进消化吸收的南车四方公司的领军人物，当年也是“中原之星”研发的主要负责人。如铁道部科学研究院黄强 1995 年就受命主持“九五”重点科技攻关项目“高速试验列车技术条件的研究”，后来他又成为先锋号动车组总体技术负责人，2004 年起他又被调到了铁道部动车组联合办公室，成为那次技术引进工作的关键人物。[210] 可以说 2004 年开始的那次高铁技术引进消化吸收，起主心骨作用的大量人才很多都在 1998 年开始的中国动车组自主研发中得到过锻炼。这种人才的延续与积淀，对铁路跨越式发展的成功有不可忽视的重要作用。

中国内燃动车组的鼻祖是 1958 年四方机车车辆厂联合大连机车车辆研究所以及上海交通大学等单位研制的东风型双层摩托列车组，所谓“摩托”，是由英文“motor”翻译而来，是发动机的意思。该动车组代号 NMI，由 2 节动车和 4 节双层客车编组而成，动车采用液力传动装置，设计时速 120 公里。1959 年东风型双层摩托列车组交付北京铁路局，担负北京至天津运行任务。由于技术不够成熟，该车型在结构及性能上还存在一些问题。动车组于 1961 年停止运行，

210. 雷风行 . 中国速度：高速铁路发展之路 [M]. 北京：五洲传播出版社，2013:90.

中间的双层客车被编进新造的22型双层客车继续使用，先后在北京—沈阳、上海—杭州、杭州—金华等区间运行，直到1982年彻底报废。

中国引进型动车组的鼻祖是NC3型柴油动车组，是中国于1962年从匈牙利进口的，共8列，由匈牙利的冈茨马瓦格厂制造，该型动车组由两动两拖4节编组构成，配属在北京铁路局北京机务段，1975年全部调往兰州铁路局用于专列运输，到1987年全部报废。

中国电力动车组的鼻祖则是KDZ1型电力动车组，由长春客车厂、株洲电力机车研究所和铁道部科学研究院联合研制。正式研制工作起步于1978年，到1988年试制完成，采用两动两拖4节编组，最高时速140公里。1989年，KDZ1型电力动车组在北京环形试验线上进行动态调试和各种试验，最高试验速度达到每小时142.5公里，各项指标满足设计要求，当时的国务院总理李鹏还亲自登车视察。[211]这列试验型电力动车组因受当时运用条件的限制，未能投入正式运用，但是它为后来我国电力动车组的发展积累了宝贵的经验。

真正让我国动车组研发迎来百花齐放时代的关键事件是铁道部的一次改革，这就是1995年铁道部为落实社会主义市场经济建设精神，下发的《关于扩大铁路局更新改造投资决策权的规定》（铁计[1995]173号）——即中国铁路史上著名的“173号文”。铁道部通过下放采购权，突出铁路局的市场主体地位，引入竞争机制，有力地激发了各铁路局的活力。经过三年的探索，在市场机制的推动下，到1998年各铁路局的活力开始被激发出来。它们与机车车辆制造厂联合研制了一大批新产品，中国也迎来了动车组研发历史上的一个“黄金时代”。于是南昌局的庐山号、山西的晋龙号、广西的北海号、哈

↓上图：1958 年 9 月 22 日，中国第一台液力传动内燃机车——“东风”型摩托动车
↓中图：晋龙号动车组
↓下图：唐山客车厂生产的“唐老鸭”

尔滨局的北亚号、北京局的神州号、兰州局的金轮号、郑州局的中原之星……如雨后春笋一般冒了出来。

最先出手的是唐山客车厂，他们在 1998 年率先推出了 NZJ 型双层电传动内燃动车组，4 辆编组两动两拖，因为车头从正面看有点像唐老鸭，加上生产厂家唐山客车厂也以“唐”字开头，所以这款车型被车迷亲切地称之为“唐老鸭”。“唐老鸭”采用了大量当时流行的客车装饰材料，可根据用户要求进行硬座、软座、硬卧、软卧设计。车门采用塞拉门，风挡为全密封式，整车设空气调节装置。列车最高设计时速为 160 公里，后来在实际运用中改为 120 公里。

---

211. 赵小刚 . 与速度同行：亲历中国铁路工业 40 年 [M]. 北京：中信出版社，2014:207.

1998 年 6 月，“唐老鸭”正式出厂，竞争者包括南昌铁路局与上海铁路局。最后上海铁路局主动退出，“唐老鸭”落户南昌铁路局，被命名为“庐山号”。关于上海铁路局退出的原因，民间有好多传说，如上海铁路局对“唐老鸭”进行分析后，对其技术心里没谱，所以主动退出。还有一种说法是，上海铁路局想着让南昌局先试验一下，如果好，再跟上，如果不行，自己也不至于搭进去。果然先行先试的南昌局吃了很多苦头，庐山号正式运营后，因为可靠性差，经常出现列车停在半路的情况，修理不好还需要找车拖走，这让司机、列车员、旅客、路局都叫苦不迭。最后南昌局责令唐山厂解决故障，唐山厂提出要再造一列“唐老鸭”进行升级换代，并趁机把一系列问题彻底解决。于是南昌局又订购了一辆“唐老鸭”，但“唐老鸭”始终没有解决稳定性差的问题，最后只好提前报废。作为中国最早的内燃动车组，“唐老鸭”在技术创新方面进行了很多有益的探索，对工厂后来的发展是一种宝贵的财富。

为了与唐山客车厂的“唐老鸭”进行竞争，四方机车车辆厂于 1998 年启动了内燃动车组的研制工作。不过与唐山车辆厂不同，四方机车车辆厂是一家非常保守的工厂。不同于“唐老鸭”采用电传动，他们采用的是液力传动，车型被命名为 NYJ1 型内燃动车组，有 2 动 5 拖、2 动 8 拖等多种编组形式，设计时速 100 公里至 140 公里不等。该型动车组的车厢配置在当年也算是国内最好的，车门为自动塞拉门，密封式钢化玻璃窗，全密封折棚风挡，确保客室内干净无尘。厕所和卫生间采用玻璃钢整体地板，全部洁具均由不锈钢制造，并安装有不锈钢电茶炉，随时供应开水。座椅按照“2+3”方式布置，乘坐舒适。

↓北亚号动车组

NYJ1 型动车组在技术上不如“唐老鸭”先进，但是在稳定性上更胜一筹（当然也仅是相对而言，实际运营中也出现过很多故障）。1999 年 2 月出厂后，南昌局就订购了一列并命名为“九江号”,用着还不错，当年 10 月南昌局又订购了第二列。随着 NYJ1 的相对稳定运营，它获得了越来越多的订单，成为中国早期动车组产品中生产批量最大的一款，共生产了 13 列，其中哈尔滨局订购的 4 列被命名为“北亚号”，内蒙古集通铁路公司订购的 3 列被命名为“罕露号”，北京铁路局太原铁路分局、临汾铁路分局订购的 2 列被命名为“晋龙号”、广西的地方铁路公司订购的 1 列被命名为“北海号”，包神铁路公司订购的 1 列被命名为“神华号”。资料显示，神华号直到 2010 年后尚在运营，运营时速被限定在 100 公里。

在我国早期内燃动车组领域，第一个敢称“准高速”的是 NZJ1 型内燃动车组，后来被命名为“新曙光号”。新曙光号属于铁道部的项目，而不是铁路局与机车车辆工厂研制的项目。1998 年铁道部下达了研制时速 180 公里准高速内燃动车组的任务，由戚墅堰机车厂、浦镇客车厂和上海铁路局联合研制。新曙光号 2 动 9 拖 11 辆编组，设计时速 180 公里，动车原型采用东风 11 型，拖车原型则是 25K 型双层客车。新曙光号 1999 年 8 月出厂，1999 年 10 月 1 日在测试中跑出了194公里时速的最高纪录，随后配属上海铁路局，担当南京西—杭州、上海—南京区段旅客运输。新曙光号有实验性质，只生产了1列，在上海铁路局跑了八年多后，又调往哈尔滨铁路局跑了两年多，到2010年年初正式退役。

在NZJ1新曙光号的基础上，2000年，北京铁路局联合大连机车车辆厂、长春客车厂与四方机车车辆厂研制了新曙光号的加强版NZJ2型内燃动车组，后来被命名为“神州号”。神州号于2000年10月18日正式下线，这是中国早期动车组中又一款获得批量生产的动车组型号。神州号采用2动10拖12辆编组形式，拖车分双层空调硬座车和双层空调软座车两个车种。列车的车头采用了当时世界上较为先进的分布式计算机控制系统，可以避免因一个地方发生故障而导致“全身瘫痪”。自动监控系统可显示列车运行的重要参数，驾驶员一目了然。列车装用的新型准高速转向架能够确保运行安全，空气弹簧减震也使列车运行更加平稳，即使在高速运行中发生意外紧急刹车，列车仍旧平稳如常。此外，神州号安装有全球卫星定位系统等其他现代化设施。神州号共生产了5列，全部配属北京铁路局，后来被分别调往柳州铁路局和武汉铁路局。

神州号大获成功后，大连机车厂与四方机车车辆厂又联手为兰州铁路局设计了金轮号双层内燃动车组。金轮号动车组共生产了4列，分别为2动6拖、2动8拖、2动11拖三种编组形式，动车组的最大运行速度为时速160公里。[212]在我国早期内燃动车组里，有一款非常特殊的车型——普天号摆式动车组。这是我国研制的唯一一款摆式动车组，原型就是瑞典的X2000。20世纪90年代末期，摆式列车的应用被铁道部视为既有线提速的一个重要方向。1999 年 4 月，铁道部科技司召开会议，正式组织立项研制摆式柴油动车组，设计时速 160 公里，采用动力集中方式，2 动 6 拖，由唐山厂担任科研攻关组长单位。为此，铁道部拨款 6000 万元，唐山厂、大连厂、浦镇厂、铁科院、西南交大投入部分资金，总研发资金共计 1 亿元。2001 年 9 月，动车组使用的摆式径向转向架下线，最大倾摆角度达到 8 度，然后在西南交通大学的滚动振动试验台进行了动力学试验，试验临界速度达到时速 220 公里以上，此后又装在一辆客车上进行了为期半年的运营试验。2003 年 7 月，普天号动车组正式在唐山厂组装完成。但是普天号生不逢时，因为此时的中国铁路已经转向“跨越式发展路线”。2004 年初，普天号动车组完成编组试验后，就被弃置在唐山厂。中国首款摆式动车组命运坎坷，让人唏嘘。

上面介绍的是中国早期内燃动车组的研制，下面我们再来看一下中国早期动车组研制中另外一个更重要的方向——电力动车组的研制。前面我们已经提到，在 20 世纪 80 年代我国曾经研制过一款 KDZ1 型电力动车组，作为一款试验列车，KDZ1 型电力动车组并未投入运营，但是它为我国动力分散型动车组的研发积累了宝贵的经验。1999 年，世界园艺博览会要在云南昆明举行，为了拉动周边城市旅游，云南决定在昆明至石林的城际线路上开行动车组。于是，株洲电力机车厂、长客厂与昆明铁路局联手，在 KDZ1 型电力动车组基础上研制了 3 动 3 拖 6 辆编组的动力分散型动车组春城号。春城号也只生

---

212. 张晓宝．“金轮”号内燃动车组动车的研制 [J]. 内燃机车，2003(2):1–6.

产了1列，配属昆明局，在昆明至石林的城际线路上运营。2007年后，春城号又被调往昆明至曲靖间运行。春城号报废后被云南铁路博物馆收藏。作为我国首列商业运营的自主研制的电动车组，春城号的历史地位是无可替代的。

继承春城号动力分散型技术路线往前走的就是DJF1动力分散型动车组和DJF2动力分散型动车组。所谓DJF，是“交流传动分散动力动车组”英文的缩写。按照顺序我先说DJF1型动力分散型动车组，这是中国铁路的准高速电力动车组，由株洲电力机车厂、四方机车车辆厂和株洲电力机车研究所联合研制，配属郑州铁路局，被命名为“中原之星”。“中原之星”采用了交流传动技术，是我国首款采用IGBT逆变器的动车组型号，动车组总功率3200千瓦，设计时速200公里，最高运营时速160公里，于2001年9月21日出厂，2001年11月15日，江泽民总书记在铁道部部长傅志寰等领导同志的陪同下，登临“中原之星”列车视察。[213]“中原之星”于2001年11月18日投入运营服务，6辆编组，定员548人。2002年5月10日停驶，加造8节车厢，扩充为3动11拖14辆编组，动车组总功率增加到6400千瓦。2002年9月28日再度投入服务，载客量增至1398人，成为当时中国铁路编组最大的电动车组。“中原之星”带有实验性质，只生产了1列，因为稳定性不高，所以有些列车乘务员、火车站工作人员以及火车维修工提起“中原之星”都说是出了名的“病车”。[214]

DJF2型动车组比DJF1型动车组名气更大，地位更高，出厂也更早，不过同样是一颗“流星”。虽然被命名为DJF2，但是它出

↓上图：中原之星号动车组
↓下图：先锋号动力分散型动车组

厂的时间比 DJF1“中原之星”更早，是我国首列时速 200 公里的电动车组，也是我国首列交流传动动力分散型电动车组，在早期动车组研发历史上的地位是杠杠的。DJF2 由浦镇公司研制，借鉴了日本新干线 300 系的一些技术，并使用了日本三菱电机公司的 IGBT 牵引逆变器。列车每 3 节车厢组成一个单元，其中包含 2 辆动力车和 1 辆拖车，6 辆编组 4 动 2 拖，编组总定员 424 人。DJF2 于 2001 年 5 月正式出厂，被命名为“先锋号”。当年 10 月 26 日开始在广深铁路进行线路试验，创造了时速 249.6 公里的当时中国铁路第一速。2002 年 9 月又在秦沈铁路进行线路试验，创造了 292.8 公里的时速。到 2004 年 10 月，先锋号共完成了 50 万公里运行考核试验。但由

213. 韩振军 . 江泽民视察新型特快列车 希望铁路系统加快发展 [EB/OL].[2001-11-15]. http://news.sina.com.cn/c/2001-11-15/400045.html.

214. 肖风伟 . 临行卡壳半路抛锚，郑州“中原之星”列车多病惹人烦 [N]. 大河报，2005-10-08.

于中国铁路发展已经走向了另外一个方向，所以先锋号一直被放置在北京铁科院环行线。2006 年年末，铁道部正式出资买下了先锋号，2007 年年初先锋号返厂整修后，被配属到成都铁路局，担当成都—重庆线路运营，最高运营速度被限制在时速 160 公里，后来转移到贵阳段贵阳—都匀和独山城际线路运营。因“先锋号”是贵州第一列真正的动车组，所以将它当作“招牌列车”进行宣传。2010 年 10 月，先锋号返回浦镇公司大修后就一直停用，被废弃至今。

中国和谐号 CRH 系列动车组大规模投入使用前，中国研制的最后一款动车组是长白山号。长白山号是长客公司研发的动力分散型动车组，9 辆编组 6 动 3 拖，设计时速 210 公里，最高实验时速 250 公里。长白山号 2005 年年初出厂，共生产了 2 列，每列成本在 1 亿元人民币左右。当年 4 月份，长白山号参与了“京秦线提速 200 公里时速列车交会综合试验”，2005 年 5 月参加了“遂渝线 200 公里时速提速综合试验”，试验最高时速达 250 公里以上。2006 年年底，长白山号正式配属沈阳局，2007 年 2 月 10 日，长白山号投入沈大铁路沈阳至大连的特快城际列车营运，被命名为“辽东半岛号”，运营时速被限定在 160 公里。2007 年 4 月 18 日，中国铁路实施第六次大提速后，辽东半岛号限速值被提高到 180 公里。投入运行不久，2008 年长白山号多次出现故障，其中 9 月 12 日发生严重故障，车底冒烟，被内燃机车牵引至许家屯站。由于列车晚点，旅客抱怨甚至堵塞铁路，铁路部门只好将旅客疏导至另一趟列车后事件才逐渐平息。[215] 长白山号动车组属于当时国产最先进的动车组类型，但是两列车总是小毛病不断，一日往返沈大区间两次，两组车相互替补，1 号车出毛病就

2号车上线，2号车出问题了，1号车继续跑。不过总体上还是2号车运营的时间更长。2009年长白山号重新投入运营，但是2010年2月21日，长白山号再次机破，停在半路，由DF4D牵引回皇姑屯动车所。2010年4月开始，“长白山号”被封存。

说完动力分散型动车组后，我们再回过头来说动力集中型电力动车组，这是中国早期动车组自主开发过程中成就最大的一种动车组类型，明星车型更多，故事也更多。最早的一款动力集中型电动车组是“大白鲨”，与“唐老鸭”不同，“大白鲨”并非绰号，而是正式的官方命名。“大白鲨”当年是铁道部的重点项目。为了做好京沪高铁上马的技术准备，在铁道部的推动下，“200公里时速电动列车组”项目被列入“九五”国家科技攻关计划，并在这个项目下萃聚了大批技术专家。1999年4月，“大白鲨”正式问世，为1动6拖7辆编组。其中动车由株洲电力机车厂与株洲电力机车研究所共同研制，其原型就是我国高速电力机车鼻祖韶山8型。“大白鲨”的拖车则由浦镇厂与长客厂分别研发。1999年5月26日，“大白鲨”动力车正式完成株洲电力机车厂的厂内测试，被运到北京铁科院环行线开始编组测试，经过4个月的测试后，又被运到广深铁路进行线路试验，最高试验速度达到每小时223公里。1999年9月27日起，“大白鲨”在广深铁路以时速200公里的最高运营速度开始载客试营运，每天来往深圳和广州东2次。但由于可靠性不高，2002年就被停运，封存于广州东车辆段。2003年，“大白鲨”被送往北京环形试验线，报废至今。

---

215. 参见百度百科“长白山号动车组”词条。

“大白鲨”并不成功，但是紧随“大白鲨”之后，一款新型的动力集中型电动车组却大名鼎鼎，它就是DJJ1动力集中型电动车组，由株洲电力机车厂、株洲电力机车研究所和长客厂等共同研发。DJJ1动力集中型电动车组被命名为“蓝箭号”。“蓝箭”名字来源于意大利儿童文学作家贾尼·罗大里的童话散文《蓝箭》，在童话中蓝箭是一列玩具电火车的名字，这列火车将幸福和快乐传递给渴望能够幸福快乐的孩子们。DJJ1被命名为“蓝箭”，就是希望它成为“传递幸福的列车”。列车采用1动6拖7辆编组，2000年9月21日正式完成编组，与购自瑞典的X2000一样，被命名为“新时速”。

讲“蓝箭”的故事当然不能不提X2000摆式列车。1996年广深铁路公司与瑞典ADtranz公司签订合作协议，以月租金15万美元租赁了一列X2000型摆式列车，于1998年8月投入广深铁路运营，开创了“小编组、高密度、高速度”的广深铁路运营新模式，运营状况一直良好，上线率接近100%，为广深铁路公司带来了非常可观的经济效益。广深铁路一看有钱挣，就想着扩大规模，于是想起了在中国电力机车领域大名鼎鼎的韶山8型电力机车，向广州中车铁路机车车辆销售租赁有限公司租赁了5台韶山8型电力机车，开了中国铁路机车车辆租赁经营的先河。但是机车加车辆模式在舒适度跟档次上没法跟动车组媲美，于是广深铁路再次出手，决定以租赁的方式引进国产高速动车组。两家公司经过考察选中了株洲电力机车厂和长春客车厂，他们联手打造的就是后来大名鼎鼎的“蓝箭”动车组。融资租赁机制将列车用户、租赁公司和生产厂家的利益捆在了一起，并共同承担风险。在研制过程中，租赁公司只付给工厂三分之一的列车购置费用，并签订质量保证期合同；列车投入运营后要进行考核，确定达到规定的标准后再分期付款。研制期间广铁集团多次召开技术评审会议，租赁公司又派专家组进驻工厂，对研制过程实施质量管理。[216]

“蓝箭”正式下线后，在铁科院的环形试验线试验中，最高试验时速235.6公里，同年11月初，“蓝箭”开始在广深铁路进行线路试验，最高试验时速236公里。完成试验后，广州中车以5亿元购买了8列“蓝箭”，然后租赁给广深铁路公司在广深铁路运营。2001年8列“蓝箭”全部生产完毕并交付广州中车。8列“蓝箭”与1列X2000组成的广深铁路“新时速”列车，让广深铁路赚得盆满钵盈。与X2000相比，“蓝箭”也存在稳定性不高等毛病，特别是刚刚投入运营的前两年，多次出现机破故障。经过广深铁路公司与机车车辆厂的共同努力整修，两年后“蓝箭”的故障率大幅下降，列车10万公里故障率由运营初期的7.33件，到2003年降至0.15件。[217]

沈阳铁路局一看“蓝箭”动车组性价比不错，也订了4列，铁路机车厂已经为此购置了零部件，但是2003年铁道部部长换届，新部长否定了沈阳铁路局的“蓝箭”订单。据原国家科委科技干部局局长金履忠写给中央有关领导的一份题为《请端正我国高速铁路装备的发展方向》介绍：当时，8列“蓝箭”电力动车组，经广深线运营数年，在技术和稳定性上已经臻于成熟。然而，沈阳铁路局的4列“蓝

216. 参见《人民铁道报》文章《研制高科技铁路机车车辆新产品不需国家花一分钱，依靠自己的力量创造奇迹：飞驰吧，“蓝箭”》。
217. 参见新华网2003年6月27日报道《我国首条准高速铁路开通3108天“零”事故》。

箭”的新订单，在经当时铁道部认可并支付了预付款的情况下，却于2003年遭到封杀，致使数千万元的进口部件被废弃在库房，市场订单被剥弃。[218]

2007年7月开始，“蓝箭”改在京广铁路上担当韶关至坪石之间的特快列车，2008年又担当成都—重庆间城际列车运营，2009年10月起又被调往贵阳—都匀区间段运营，到2012年11月21日，“蓝箭”正式退役。

“蓝箭”的下一代产品，就是和谐号CRH系列动车组诞生前名气最大的DJJ2“中华之星”动力集中型电动车组。说起中华之星，故事就复杂了。中华之星上马的大背景是关于京沪高铁的“轮轨”与“磁悬浮”路线之争，铁道部为了证明高速轮轨路线的正确，于是决定上马时速270公里动车组研制项目。2000年初，铁道部正式将270公里时速高速列车产业化项目提报国家计委，2000年下半年，国家计委以2458号文件正式批准立项，同时列入国家高新技术产业化发展计划项目，该文件明确这是中国具有完全自主知识产权的高速列车，并命名为“中华之星”。[219]

2001年4月，铁道部正式下达了“270时速高速列车设计任务书”，确定了列车的总参数。中华之星共2节动力车、9节客车，包括2节一等座车、6节二等座车、1节酒吧车。参与研制的厂家规模庞大，包括四大机车车辆厂——株洲电力机车厂研制1节动力车，大同机车厂研制1节动力车，长春客车厂研制4节拖车，四方机车车辆厂研制5节拖车，以及四大研究所——铁科院、株洲所、四方所、戚墅堰所，两大高校西南交通大学、中南大学，所以被称为“442工程”。[220]中国工程

↓中华之星总设计师刘友梅

院院士、时任南车集团株洲电力机车厂高速研究所所长刘友梅被任命为该项目的总设计师。按照规划，中华之星项目总投资 1.3 亿元人民币，其中国家拨款 4000 万元，铁道部投资 4000 万元，企业自筹 5000 万元。项目明确，中华之星研制成功后，南北车集团共享知识产权，该项目形成市场后，南北车各分得一半市场。[221]2001 年 8 月，中华之星项目通过了技术设计审查，开始进入试制阶段。2002 年 9 月，中华之星到达北京铁科院环行线开始试验。2002 年 11 月中华之星又到秦沈客专进行线路试验。2002 年 11 月 27 日，中华之星在秦沈客运专线的冲刺试验中创造了时速 321.5 公里的速度纪录（当时试验列车进行了改装，不是标准版的 2 动 9 拖，而是摘掉了 6 节拖车，以 2 动 3 拖进行的试验），创造了我国铁路试验速度的最高纪录，成为当年铁路界的轰动新闻之一。这个速度纪录直到 2008 年 4 月 24 日，才由 CRH2-061C 在京津城际铁路上以 370 公里时速打破，所以“中华

218. 孙春芳 . 张曙光前事：高铁技术的路线之争 [N].21 世纪经济报道，2013-09-18(5).
219. 王强 . 中华之星缘何成流星，高铁技术关键时刻掉链子 [J]. 商务周刊，2006-03-13.
220. 任鑫恚 . 国产高铁列车中华之星夭折记：部长更迭改变命运 [N]. 济南日报，2011-08-09.
221. 赵小刚 . 与速度同行：亲历中国铁路工业 40 年 [M]. 北京：中信出版社，2014:207.

之星”在中国铁路人的心中有着不可替代的地位。

但是就在创造中国铁路速度纪录的第二天，中华之星乐极生悲，上演了后来被反复拿来说事的重大事故。当天，时任铁道部部长傅志寰希望亲自上车体验中华之星，他还把几位副部长也带来了。计划试乘时间是当天上午 9 点钟。保险起见，中华之星先上线跑了一圈，最高时速 285 公里。但就在试跑即将结束快回到基地的时候，安装在转向架上的故障诊断系统报警了。检查发现是大同厂生产的动力车下面的一根轴的托架轴承座冒烟。刘友梅让人上车查看数据后，发现轴承温度已经达到 109 摄氏度，属于一级报警。随后用红外线测温计检查，轴承座温度也达到 90 多摄氏度。刘友梅认为试验应该停止，向铁道部部长傅志寰汇报后，傅志寰也同意取消接下来的试验。故障转向架被拉回大同厂进行拆解，发现是进口轴承的质量问题。[222] 此事件后来被作为中华之星质量不可靠的重要依据在很多场合被拿来反复说事，成为影响中华之星命运的重要事件。

从 2003 年 1 月起，中华之星开始在秦沈客运专线上进行线路运行考核。2004 年 2 月 12 日至 13 日，铁道部科技司主持秦沈客运专线动车组运行考核工作会议，会议决定，中华之星动车组运行考核区间为皇姑屯至山海关，其中皇姑屯至锦州南限速为时速 160 公里，锦州南至山海关限速为时速 200 公里，列车加装砂袋模拟全载荷状态。截至 2004 年 12 月，中华之星累计完成考核里程 53.6 万公里，创造了中国铁路新型机车车辆试验运行考核纪录。2005 年年初，中华之星经历了 53.6 万公里的线路考核后，2 节动力车和 9 节拖车分别返回四大主机厂进行解体拆检，拆检后没有发现任何重大问题，可以确

↓ 2002 年 10 月 17 日，全国人大常委会副委员长邹家华在铁道部部长傅志寰陪同下视察“中华之星”交流传动动车组

认整车和零部件状态良好。“这说明‘中华之星’是可靠的，研制是成功的。”中华之星总设计师刘友梅这样评价。[223]

当然也有人持不同的观点，认为中华之星在试验过程中故障不断，在秦沈客运专线试运行的头半年内，就发生 A 级故障（为严重故障，会对列车的运行造成影响，必须恢复或隔离后才能维持运营）31 项，B 级故障（为一般故障，可隔离或带故障运行，不影响应用，但回库后必须查找并处理）22 项，C 级故障（为零碎小故障，可在下一个修程时处理）6 项，总计 59 项。

也有人认为中华之星充其量是众多进口零部件的拼装，说不上什么核心技术。对此刘友梅并不讳言，但他认为，虽然有些零部件是从国外进口的，但并不妨碍我们由此获得系统集成能力。他认为中华之星在几个地方实现了大的技术突破：第一是动力系统，牵引变压器、牵引变流器、交流异步牵引电动机，全部是中国自主研发和自己生产。第二是高速制动系统。从整个系统的控制逻辑单元到基础制动到防滑器，一整套系统的集成都是中国自己做的，并自主研发了再生制动加列车电空制动的直通式数字制动机。第三是转向架。动力转向架由南

222. 王强．中华之星缘何成流星，高铁技术关键时刻掉链子 [N]. 商务周刊，2006-03-13.
223. 王强．中华之星缘何成流星，高铁技术关键时刻掉链子 [N]. 商务周刊，2006-03-13.

车集团的株洲厂和北车集团的大同厂联合承担自主研发，非动力转向架由长春厂和南车四方厂各承担一个方案。

2004年，随着铁路跨越式发展路线的提出，中国高速铁路的发展方向也发生了大的转向，第一要走技术引进路线，第二要求技术成熟可靠，第三动车组要走动力分散的路子。无论哪一条，中华之星都不符合，所以在2004年动车组招标过程中，中华之星压根就没有获得投标资格。在中国高铁发展路线的关键十字路口，中华之星的故事成为其中最有争议的一个。

时任发改委副主任张国宝曾呼吁，对国内自主研制的中华之星应予扶持，有问题可以改进。考核已跑到50万公里，到了该鉴定的时候了。随后，发改委以2005年253号文形式向国务院领导作了汇报，该报告称，根据铁道部预计，2005年3月底可全部完成中华之星的拆检和检修，4月份可以组织专家对动车组研制和运行考核进行总结。中华之星，先锋号的试验运行目前基本正常，但在运行中出现了一些故障，反映了我国机车车辆工业在高速铁路动车组研制方面还存在差距，主要是一些关键技术环节不够成熟，材料和工艺水平有待提高等。该文发至铁道部之后，时任铁道部部长做了“请亚东、东福副部长组织科技司、计划司、安监司落实发运〔2005〕253号报告精神”的批示。时任铁道部副部长胡亚东和陆东福随后做出批示，要求相关部门尽快落实中华之星的验收总结工作。[224]

2005年6月26日，中国工程院召开了一场“提高装备制造业自主创新问题”的座谈会，刘友梅就中华之星面临的困境向与会院士们作了汇报。会后刘友梅联合包括铁道部原部长傅志寰在内的52名院士，以中国工程院红头文件的方式，向国务院呈送了一份《关于报送院士反映“中华之星”高速列车有关情况的签名信》（以下简称《签名信》）。《签名信》建议，对于自主研发的“中华之星”高速列车，有关部门应尽快组织鉴定，并实现产业化。院士们强调：“培育高速列车的民族品牌，可拉动和发展一批相关产业，千万不能让国家立项自主研制的成果不了了之。”国家软科学研究计划课题组 2005 年组织完成的《中国高速铁路技术发展路线》报告也指出，中华之星的意义更深层次在于，虽然目前还存在一些问题，可靠性还不高，与国外技术水平还有相当的差距，“但通过这一项目，中国毕竟有了自己的技术开发基础和高速铁路技术平台”。

2005 年 7 月 11 日—12 日两天，铁道部召集相关司局、铁科院、铁路高校、沈阳局和南北车集团在北京翠园山庄召开中华之星阶段验收总结会。在总结会上，有部分厂家支持中华之星，但最终专家组意见没有支持中华之星继续以时速 200 公里以上速度运行的建议，而要求降级以时速 160 公里继续考核。2005 年 8 月 1 日开始，中华之星在秦沈客专的沈阳至山海关段运营，车次为 L517/8 次，运营时速 160 公里。当时的铁道部没有对中华之星进行任何报道，中华之星的运营几乎没有人知道，由于山海关是个小地方，所以知道中华之星的乘客也不多。刘友梅曾经要求将中华之星的运营区段扩大到秦皇岛至沈阳，因为秦皇岛是旅游城市，乘客较多，但是没有获批准；刘友梅

---

224. 孙春芳 . 还原高铁十字路口之争：“中华之星”陨落解密 [N].21 世纪经济报道，2011-06-04(005).

还请求让中华之星按照时速 200 公里运营，也没有被批准，理由是秦沈客专的行车条件达不到要求。中华之星运行一年后，2006 年 8 月 2 日停运，被存放于沈阳车辆段。

———

中国高铁三国杀

——→ 很多人都喜欢推演假设，如：假如中国高铁没有后来的发展路线大转折、走引进消化吸收的道路，而是按照秦沈客专、“中华之星”的道路向前发展，今天会怎样？我想中国应该还是会有自己的高速铁路，但肯定不是今天我们看到的样子。其次，走引进消化吸收的道路，是不是一定能够成功？我想也未必，走引进消化吸收道路的产业，在国内有很多活生生的先例，汽车行业就是一个代表；如果一定要局限在高铁这个行业，世界上也有很多经验，如英国、美国、韩国、中国台湾，真正通过技术引进获得高速铁路核心技术的国家凤毛麟角。无论如何，历史难以假设，而只能用事实来证明。走另外一条道路未必不成功，但它也只是一个假设；而中国高铁今天发展的成就至少也证明当初选择的“引进先进技术、联合设计生产、打造中国品牌”的道路是成功的。

中国高铁成功之路殊为不易，一直伴随着部分媒体的强烈反对与高度质疑。代表是财新传媒《财新》周刊（原名《新世纪》周刊），其在2011—2012年间曾经连续用十多个封面报道质疑中国高铁发展，如《高铁国产化幻影》《深深的裂纹》等，认为中国高铁是一个失败的案例，根本没有获得任何核心技术，认为铁道部是一个政企合一的失败样本。还有一些捕风捉影的文章，如《铁道部引进高铁技术耗资900亿为韩国5倍》，引用他人话语，认为中国在2004—

中国高速动车组生产车间

2006 年期间引进高铁技术花费了 900 亿元，而实际情况是 2004—2006 年铁道部共采购动车组 280 列，共计花费 553 亿元，而这笔费用只有 23 亿元作为技术引进费用支付给了西门子、阿尔斯通与日本企业，其他都成了南北车集团的销售收入。而在《危险的关系》一文中，他们甚至采用小说笔法写道："2011 年 2 月的一天，六朝古都南京的老牌五星级酒店丁山宾馆,来了一群执行特别任务的警务人员。他们当天接到了北京交代下来的任务，带走了下榻此地的一名半秃的中年男子——当时房间内还有两名提供特殊服务的女性……"而事实是某人是从位于复兴路 10 号院的铁道部大院中被带走的，财新传媒只好又在 2012 年第 32 期《新世纪》周刊中刊登致歉声明。在《奢侈动车》一文中，他们又声称"动车组上一个自动洗面器 7.24 万元，一个感应水阀 1.28 万元，一个卫生间纸巾盒 1125 元……"这就更假得没谱，用一堆极其吓人而又经不起推敲的数字，获得了极高的关注度。而车辆企业有口难言，因为要完全澄清就要公布自己的价格体系，但这对一个商业企业而言，显然是致命的。其实，在这篇报道里有一个非常简单的逻辑错误，能轻松戳穿他们的谎言：为什么零配件都是天价，而整列动车组的价格却只是国外企业价格的一半？难道南北车两大集团整天去采购天价配件，生产动车组后再低价倾销，就是为了从自己的腰包里面掏钱来填平这个大窟窿？那南北车集团每年几十个亿的利润从何而来？

其实，时间是最好的法官，我们回过头来再看财新传媒这些文章，它们都成了笑话。当然，媒体监督是社会保持健康生态的重要力量，但是不顾事实，立场先行，通过预设立场去罗织甚至故意编造事实对

↓上图：中国高速动车组生产现场
↓下图：中国高速动车组制造车间

特定行业进行打压，却是媒体人的耻辱。

现在就让我们梳理一下中国高铁发展的重要时间节点，见闻君尽可能地把真相和脉络呈现给大家：

中国高铁发展路线的转折点是“跨越式发展”路线的提出。据李军（时任铁道部运输局综合部主任）的《中国铁路新读》记载，2002年11月8日，党的第十六次全国代表大会在京召开，铁道部萌生了铁路跨越式发展的思路，并在会上初步形成了铁路跨越式发展思路的框架。[225]

2002年12月28日—30日，全国铁路工作会议在京召开，会议提出，“充分利用后发优势，学习借鉴发达国家铁路技术，实现我国铁路的跨越式发展”[226]。此后铁道部开始积极部署“跨越式发展路线”，铁路实现“跨越式发展”的关键因素是铁路装备（动车组、大功率机车）技术的引进消化吸收。

2003年，铁道部决心以较短的时间、较少的环节和较少的代价，实现与发达国家走过的发展历程相同的目标，并明确实现目标最主要的手段就是对国家铁路技术进行引进消化吸收再创新。

2003年5月25日，正是“非典”肆虐的时期，铁路装备现代化“先进、成熟、经济、适用、可靠”的十字方针首次被提出。紧接着，6月5日，铁道部邀请南北车集团召开了推进铁路机车车辆现代化座谈会，“十字方针”正式被确定下来。“十字方针”的确立，意味着高速动车组国产化研制路线的破产，也意味着引进消化吸收再创新路线的正式形成。国产化动车组，起点低，自然谈不上“先进”，更谈不上“成熟”，至于“可靠”这一点更是国产化动车组的最大软肋。“十字方针”相当于一个透明的玻璃墙，把以“中华之星”“长白山号”为代表的国产动车组挡在了中国高铁事业之外。

站在2021年的今天，回顾18年前的这个政策，该如何评价呢？毫无疑问，它对国产化动车组的研制非常不公平，这也是媒体以及铁路系统内部自主创新派攻击引进消化吸收再创新路线的着眼点所在，他们认为“十字方针”背后代表的引进消化吸收再创新路线，是在重复汽车行业走过的、已经被证明失败了的市场换技术路线。不得不承认，这是一项十分冒险的行动，如果真像汽车一样丢了市场，但是没有换来技术，那么今天中国高铁的成就可能是另外一番面貌。“十字方针”是确保中国高铁事业成功的根本保障，尤其是“可靠”二字。中国高铁的起步争议太大了，一条京沪高铁就吵了18年之久，如果没有可靠性做保证，如果一开通便事故连连，中国高铁事业早已万劫不复。普通乘客才不管你走哪条路线，方便不方便、安全不安全才是命脉所系。由此说开，以C919为代表的中国民用大飞机正走在正确

---

225. 李军 . 中国铁路新读 [M]. 北京：中国铁道出版社，2009:17.
226. 铁路实施跨越式发展战略，今后五年还将两次大提速 [N]. 经济参考报，2003-09-17.

的道路上，总成在我，但是不过度追求国产化率，而是把可靠性看成产品的生命，坚持零部件的全球采购，等到产品的可靠性获得乘客的认可之后，零部件的国产化将是一个自然的、渐进的过程。

2003 年 6 月 28 日铁道部在京召开铁路跨越式发展研讨会，铁路“跨越式发展”的路线方针第一次被系统提出，“跨越式发展”也在铁路系统和主流媒体中盛行一时。

铁道部认为，中国铁路发展与世界先进国家相比，存在落后的“位差”，这是铁路要跨越发展的根本原因，也是跨越式发展路线提出的基本依据。所谓跨越式发展也就是超常规发展或跳跃式发展，一是快，以较短的时间实现与发达国家原来走过的发展历程相同的目标；二是跳跃，跳过发达国家曾经经历过而我们不必再重复的一些过程，也就是充分运用人类共同创造的文明成果，形成后发优势，最终赶上发达国家水平。[227]

铁路跨越式发展路线要落地，需要有两个支撑因素，一个是路，另一个就是移动装备，也就是车。针对两个方面，铁道部都在紧锣密鼓地准备着。在路网规划方面，铁道部要推出的是《中长期铁路网规划》。早在 2003 年 3 月 24 日，铁道部布置了 28 个调研课题充实铁路跨越式发展路线方针，其中一个就是《中长期铁路网规划》。2003 年 6 月 1 日，《中长期铁路网规划》正式形成并以正式文件上报国家发改委，开启了由国家发改委主导的论证程序，参加者包括军方、相关部委、中央企业、经济学家、技术专家、咨询公司等。

2004 年 1 月 7 日，国务院常务会议讨论并原则通过了这个路网规划。规划到 2020 年，全国铁路营业里程达到 10 万公里，主要繁忙干线实现客货分线，复线率和电化率均达到50%，运输能力满足国民经济和社会发展需要，主要技术装备达到或接近国际先进水平。

《中长期铁路网规划》的通过具有划时代意义。第一，它廓清了中国高铁发展史上的种种争议，指明了中国高铁发展的方向，打开了中国高铁发展的大门。从此，中国高铁告别了多说少做的时代，迎来了少争论快发展的时代，迎来黄金时代。第二，它提出了“四纵四横”客运专项网络，奠定了中国高速铁路的主骨架，直到今天，中国高速铁路网建设仍旧是在这个基础上发展完善。

这个规划既有近期目标——到2005年铁路营业里程达到7.5万公里，其中复线铁路2.5万公里，电气化铁路2万公里以上；又有远期目标——到2010年，铁路网营业里程达到8.5万公里左右，其中客运专线约5,000公里，复线3.5万公里，电气化3.5万公里。但是它最大的亮点还是对“四纵四横”客运专线的规划，也就是现在的中国高速铁路骨干网络。不过由于大家对高速铁路争议还比较大，所以规划没有直接提出“高速铁路”概念，而是暗度陈仓，用了“客运专线”这个称呼，当时定的目标值也只是时速200公里及以上。规划正式出台后，铁道部也没有对它进行大规模宣传。见闻君现在看到的最早对这个规划进行介绍的是国家发改委官方网站2005年9月16日推出的一篇文章——《国家〈中长期铁路网规划〉简介》。

《中长期铁路网规划》提出的“四纵四横”客运专线网络规划，

---

227. 刘志军．落实“三个代表”要求 抓住新的历史机遇，努力实现中国铁路跨越式发展[J]. 理论学习与探索，2003(4):3-6.

共包括三个方面，规划客运专线网络 1.2 万公里。主要内容如下：

1．“四纵”客运专线

北京—上海客运专线，贯通京津至长江三角洲东部沿海经济发达地区；

北京—武汉—广州—深圳客运专线，连接华北和华南地区；

北京—沈阳—哈尔滨（大连）客运专线，连接东北和关内地区；

杭州—宁波—福州—深圳客运专线，连接长江、珠江三角洲和东南沿海地区。

2．“四横”客运专线

徐州—郑州—兰州客运专线，连接西北和华东地区；

杭州—南昌—长沙客运专线，连接华中和华东地区；

青岛—石家庄—太原客运专线，连接华北和华东地区；

南京—武汉—重庆—成都客运专线，连接西南和华东地区。

3．三个城际客运系统

环渤海地区、长江三角洲地区、珠江三角洲地区城际客运系统，覆盖区域内主要城镇。

《中长期铁路网规划》是党的十六大后铁道部通过的第一个行业规划。铁道部有位领导在一次会议上兴奋地说：“这是本届政府批准的第一个行业规划，是党中央、国务院对铁路系统的关怀，也是铁路期盼已久的一件大事，它为机车车辆工业提供了一个大显身手的舞台。这个规划的批准实施，为全面建成小康社会提供强大的运力支持，将满足我国人民日益增长的物质文化生活的需求，使中国铁路现代化进程从理想变为现实，也必将促进南北车早日进入世界工业制造集团的先进行列。只要我们同行，这个目标就一定能够实现。”[228]

实施铁路跨越式发展离不开机车车辆装备的现代化，铁道部提出铁路装备现代化“先进、成熟、经济、适用、可靠”的十字方针后，于 2003 年 7 月 23 日成立了装备现代化领导小组，具体负责机车车辆的技术引进事宜，铁道部党组成员、副部长胡亚东担任组长。8 月 23 日，铁道部装备现代化领导小组召开会议，研究技术引进项目的操作方式与实施策略。当年 11 月 29 日，《加快机车车辆装备现代化实施纲要》被审议通过，意味着技术引进的具体路径被正式确定下来；2004 年 2 月 22 日，铁道部提出铁路机车车辆发展，要采用“先进、成熟、经济、适用、可靠”的技术方针，实现“标准化、系列化、模块化、信息化”的要求，走“立足国产化，系统引进先进技术，推动自主创新，加快实现机车车辆装备现代化”之路。

2004 年 4 月 1 日，国务院召开会议专题研究铁路机车车辆装备有关问题，形成了《研究铁路机车车辆装备有关问题的会议纪要》，明确了“引进先进技术、联合设计生产、打造中国品牌”的基本原则，确定了重点扶持国内六家机车车辆制造企业，引进少量原装、国内散件组装和国内生产的项目运作模式。[229]

然后大戏就开始上演了，这是一个被写入美国斯坦福大学教科书

228. 参见《中国南车报》2004 年 1 月 20 日报道《期待南车与铁路跨越式发展同行》。
229. 梁成谷 . 探寻铁路装备现代化轨迹 [J]. 中国铁路，2007(2):36−38.

↓中国标准动车组试验列车

的经典案例。[230]

2004 年 6 月 17 日，铁道部委托中技国际招标公司为铁路第六次大提速进行时速 200 公里动车组招标，并在《人民铁道》以及中国采购与招标网同时发布了《时速 200 公里铁路动车组项目投标邀请书》公告。这次招标，对投标企业条件的限定，让铁道部处于绝对主动的位置。公告明确投标企业必须是“在中华人民共和国境内合法注册的，具备铁路动车组制造能力，并获得拥有成熟的时速 200 公里铁路动车组设计和制造技术的国外合作方技术支持的中国制造企业（含中外合资企业）”。这段话比较绕，通俗解释一下，就是两个意思：第一，投标企业必须是中国企业，西门子、庞巴迪、阿尔斯通以及日本高铁制造企业本来想直接参与投标，这一条件将它们挡在了门外；第二，中国的企业也不能随便投，必须有拥有成熟技术的国外企业的支持，这一下又把“中华之星”“蓝箭”等国产动车组挡在了门外，因为铁道部的真正目标是引进国外先进技术。这次招标还明确规定了三个原则，第一关键技术必须转让，第二价格必须最低，第三必须使用中国品牌。

决定这次技术引进能够成功的重要因素还有一个，那就是铁道部只指定了两家企业能够技术引进，一家是南车集团的四方机车车辆股份有限公司，一家是北车的长春客车股份有限公司，这被称为“战略买家”。西门子、阿尔斯通、庞巴迪、日本高铁制造企业都明白，这次招标虽然只有140列动车组订单（140列对于他们而言已经是天量，要知道阿尔斯通因为十几列动车组就与西门子对簿公堂，详情请见本书第四章），只是针对第六次大提速，但是《中长期铁路网规划》描绘的“四纵四横”客运专线网络可是世界上从来没有过的高铁大市场，这个市场大到没有任何一个高铁企业可以忽略。而这次招标就是未来市场竞争的一次预演，谁都不敢轻易放弃这次机会，谁都不敢掉以轻心。他们要进入中国高铁市场就只能找合作伙伴，对象只有俩，一个南车四方，一个北车长客，二对四，中国的这两家企业占据了绝对的战略优势。

这次招标事实上包含两个层次，第一个层次是产品的购买，也就是那140列动车组订单。第二个层次则是技术的购买，投标前国外厂商必须与中国国内机车车辆企业签订完善的技术转让合同，如果不能满足这个条件，则无法参与产品层次的投标。当然，技术的购买也

230. 张春莉．中国高铁引进之路：一夜之间砍掉老外15亿[EB/OL],[2008-09-03]. http://news.sohu.com/20080903/n259354206.shtml.

是一种市场行为，中方是要支付技术转让费的。

产品的购买比较清晰，但是技术的购买就有些复杂了。如何保证真正购买到了技术呢？对方给你一些图纸，就算是技术转让了？如果不能很好地消化吸收，还不是相当于废纸一堆？于是，铁道部设置了一个技术转让的考核环节，叫作“技术转让实施评价”，考察对象是中国投标企业，裁判是铁道部成立的动车组联合办公室，简称“动联办”。虽然你中标了，但铁道部先不付钱，然后国外企业作为老师要向国内企业传授技艺，“动联办”不考核国外企业教得怎么样，它只考察国内企业学得怎么样，只要是国内企业没有学好，就不付钱。说实话这个规定有点“霸道”了，国外企业不但要全心教，还怕遇到笨学生，因为即便他全心教，碰到笨学生学不好，他的钱一样打水漂。没办法，这些国外企业只好把压箱底的活儿拿了出来！前几年有些负能量满满的媒体一直质疑中国企业是否从这次技术引进中获得了核心技术。其实，与技术外行就一些过于技术的问题进行争论没有太大意义，看看中国高铁今天取得的成就，看看已经通过美国律师事务所以及知识产权局评估的 CRH380A 型动车组，看看中国高铁已经开始在全球四面出击的今天，事实已经证明了一切。

6 月 17 日“游戏规则”正式发布，到 7 月 28 日投标截止，中间共有 41 天时间。四家外国公司与中国的两家公司展开了深入谈判。当然在正式招标前，大家都已经从各种渠道得到了风声，相关地下工作已经如火如荼地展开了。早在 5 月份，日本六家企业就成立了联合体，准备与南车四方谈判角逐中国高铁市场。长客首选的是西门子，四方首选的是日本联合体，庞巴迪因为早在 20 世纪 90 年代就与南车四方成立了合资公司，所以它并不为投标资格而担心。唯一发愁的就是阿尔斯通，他们脚踏两只船，一边与四方谈，一边又与长客谈。具体情况下面我们一家一家来介绍。

先说南车四方与日本大联合。据媒体报道，对于日本新干线技术，铁道部最初倾向于与拥有新干线 700 系及 800 系技术的日本车辆制造公司（日车）和日立制作所，但日车及日立均表明拒绝向中国转让新干线技术。[231] 此后，中方改向与四方有过多年合作的川崎重工招手，当时川崎重工正处于经营困难的时期，于是开始与南车四方进行谈判，准备参与中国这次史无前例的高铁大招标。南车四方也倾向于与川崎重工进行合作，毕竟双方早在 1985 年就已经结成了友好工厂，彼此知根知底，比较熟悉。

尽管如此，谈判也艰苦异常。最初 JR 东日本公司、日立制作所、日车公司都坚决反对川崎重工向中国转让新干线技术，但是川崎重工经过谈判后，与三菱商事、三菱电机、日立制作所、伊藤忠商事、丸红五家企业组成“日本企业联合体”，在其他日本企业不赞成也不反对的情况下，与中方展开了谈判。至于谈判有多艰苦，在采访中，当时南车四方具体负责谈判工作的王姓工程师（因此君不愿透露姓名，故在此隐去）讲了三个细节：第一个细节，当时此君 30 多岁，而日方参与者都是五六十岁之人，某次具体的谈判颇不顺利，某日本企业代表表示无法接受其中某条件，威胁要退出谈判，起身欲离开。此君竟然起身，将茶杯摔在了地上，告诉此日本代表如果他今天从这个门

---

231. 谷永强，曹海丽 . 高铁自主知识产权奇迹诞生与终止 [J]. 新世纪周刊，2011(32):74.

走出去，就永远不要回来。此日本代表竟然就没有敢踏出此门，而是回到桌子旁继续谈判。第二个细节，据此君介绍，在最艰苦的谈判阶段，有一次他竟然三天三夜没有睡觉，而且日方竟然也陪着他三天三夜没有睡觉，他们正谈着，突然发现进行不下去了，因为发现翻译趴在那里睡着了。他们累的时候，坐在椅子上往后一仰就能睡着，休息一下后接着谈。第三个细节，为了做好这次投标工作，他在酒店办公的房间准备了四台打印机和复印机，就怕万一出点什么问题，但是就在此前一天，已经连续多日无休止工作的四台机器竟然全部烧毁了，搞得他们非常被动，赶紧找来其他机器打印投标文件。

再说阿尔斯通，他们脚踏两只船，一面跟四方谈，一面跟长客谈。但是四方的首选谈判对象是川崎重工，他们跟阿尔斯通谈，主要是为了给日本企业施压；长客的首选谈判对象是西门子，给西门子施压也是他们跟阿尔斯通接触谈判的重要目的之一。谁知道，西门子竟然认为自己胜券在握，坚持不让步，所以在离投标截止日期只有半个月左右时间时，长客与阿尔斯通的谈判突然加速，并最终在投标截止日期前完成了全部谈判工作。

最后说说西门子。西门子通过此前的情报收集工作，判断他们以ICE3为基础研发的Velaro平台才是当时铁道部最中意的目标，所以在原型车价格以及技术转让价格方面都漫天要价。当时西门子的开价是原型车3.5亿元人民币一列，技术转让费共计3.9亿欧元。此外，他们还在技术转让方面设置了诸多障碍。对于这次谈判的细节，蒋巍先生在他的报告文学《闪着泪光的事业——和谐号："中国创造"的加速度》[232]中有较为详细的描述。

所有谈判进程当然都在铁道部的密切关注之中。开标前夜，即2004年7月27日，双方依然没有达成协议。深夜，铁道部张姓官员亲自出面斡旋，话说得语重心长和直截了当："作为同行，我对德国技术是非常欣赏和尊重的，很希望西门子成为我们的合作伙伴，但你们的出价实在不像是伙伴，倒有点半夜劫道、趁火打劫的意思。我可以负责任地表明中方的态度：你们每列车价格必须降到2.5亿元人民币以下，技术转让费必须降到1.5亿欧元以下，否则免谈。"德方首席代表靠在沙发椅上，不屑地摇摇头："不可能。"张某坚定地说："中国人一向是与人为善的，我不希望看到贵公司就此出局。何去何从，给你们五分钟，出去商量吧。""方脑袋"[233]确实像个撬不开的钱匣子，商量回来，脑袋仍然很"方"，没有一点儿圆通的余地。张某把刚刚点燃的一根香烟按灭在烟缸里，微笑着扔下一句话："各位可以订回程机票了。"然后拂袖而去。第二天早晨7时，距铁道部开标仅有两个小时，长客宣布，他们决定选择法国阿尔斯通作为合作伙伴，"双方在富有诚意和建设性的气氛中达成协议"。大梦初醒的德国人呆若木鸡。早餐桌上，得意洋洋的法国人品着香甜的咖啡，还不忘幽了德国哥们儿一默："回想当年的'滑铁卢之战'，今天可以说我们扯平了。""德国人从中国的旋转门又转出去了"，消息传开，世界各大股市的西门子股票随之狂泻，放弃世界上最大、发展最快的中国高铁

---

232. 蒋巍.闪着泪光的事业——和谐号："中国创造"的加速度[N].人民铁道，2010-06-13(A3).
233. 蒋巍先生在他的报告文学中以"方脑袋"称呼德国谈判代表，主要是想表达德国人办事严谨，同时也不够圆滑，所以脑袋是方的。

市场，显然是战略性的错误。西门子有关主管执行官递交了辞职报告，谈判团队被集体炒了鱿鱼。

这次招标共分为7个包，每个包20列动车组，根据招标书的规定，每个包里包括1列原装进口的原型车，2列散件进口，在国内完成组装，剩余17列为国产化列车，国产化水平按步骤逐渐提高，到最后一列时国产化率要达到70%。南车四方具体负责技术引进落地实施的某君在采访中（同上应本人要求隐去其姓名）形象地说，第一类叫“他们干我们看”，第二类叫“我们干他们看”（随时指导），第三类就是“我们自己干”，有不明白的地方再向他们咨询。他们把这个过程总结成三个阶段：第一个阶段叫“僵化”，就是严格按照外方提供的图纸去做，不求创新只求复制；第二个阶段叫“固化”，就是把学到的一些东西在流程上原汁原味地“固化”下来，做到不走样，制造水准向外方看齐；第三阶段叫“优化”，对工作完全掌握并熟悉后，根据实际情况提出一些优化的建议。当然这三个所谓阶段都是针对首批60列车而言，再到后来他们翅膀硬了，都开始自主开发新的车型了，那就是另外一个故事了。我们将在后面一章中进行介绍。

7月28日，投标的最后截止日期，南车四方与日本大联合六家公司结成了联合体，投出了自己的标书；长客与阿尔斯通结成了联合体，也顺利投出了自己的标书；庞巴迪以自己与南车四方成立的合资公司为主体也投出了自己的标书；西门子因为在最后时刻没有找到合适的合作伙伴，只能黯然出局。

2004年8月27日正式开标，南车四方联合体中标3包60列，他们拿出的是东北新干线家族的疾风号E2-1000系的缩水版。为什

↓上图：CRH1 型动车组
↓中图：CRH2 型动车组在胶济线运行
↓下图：CRH5 型动车组

么说是缩水版呢？因为 E2-1000 是 6 动 2 拖结构，最高运营时速 275 公里，但是日本大联合卖给中国的 4 动 4 拖结构，最高时速 250 公里，引入中国后被称为 CRH2A 型动车组。长客联合体也中标了 3 包 60 列。阿尔斯通擅长的是动力集中型动车组，而铁道部这次招标要求必须是动力分散型动车组，阿尔斯通研制的动力分散型动车组只有一款，就是 AGV，但技术上采用了阿尔斯通情有独钟的铰接式转向架，而铰接式转向架技术恰恰是铁道部极其排斥的。阿尔斯通最终以潘多利诺宽体摆式列车为基础，取消摆式功能，车体以芬兰铁路的 SM3 动车组为原型，研制了一款动车组，引入中国后被命名为 CRH5A 型动车组。庞巴迪拿出的则是为瑞典国家铁路提供的 Regina C2008 型动车组，引入中国后被命名为 CRH1A 型动车组。

↓ CRH3 型动车组在长沙动车所进行整备

2004 年 10 月 20 日，时速 200 公里动车组项目签约仪式在北京通用技术大厦举行，由铁路局、中技国际、南车四方与川崎重工四方签约；铁路局、中技国际、长客与阿尔斯通四方签约；铁路局、中技国际与南车庞巴迪三方签约。签署的文件包括《时速 200 公里铁路动车组项目技术转让协议》和《时速 200 公里铁路动车组项目国内制造合同》等。

当然后面的故事还一样精彩。

铁道部当时只是想教训教训西门子，对西门子的技术还是很欣赏的。为什么呢？因为铁道部铆足了劲要发展时速 350 公里级别的高速铁路，所以需要引进设计时速300公里及以上的动力分散型动车组。而拥有这项技术的只有日本高铁设备生产企业和德国西门子公司（阿尔斯通的 AGV 号称时速 360 公里，但是铰接式转向架技术为铁道部所排斥）。日本企业已经公开声明不会转让时速 300 公里的动车组技术，所以西门子是不二选择。

2005 年 6 月份，铁道部又启动了时速 300 公里动车组采购项目。这次铁道部没有采取公开招标的方式，而是采取了竞争性谈判的方式进行采购。时任中国南车董事长的赵小刚先生回忆，当时准备跟西门子合作竞标的企业有好多家，包括北车的长客公司、唐山厂，南车的株机公司。

铁道部当时有意撮合西门子跟长客，谁知道阿尔斯通跑到中国政府那里告了一状，说铁道部准备一女二嫁。于是长客与西门子合作的机会就黄了。因为南车四方已经决定在 CRH2A 的基础上自主开发时速 300 公里级别的动车组（在日本联合体的帮助下），考虑到竞争平衡问题，株机公司也出局了。最后唐山厂与西门子公司联合拿下了 60 列时速 300 公里动车组订单，此时西门子已经学乖了，每列原型车的费用已经降到 2.5 亿元人民币，技术转让费降到了 8000 万欧元；南车四方也拿下了 60 列时速 300 公里动车组订单，川崎仍然与日本三菱等 5 家公司组成联合体，作为南车四方的技术支持方参与招标；庞巴迪也四处攻关，它在中国的合资企业四方庞巴迪也顺利拿到了 40 列动车组订单。

整个中国高铁技术引进的过程，正如曾在中国风靡一时的棋牌游戏《三国杀》一样，出招接招、见招拆招，到此算是告一段落。通过两次招标，中国企业在铁道部的统筹下，捏成了一个拳头，成功获得了日本、法国、德国的高铁技术。西门子拿出来的是基于 ICE3 开发的 Velaro CN 平台技术，代表了当时世界动力分散型动车组的最

↓和谐号动车组整装待发

高水平；阿尔斯通擅长动力集中技术，拿出来的仅仅是以潘多利诺摆式列车和 SM3 型动车组的结合体，技术并不先进，所以 CRH5 投入运营的初期，故障率一直居高不下；日本大联合没有拿出自己最好的动车组技术，只是拿出了缩水版的疾风号 E2-1000，但是通过与日本企业的合作，中国企业不但获得了一个向上开发的动车组平台，而且也在与日本企业的合作中学到精益制造技术，这让中方企业在此后的发展中受益匪浅。

2004 年，中国在引进高速列车技术时，日本川崎重工总裁大桥忠晴曾这样耐心劝告中方技术人员：不要操之过急，先用 8 年时间掌握时速 200 公里的技术，再用 8 年时间掌握时速 350 公里的技术。[234] 在大桥看来这已经是站在巨人肩膀上才能做到的了，但是中国高速铁路技术发展的速度却远远超过了大桥忠晴的预测，因为在还不到一个 8 年的时间，中国的高铁制造企业已经开始与日本高铁企业在全球角逐订单，上演了徒弟与师傅的高铁争夺战。

234. 赵承，张旭东，齐中熙，等 . 日夜兼程，穿越梦幻的时空：中国高速铁路发展纪实 [EB/OL].[2010-02-08]. http://www.gov.cn/jrzg/2010-02/28/content_1544158.htm.

第六章
复兴号时代

复兴号奔驰在祖国广袤的大地上。

—— 习近平主席 2018 年新年贺词

——→ 哪一年才是中国高铁的元年？就这么一个简单的问题，竟然也没有标准答案。有人认为是2008年，在北京奥运会开幕前的8月1日，中国第一条时速350公里的高速铁路京津城际正式开通运营；也有人认为是2003年，当年10月12日，中国第一条客运专线秦沈客专正式开通运营。

关于哪一年才是中国高铁元年，还涉及如何定义高速铁路的问题。最早给高铁下定义的是日本人，1970年日本通过了《全国新干线铁道整备法》，其中规定在主要区间能以时速200公里以上运营的干线铁路称为高速铁路。这是世界上第一个以国家法律条文形式给高铁下的定义。但是日本新干线一直没有走出国门，所以日本人对高速铁路的定义也仅限于日本国内。

到了1985年，联合国欧洲经济委员会在日内瓦签署了国际铁路干线协议，其中规定时速300公里以上的铁路才能称为高速铁路。联合国欧洲经济委员会的这个定义也并不十分流行，目前国际上较认可的高速铁路概念是国际铁路联盟定义的：新建线路时速超过250公里、既有线提速时速超过200公里可以称为高速铁路。

中国目前采用的高速铁路概念基于国际铁路联盟的概念，但是又有所不同。中国的高速铁路现在一直是降速运营，即开通初期按照低于设计标准的速度开通运营，如：京沪高铁设计时速350公里，但是开通初期按照时速300公里运营；而设计时速300公里的高速铁路在开通初期按照时速250公里运营，设计时速

250公里的在开通初期则按照时速200公里运营。所以2014年1月1日起实施的《铁路安全管理条例》中，对高速铁路的定义是：设计开行时速250公里以上（含预留），并且初期运营时速200公里以上的客运列车专线铁路（客运专线）。所以新建线路开通初期按照时速200公里运营、远期可以提速到时速250公里的在中国也算高铁，如汉宜铁路、厦深铁路等。

有了高速铁路的定义，我们就可以来考察哪一年才是中国高铁的元年了。首先，将2003年定为中国高铁元年是有些勉强的。我们都知道，秦沈客专虽然在我国高速铁路发展史上地位重要，但是在2003年开通运营的时候，它的运营时速毕竟只有160公里，不满足开通初期时速200公里的条件。其次，我们再来说说京津城际。京津城际在我国高速铁路发展史上的地位是无可替代的，它是中国高铁的样板工程，是中国高铁对外展示的窗口，2008年以后很多外国元首来中国体验中国高铁的先进性，往往都会跑到京津城际上坐一趟。此外，京津城际还是中国高速铁路的试验田。当年《中长期铁路网规划》获得了国务院常务会议审议通过后，因为舆论压力巨大，铁道部压根就没对外宣传，甚至在《中长期铁路网规划》中都不敢提“高速铁路”几个字，而是用了“客运专线”这个概念来指代。而京津城际的开通运营，让中国人体验到了高速铁路的美妙之处，从此“高铁”这个概念传遍中国大地，开始像明星偶像一样变得炙手可热。但是将2008年定为中国高铁

↓上图：乘客持有第六次大提速首日车票到达杭州站，心情格外激动
↓下图：第六次大提速中，列车长与和谐号动车组

元年也是有问题的。因为此前还有一个年份，高铁的概念虽然还没有叫响，但是人们已经开始实实在在地享受着高铁带来的便利。一个对普通中国大众而言还相对陌生的概念——“动车组”，开始传遍大江南北，在那一年“动车组”其实就是“高铁”的代名词。所以直到今天，人们一提“动车组”还是会立马想到高铁列车，因为在他们的心目中只有时速200公里以上的才配称为动车组。

这一年就是2007年，这一天就是4月18日，中国铁路第六次大提速，中国铁路大提速的收官之作，也是中国高速铁路的元年。在这次大提速中，京哈铁路（秦沈客专作为其中一段包含其中）、京沪铁路、京广铁路、陇海铁路、浙赣铁路、胶济铁路、武九铁路、广深铁路等既有干线铁路均提速到时速200公里运营，总里程达到6003公里，其中京哈、京沪、京广、胶济等提速干线部分区段运营时速可达到250公里，总里程846公里，以严格定义来衡量，它们都是实实在在的高速铁路。所以2007年就是中国高速铁路的元年。

中国铁路第一次大提速诞生了一种广受欢迎的旅客列车，被称为“夕发朝至”列车，铁路第五次大提速又诞生了另外一种全新的旅客列车，被称为“直达特快”列车。与这两次大提速诞生的全新旅客列车相比，铁路第六次大提速期间投入运营的全新旅客列车出现了一个新面孔，它就是和谐号列车。2007 年 4 月 18 日，铁道部正式开通了 140 对“D”字头的旅客列车，担当“D”字头旅客运输重任的正是和谐号 CRH 高速列车。“CRH”是“China Railway Highspeed”的英文缩写。此次上线的动车组共有 3 种型号：第一种是四方庞巴迪公司生产的 CRH1A 型动车组，原型车是庞巴迪为瑞典国铁生产的 Regina C2008 型动车组，最高运营时速 200 公里，是本次开行的 3 种动车组型号中唯一一款采用不锈钢车体的，气密性较差，过隧道时旅客会有比较强的不舒适感。第二种是由中国南车四方股份公司生产的 CRH2A 型动车组，原型车是日本东北新干线的“疾风号”E2-1000 型动车组，最高运营时速 250 公里，由于拥有非常成熟的运营经验，所以 CRH2A 型动车组是此次上线动车组型号中，故障率最低的一款，以超高稳定性享誉中国高速铁路。第三种是由中国北车长客股份公司生产的 CRH5A 型动车组，原型车是 SM3 型动车组与“潘多利诺”摆式动车组的结合体，最高运营时速 250 公里，由于该款车型此前缺乏成熟运营经验，上线初期故障率较高，搞得长客股份公司有点灰头土脸。

和谐号动车组的上线运营带给中国普通大众的冲击是巨大的，人们发现原来火车可以跑得如此快、乘坐火车旅行可以如此舒

↓ 2007年4月18日，第六次大提速时速200公里“和谐号动车组”上线

适，而且人们的很多概念也被颠覆了，例如，此前大家都已经习惯了“火车跑得快，全靠车头带”这样的说法，“和谐号”的到来则让他们发现原来世界上还有不只车头有动力，中间的车厢也有动力的“神奇火车”。所以在很多人的概念中，所谓动车组就是不只车头有动力，中间车厢也有动力的火车。当然发展到后来，CRH380AL型动车组变成只有车头没有动力、中间车厢均有动力的动车组型号，在动力分布形式上成为与传统火车完全相反的列车形式，这又让很多人不理解了。其实对于动车组列车的动力分布而言，是采用动力集中形式还是动力分散形式，应该保持一种什么样的动拖比，都是大有学问的。相关内容我们在前面日本新干

线以及法国 TGV 高速铁路章节已经介绍过了，这里就不再赘言。

“和谐号”动车组上线运营带给大家的新鲜感远不止这些。当年见闻君正在北京某报社做记者，主要负责报道公路、水运方面的内容，虽然与铁路并不直接相干，但是第六次大提速对整个中国的影响实在是太大了，所以领导要求也跟踪报道一下。领导的意思是，现在都是大交通概念了，不必再局限于狭隘的公路水路概念，要报道一下综合交通体系中的航空与铁路。但是当时领导并没有给予现场采访的机会。怎么办？当然要想办法，不能现场采访，那就做文摘吧！于是见闻君查阅了大量报道资料，做了一个文摘的版面。查阅资料时，印象最深刻的是媒体在反复给公众解释和谐号动车组的安全问题。其中一个说法是，行人千万要小心，会被“吸”进铁轨中。怎么讲呢？“和谐号”动车组时速达到 200 公里，500 米以外的列车只需 9 秒钟就能到达横穿铁路的行人面前。此外，时速 200 公里的列车经过时，在铁路边掀起的风速值将大于 14 米 / 秒，超过人站立所能承受的风速值，铁路边的行人稍不留神就有可能因此被吸进铁道。[235]

当然和谐号动车组的上线运营也并非举世欢腾，质疑的声音也同样的多，除了对技术的质疑、对铁道部好大喜功的抨击，更多的则是对车票定价的质问。[236]很多媒体认为，中国人还不富裕，动车组的发展太过超前了，大多数人宁愿多花点时间，也不愿意

235. 动车组风速会“吸”住行人 切勿乱穿铁路 [N]. 中国青年报，2007-04-24.

236. 此类文章甚多，如：降低铁路提速背后的社会成本 [N]. 新京报，2007-04-20.

多花更多的钱。当然这样的故事在中国经常上演，等到时速300公里高速铁路上线后，媒体再次大规模质疑高铁建设的超前性，不过这个时候“D”字头动车组列车已经成为“物美价廉”的代表，被他们拿来与“G”字头高速旅客列车进行对比。

就这样，当时的中国人无论是懂也好，还是不懂也罢，无论是欢欣鼓舞也好，还是因为囊中羞涩大骂铁路也罢，都被第六次大提速裹挟着，不以自己意志为转移地一起走入了中国的高铁时代。

中国的高铁时代

——→ 前面我们介绍了《中长期铁路网规划》的落地与高速列车的技术转让招标。这是奠定中国高铁时代的基石，但只有这两块基石还不够，还需要有各种各样的配套设施，比如铁路管理体制的变革，专业化说法叫 “生产力布局调整”。这项变革的核心就是撤销铁路分局，实现铁路局直接管理站段。

长久以来，铁路局和分局两级法人，以同一方式经营同一资产，管理重叠、职能交叉、相互掣肘、效率不高，对铁路发展形成了严重制约。特别是随着技术装备水平的提高、运输生产力布局的调整和内涵扩大再生产的深入实施，铁路局和分局两级法人的弊端越来越突出。在加快铁路改革与发展的新形势下，实行铁路局直接管理站段的改革势在必行。[237]

这次调整的具体的方案是，撤销所有的铁路分局，新成立太原、西安、武汉 3 个铁路局，加上已经有的 15 个铁路局（公司），全国铁路共设立 18 个铁路局（公司），它们是：北京铁路局、沈阳铁路局、上海铁路局、南昌铁路局、成都铁路局、郑州铁路局、武汉铁路局、西安铁路局、太原铁路局、济南铁路局、南宁铁路局、昆明铁路局、兰州铁路局、哈尔滨铁路局、呼和浩特铁路局、乌鲁木齐铁路局、广

237. 严冰 . 中国为何撤销铁路分局 [N]. 人民日报（海外版），2005-03-19(2).

铁集团、青藏铁路公司。

其中太原局由原北京铁路局的太原分局与临汾分局组成，西安铁路局、武汉铁路局以前则是郑州铁路局的武汉铁路分局与西安铁路分局。所有这些单位都实行铁路局直接管理站段的体制。调整生产力布局是为了减少铁路管理的一级法人、提高工作效率；但是这次改革的客观效果是，原先的第一大铁路局郑州铁路局因为西安铁路局与武汉铁路局的成立，势力范围大大缩小，与北京铁路局一起成为仅有的两个势力范围缩小的铁路局。

但从历史发展以及客观效果来看，铁道部这次生产力调整意义极其重大。事实上，早在 1996 年铁道部就开始探索铁路局直接管理站段，并在部分铁路局试点。但是一次性撤销铁路分局，完成铁路管理体制由 4 级到 3 级的跃进，还是一件一般人不敢想也不敢干的事情。这项工作风险极大，直接关系着 7.5 万公里线路上的 16000 多台机车、50 多万辆货车、4 万多辆客车直接行车指挥，稍有差池，后果不堪设想。铁路安全大于天，这么复杂的一件事情，对于一般人而言，宁可绕过也不愿触碰。何况撤掉铁路分局，影响多少人的乌纱帽啊！从哪个角度衡量，这都是一件风险大于受益的事情。所以时任铁道部副部长的孙永福说：这是几届党组想干而没有干成的事！[238]

《中长期铁路网规划》获得通过后，很多人都看明白了一个事实，中国将是一个巨大的高铁市场，但是仍旧没有人能够想到，中国的高铁市场能够像今天一样如此之大。

我们都知道高速铁路肇始于日本，发展于欧洲，但是格局大变于中国。1964 年日本东海道新干线的投入运营，宣告了高速铁路的诞生，但是一直局限于一隅，只能算是星星之火；真正将高速铁路发扬光大的是法国人，TGV 高铁系统的诞生，让世界见识了高速铁路的巨大威力，此后 TGV 技术又先后进入了西班牙、韩国、英国、美国等国家，随着德国高速铁路的崛起，欧洲高速铁路技术又走进了更多的国家。所以见闻君才会说，高速铁路肇始于日本，发展于欧洲。但是真正改变高铁命运的是中国，不是因为中国在高速铁路方面有多厉害的技术发明创造，而是因为中国改变了高速铁路小众交通工具的命运，让它成为一种大众交通工具。为什么如此说？理由有三个：第一，截至 2020 年年底，中国高速铁路总里程已近 4 万公里，占全球高速铁路总里程 70% 以上，中国高铁对于世界高铁版图而言，已经不是半壁江山，而是大半壁江山，中国以外的高铁总里程只有 1 万多公里，中国让高铁这项事业变得红火。第二，中国高铁覆盖数亿人口，仅 2019 年一年，发送旅客人数就接近 23 亿人次，占全球高铁发送旅客总数的比例也超过 70%，是中国让高铁一跃成为年发送旅客人数达 30 亿人次的交通运输方式。第三个原因，也是一个非常重要的原因，无论是日本还是欧洲，高铁的票价都高于航空，唯有中国的高铁票价低于航空。

2004 年，铁道部完成高速动车组技术引进之后，庞大的中国高速铁路建设计划就全面展开了，《中长期铁路网规划》中描绘的宏伟蓝图开始由纸面走向现实，高速铁路开始像大地的动脉一样一条条地铺开，中国高速铁路的建设节奏，也突然由十几年讨论一条高铁的可

---

238. 李军 . 中国铁路新读 [M]. 北京：中国铁道出版社，2009:59.

行性，一下转变为一年上马十几条。

2005 年 6 月 11 日，石家庄至太原高速铁路开工，正线全长 225 公里，设计时速 250 公里，总投资 130 亿元，这是《中长期铁路网规划》中第一条开工建设的高速铁路。

12 天之后，6 月 23 日，设计时速 350 公里的武汉至广州高速铁路正式开工建设，总投资 1166 亿元，这是中国第一条开工建设的长大干线高速铁路。

又 11 天后，7 月 4 日，设计时速 350 公里的北京至天津城际铁路开工，这是中国第一条高速城际铁路。京津城际高铁是我国高铁大工程的试验田，大量新技术在该条高铁上首次采用。

中国的高铁时代已经没有什么能够阻挡了！

不仅仅是《中长期铁路网规划》中的线路，很多原先不在规划中的线路也被地方政府提出来，地方领导纷纷到北京拜访铁道部，希望高速铁路能够修到自己的地域；铁道部当然乐见此类事情的发生，由此积极推动建立“省部合作”的机制，把原先就对基础设施建设十分热衷的地方政府拉入到高速铁路建设高潮之中。几年间，铁道部共与 31 个省区市签订了加快铁路建设的战略协议，组建合资铁路公司。地方政府不仅承担征地拆迁的主体责任，而且对铁路建设的权益性投资达 4000 多亿元[239]，改变了铁路建设仅靠中央政府及企业投资的局面，这也从根本上解决了高速铁路建设资金不足的难题。

这里面，最先建成通车的高速铁路是京津城际，这条起自北京南站，终到天津站，全长 120 公里，运营时速 350 公里的高铁，2008 年 8 月 1 日，赶在北京奥运会开幕前正式开通运营。列车直达运行时

↓ 2008 年京津城际高铁开通，CRH2C 一阶段型高速动车组负担运营任务

间只有 30 分钟，列车最小追踪间隔只有 3 分钟。京津两城之间同城化效应初步形成，对于习惯了市内交通动不动就一两个小时的北京市民而言，30 分钟的旅程实在只是一瞬间的事情。京津城际铁路开通运营后，周末去天津吃小吃、听相声，成了很多北京人休闲的方式。据不完全统计，天津市免费开放的 6 个博物馆和纪念馆，2008 年至 2009 年上半年，累计接待观众近 400 万人次，其中外地游客近 80 万人次，这 80 万人次中来自北京的游客就占了 90%。天津市的各大、小剧场演出场次、观众人数、演出收入都比京津城际铁路开通运营前增长了 20%。此外，泥人张彩塑、杨柳青年画等传统工艺品的销量同比增长超过 50%。[240]

239. 欧阳波 . 铁路修建主体进一步多元化 [N]. 中国证券报，2008-08-13（B05）.
240. 吴昊 . 高铁对经济社会发展拉动作用凸显 [N]. 人民铁道， 2010-07-31(A01).

这就是一条高速铁路给两个城市带来的巨大影响。京津城际还被当时的铁道部定为标杆，它与此前的铁路建设相比也确实有很多突破，如该条铁路线大量采用了“以桥代路”的形式，这几乎成为后来中国高铁的标准之一。据统计，京津城际桥梁长度占到了线路总长的87%，这个数字是惊人的。[241] 中国高铁之所以如此热衷以桥代路，原因是多方面的，但是下面几个因素不能忽略。第一是为了线路的平直和平顺。所谓平直就是，尽量采用直线或者大半径的圆曲线，不能有太多太急的弯道。如时速350公里的高铁要求线路的曲线半径不小于7000米。很多时候为了截弯取直，所以采用桥梁。所谓平顺就是，不能有太多太大的起伏，主要涉及一个坡度的问题。第二是为了线路不能有太大的沉降。这是很多伪专家攻击中国高铁比较集中的一个问题。他们会说国外10年、20年建一条高速铁路，而中国只用三五年就建一条，连让线路沉降的时间都不够，这是为了速度牺牲安全。其实这是一种很外行的话，没有人有这么大的胆量，会为了速度放弃掉安全。我国高铁之所以建设速度快，一个很重要的原因就是“以桥代路”。普通的填方路基是由特定的填料（黏土、碎石土等）填筑而成的，这些填料填筑时是较为松散的，需要依靠机具压实到一定程度。但是由于填料本身的固有性质，即便是机具压实后，填土也会继续发生一定程度的固结沉降。而在软土路基上填筑的路堤，还会附加有软土层的沉降。桥梁则不是，桥梁是建立在桩基之上的。根据地质情况不同，桩基的深度也不一样，一般要打到岩石层，有些深度达六七十米。这样线路产生的沉降就会非常小。第三个原因是节省土地。据担任京津城际铁路勘察设计总设计师的铁三院集团公司总工程师孙树礼

↓北京南站

介绍，与路基相比，采用桥梁每公里可节省土地 44 亩，仅“以桥代路”一项，京津城际铁路就节约土地 4590 余亩。[242] 另外再举一个数据，京沪高铁桥梁占比达到 80%，与传统路基相比少用土地 3 万亩。[243] 此外作为中国第一座现代化的高铁站，北京南站在设计上也有很多创新点，如超大面积的玻璃穹顶，如各层地面的透光处理，这种处理能够让车站充分利用自然光照明，车站还采用了太阳能光伏发电技术，在节能环保方面表现突出。铁道部副总工程师郑健在接受媒体采访时骄傲地说，北京南站采用的热电冷三联供和污水源热泵技术，让天然气的一次能源利用率从 35% 提高到 85% 以上，还利用了城市污水源

241. 陆娅楠 . 京津城际铁路：中国高铁中国造 [N]. 人民日报，2008-09-03.
242. 陆娅楠 . 京津城际铁路：中国高铁中国造 [N]. 人民日报，2008-09-03.
243. 王希，王立彬 . 全线八成“以桥代路”京沪高铁项目节约 3 万亩良田 [EB/OL].[2009-07-13]. http://www.gov.cn/jrzg/2009-07/13/content_1364380.htm.

地热，该系统的年发电量占站房年用电负荷的49%。“由于采用了世界上最先进的能源综合利用技术，北京南站每年可节省运营成本约600万元，这将成为‘十一五’期间我国建设的548座火车站的‘绿色样本’。”[244]

京津城际高铁的建成通车具有重要意义，它是世界上第一条按时速350公里运营的高速铁路，它的建设与运营实践为中国接下来建设的庞大高速铁路网提供了至关重要的经验；更重要的是，它还成为中国高速铁路的一张名片，高铁好不好，坐坐才知道。北京是中国的首都，天津是中国四大直辖市之一，所以来中国访问、对中国高铁感兴趣的各国政治家、企业家们，往往都会到京津城际试乘一把，京津城际时速350公里的速度、线路运行良好的平顺性以及比日欧高铁更佳的舒适性给试乘者留下了深刻的印象，成为中国高铁在全球市场的一张名片。

2008年，对于中国而言是一个非常重要的年份，京津城际的开通只是这一年频发的大事中的一小件。

年初，春运大幕刚刚拉开，温暖的南方地区竟然发生了历史上罕见的雨雪冰冻灾害，城乡交通、电力、通信等遭受重创，大量在外地忙碌已久的打工仔、打工妹被滞留在火车站、汽车站；

春节刚过没有多久，4月28日，北京开往青岛的T195次旅客列车在胶济铁路脱轨，造成72人死亡、416人受伤，伤亡人数远超2011年的“7·23事故”；

5月12日14时28分04秒，四川省阿坝藏族羌族自治州汶川县发生8.0级地震，地震造成69227人遇难、374643人受伤、

17923 人失踪；

8 月 8 日，北京奥运会辉煌开幕；

9 月 12 日，三鹿奶粉“三聚氰胺事件”爆发，中国食品界发生大地震……

此外，2008 年还有一件重大历史事件名载史册并对中国高铁的发展产生了重要影响，这就是爆发于美国、席卷全球的金融危机。当年 8 月，美国两大房贷巨头——房利美和房地美股价暴跌，持有“两房”债券的金融机构大面积亏损，美国财政部和美联储被迫接管“两房”；但是很快，总资产高达 1.5 万亿美元的世界两大顶级投行雷曼兄弟和美林相继爆出问题，前者被迫申请破产保护，后者被美国银行收购。

在美国金融海啸的冲击下，各国经济增长大面积下滑，中国也不例外，为此中国政府推出了 4 万亿投资计划。在这次投资计划中，基础设施建设受益良多，如电信行业迁延多年的 3G 牌照顺利发放，大量公路、铁路项目顺利获批。铁道部也在此前后推出了酝酿已久的《中长期铁路网规划（2008 年调整）》，调整的核心当然是铁路网络的进一步扩大，将 2020 年全国铁路营业里程规划目标由 10 万公里调整为 12 万公里以上，其中高速铁路由 1.2 万公里调整为 1.6 万公里，电气化率由 50% 调整为 60%。它还描绘了一个更加诱人的前景，它要建成一个快速客运网络，这个快速客运网络由三部分构成：第一是客运专线，主要是长大干线高速铁路，代表是“四纵四横”；第二是城际轨道交通，主要是城市群之间的，运行时速在 200 公里左右；

244. 陆娅楠 . 京津城际铁路：中国高铁中国造 [N]. 人民日报，2008-09-03.

第三是客货混跑的快速铁路。按照《中长期铁路网规划（2008 年调整）》，这个快速客运网络总规模要达到 5 万公里以上，较调整前增加了 2 万公里，这一快速客运网络，要连接中国所有省会城市以及 50 万人口以上的大城市，覆盖全国 90% 以上人口。[245] 届时，北京、上海、郑州、武汉、广州、西安、成都等中心城市，与邻近省会城市将形成一至两小时交通圈，与周边城市形成半小时至一小时交通圈。这一快速客运网建成后，以北京为中心，东到上海只需要 4 小时，南到广州为 6.5 小时、昆明为 8 小时，西到乌鲁木齐为 11 小时，北到哈尔滨为 5 小时。

也就是在这一年中国高铁线路密集开工。

1 月 15 日，厦深铁路广东段开工。

4 月 18 日，京沪高铁开工。

7 月 1 日，沪宁城际高铁开工。

7 月 3 日，沪杭城际高铁开工。

9 月 26 日，兰渝铁路开工。

10 月 7 日，京石客专开工。

10 月 13 日，贵广高铁开工。

10 月 15 日，石武客专开工。

10 月 16 日，兰新铁路嘉峪关至阿拉山口电气化改造，南疆铁路库阿二线、库俄铁路、乌准铁路二期开工。

11 月 4 日，成都至都江堰铁路开工。

11 月 8 日，津秦客专开工。

11 月 9 日，南广高铁开工。

↓ 整装待发的 CRH380B 型高速动车组

12 月 11 日，湘桂铁路扩能改造开工。

12 月 18 日，宁安城际高铁开工。

12 月 26 日，蓝烟铁路电气化，枣临铁路、东平铁路开工。

12 月 27 日，杭甬客专开工。

12 月 27 日，宁杭客专开工。

12 月 28 日，衡茶吉铁路开工。

12 月 29 日，渝利铁路开工。

12 月 29 日，成绵乐铁路开工。

整个 2008 年中国高速铁路一直处于快马加鞭的节奏，并在第四季度迎来高峰。这给已经快速发展的中国高速铁路事业又增添了一股新的动力，2011 年，铁道部计划完成铁路投资达 8500 亿元。这是

---

245. 齐中熙 . 新中长期铁路网规划将如何促进经济社会发展 [EB/OL].[2008-11-27]. http://www.gov.cn/jrzg/2008-11/27/content_1162151.htm.

甬温线动车事故发生之前，中国高铁计划投资的顶峰。

2009 年 12 月 26 日，全长 1068.6 公里、设计时速 350 公里的武广高铁开通运营，列车直达运行时间 3 小时 08 分钟。武汉到广州 3 小时，早上热干面，中午粤菜吃海鲜，下午办完事，晚上又回到武汉。作为中国第一条长大高铁线路，武广高铁让人们进一步了解了高铁带来的巨大变化，对高铁在中国的进一步发展，具有非常重要的意义。全线共设 18 座车站，正线大中桥 691 座、隧道 226 座，桥隧比例达 66.7%。在武广高速铁路试运行的时候，两列重联的“和谐号”高速动车组列车创造了时速 394.3 公里的世界新纪录。

2010 年 2 月 6 日，全长 505 公里、时速 350 公里的郑西高铁开通运营，列车直达运行时间 1 小时 48 分钟，这是我国第一条建设于湿陷性黄土地域的高速铁路。

2010 年 7 月 1 日，全长 301 公里、时速 350 公里的上海至南京高速铁路投入运营，列车直达运行时间 1 小时 13 分钟，当时是中国开通运营的站点最密集、站间距最小、行车密度最高的高速铁路。

2010 年 10 月 26 日，全长 202 公里、时速 350 公里的上海至杭州高速铁路开通运营，列车直达运行时间 45 分钟。

除了上面提到的时速 350 公里的高速铁路线路外，还有大量时速 200~250 公里的高速铁路线路开通运营。

中国的高速铁路网络非常庞大，各种速度等级、各种气候条件，既有老线的提速，又有新建的高速铁路线路；既有热带的海南东环线，又有东北严寒的哈大高铁；既有穿越温润潮湿的东部沿海线路，又有穿越茫茫戈壁风沙肆虐的兰新高铁。可以毫不夸张地说，中国高铁就

和谐 1 型大功率电力机车转向架

↓ CRH380A 在郑西高铁上运营

是世界高铁的博物馆。每天有上千列动车组在 1.6 万公里的线路上运营，600 多万人次乘坐高铁出行，这种伟大运营实践是历史上从来没有过的。伟大的实践必然会催生伟大的技术，基于中国高铁运营所积累的数据，不断反馈到高铁的技术创新中，通过不断改进与实践，目前中国高铁技术已经处于世界先进行列，并开始角逐全球高铁市场，在不长的时间内，逐渐实现了由技术引进到技术输出的华丽转身。这个事实证明，2004 年以来中国高铁的引进消化吸收再创新工程实践是成功的，这段充满了激情与奋进的伟大实践也是不可重复的。伟大的工程必然会催生伟大的传奇，这是属于中国高铁的伟大传奇。

———

从波折到复兴

——→ 中国高速铁路发展史上有三个年份非常重要。第一个年份是 2004 年，那是中国高速铁路技术引进消化吸收的关键一年，通过这次技术引进，中国高铁汇聚百家功夫，站在巨人肩膀上，练就了盖世奇功。第二个重要年份是 2008 年，席卷全球的美国金融危机爆发后，中国政府推出 4 万亿投资计划，中国高铁受益良多，从建设方面中国高铁规划 2.0 版本，也即《中长期铁路网规划（2008 年调整）》顺利通过，从车辆研发方面，铁道部与科技部签署了《中国高速列车自主创新联合行动计划合作协议》，这是中国高速列车技术创新非常关键的一步，它的结果就是中国第二代高速列车 CRH380 系列动车组的诞生，让中国高速列车技术研发进入了全面创新的新阶段。第三个重要年份就是 2011 年，发生在 7 月份的“7・23 甬温线动车事故”震惊中外，一时间中国高铁被千夫所指。

故事要从 2010 年讲起。当年 12 月 7 日至 9 日，第七届世界高速铁路大会在北京举行，会议由铁道部与世界铁路联盟联合主办，这是世界高速铁路大会成立以来第一次在欧洲以外的国家举行。[246] 来自全球各国的铁路精英们齐聚北京，各种拜访、商谈、宴请、协议签

246. 庄红韬，赵爽，于凯 . 第七届世界高速铁路大会在北京开幕 [EB/OL].[2010-12-14]. http://www.chinadaily.com.cn/dfpd/jjjhgt/2010-12/14/content_12701650.htm.

↓第七届世界高速铁路大会开幕式

署等活动一一展开，各种新闻稿件的发布铺天盖地，一片祥和之气，一时间大有万国来朝的感觉。

为此铁道部进行了精心准备，包括大会前的热身，以及大会期间琳琅满目的各种活动。在铁道部的布置下，12 月 3 日，在京沪高铁枣庄至蚌埠试验段，CRH380AL 型动车组举行上线仪式，并进行高速试验。11 时 06 分，16 辆编组的 CRH380AL 型高速列车从枣庄西站（现已改为枣庄站）始发，高速列车一路疾驰，启动后仅仅用了 9 分钟，时速就升至 420 公里，并迅速攀升，460、470、480……[247] 此时在列车的头车里面，不仅有驾驶员，还有时任铁道部部长[248] 以及众多来自南车青岛四方机车车辆股份有限公司的管理人员与技术人员。此时列车上所有的人都屏住了呼吸，技术人员汇报道：安全性、舒适性各项指标全部正常！随后，列车继续加速，481、482、485……11 时 28 分许，时速达到 486.1 公里，一项截至目前尚未被打破的世界高速铁路运营试验最高速度纪录正式诞生。根据铁道部机关报《人民铁道》的描写，全体参试人员无比激动，驾驶室、车厢里响起热烈的掌声。这是无比荣耀的一刻！当时南车青岛四方机车车辆股份有限公司总经理王军也在车上，CRH380AL 型高速动车组就是他们工厂研发的。世界高速铁路运营试验最高速诞生之后，大家欣喜若狂，纷纷围在王军的身边，干吗？

在他的工作服上签字留念，最后这件工作服上被密密麻麻地写满参与这次试验的人的名字。回家后，王军将这件工作服捐献了出来，被保存在公司的档案馆里。

当然对于这个世界铁路运营试验最高速，有一个车型或许会有异议，那就是CRH380BL型高速动车组。当时它也在京沪线上做高速试验，但是试验速度并不理想，最高达到了时速457公里。[249]后来为了冲一个更高的速度，就对车辆进行了改造，去掉了4节不带动力的编组，由16辆编组改为12辆编组，然后再进行冲高。2011年1月9日，采用特殊试验编组的CRH380B-6402L在京沪高铁徐州至蚌埠先导段试验中创造了487.3公里的最高实验速度。但这是CRH380BL试验编组创造的，与CRH380AL型高速动车组的运营车辆编组不是一个概念。

为了理清二者的区别，这里简单给大家介绍一下铁路速度的几个概念。第一种是实验室试验速度，是高速列车在滚动试验台上测试出来的，这个速度纪录是由四方股份公司研制的cit500更高速度试验列车（现已改名CRH380AM）创造的，时速605公里。第二种是线路试验速度，是由试验列车而非运营列车在线路上创造的，这个速度的纪录保持者是法国的“V150”试验列车，在2007年创造了574.8公里的时速。第三种是运营试验最高速，是由运营车辆在线路试验中

247. 林晓莺．京沪高铁以时速486.1公里创造世界铁路运营试验最高速[N].人民铁道，2010-12-03.
248. 林晓莺．京沪高铁以时速486.1公里创造世界铁路运营试验最高速[N].人民铁道，2010-12-03.
249. 百度百科“和谐号CRH380BL型电力动车组”词条。

↓第七届世界高速铁路大会展览会开幕式

创造的，速度纪录保持者就是 CRH380AL 的 486.1 公里时速。第四种是最高运营速度，是指具体线路运营中高速列车的最高速度，这个纪录保持者就是 2008 年 8 月 1 日开通的京津城际以及后来的武广高铁、郑西高铁等，最高运营速度每小时 350 公里。中国高速铁路降速后，世界高速铁路最高运营速度纪录属于法国人与日本人，2005 年，法国开通里昂—圣埃克絮佩里线，最高运营速度达到了时速 320 公里；2013 年 3 月 17 日，日本东北新干线提速到时速 320 公里，与法国共享世界高铁运营最高速度纪录。2017 年 9 月 21 日，京沪高铁达速 350 公里之后，中国又重新夺回世界铁路运营最高速头衔。

CRH380AL 型高速动车组创造世界铁路运营试验最高速是第七届世界高铁大会的热身项目之一。此外，铁道部还安排了琳琅满目的各种活动，要接待来自国外的领导人，如老挝常务副总理宋沙瓦、泰国第一副总理素贴以及来自美国、德国、法国、日本等十几个国家的部级领导超过 300 名。[250] 整个高铁大会就是一个大派对，不仅仅是铁道部，包括中国中铁、中国铁建、中国南车、中国北车在内的中国高铁企业，在大会前后一周左右的时间内行程也都安排得密密麻麻，这些企业的总部也一直宾客盈门，不断迎接包括西门子、庞巴迪、阿尔斯通、GE 以及日本高铁代表团等重要国际合作伙伴的来访。会议期间，各种利好消息也不断发布，老挝常务副总理宋沙瓦在开幕式致辞中表示，2010 年 4 月，老挝与中国达成协议，以建立合资公司的方式，建造一条连接中国昆明与老挝首都万象的高速铁路，未来将连接到新加坡。这个项目的可行性研究已经在进行中，项目将于 2011 年开工，预计四年完成。泰国第一副总理素贴也表示已经与中国达成高铁修建计划。美国的 GE 公司也宣布与中国南车股份有限公司达成协议，将在美国建立合资公司联手竞争美国高铁项目。就连美国总统奥巴马都在国情咨文中表示，“不能只有欧洲、中国有高铁”。一时间，中国高铁睥睨天下，大有天下在手的干云豪气。中国铁路企业的股票也一飞冲天，股价纷纷创出历史新高。

但是这种盛世景象之下其实已经蕴藏了大大的危机，正如《周易》乾卦一样，“飞龙在天”之后就是“亢龙有悔”。2011 年，因为国内各大银行开始收紧高速铁路贷款项目，铁路投资大幅下降，铁道部因为大规模投资高速铁路建设而形成的庞大债务负担也开始为社会所关注，中国高铁在 2010 年年末走到第一阶段的发展巅峰之后，遭遇了一系列的危机。

中国高铁在经过了轰轰烈烈的提速时代之后，也进入了降速时代。2011 年 6 月 30 日，原先拟定时速 380 公里的京沪高铁以时速 300 公里开通运营，标志着中国高铁降速时代的来临。7 月 1 日铁道部大调图，中国高铁全面降速，武广高铁、郑西高铁、沪宁高铁三条高速铁路均降速至时速 300 公里运营，大批时速 250 公里的高铁则

250.CRH380A 成世界高铁大会暨中国国际铁路装备展焦点 [N]. 中国南车报，2010-12-20.

被降速到时速200公里运营。[251]这轮降速不是中国高铁灾难的终点，而是起点。22天后，7月23日20时30分05秒，甬温线浙江省温州市境内，由北京南站开往福州站的D301次列车与杭州站开往福州南站的D3115次列车，发生动车组列车追尾事故，造成40人死亡、172人受伤。这就是震惊中外的“7·23”甬温线特别重大铁路交通事故。

“7·23”事故影响是巨大的，它远远超出了铁路行业的范畴，逐渐演变成了一个社会事件，像狂风扫落叶一样摧枯拉朽地横扫一切，由对事故的质疑演变成对中国高铁的质疑，最终演变成对中国发展模式的质疑。在一些媒体与微博大V的鼓动下，人们已经逐渐失去理智。与此相对比，2008年4月28日胶济铁路事故造成72人死亡、416人受伤，2011年“7·23”事故的前一天，7月22日3时43分，京港澳高速公路河南省信阳市境内发生一起特别重大卧铺客车燃烧事故，造成41人死亡，但这两次事故都没有引起人们太多的关注。“7·23”事故舆论操纵者关心的不仅仅是事故本身，他们更关心的是对中国铁路发展模式的质疑，而他们真正的目的是质疑整个中国发展模式，高铁只是他们的道具而已。在这其中，微博大V发挥了至关重要的作用。有些代表性微博摘录如下：

傅国涌：面对这样的灾难，我深感生命的脆弱，活在这块土地上的无力，无力不等于什么也不能做。@公民杨恒02提议，从今天起大家拒坐高铁动车一个月。“发自良知的力量，只要坚持30天，就可以改变一切。这就是公民的力量”。

童大焕：中国，请停下你飞奔的脚步，等一等你的人民，等一等

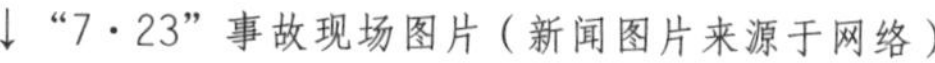

↓“7·23”事故现场图片(新闻图片来源于网络)

你的灵魂，等一等你的道德，等一等你的良知！不要让列车脱轨，不要让桥梁坍塌，不要让道路成陷阱，不要让房屋成危楼。慢点走，让每一个生命都有自由和尊严，每一个人都不被“时代”抛下，每一个人都顺利平安地抵达终点。——为高铁温州坠落事故哀。

mary灵珊：其实我所有的愤怒都源于制度的缺失，我越来越相信，只有制度能最终制衡人性。这个国家是这样，这件事也是这样。国家的崩坏已经从各个层面渗透进我生活，即使想关起门来过日子，也难逃魔爪。

---

251. 齐中熙 . 铁路运输企业将对时速 300 公里动车实行浮动票价 [EB/OL].[2011-06-01]. https://www.163.com/news/article/75GDMB3600014JB5.html.

乐嘉：将面子看得比里子重的民族，当我们每次都为吾国每项世界第一带来的虚荣欢呼时，注定会有更多隐患、悲剧和代价。经济增长最快，开幕式最盛大，建造速度最神奇，大楼最高，轨道最长，奢侈品销售最大，移民工程最伟岸，大坝最壮观……别国都当吾国傻子，吾国却自淫。哪一天，不争神马“最”，做做老二多好。

作业本：什么是世界上最遥远的距离？就是你的亲人坐动车掉桥下去了，生死未卜，你想去找，不让你找。你要想找，对不起，你只能去微博上，通过万里之外素不相识的网友们帮你去找。[252]

毫无疑问，“7·23”事故值得中国高铁人去深深地反思，但反思首先是要建立在理性上的。上面这些微博大V发布的内容更多像一种发泄，或者是借助事故表达自己的政治观点。其实我们首先要搞明白的就是，7月23日那个晚上到底发生了什么，将来该如何去避免。2011年12月28日，国务院“7·23”甬温线特别重大铁路交通事故调查组正式发布了《“7·23”甬温线特别重大铁路交通事故调查报告》（以下简称《报告》）。[253]《报告》全文4万字左右，人们喜欢去编写段子，但是真正耐着性子读完报告去探寻真相的人却并不多，很多人宁愿相信一条微博也不愿意去阅读《报告》。下面见闻君将《报告》还原事故发生过程的部分做了一下摘录，共分为两个部分：第一部分是雷击导致信号损害与维修情况，第二部分是动车运行及发生事故的情况。

（一）雷击导致信号损害与维修情况

2011年7月23日19时30分左右，雷击温州南站沿线铁路牵引供电接触网或附近大地，通过大地的阻性耦合或空间感性耦合在信号电缆上产生浪涌电压，在多次雷击浪涌电压和直流电流共同作用下，LKD2-T1 型列控中心设备采集驱动单元采集电路电源回路中的保险管 F2（以下简称列控中心保险管 F2，额定值 250 伏、5 安培）熔断。熔断前温州南站列控中心管辖区间的轨道无车占用，因温州南站列控中心设备的严重缺陷，导致后续时段实际有车占用时，列控中心设备仍按照熔断前无车占用状态进行控制输出，致使温州南站列控中心设备控制的区间信号机错误升级保持绿灯状态。

雷击还造成轨道电路与列控中心信号传输的 CAN 总线阻抗下降，使 5829AG 轨道电路与列控中心的通信出现故障，造成 5829AG 轨道电路发码异常，在无码、检测码、绿黄码间无规律变化，在温州南站计算机联锁终端显示永嘉站至温州南站下行线三接近（ 以下简称“下行三接近”，即 5829AG 区段 ）“红光带”。

19 时 39 分，温州南站车站值班员臧凯看到“红光带”故障后，立即通过电话向上海铁路局调度所列车调度员张华汇报了“红光带”故障情况，并通知电务、工务人员检查维修。瓯海信号工区温州南站电务应急值守人员滕安赐接到故障通知后，于 19 时 40 分赶到行车室，确认设备故障属实后，在《行车设备检查登记簿》（运统 -46）上登记，并立即向杭州电务段安全生产指挥中心进行了汇报。

19 时 45 分左右，滕安赐进入机械室，发现 6 号移频柜有数个轨道电路出现报警红灯。

---

252. 以上内容转摘自《微博热议“7·23”动车事故》，2011 年 7 月 27 日。

253. “7·23”甬温线特别重大铁路交通事故调查报告 [EB/OL].[2011-12-28]. https://www.guancha.cn/GaoTieJianWen/2014_07_22_249237.shtml.

19 时 55 分左右，接到通知的温州电务车间工程师陈旭军、车间党支部书记王晓、预备工班长丁良余 3 人到达温州南站机械室，陈旭军问滕安赐："登记好了没有？"滕安赐说："好了。"陈旭军要求滕安赐担任驻站联络，随即与王晓、丁良余进入机械室检查，发现移频柜内轨道电路大面积出现报警红灯（经调查，共 15 个轨道电路发送器、3 个接收器及 1 个衰耗器指示灯出现报警红灯），陈旭军即用 1 个备用发送器及 1 个无故障的主备发送器中的备用发送器替代 S1LQG 及 5829AG 两个主备发送器均亮红灯的轨道电路的备用发送器，采用单套设备先行恢复。

20 时 15 分左右，陈旭军通过询问在行车室内的滕安赐，得知"红光带"已消除，即叫滕安赐准备销记。滕安赐正准备销记，此时 5829AG"红光带"再次出现，王晓立即通知滕安赐不要销记。陈旭军将 5829AG 发送器取下重新安装，工作灯点绿灯。随后，杭州电务段调度沈华庚来电话让陈旭军检查一下其他设备。陈旭军来到微机房，发现列控中心轨道电路接口单元右侧最后两块通信板工作指示灯亮红灯，便取下这两块板，同时取下右侧第三块的备用板插在第二块板位置，此时其工作指示灯仍亮红灯。陈旭军立即（20 时 34 分左右）向 DMIS（调度指挥管理信息系统）工区询问了可能的原因后，便回到机械室取下三个工作灯亮红灯的接收器。此时列控中心轨道电路接口单元右侧第二块通信板工作指示灯亮绿灯，陈旭军随即将拆下来的两块通信板恢复到两个空位置上，然后通信板工作指示灯亮绿灯。陈旭军在微机室继续观察。

至事故发生时，杭州电务段瓯海工区电务人员未对温州南站至瓯海站上行线和永嘉站至温州南站下行线故障处理情况进行销记。

20时03分，温州南站线路工区工长袁建军在接到关于下行三接近“红光带”的通知后，带领6名职工打开杭深线下行584公里300米处的护网通道门并上道检查。20时30分，经工务检查人员检查确认工务设备正常后，温州南工务工区驻站联络员孔繁荣在《行车设备检查登记簿》（运统-46）上进行了销记：“温州南—瓯海间上行线，永嘉—温州南下行线经工务人员徒步检查，工务设备良好，交付使用。”

（二）动车运行情况

19时51分，D3115次列车进永嘉站3道停车（正点应当19时47分到，晚点4分），正常办理客运业务。

19时54分，张华发现调度所调度集中终端（CTC）显示与现场实际状态不一致（温州南站下行三接近在温州南站计算机联锁终端显示“红光带”，但调度所CTC没有显示“红光带”），即按规定布置永嘉站、温州南站、瓯海站将分散自律控制模式转为非常站控模式。

20时09分，上海铁路局调度所助理调度员杨向明通知D3115次列车司机何枥：“温州南站下行三接近有‘红光带’，通过信号没办法开放，有可能机车信号接收白灯，停车后转目视行车模式继续行车。”司机又向张华进行了确认。

20时12分，D301次列车永嘉站1道停车等信号（正点应当19时36分通过，晚点36分）。

永嘉站至温州南站共15.563公里，其中永嘉站至5829AG长11.9公里，5829AG长750米，5829AG至温州南站长2.913公里。

20 时 14 分 58 秒，D3115 次列车从永嘉站开车。

20 时 17 分 01 秒，张华通知 D3115 次列车司机：“在区间遇红灯即转为目视行车模式后以低于 20 公里 / 小时速度前进。”

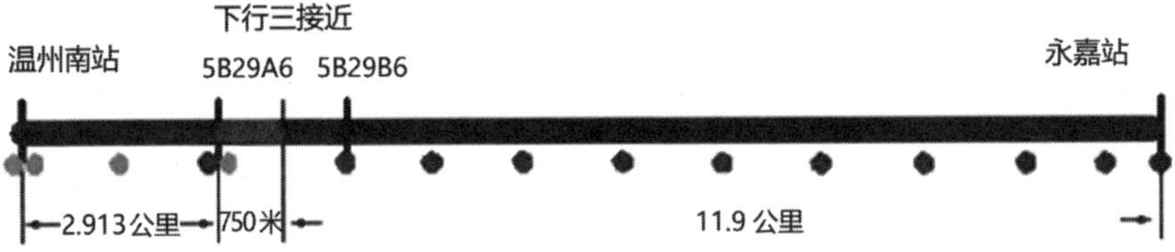

20 时 21 分 22 秒，D3115 次列车运行到 583 公里 834 米处（车头所在位置，下同）。因 5829AG 轨道电路故障，触发列车超速防护系统自动制动功能，列车制动滑行，于 20 时 21 分 46 秒停于 584 公里 115 米处。

20 时 21 分 46 秒至 20 时 28 分 49 秒，因轨道电路发码异常，D3115 次列车司机三次转目视行车模式起车没有成功。

20 时 22 分 22 秒至 20 时 27 分 57 秒，D3115 次列车司机 6 次呼叫列车调度员、温州南站值班员 3 次呼叫 D3115 次列车司机，均未成功（经调查，20 时 17 分至 20 时 24 分，张华在 D3115 次列车发出之后至 D301 次列车发出之前，确认了沿线其他车站设备情况，再次确认了温州南站设备情况，了解了上行 D3212 次列车运行情况，接发了 8 趟列车 ）。

20 时 24 分 25 秒，在永嘉站到温州南站间自动闭塞行车方式未改变、永嘉站信号正常、符合自动闭塞区间列车追踪放行条件的情况下，张华按规定命令 D301 次列车从永嘉站出发，驶向温州南站。

20 时 26 分 12 秒，张华问臧凯 D3115 次列车运行情况，臧凯回答说：“D3115 次列车走到三接近区段了，但联系不上 D3115 次列车司机，再继续联系。”

20 时 27 分 57 秒，臧凯呼叫 D3115 次列车司机并通话，司机报告：“已行至距温州南站两个闭塞分区前面的区段，因机车综合无线通信设备没有信号，跟列车调度员一直联系不上，加之轨道电路信号异常跳变，转目视行车模式不成功，将再次向列车调度员联系报告。”臧凯回答：“知道了。”20 时 28 分 42 秒通话结束。

20 时 28 分 43 秒至 28 分 51 秒、28 分 54 秒至 29 分 02 秒，D3115 次列车司机两次呼叫列车调度员不成功。

20 时 29 分 26 秒，在停留 7 分 40 秒后，D3115 次列车成功转为目视行车模式启动运行。

20 时 29 分 32 秒，D301 次列车运行到 582 公里 497 米处，温州南站技教员幺晓强呼叫 D301 次列车司机并通话：“动车 301 你注意运行，区间有车啊，区间有 3115 啊，你现在注意运行啊，好不好啊？现在设备（通话未完即中断）。”

此时，D301 次列车进入轨道电路发生故障的 5829AG 轨道区段（经调查确认，司机采取了紧急制动措施）。20 时 30 分 05 秒，D301 次列车在 583 公里 831 米处以 99 公里 / 小时的速度与以 16 公里 / 小时速度前行的 D3115 次列车发生追尾。

事故造成 D3115 次列车第 15、16 位车辆脱轨，D301 次列车第 1 至 5 位车辆脱轨（其中第 2、3 位车辆坠落瓯江特大桥下，第 4 位

车辆悬空，第 1 位车辆除走行部之外车头及车体散落桥下；第 1 位车

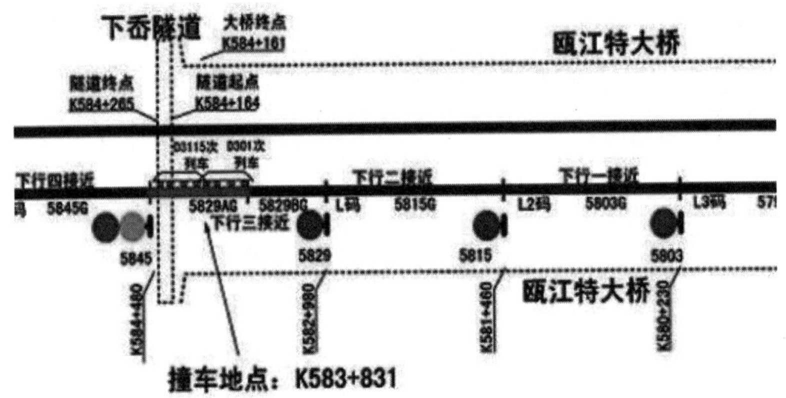

辆走行部压在 D3115 次列车第 16 位车辆前半部，第 5 位车辆部分压在 D3115 次列车第 16 位车辆后半部），动车组车辆报废 7 辆、大破 2 辆、中破 5 辆、轻微小破 15 辆，事故路段接触网塌网损坏、中断上下行线行车 32 小时 35 分，造成 40 人死亡、172 人受伤。

当然，“7・23”事故引发的舆论海啸原因是多方面的，以微博为代表的新媒体的勃兴、有些利益群体的有意引导是一方面，当时有关部门的危机公关失策也是重要原因，导致“埋车头”“不管你信不信，反正我信了”等段子在人群中肆意传播。这次事故也成为中国企事业单位加强危机公关能力建设的重要起点。

“7・23”事故给中国高铁带来的后果是致命的，一方面是高速铁路的进一步降速，不但运营线路降速，而且新建高速铁路线标准也

进一步降低，如大西高铁、兰新高铁，线下工程都已经建设得差不多

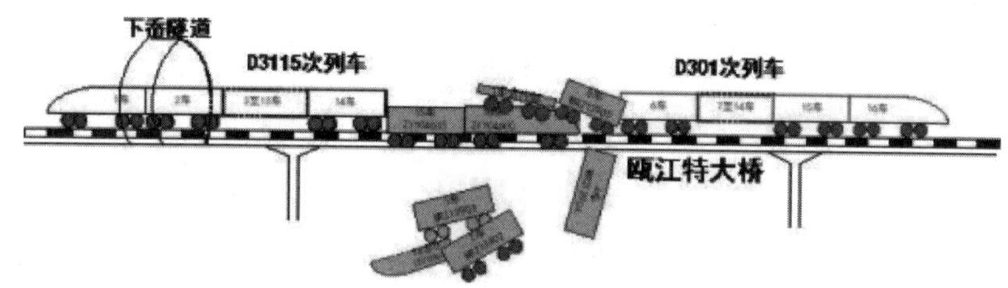

了，都是按照时速 350 公里建设的，但是线上工程却降低标准按照时速 250 公里进行建设。另外一个方面就是银行的进一步限贷，中国高铁线路资金接近枯竭，大量线路停工，大批农民工被迫返乡，中国高铁几近被扼杀。记得“7·23”事故发生后不久，见闻君去湖南、浙江等地出差，路过几条高铁线路建设现场，工作人员给一一介绍，这是某某高速铁路，这是某某高速铁路，让人心潮澎湃，但是后面带上来一句话则又让人垂头丧气，那句话就是“目前处于停工状态”。后来中国中铁、中国铁建、中国南车、中国北车等企业，联合向高层领导反映情况，关键时刻，有关领导挺身而出，支持了高铁一把，协调银行放一部分资金给铁道部，最终才保住了中国高铁微弱的气息。

与此同时，中国高铁在舆论界也变成了过街老鼠人人喊打，很多媒体拍了高铁列车上的空座，说高铁建设太过超前，根本没有人坐，高铁的运营就是“运椅子”；有人把“CRH”解释成“耻辱号”或者“吃

人号”；有人造谣说高铁有辐射，乘务员会不孕不育，经常有大批的乘务员辞职；还有部分媒体，开始系统性报道中国高铁的负面信息，用连续的封面文章来抨击高铁，包括高铁安全性存疑、技术不能自主、存在大量腐败等等，这在前文中已有论述，此处不再赘言。

怎么办？当时的高铁人都很苦恼。难道中国高铁真的就这么完了？既然媒体不掌握在自己手里，是否可以发动民间的力量来为中国的高铁发展做一点事情呢？在此期间，见闻君正式注册了微博账号，并慢慢开始以“高铁见闻”的名字与大家在微博上交流高铁方方面面的问题，不断有人问一些与高铁有关的基本问题，如高铁为什么没有安全带、高铁是否安全、高铁辐射对身体有没有害处、高铁与动车有什么区别等等，于是见闻君就写一些科普文章与大家分享，对网络上流行的一些与高铁有关的谣言进行辟谣。后来见闻君意识到只有微博还不行，还要通过一些活动把大家组织起来。于是 2011 年 12 月份，见闻君以高铁见闻的名义组织了第一届“车迷有约走进南车”活动。活动是通过微博发起的，在微博上征集志愿者去参观高铁制造工厂，走进了南车四方股份公司，神秘的动车组制造基地第一次向公众敞开。

活动参加者来自各行各业，他们年龄最小的只有 4 岁，年龄最大的则有 76 岁。8 岁的小车迷徐博扬不仅能背出中外列车的型号，连每辆车的功率都倒背如流，每学期他都要求自己的爸爸妈妈参加自己监考的火车知识期末考试，在他充满童趣的图画里，火车也被他塑造为高大俊美的超人形象；还有顽强的澳大利亚留学生车迷“法拉利之神”，他参加完期末考试出了考场后，立马奔上机场，从墨尔本转道新加坡，又转道南京，从南京飞到青岛，在活动已经开始时他赶到中

↓第一届“车迷有约走进南车”，参加活动的车迷们在高铁上合影

国南车……揭开神秘的面纱，高铁的制造技术以及高铁人的严谨给参观者留下了深刻的印象。微博知名博主飞象网项立刚在微博中说：“2月10日去南车四方车辆厂目睹了高铁是怎么制造出来的，和很多技术人员进行了交流，感触颇深，中国的强大和发展，不是靠说，靠吹，还是要靠实干，也许我们还会走弯路，也会有问题，但是做总比混好。看到那些实在奋斗着的人们，心中充满了敬意。”微博知名博主王小东评论说：“参观南车，一个亮点是其模型室，里面有的模型外形很逆天，应该是用于速度比现在快得多的机车的……参观南车，另一个亮点是高速滚动综合性能测试台，车在上面可跑600公里/小时，据说为世界最高端。”对于高铁的工程师，飞象网项立刚如此评价：“制造出高速列车的人，朴实、普通、温和、实在。走在街上，他们和普通人没有区别，但是他们却用世界上最先进的技术，做出了具有战略意义的高速列车。对于他们，自己同胞不是支持与鼓励，却用充满敌意态度非议他们的成绩。他们怎么办？他们忍着，只做，不说！这是在中国！”网友“我是夜鸣猪”则评论说：“我特别佩服的是左上角的这位，女性、高铁、技术、总工程师，当这些标签汇集到一个女人身上时，在这个男性聚集的行业，注定了她

背后付出更多超出常人的努力。她大学毕业进入南车，十几年同一个岗位成长。坚持、踏实、使命、平凡，对于太多急功近利要成功的年轻人而言，真实的典范。”

活动大获成功，见闻君顺势把它办成了一个系列活动，以一年一届的频率连续组织了四届，先后走进了南京的浦镇公司，株洲的株机公司、株洲所、电机公司，常州的戚墅堰公司、戚墅堰所。2015 年南北车重组成立中国中车后，见闻君继续将活动扩大，活动正式改名为“车迷有约走进中车”，活动由一年一届改为一年两届。这个活动得到了广大火车迷的广泛好评，培养了大量的高铁粉丝，也团结了大批支持高铁发展的人。他们都是高铁的忠实拥趸，他们不但能够影响身边的人，而且还在微博、微信等自媒体上发表文章，为中国高铁发展摇旗呐喊。民间的高铁支持力量是巨大的，激活这股力量能够为中国高铁营造良好的发展氛围，注入巨大的能量。有人认为中国没有火车迷，缺少铁路文化，如日本人姬田小夏有一篇文章叫《中国的铁路的危险在于没有“铁路迷”》。其实，中国并非没有“铁路迷”，也并非没有“铁路文化”，而是这股力量并没有被激活。

十八大之后，中国走进了新时代，压制中国高铁发展的牛鬼蛇神逐渐被扫进了历史的垃圾堆。2013 年下半年开始，中国高铁重新迎来快速发展的势头，降速、降标这种倒行逆施的行为，在中央的英明领导下得到彻底纠正。中国高铁迎来了伟大的复兴时代。

2016 年 6 月 29 日，国务院常务会议，原则上通过了《中长期铁路网规划》，“四纵四横”高速铁路网正式升级为“八纵八横”。2016 年 7 月 13 日，国家发改委、交通运输部、中国铁路总公司正式印发了《中长期铁路网规划》，中国高速铁路网 3.0 版正式面世。

3.0 版高速铁路网规划期为 2016—2025 年，远期展望到 2030 年。根据规划，到 2020 年全国铁路网规模将达到 15 万公里，其中高速铁路 3 万公里，覆盖 80% 以上的大城市；到 2025 年，全国铁路网规模将达到 17.5 万公里，其中高速铁路网 3.8 万公里。而在见闻君截稿前，到 2021 年 1 月 31 日，3.8 万公里的数据已经被突破，中国高铁总里程已近 4 万公里，占全球总里程的七成多。（中国大陆已开通高速铁路列表详细见附录。）

《中长期铁路网规划》明确高速铁路主通道规划新增项目原则采用时速 250 公里及以上标准（地形地质及气候条件复杂困难地区可以适当降低），其中沿线人口城镇稠密、经济比较发达、贯通特大城市的铁路可采用时速 350 公里标准。区域铁路连接线原则采用时速 250 公里及以下标准。城际铁路原则采用时速 200 公里及以下标准。

下面我们就来看一下“八纵八横”高速铁路主通道规划：

（1）“八纵”通道

沿海通道。大连（丹东）—秦皇岛—天津—东营—潍坊—青岛（烟台）—连云港—盐城—南通—上海—宁波—福州—厦门—深圳—湛江—北海（防城港）高速铁路（其中青岛至盐城段利用青连、连盐铁路，南通至上海段利用沪通铁路），连接东部沿海地区，贯通京津冀、辽中南、山东半岛、东陇海、长三角、海峡西岸、珠三角、北部湾等城市群。

京沪通道。北京—天津—济南—南京—上海（杭州）高速铁路，包括南京—杭州、蚌埠—合肥—杭州高速铁路，同时通过北京—天津—

东营—潍坊—临沂—淮安—扬州—南通—上海高速铁路，连接华北、华东地区，贯通京津冀、长三角等城市群。

京港（台）通道。北京—衡水—菏泽—商丘—阜阳—合肥（黄冈）—九江—南昌—赣州—深圳—香港（九龙）高速铁路；另一支线为合肥—福州—台北高速铁路，包括南昌—福州（莆田）铁路。连接华北、华中、华东、华南地区，贯通京津冀、长江中游、海峡西岸、珠三角等城市群。

京哈－京港澳通道。哈尔滨—长春—沈阳—北京—石家庄—郑州—武汉—长沙—广州—深圳—香港高速铁路，包括广州—珠海—澳门高速铁路。连接东北、华北、华中、华南、港澳地区，贯通哈长、辽中南、京津冀、中原、长江中游、珠三角等城市群。

呼南通道。呼和浩特—大同—太原—长治—晋城—郑州—襄阳—常德—益阳—邵阳—永州—桂林—南宁高速铁路。连接华北、中原、华中、华南地区，贯通呼包鄂榆、山西中部、中原、长江中游、北部湾等城市群。

京昆通道。北京—石家庄—太原—西安—成都（重庆）—昆明高速铁路，包括北京—张家口—大同—太原高速铁路。连接华北、西北、西南地区，贯通京津冀、太原、关中平原、成渝、滇中等城市群。

包（银）海通道。包头—延安—西安—重庆—遵义—贵阳—南宁—湛江—海口（三亚）高速铁路，包括银川—西安以及海南环岛高速铁路。连接西北、西南、华南地区，贯通呼包鄂、宁夏沿黄、关中平原、成渝、黔中、北部湾等城市群。

兰（西）广通道。兰州（西宁）—成都（重庆）—贵阳—广州高速铁路。连接西北、西南、华南地区，贯通兰西、成渝、黔中、珠三角等城市群。

（2）“八横”通道

绥满通道。绥芬河—牡丹江—哈尔滨—齐齐哈尔—海拉尔—满洲里高速铁路。连接黑龙江及蒙东地区。

京兰通道。北京—呼和浩特—银川—兰州高速铁路。连接华北、西北地区，贯通京津冀、呼包鄂、宁夏沿黄、兰西等城市群。

青银通道。青岛—济南—石家庄—太原—银川高速铁路（其中绥德至银川段利用太中银铁路）。连接华东、华北、西北地区，贯通山东半岛、京津冀、太原、宁夏沿黄等城市群。

陆桥通道。连云港—徐州—郑州—西安—兰州—西宁—乌鲁木齐高速铁路。连接华东、华中、西北地区，贯通东陇海、中原、关中平原、兰西、天山北坡等城市群。

沿江通道。上海—南京—合肥—武汉—重庆—成都高速铁路，包括南京—安庆—九江—武汉—宜昌—重庆、万州—达州—遂宁—成都高速铁路（其中成都至遂宁段利用达成铁路）。连接华东、华中、西南地区，贯通长三角、长江中游、成渝等城市群。

沪昆通道。上海—杭州—南昌—长沙—贵阳—昆明高速铁路。连接华东、华中、西南地区，贯通长三角、长江中游、黔中、滇中等城市群。

厦渝通道。厦门—龙岩—赣州—长沙—常德—张家界—黔江—重庆高速铁路（其中厦门至赣州段利用龙厦铁路、赣龙铁路，常德至黔江段利用黔张常铁路）。连接海峡西岸、中南、西南地区，贯通海峡西岸、长江中游、成渝等城市群。

广昆通道。广州—南宁—昆明高速铁路。连接华南、西南地区，贯通珠三角、北部湾、滇中等城市群。

高速列车创新之路

——→ 高速铁路是一个大的系统，包括高速铁路轨道系统、高速动车组系统、信号系统、供电系统和调度系统。在这其中最受关注的是高速动车组，一个方面因为大家与高速动车组接触更多，毕竟大家对高铁的大多数认识都是通过乘坐高速动车组体验的；另外一方面高速动车组的技术含量相对也较高，2004 年以来中国高速铁路技术的引进消化吸收再创新之路，最核心的就是引进国外的高速动车组研发制造技术。除了上面两个原因之外，还有一个原因，那就是动车组拥有众多型号，拥有不同的风格体系，还拥有众多流传于民间的故事。

中国生产动车组的厂家共有四家，第一家是青岛的中车四方股份公司，第二家是长春的中车长客股份公司，第三家是唐山的中车唐山公司，第四家是青岛的四方庞巴迪公司。其中四方庞巴迪是一家中外合资公司，类似于汽车领域的一汽大众、上海大众，技术都是由外方导入的，所以谈不上什么技术创新能力。另外三家则是中国企业，大致走过了从技术引进到消化吸收，到再创新，再到全面创新的路径，所以我们谈高速列车创新之路也主要谈它们三家。

截至目前，中国高速列车大致经历了三代。第一代就是引进消化吸收时代，代表性车型主要包括 CRH1 系列、CRH2 系列、CRH3C 型、CRH5 系列等高速列车。我们前面已经介绍过了，2004 年中国高铁技术引进过程中，在第一轮招标中，西门子因为要价太高，所以出局了，颗粒无收。四方股份公司、长客股份公司分别从日本大联合和阿尔斯通手里引进了时速 200~250 公里级别的动车组技术，也就是后来的 CRH2A 型动车组与 CRH5A 型动车组，被用于 2007 年 4 月 18 日的中国铁路第六次大提速。中国高铁的版图显然不会局限于 250 公里时速，时速 300~350 公里才是中国想要的。于是 2005 年夏天中国又进行了高速列车的第二轮招标。这时西门子拿出了自己时速 320 公里的高速动车组平台，与唐山客车公司组成了联合体，一举拿下了 60 列时速 300~350 公里动车组订单，这就是后来的 CRH3C 型动车组。当时的南车四方股份公司不愿意再重新引进时速 300 公里的动车组平台，因为如果再次引进，很容易坠入“引进—落后—再引进—再落后”的怪圈中，他们决定在 CRH2A 的平台基础上，在日本川崎重工的技术支持下，自主研制时速 300~350 公里的动车组技术。所以，在这次招标中，南车四方股份公司也拿下了 60 列时速 300~350 公里动车组订单。

在这个过程中，中国南车方面承担了巨大的风险。大家都知道，在时速 300 公里以上动车组市场竞争中，基于西门子 Velaro 平台的 CRH3C 型动车组实力雄厚，如果南车四方在时速 300 公里动车组研发中不成功，就有可能丢掉时速 300 公里以上动车组市场，这显然是一个企业所不能承受之重。当然南车四方心里也有底，为什么？第一，南车四方引进的日本东北新干线缩水版的 E2-1000 型动车组，虽然设计时速是 250 公里，但是原版的 E2-1000 型动车组设计时速可是 275 公里的，所以第一步先由缩水版 E2-1000 型动车组恢复到原版 E2-1000 型动车组水准，然后再在这个平台上向上突破，打造时速 300 公里动车组，这条研发路径还是清晰的。第二，毕竟还有日方川崎重工的技术支持（在第二轮签约中日本大联合仍旧是签约方），由缩水版 E2-1000 型动车组（也就是 CRH2A）向上突破达到原版 E2-1000 动车组水准，以至时速 300 公里问题还是不大，但是从时速 300 公里到时速 350 公里，那就只能靠自己了。第三，有铁道部的大力支持，这还用说吗？订单都给你了，还有比这更大力度的支持吗？

所以在国产化 CRH2A 的同时，南车四方股份公司就展开了时速 300 公里动车组的研发，他们把这个叫两条腿走路。2007 年 12 月 22 日，中国首列国产化时速 300 公里动车组下线，也就是 CRH2C 型动车组。CRH2C 在 CRH2A 的基础上增加了两节动力车，由 4 动 4 拖，改为 6 动 2 拖，将牵引功率由 4800 千瓦，增加到 7200 千瓦。这批车辆又被称为 CRH2C 一阶段，共生产了 30 列。2008 年 4 月 24 日，CRH2C（一阶段）开始在京津城际高铁上进行高速测试，其最高时速达到 370 公里，打破了当年“中华之星”创造的 321.5 公里时速纪录，同年 6 月底，该纪录被 CRH3C 打破，纪录是时速 394.3 公里。

2008 年 8 月 1 日起，CRH2C 型动车组正式投入京津城际铁路运营，运营时速 350 公里。由 CRH2C 一阶段担当 350 公里班次运营是有些吃力的，因为它的设计时速官方称 300 至 350 公里，并不是标准的时速 350 公里。在一次谈话中，一位高级技术人员（也是管理人员）谈及那段往事，他说曾经有领导问他，用 CRH2C（一阶段）担当时速 350 公里京津城际运营，有没有问题。他回答说，短期内可以坚持一下，时间长了可能会有问题。为了保证不出任何问题，他们技术团队继续对 CRH2 进行研发攻关。2009 年 4 月份，在西门子 Velaro 平台上研发的 CRH3C 型动车组产能释放开始大批量在京津城际投入运营。Velaro 德国原版设计时速为 320 公里，引进国内后，经过改进升级，按照时速 350 公里运营，功率性能还是没有问题的。后来，有位铁道部的老领导在接受媒体采访时说，中国高铁为了名声，吃掉安全余量，提高运营速度，指的就是这件事。实际上，高铁是个大系统，中国高铁的整体建设标准要比国外高很多，单纯用列车功率来衡量并不恰当。CRH3C 型动车组按照时速 350 公里运营，并没有什么问题。从 2009 年 4 月投入运营到 2011 年降速，CRH3C 也用事实来证明，它按照时速 350 公里运营是没有问题的。只是后来按照时速 380 公里设计的 CRH380 系列诞生之后，CRH2C、CRH3C 也就没有了用武之地。当然我们也不能说那位退休领导说的完全没有道理，只要不是刻意抹黑，多元舆论有利于社会进步。CRH3C 上线后，CRH2C（一阶段）开始逐步退出京津城际高铁，并逐渐转战武广高铁、郑西高铁、沪宁城际等。2010 年 1 月，CRH2C 型动车组在郑西高铁上创造了时速 393 公里的速度纪录。

CRH2C 一阶段又称 CRH2C-300，设计时速 300 公里，最高运营时速 350 公里，所以按照最高上限时速 350 公里运营时，会有些吃力，如由于车体气密强度只有 ±4000 帕，动车组在过隧道时，乘客耳压很大，会导致耳朵比较难受。于是，南车四方又在 CRH2C 一阶段的基础上，进行了再创新，将列车的牵引动力由 7200 千瓦提高到 8760 千瓦，在列车车体的铝合金结构方面进行了重新设计、全

↓ CRH380A 型高速动车组驶过阳澄湖大桥

面创新，将车体气密强度由 ±4000 帕提升到 ±6000 帕，对转向架的二系悬挂也进行改进，加装了一个抗蛇行减震器，以解决 CRH2C 一阶段所存在的垂向和横向振动问题。重新设计的 CRH2C 被称为 CRH2C 二阶段，又被称为 CRH2C-350，设计时速 350 公里，最高运行速度 380 公里。CRH2C 二阶段也生产了 30 列，2010 年 2 月开始在郑西高铁投入运营。从 CRH2C 一阶段到 CRH2C 二阶段的开发，是四方股份公司高速动车组研发技术实现飞跃的关键一步。CRH2C 二阶段的成功，奠定了四方股份公司在中国高速动车组研发中始终快半步的节奏，CRH380A 是这样，CRH6 型城际动车组也是如此。由于 CRH380A 技术的国产化最彻底，四方股份公司在高铁出口中又领先了半步，先后拿下中国香港动感号动车组订单、印尼雅万高速动车组订单、泰国高速动车组订单以及中老动车组订单（与大连公司联手）。

应该说在中国高速动车组第一代车型中，自主能力最强的就是CRH2型车系列。CRH1型车作为中外合资公司四方庞巴迪的产物，技术完全由庞巴迪方主导并导入。长客股份公司主导的CRH5A型动车组经过了比较大幅度的改动，中方的技术主导性也非常高，可惜在时速300到350公里动车组竞争中，长客没有在CRH5A的基础上继续开发，而是有了二次技术引进。从CRH2A到CRH2C一阶段的跨越，特别是从CRH2C一阶段到CRH2C二阶段的跨越，是中国高速动车组自主研发能力大幅度提升的过程。后来的CRH380A其实只是在CRH2C基础上的进一步改进创新，最后一列CRH2C编号为091C，就已经率先采用了CRH380A的头型，主要是为了获得CRH380A型动车组新头型的空气动力效能和实车试验数据，这列车于2010年4月下线，车上标有“试验车CRH380A”字样。

第二代中国高速动车组就是CRH380系列，包括CRH380A（L）型、CRH380B（L）型、CRH380C型、CRH380D型四种，其中CRH380D由中外合资公司四方庞巴迪生产，技术同样由庞巴迪导入所以也不存在自主研发问题，另外几种车型则是中国高速动车组技术创新突破的代表性成果。

提到CRH380系列，当然就不能不提2008年2月份，科技部与铁道部共同签署的《中国高速列车自主创新联合行动计划》（下文称《计划》）。该《计划》提出建立并完善具有自主知识产权、国际竞争力强的时速 350 公里及以上中国高速铁路技术体系。如果没有具体的项目进行支撑，联合行动容易变成一纸空文。但是这次联合行动计划，做得非常实、成果也异常丰厚，它的支撑项目就是“十一五”国家科技支撑计划“中国高速列车关键技术及装备研制”项目。

这里要简单解释一下中国的国家科技研发体系。2006 年 2 月中国正式发布了《国家中长期科学和技术发展规划纲要（2006—2020 年）》，这是我国中长期科技发展的纲领性文件。根据这个文件，国家对科技发展的支持分为不同的层次，最高层级的叫“国家科技重大专项”，属于重中之重，是国家优先发展的，总共只有 16 项，包括核心电子器件、高端通用芯片及基础软件产品（简称“核高基”）、大型核电站、载人航天与探月工程等。比“国家科技重大专项”次一级项目中有一个就叫“国家科技支撑计划”。最初“中国高速列车关键技术及装备研制”项目想申报“国家科技重大专项”，但是没有成功，退而求其次列入了“国家科技支撑计划”。

“国家科技支撑计划”那可不是白给的，它有一套严格的组织体系，包括领导小组、立项、实施与督导检查、验收以及知识产权、技术标准与成果等内容，当然还有一个关键因素就是有国家科技经费支撑。“中国高速列车关键技术及装备研制”这个项目国家共计拨款 10 亿元，参与研发的企事业单位自筹资金 20 亿元，共计投入 30 亿元，具体又被分为 10 个专项课题，具体情况见下表：

· 十大联合攻关课题

序号	课题名称	国家拨款（万）	自筹（万）	课题总投入（万）	主持单位
1	共性基础及系统集成技术	30000	75000	105000	南车集团
2	高速列车转向架技术	3000	7000	10000	北车集团
3	高速列车空气动力学	3000	6000	9000	中科院力学所
4	高速列车车体技术	3000	7000	10000	北车集团
5	高速列车牵引传动与制动技术	12000	25000	37000	铁科院
6	高速列车网络控制系统	18000	22000	40000	中科院软件所
7	高速列车关键材料及部件可靠性	5000	12000	17000	南车集团
8	高速列车运行控制系统技术	16000	33000	49000	北京交通大学
9	高速列车牵引供电技术	5000	10000	15000	中国中铁
10	高速列车运行组织方案	5000	3000	8000	北京交通大学

这是一次卓有成效的联合行动计划，参与该行动计划的不仅仅包括上表中的主持单位，还包括清华大学、西南交通大学、中南大学、同济大学、中国通号集团、中铁电气化勘测设计研究院（中国中铁）、浙江大学、北京科技大学等等。据统计，参与此次行动计划的科研人员共计 68 名院士、500 多名教授和其他工程科研人员万余人，参研

↓ CRH380A 型动车组的头型概念设计

单位计有 25 家重点高校、11 家科研院所、51 家国家重点实验室和工程研究中心。[254]

这种联合行动是如何实现的呢？见闻君举一个例子进行说明，大家就清楚了。如 CRH380A 的头型研究，属于高速列车空气动力学项目，牵头单位是中科院力学所，但是参与的单位可就多了去了。南车四方股份公司是使用单位，所以负责组织进行方案设计、方案试验、优化、施工设计、工艺验证、线路试验策划并联合西南交大进行初步方案设计及文化分析；中科院力学所负责气动性能的仿真分析；清华大学与北京大学负责侧风稳定性计算；中国空气动力研究与发展中心负责气动力学的风洞试验；同济大学负责气动噪声风洞试验；铁科院、西南交大、同济大学负责气动性能和噪声的实车测试。[255] 最终的成

254. 中国高速列车自主创新重大项目通过验收 [EB/OL].[2014-06-13].http://www.most.gov.cn/dfkj/sd/zxdt/201406/t20140612_113724.htm.

255. 矫阳 ."中国面孔"是这样雕塑的：CRH380A 高速列车头型及车体研制纪实 [N]. 科技日报，2011-10-22(03).

果就是被车迷们亲切称之为“大灰狼”的CRH380A型动车组的优美头型。针对这次头型创新设计，南车四方股份公司总工程师龚明在接受媒体采访时曾表示：“我们经历了目前历史上规模最大、历时最长的科学研究试验，在这其中，我们设计了20个列车头型，围绕头型的气动性能研究进行了17项75次仿真计算、760个不同运行环境的气动力学试验和60个工况的噪声风洞试验，完成了520个测点的22项线路测试。”

关于高速列车头型的设计，很多人认为只有飞机才配谈空气动力学，高速列车能有什么空气动力学。事实是怎么样的呢？高速列车因为要在地面运行，它要和桥梁、隧道、地面，以及邻线列车有非常复杂的相互激扰作用。头型设计不仅面临阻力、交会压力波、升力、列车尾摆、气动噪声、微气压波、列车风、侧风稳定性等多种技术难题，而且随着速度的提升会带来一系列技术性能、技术参数的变化，比如气动阻力、升力与速度成平方关系，气动噪声与速度成幂次方关系，列车高速运行会产生“隧道效应”“横风效应”“尾摆效应”“噪声效应”，继而产生高速列车车体疲劳破坏、侧摆、漂浮等不安全因素以及影响旅客乘车的舒适度。

CRH380A的头型是如何设计出来的呢？大致过程是这样的，首先在系统研究各设计要素和不同线路条件的基础上，通过32个设计变量和200次模型优化，由研发人员设计出20种列车头型；接着，对这20种头型进行技术性、文化性和工程可实施性的综合分析，初选了10种头型基本方案；再通过三维流场数值仿真分析和多目标优化，确定了5种备选头型，共进行了17项75次仿真计算。把5种备选头型各制作 1 ∶ 8 模型，分别进行了 19 个角度、8 种风速的风洞气动力学实验和 3 种风速、4 种编组的风洞噪声试验，对优选出的方案进行了样车试制，完成了 22 项试验验证，最终才确定 CRH380A 高速动车组的头型方案。

过程讲述的时候，看起来似乎很轻松，其实每一步都是由大量汗水培育而成的，如对于从 20 个头型中初选 10 个头型这个过程，参与研究的中科院力学所杨国伟研究员回忆说：“我们采用 2836 个核的计算机机群，1 个院士、8 个博士生导师、25 个博士研究生和南车四方的设计骨干在 4 个月的时间内共进行了超过 300 个工况的空气动力学仿真分析。”这样研制出来的 CRH380A 动车组头型效果如何呢？最终的试验结果是：气动阻力减少 6%，气动噪声下降 7%，列车尾车升力接近于 0，隧道交会压力波降低 20%，明线交会压力波降低 18%。[256]

上面列举的 CRH380A 动车组头型的创新只是这次庞大的联合行动计划中的一件小事，通过这个过程我们能够大致想象在国家科技支撑计划的支持下，中国高速动车组技术创新走过了一条怎样的路。科技部与铁道部共同实施的这次自主创新联合行动计划，在中国高速动车组技术创新历史上具有重要意义，其最终成果就是 CRH380 系列动车组。下面我们就挨个介绍一下 CRH380 系列的成员。

按照顺序，先说说 CRH380A（L）型动车组。CRH380A（L）型动车组我们此前已经多次提到，是由 CRH2C（二阶段）发展而来，

256. 娇阳 .“中国面孔”是这样雕塑的：CRH380A 高速列车头型及车体研制纪实 [N]. 科技日报，2011-10-22(03).

在 CRH380 系列车型中自主化程度最高，牵引传动系统等关键技术均由国内企业南车时代电气研发制造，并通过了美国知识产权的评估。在第七届高铁大会期间，美国 GE 公司准备与中国南车在美国成立合资公司竞标美国高铁，所以早在此前他们就邀请第三方对 CRH380A 型高速动车组的知识产权问题进行了评估。评估方是美国戴维斯律师事务所与美国专利商标局，整个过程异常复杂，历时半年多。大致过程是这样的，先在美国检索与铁路机车车辆有关的专利，形成 934 项专利清单，然后再筛选出 254 项高度相关和中度相关的专利清单，然后由美国律师事务所，以美国的方式对专利风险进行评估，并出具专利风险评估报告，最终报告的结论是：世界各国相关高速动车组在美国申请的专利与南车四方股份公司准备出口到美国的 CRH380A 型高速动车组相关性不大，没有发现任何可能会发生产权纠纷的情况。[257] 这相当于为 CRH380A 型高速动车组出口美国提供了一份法律保证。

接下来说说 CRH380BL 型动车组，它是在 CRH3C 基础上经过创新发展而来，继承了德国技术的优秀基因，性能突出、内饰豪华，受到国内乘客的喜爱。在 CRH380 系列中，CRH380BL 型高速动车组零部件对外采购比例相对较大。2009 年 3 月 16 日铁道部从唐山公司、长客股份公司、铁科院采购 100 列 CRH380BL 型高速动车组，合同总金额 392 亿元。3 月 20 日西门子就在其官网上发布新闻表示，“唐山轨道客车有限责任公司、长春轨道客车股份有限公司、中国铁道科学院和西门子签署了一份关于提供 100 列高速列车的合同，西门子获得价值 7.5 亿欧元份额（约 70 亿人民币）”。这些采购内容主要是电气牵引系统，由西门子位于德国纽伦堡、克雷菲尔德

↓上图：CRH380BL 型高速动车组驶出上海虹桥站
↓下图：CRH380B 型高寒动车组行驶在哈大高铁上

等地，以及奥地利和中国上海等工厂负责生产。当然，在 CRH380 时代，这种面向国外的采购还是很普遍。CRH380A（L）仍旧拥有相当数量的日本供应商。此外，CRH380BL 型高速动车组还因为一次召回事件备受关注。2011 年 8 月 11 日，CRH380BL 型电力动车组因为连续发生热轴报警误报、自动降弓、牵引丢失等故障问题，被召回 54 列进行整改，整改合格后于 2011 年 11 月 16 日陆续恢复运营。

再来说说 CRH380BG 型动车组，这是由长客股份公司研发的高寒型动车组，能够适应零下 40 摄氏度低温下运营，主要服务中国东北地区高铁线路运营。关于为什么一定是零下 40 摄氏度，在一篇新闻报道里是这样解释的：气温低到什么程度才算得上高寒？长客股份公司走访哈尔滨铁路局和沈阳铁路局，调查分析了哈大高铁沿线的气象记录，发现这一地区的最低气温记录是零下 37.3 摄氏度。于

---

257. 齐中熙 . 世界设计时速最高的高寒动车组完成型式试验 [EB/OL].[2012-05-30]. http://www.cas.cn/xw/kjsm/gndt/201205/t20120530_3587459.shtml.

↓上图：CRH380C 型高速动车组停靠德州东站
↓中图：CIT500 更高速度试验列车
↓下图：高速动车组模型设计室

是，长客股份公司高寒高铁攻关团队将 CRH380BG 型高寒动车组的适应最低气温锁定在零下 40 摄氏度。[258] CRH380BG 型高寒动车组是中国高速动车组研发的一个重大突破，完善了中国高速动车组谱系，也体现了长客股份公司的技术实力，在 CRH380 时代拥有独特地位。哈大高铁正式开通运营后，一直由 CRH380BG 以及高寒版的 CRH5G 全力担当。

此后长客股份公司再接再厉，又推出了 CRH380C 型动车组，这是在 CRH3C 型动车组与 CRH380B(L) 型动车组基础上研制的一款新型动车组，也是“中国高速列车自主创新联合行动计划”的重点项目之一。

CRH380C 共计生产了 25 列。CRH380C 型动车组的重大突破包括两个方面，第一是采用了新的头型，第二就是抛弃了西门子的牵引传动系统，采用了基于日立技术的永济公司的牵引传动系统，这意味着相比 CRH380B（L），CRH380C 具有更加高的技术自主化水平。

我们前面提到过，CRH380D 型动车组由中外合资企业四方庞巴迪公司生产，技术由庞巴迪公司导入，研发则是在欧洲的庞巴迪轨道交通基地进行。毫无疑问，CRH380D 型高速动车组是一款非常优秀的产品，但这不是本书论述的重点，所以在此不再赘述。

上面就是在中国高速动车组发展历史上声名赫赫的 CRH380 系列，在复兴号诞生前一直是中国高速铁路运营的主力车型，它们以优良的性能、舒适的乘坐环境受到广大乘客的欢迎，也成了中国高速铁路的代言人。

在中国第二代高速动车组 CRH380 系列研发出来之后、第三代高速动车组研发出来之前，中国的高速列车生产企业还研制了一些重要产品，虽然不能称为跨代，但是在技术发展上也都有一些重大突破。如 CRH6 型城际动车组、CIT500 更高速度试验列车（CRH380AM）、永磁高速动车组、智能化高速动车组、广深港高速动车组、CJ1 型城际动车组、CJ2 型城际动车组等，这些产品都是中国动车组自主创新的重要成果，是技术自主化的一种体现，也是对中国高速动车组谱系的一种完善。

这里多说几句 CIT500 更高速度试验列车吧。这一个速度怪

---

258. 齐中熙 . 世界设计时速最高的高寒动车组完成型式试验 [EB/OL].[2012-05-30]. http://www.cas.cn/xw/kjsm/gndt/201205/t20120530_3587459.shtml.

物，它的诞生是奔着法国 TGV 的 574.8 公里速度纪录而来的。前后采用了不同的头型，前面头型的原型是“青铜剑”，后面头型是在 CRH380A 火箭头型基础上进行改进的，比 CRH380A 头型更加细长。6 节编组的它，牵引功率就达到了 22800 千瓦，这是什么概念？8 辆编组的 CRH380A 的牵引功率也只有 9600 千瓦。中国研制该车目标是试验突破轮轨 600 公里时速。在滚动试验台上，该车以 605 公里时速进行试验，没有任何失稳迹象，运行处于极佳状态。但要进行线路的速度试验，只有车辆制造商不行，还要有运营商的参与，因为没有好的线路，再好的车也跑不起来。2007 年法国 TGV 试验车 574.8 公里时速就是在经过特殊加固的线路上跑出来的。但是 cit500 更高速度试验列车 2011 年 11 月 25 日正式下线后，就一直没有获得合适的线路去一展身手。

关于 CIT500 更高速度试验列车的争议有很多，最关键的是，为什么要研制它。其实高速列车的冲高试验并不是一项游戏，而是科学试验的一种。CIT500 更不是一个速度玩具，而是一个科学实验的载体。CIT500 其实是一个国家项目，是国家“973 计划”项目“时速 500 公里条件下的高速列车基础力学问题研究”的试验载体。研制 CIT500 的主要目的有几个方面：第一，开展前瞻性、基础性、理论性研究，为高速铁路未来的发展做好技术储备。轨道交通有三大基础关系——轮轨关系、流固关系、弓网关系，CIT500 就是要进行时速 500 公里及以上三大基础关系的研究，获取气动、结构、轮轨、弓网等关键力学参数随速度的变化规律，通过探索更高速度条件下高速列车的运行稳定性、结构强度、车 - 线 - 网匹配关系等安全保障

↓复兴号 CR400BF 型高速动车组

系统，揭示高速列车动力学行为、特征和规律，进一步提高高速列车的安全冗余。第二，进行关键系统的可靠性研究。在时速 500 公里条件下对车辆进行测试，为转向架、车体、车下设备和设备舱等关键结构的安全可靠性提供数据支撑。通过振动模态测试，研究转向架、车体、车下设备和车内装饰之间的振动匹配；通过动态应力测试，研究关键承载部位的疲劳强度；通过气动载荷测试，研究气流作用下不同振动激扰形式对车辆结构的影响规律。第三，新材料新技术的研究。CIT500 列车上使用了碳纤维、镁铝合金、新型纳米隔音材料等新型材料，通过 500 公里时速下的验证来跟踪新材料的应用前景。新技术包括风阻制动装置、实时以太网技术等，另外还可以通过气动阻力、气动噪声、气动升力、交会压力波等各项气动性能研究，全面验证试验列车头尾不同头型方案。

第三代中国高速列车就是目前中国高铁的当家主力车型复兴号。复兴号的前身则是 2015 年 6 月 30 日正式下线的中国标准动车组，中国标准动车组的问世标志着中国高速列车研发全面进入了正向研发时代。怎么讲？前面我们介绍了 CRH380A 型高速动车组做了很多很多的创新，还通过了美国戴维斯律师事务所与美国专利商标局的知识产权评估等，但是我们仍旧能够从 CRH380A 型动车组身上看到日系高速动车组技术的影子，如 CRH380A 的动力配置结构等。所以到中国高速动车组的 CRH380 系列时代，中国高速动车组研发虽然已经发生了脱胎换骨的变化，但是仍旧很难说已经完全走上了正向研发的道路。当然，中国高速动车组的二代半产品，已经有很多产品可以归入正向研发的行列，如 CRH6 型城际动车组等产品。CIT500 更高速度试验列车当然是完全正向研发的产品，但是它只是一个试验列车而已，与批量化、商品化的高速动车组型号有很大不同。

真正让中国高速列车研发全面进入正向研发时代的正是中国标准动车组。什么是正向研发？正向研发就是首先要考虑我有什么样的需求，如列车时速要达到什么水平、要能够适应什么样的运营线路、在维修方面能够满足什么样的需求、在旅客界面上要达到什么样的效果等等，然后根据需求设计一套技术方案，再根据方案研发一种全新的高速动车组型号。按照这条道路研发出来的动车组整车的知识产权那当然都是题中之义，而且还要建立中国标准。如这次下线的中国标准动车组采用的重要标准，就涵盖了动车组基础通用、车体、走行装置、司机室布置及设备、牵引电气、制动及供风、列车网络标准、运用维修等 13 个大的方面。其中大量采用了中国国家标准、行业标准以及专门为中国标准动车组制定的一批技术标准。当然为了与国际接轨，促进中国装备走出去也积极采用了一些国际标准及国外先进标准。

或许有人会问，中国标准动车组是不是就是 100% 国产了？其实自主化与国产化是两个概念。国产化追求的是在中国生产，如大众的汽车在中国生产了就叫国产化；自主化追求的是技术的主导权，如苹果大量零配件都不是美国生产的，而是全球采购的，中国就是苹果公司的主要生产基地，但对于美国而言，苹果显然是自主化的产品。在全球化大生产的今天，追求完全的国产化，其实就是闭门造车，是一种非常落后的思维，但是我们必须要追求自主化，这体现的是一种主导权。对中国标准动车组而言，什么是自主化？第一，整车设计以我为主，要对供应商拥有强大的管理能力；第二，包括动力系统、变流系统、网络控制系统等关键系统部件要自主化；第三，全球采购部分，要摆脱独家垄断，不能只有一家，要实现自主采购；第四，建立中国标准体系。

在启动复兴号研制的同时，中国高铁还启动了另外一项重要工作——统型动车组的研发。我们前面讲到中国第一代动车组技术来自日本、法国、德国等国家，不同型号的动车组关键零部件、定员数量、司机操作等均不相同。所以一辆动车组故障，需要另外一辆动车组救援的时候，必须是同一型号的，这必然导致热备车数量的大幅增加，实际上是一种浪费。由于关键零部件不能互换，运营方就需要针对不同的动车组准备大量的备件，这也是一项比较大的负担。

统型动车组的研发正是为了解决这个问题。2013 年 12 月统型动车组的研发正式启动，这项工作其实是对动车组顶层技术指标和技术条件的调整，主要工作是不同动车组研发厂家之间的协调，技术难度并不大，所以很快系列统型动车组就陆续上线了。新设计的统型动车组对列车的定员、旅客服务设施、司机操作设施、列车的主要性能指标进行了统一，乘客在乘坐不同厂家的动车组时，座位、卫生间、开水炉、大件行李的位置就统一了。司机操作不同动车组时，操作的把手、按钮、显示屏也统一了。不同厂家生产的动车组也能够重联了，能够相互救援了，备品备件也统一了，整体运营效率有了比较大的提升。由于统型动车组只是复兴号诞生前的过渡产品，统一的只是旅客界面、司机操作界面以及机械方面，网络控制与电气方面，仍旧不能联通。时速 250 公里等级统型动车组包括统型 CRH1A、统型 CRH2A，时速 350 公里等级统型动车组包括统型 CRH380A、统型 CRH380B、统型 CRH380BG、统型 CRH380D。

彻底解决中国高速列车不同型号统一问题的则是中国标准动车组。2015 年 6 月 30 日，中国标准动车组正式下线，9 月份转到大西高铁原平至太原段进行试验。11 月 18 日，中国标准动车组试验时速突破 385 公里。2016 年 5 月 16 日，标准动车组又转到郑徐高铁开展综合试验。7 月 15 日，两列中国标准动车组 CRH-0207 与 CRH-0503 开展交会试验。上午 11 时 20 分，两列标准动车组在郑徐高铁河南商丘市民权县境内，分别以超过时速 420 公里成功交会。这是世界高速铁路发展史上首次进行类似试验。交会瞬间，两车相对时速超过了 840 公里，平均每秒 233 米，两车交会时间不足 2

↓ 2017 年 6 月 25 日，“复兴号”命名仪式在京举行

秒。可能有人觉得，相对行驶而已，每列车的时速也就只有 420 公里，当年 CRH380AL 已经创造过 486.1 公里时速了，时速 420 公里有什么稀奇的？非常稀奇！见闻君给大家举个例子来说明。1998 年 6 月 16 日，中国铁路在郑武铁路进行冲高速试验，中间发生了一次意外。刚进行完试验的韶山 8 型电力机车，牵引着试验列车与 K316 次快速旅客列车交会。当时中国铁路人还没有列车高速交会的概念，因为那时候中国铁路的运行速度都很低，所以参与列车试验的人没有意识到危险的存在，竟然让试验列车以时速 160 公里前行。对面驶来的 K316 次列车，当时时速 115 公里。两车交会了，相对时速 275 公里。交会的结果异常惊险，K316 次列车的玻璃直接被交会波吸走，打在了试验列车的侧墙上，将试验列车的铁把手都打弯了。那是相对时速 275 公里，你可以想象相对时速 840 公里时，两车交会时中间的吸力会有多大。

郑徐高铁试验完毕后，两列中国标准动车组又奔赴世界首条高寒高铁——哈大高铁进行载客运营考核。2016 年 10 月 26 日，两列中国标准动车组正式完成了自下线以来的 60 万公里运营考核，担当了它们正式批量生产前的最后一次载客运营。

2017年6月25日，中国铁路总公司在北京南动车所举行“复兴号”命名仪式，由中车四方股份公司与中车长客股份公司生产的两种中国标准动车组型号被命名为“复兴号”。其中四方股份公司研制的“复兴号”被命名为“CR400AF”，长客股份公司研制的“复兴号”被命名为“CR400BF”。按照中国铁路总公司新的动车组编制规则，新型自主化动车组均采用“CR”开头的型号，“CR”是中国铁路总公司英文China Railway的缩写，也是指覆盖不同速度等级的中国标准动车组系列化产品平台。型号中的“400”为速度等级代码，代表该型动车组试验速度可达400km/h及以上，持续运行速度为350km/h；“A”和“B”为企业标识代码，代表研制厂家，“A”代表四方股份公司，“B”代表长客股份公司；“F”为技术类型代码，代表动力分散电动车组，其他还有“J”代表动力集中电动车组，“N”代表动力集中内燃动车组。

根据铁路总公司的安排，CR400BF将由长客股份公司授权中车唐山公司参与生产，CR400AF将来也有可能通过专利授权的方式给予庞巴迪在国内的合资公司BST公司生产资质。此外，“复兴号”会陆续开发系列型号，包括CR300、CR200系列。其中设计时速300~400公里之间的车型将被命名为CR400系列，设计时速200~300公里之间的车型将被命名为CR300系列，设计时速160~200公里之间的车型将被命名为CR200系列。

“复兴号”动车组的正式命名，标志着“和谐号”时代的结束和“复兴号”时代的正式到来。中国铁路机车车辆的命名有着鲜明的时代特色，从“解放”型蒸汽机车到“建设”型蒸汽机车，从“东风”

↓ CA400AF 型复兴号动车组

型内燃机车到“韶山”型电力机车，再到“和谐号”动车组，无不打上了鲜明的时代烙印。中国发展进入新时代，中国高速动车组进入新时代是自然而然的一件事情。但是“CRH”这个已经响彻全球的品牌的废弃却让人颇为惋惜，毕竟经过这么多年的发展 CRH 已经成为与新干线、TGV、ICE 并驾齐驱的世界高铁品牌。

就在“复兴号”正式命名的第二天，6 月 26 日“复兴号”正式在京沪高铁上线运营，两列“复兴号”动车组在京沪高铁两端的北京南站和上海虹桥站双向首发，分别担当 G123 次和 G124 次高速列车。

7 月 18 日，传说已久的京沪高铁达速终于出现实质性进展。当天铁路总公司在京沪高铁新增 G9/G10 两列高铁班次，由“复兴号”动车组列车担当，按时速 350 公里速度空载试运行。其中 CR400AF-2025 列车担当 G9 运营，CR400BF-5005 担当 G10 运营。从北京南站到上海虹桥站全程 4 小时 10 分钟。消息由自媒体爆出后在国内引起巨大反响。2010 年 12 月份，世界高铁大会在北京召开时，铁道部曾计划让京沪高铁按照最高时速380公里开通运营，按照计划北京到上海两地1318公里的距离最短旅行时间不到4个小时。但是2011年6月30日，铁道部让京沪高铁降速开通，最高运营时速只有300公里，两地最短旅行时间4小时49分。

7月27日，铁路总公司正式对外公布京沪高铁达速消息，安排“复兴号”在京沪高铁开展时速350公里体验运营，来自国家有关部委、企业，部分院士、专家及铁路行业有关单位负责同志，共计300余人参加了体验运营。当时流传的消息是，京沪高铁将安排两对标杆车服务商务人士，在北京南站到上海虹桥站间一站直达，最短旅行时间在4小时左右。

9月21日，中国铁路实行新的运行图，安排7对“复兴号”动车组班次按照最高时速350公里运行，京沪高铁正式达速，中国重新成为世界上唯一拥有时速350公里高铁的国家，也标志着中国高铁正式迎来全面复苏。

———

走向全球

——→ 中国高铁终究还是挺过来了！

随着开通线路的不断增长，随着乘坐高铁的人越来越多，人们逐渐感受到高铁给他们生活带来的便利性，人们发现高铁并不像此前听说过的那样可怕，人们也开始越来越离不开高铁。

2015 年 1 月 25 日，新华社发布了《京沪高铁首次实现盈利　发车已不能满足高峰要求》系列文章，其中披露京沪高铁 2011 年日均发送旅客人数 13.2 万人次，2012 年增长到 17.8 万人次，2013 年增长到 23 万人次，2014 年这个数字达到了 29 万人次，全年发送旅客总人数突破 1 亿人次，首次实现盈利。这条铁路从 1990 年提出构想到 2008 年开工建设前后共花费了 18 年时间，而从建成到盈利只用了 3 年时间，这条高铁不但成为中国高铁的标杆，也已经成为世界高速铁路的翘楚，为中国高铁在全球赢得巨大声誉。

中国高铁在国内逐渐扭转了人们的看法，重新成为人们喜欢的交通工具，规划中的线路也在快速实施，运营里程突破 1.6 万公里，而且在国际上也重新赢回尊重，开始角逐全球高铁市场。最初，铁道部曾经成立了 16 个境外铁路协调项目组，在美洲有中美、中巴、中委项目组，在亚洲有中印、中伊、中东、中巴、中吉乌项目组等，在欧洲则有中俄、中乌项目等，当时希望能够以基建、装备制造、技术

复兴号 CR400BF 型高速动车组（摄影：吴宏道）

支持和中资银行贷款打包的形式参与海外项目竞标。[259]协调组的存在，主要是为了避免国内企业在国际市场争夺中存在恶性竞争。但是当时铁道部主要领导人腐败事件以及“7·23”事故后，这些协调组都不复存在，中国高铁走出去计划也基本陷入停滞状态。中国高铁从“7·23”事故中走出来，并重新在世界上活跃起来，起源于泰国项目。但是与外界想象的不同，中国最感兴趣的泰国铁路项目，并不是曼谷至清迈的高铁项目，而是廊开至曼达普时速180公里的准高铁项目，这是泛亚铁路网的一部分，联通泰国富庶的沿海港口城市，沿线有良好的经济条件支撑，这是中国最看重的因素。

中泰铁路项目起源于2012年，当时泰国的执政者还是美女总理英拉·西那瓦。当年4月17日，英拉开启了访华之旅，访华期间她对中国高铁表现出了浓厚的兴趣。4月19日，英拉搭乘京津城际高铁从北京到天津，然后又从天津返回北京。这段全长只有115公里的高铁线路，全程只要半个小时。英拉对媒体表示，乘坐京津高铁给她留下了深刻印象，进一步增加了她对中泰高铁合作项目的信心。也正是在此次访问期间，中国铁道部与泰国交通部签署了关于铁路发展合作的谅解备忘录，为两国在高铁建设合作方面打下良好的基础。[260]

2013年10月份，国务院总理李克强访问泰国，中泰高铁项目开始加速。10月11日，中泰双方在泰国首都曼谷发表的《中泰关系

259. 高江虹，姜艺萍.刘志军落马势力范围被打乱 北车状告南车搅局[N].21世纪经济报道，2013-06-10(01).
260. 曹欣阳.泰王国总理英拉称赞中国高铁“舒适”“快捷”[EB/OL].[2012-04-19]. https://finance.qq.com/a/20120419/008172.htm.

发展远景规划》中称，中方有意参与廊开至帕栖高速铁路系统项目建设，泰国以农产品抵偿部分项目费用。泰方欢迎中方意向，将适时在2013年10月11日签署的《中泰政府关于泰国铁路基础设施发展与泰国农产品交换的政府间合作项目的谅解备忘录》基础上，与中方探讨相关事宜。[261]这就是著名的“高铁换大米”事件。就在“高铁换大米”协议签署的第二天，李克强在与英拉参观中国铁路展览时对英拉以及在场的媒体说，中国高铁技术先进，安全可靠，成本具有竞争优势，希望中泰加强铁路合作。[262]从此，“技术先进”“安全可靠”“成本具有竞争优势”几乎成为对中国高铁竞争力优势的最凝练概括。一时间，“高铁外交”也成为媒体上的高频词，并在接下来的时间里随着中国国家领导人的访问席卷全球。

中国国家领导人对于高铁的推崇与喜爱还表现在方方面面，在2013年高速动车组模型还开始作为国礼成为国家领导人赠送给外国元首的礼物。当年12月2日，英国首相卡梅伦访问中国。卡梅伦赠送给国务院总理李克强及其夫人程虹一系列书籍，包括：撒切尔夫人、丘吉尔、本杰明·迪斯雷利以及威廉·威伯福斯等人的传记；英国专栏作家罗伯特·哈德曼撰写的《伊丽莎白传》；英国布克奖获奖小说选，包括希拉里·曼特尔以及茱莉亚·巴恩斯等人的作品。李克强总理则赠送给卡梅伦一幅画作以及一个1 ：87的CRH380A高速动车组模型，以及送给卡梅伦小女儿弗洛伦斯一个玩偶。[263]

但是高铁走出去并不容易。首先，高铁是浩大的工程，投资巨大，即便是对于一个经济发达的国家，运作起来难度都非常大。对于这一点，通过前面介绍的世界高铁发展史我们已经看得很清楚了，无须多言。其次，高铁还非常容易受政治影响。2014 年 5 月 22 日，泰国军方发动政变，泰国时任总理英拉下台，中泰“大米换高铁”方案就受到了极大的影响。再次，中国高铁走出去还面临日本新干线的贴身竞争。毫无疑问，日本新干线在世界高铁史上拥有无可取代的重要地位，其技术的先进性也有口皆碑。但是在新干线 50 多年的历史上，除了曾经向中国大陆转让技术并获得 3 列整车订单以及向英国出售过部分车辆外，真正的出口订单只有中国台湾一列。这并不是因为日本新干线技术不先进，更多是因为日本人并不十分愿意对外开放技术，怕被外人学去了。但是中国高铁崛起后，日本人的思想发生了极大的改变，开始卖力地向外推销新干线以与中国高铁进行竞争。原因很简单，“邻之厚，君之薄也！”不让中国高铁拿到订单就是日本新干线的成功。特别是安倍晋三第二次成为日本首相后，围绕着解禁日本自卫队自卫权以及对中国的围堵可谓是不遗余力，日本在高铁领域与中国的贴身肉搏也处于白热化程度，可以说日本从来没有像今天一样对新干线的出口如此热衷。

日本媒体报道，2015 年 5 月 27 日，日本交通运输大臣太田昭宏与泰国运输部长巴津在东京签署了铁路建设合作备忘录，决定以采用日本新干线为前提，就泰国计划建设的曼谷至北部旅游城市清迈的

---

261. 潘旭涛，王璐，肖旸．中国高铁驶向东南亚 [N/OL]. 人民日报（海外版），[2013-10-22] http://cpc.people.com.cn/n/2013/1022/c83083-23283027.html?ol4fhttp://cpc.people.com.cn/n/2013/1022/c83083-23283027.html?ol4f.
262. 吴乐珺，施晓慧．李克强总理与泰国总理英拉共同出席中国高铁展 [EB/OL].[2013-10-12]. http://cpc.people.com.cn/n/2013/1013/c64094-23183064.html.
263. 卡梅伦赠送习近平彭丽媛及李克强夫妇礼物曝光 [N]. 潇湘晨报，2013-12-04.

高速铁路，共同进行可行性调查，并研究向泰国提供高铁建设所需资金等事宜。这条铁路是什么情况呢？据泰国《曼谷邮报》《民族报》等媒体披露，曼谷至清迈高铁设计时速250公里，总长度约660公里，日方将向泰方提供低息软贷款，预计利率不会超过1.5%。工程总造价估值为2730亿泰铢（约502亿人民币），约合每公里7600万元人民币。这个价格是什么概念？以日本新干线的建设成本来衡量，估计要血本无归。2014年7月，世界银行驻中国代表处发表的一份关于中国高铁建设成本的报告称，中国高铁的加权平均单位成本为：时速350公里的项目为1.29亿元人民币/公里；时速250公里的项目为0.87亿元人民币/公里。而国际上，高铁建设的成本较高，每公里造价多数在3亿元人民币以上。[264]所以，有一名日本的官员在接受媒体采访时就直接表示，日本这样做的目的“纯粹是为了和中国竞争或者说搅局，对此东南亚国家应该看得很清楚”[265]。

此后，日本还通过媒体大量散布消息，说泰国高铁将采用新干线技术，中国高铁出局。不明真相的中国媒体也跟着起舞，一时间中国高铁败于日本新干线的消息充斥着整个互联网。但是我们前面已经介绍过了，在泰国高铁市场上，中国感兴趣的从来就不是曼谷至清迈这一条，从2012年开始一直就是廊开至曼达普时速180公里（预留提速至时速200公里）的准高速铁路。在曼谷至清迈高速铁路上根本就没有中日对决情况的发生，日本原则上获得了这条高铁路线的主导权没有任何问题，但是加上一句中国高铁出局了，则就是一种纯粹的想象力发挥了。这个消息的真正刺激点恰恰就在这里，经日本媒体发布后，中国国内媒体进行了疯狂转载。对于日本媒体散布的这则消息，最先坐不住的是泰国军政府。在该消息发酵 4 天后，6 月 1 日，泰国政府副发言人讪森少将通过媒体采访的形式对外放话，说中国高铁出局的谣言完全没有事实根据，政府对发展中的高铁计划保持与中国合作，中国政府建议建曼谷—景溪—呵叻—廊开和曼谷—曼达普时速 180 公里高铁，其中曼谷—景溪段将于今年先开工。泰中联合委员会定于本月底（6 月）举行第五次会议，而勘测和价格评估将于 8 月完成，以先建曼谷—景溪路段。根据两国政府意见，高铁合作将贯通区域内铁路网，以造福双边和整个区域经济。[266] 泰国在处理国际关系方面一向善于搞平衡，是一个奉行柔性外交的国家。作为一个夹在中日两个大国中间的东南亚国家，选择在两个大国之间两边下注、两边都不得罪是一种明智之举。所以当日本媒体放出烟幕弹，而中国媒体跟着起舞时，最先坐不住的不是中国人，而是泰国政府，原因是他们不愿意得罪中国。通过这件事我们也能够看出，中国高铁走出去的过程，其艰险程度丝毫不亚于一场没有硝烟的战争，决定其胜负的不仅仅是高铁企业的技术实力，背后起关键作用的还包括国家的实力。

但是中泰铁路最终也没有像双方预测的那样顺利，各种博弈让原本 2015 年年内开工的计划一拖再拖。关于日本中标泰国高铁的事情更是八字没有一撇，日泰之间只是签订了一个备忘录而已。到 2016

---

264. 世界银行解读中国高铁：建设成本为别国 2/3，票价为 1/4 到 1/5[EB/OL].[2014-07-11] .https://www.guancha.cn/Project/2014_07_11_245715.shtmlhttps://www.guancha.cn/Project/2014_07_11_245715.shtml.

265. 张智 . 日本新干线赔本搅局，抢夺泰国高铁头筹 [N]. 华夏时报，2015-06-08.

266. 泰国政府辟谣：泰中高铁未被取消 今年将开工 [EB/OL].[2015-06-02].http://finance.sina.com.cn/world/20150602/162622328583.shtml?from=wap.

年 9 月 16 日，泰国外交部新闻发言人赛客 ·万纳米蒂在接受采访时表示，日本目前在为泰国做建设高铁的可行性研究，但此项研究还在泰国的审查过程中，泰方也还未决定是否修建这条铁路。通过印尼高铁项目竞争过程我们知道，这种研究离最终中标签约还有很长的路要走。

此时，中泰铁路已经取得突破性进展，泰国最终决定放弃向中国融资的方案，决定自己筹资建设该条铁路，不过率先启动的只是一期项目，曼谷至呵叻府，全长 252.3 公里。2016 年 9 月 21 日，中泰双方就中泰高速铁路第一期工程的成本达成协议。泰国交通部长阿空表示，这项工程将耗资 1790 亿泰铢（约 345 亿元人民币）。这是双方同意的数额。

2017 年 9 月 4 日，中泰双方签署了中泰铁路合作项目（曼谷至呵叻段）详细设计合同和施工监理咨询合同。2017 年 12 月，泰国正式批准中泰铁路合作项目一期工程的环境影响评价。

2017 年 12 月 21 日下午，中泰铁路合作项目一期工程开工仪式在泰国呵叻府巴冲县举行。泰国总理巴育出席开工仪式，中泰铁路合作联委会中方主席、国家发展改革委副主任王晓涛在开工仪式上宣读了国务院总理李克强发来的贺信，标志着一波三折的中泰铁路终于正式开工。中泰铁路合作项目一期工程全长 252.3 公里，其中高架桥轨道线路长 181.94 公里，地面轨道线路长 63.95 公里，隧道长 6.44 公里。沿途共设 6 站，设计最高时速 250 公里，建成之后从曼谷到呵叻的通行时间将从 4—6 小时缩短至一个半小时。

此外，连接中国铁路网与中泰铁路的中老铁路也已经率先开工建设。2016 年 9 月 2 日，中老铁路项目公布了第 1 标至第 5 标的招标结果，加上 2015 年年底就已经完成的第六标段招标，至此中老铁路 417 公里的 6 个标段中标结果全部公布，6 家中标企业均为中国企业。中老铁路成为继印尼高铁之后，又一条全面采用中国标准、中国技术、中国装备的高铁走出去项目。中老铁路将采取特许经营的方式，由中老双方共同成立的合资公司进行特许经营。这家铁路公司名叫中老铁路有限公司，其中老挝铁路公司持股 30%，中国磨万铁路公司持股 40%，北京玉昆投资持股 20%，云南省政府持股 10%。中老铁路全长 417 公里，设计标准为 1 级单线铁路，设计时速为 160 公里，其中万荣至万象区段预留时速 200 公里。全线新建车站 33 个 ，包括两座特大桥与 8 条隧道，桥隧总长 252.071 公里，占线路总长的 60.4%。线路总投资为 23.4 亿美元。

接下来中国高铁在墨西哥项目上栽了一个跟头，遭遇了“黑天鹅事件”。2014 年 11 月 3 日，墨西哥通信和交通部宣布，中国铁建与中国南车及 4 家墨西哥本土公司组成的联合体中标墨西哥城至克雷塔罗高速铁路项目，合同金额约合 270.16 亿元人民币。消息宣布后，中国铁路人群情振奋，有人更是高叫中国高铁走出去第一单花落墨西哥。这条全长 210 公里、设计时速 300 公里的高速铁路，计划采用中国标准建造，在高铁列车以及控制系统等核心技术上也均采用我国高铁成套技术。当时日本三菱、法国阿尔斯通、加拿大庞巴迪、德国西门子均参与了竞争，但是因为该项目对时间要求极为苛刻，所以最后这几家公司竟然连标书都没有按时投出去，中国企业联合体轻松获胜。得意忘形的中国企业甚至在接受媒体采访时说：“墨西哥毗邻美

↓出口墨西哥蒙特雷线地铁列车

国。在海外取得良好运营经验后，这个项目将成为今后我国高铁‘走出去’的样本。”

但是，“毗邻美国”这件事，到底是一种优势还是一种危险，恐怕难说得很。墨西哥通信和交通部宣布中国企业中标墨西哥首条高铁后的第 4 天，11 月 7 日又单方面宣布取消合同，一时间全球各国舆论哗然，面向全球的高铁招标成了儿戏。墨西哥通信和交通部同时宣布，希望在 11 月下旬重新进行招标，条件不变，并留下 6 个月的档期，以便让所有感兴趣的企业都可以参与。2015 年 1 月 14 日，墨西哥通信和交通部宣布重启该高铁项目的招标，投标时间截止日期在半年之后。到 1 月 23 日他们就确认有包括中方在内的 5 家企业有意参与竞标。变故再次发生，2015 年 1 月 30 日，墨西哥政府又宣布，由于国际油价大跌导致墨政府收入锐减，墨政府决定无限期搁置首都墨西哥城至克雷塔罗高铁项目。中国高铁再一次被玩弄于股掌之间，中方企业此前为准备该项目花费的大量资金也面临打水漂的危险。做出这个决定到底在多大程度出于墨西哥政府本意，我们很难知晓，但是可以肯定的是墨西哥并不愿意得罪中国。所以在宣布取消该项目的同时，他们也表达了要赔偿中国企业的意向。墨西哥通信和交通部铁路运输处长巴布罗·苏阿雷斯对外称，墨西哥将会依照《公共工程及相关法案 》给予中方企业以补偿。[267]2015 年 6 月 10 日，墨西哥通信和交通部部长赫拉尔多·鲁伊斯·埃斯帕萨表示，墨西哥将向中国企业支付 2000 万墨西哥比索（约合 806 万元人民币），作为中国铁建和中国南车中标墨西哥高铁项目被取消的赔偿金。[268] 至此，连对手都不知道是谁的墨西哥高铁大战算是告一段落。墨西哥高铁项目除了上述已经介绍的情况外，还牵扯了墨西哥的总统大选、第一夫人安赫利卡·里维拉的豪宅案等狗血剧情，故事之复杂、情节之诡异、局外因素之神秘、结局之出乎意料，都让人瞠目结舌！中国高铁在一个或许根本就不存在的对手面前，再一次马失前蹄。

---

267. 墨西哥考虑赔偿中铁建竞标体，赔偿金不超 2.7 亿 [N/OL]. 环球时报，[2014-11-13]. https://news.qq.com/a/20141113/002437.htm.

268. 墨西哥将就高铁撤标向中国铁建赔偿 130 万美元 [EB/OL].[2015-06-11].http://finance.sina.com.cn/20150611/150422408631.shtml.

此时，中国南车与中国北车重组整合项目也已经正式启动。2014 年 10 月 27 日，南北车同时发布公告，因筹划重大事项，公司股票开始停牌。12 月 30 日，南北车重组公告正式发布，新公司定名为中国中车股份有限公司，简称中国中车，英文名 CRRC Corporation Limited，英文名简称 CRRC。2015 年 6 月 1 日，中国中车股份有限公司正式完成工商登记注册，并召开了第一届董事会议。6 月 8 日，中国中车股份有限公司股票正式登陆上海证券交易所与香港联交所，实现 A+H 股同步上市，这家全球轨道交通装备领域的巨无霸公司也正式在世人面前亮相。9 月 28 日，也就是南北车实现分家 15 周年的日子，中国中车股份有限公司的大股东南车集团与北车集团完成合并，成立中国中车集团公司，历时将近一年的南北车重组工程圆满收官。

随着中国中车的正式成立，中国高铁“走出去”的步伐也开始加快。

2015 年 10 月 16 日，中国高铁“走出去”迎来标志性事件，由中国铁路总公司牵头组成的中国企业联合体，正式拿下印度尼西亚雅加达至万隆高铁项目。这被定义为中国高铁“走出去”第一单。此前，中国高铁间或拿下一些项目，如 2005 年中国铁建牵头的联合体中标土耳其安卡拉至伊斯坦布尔高速铁路项目的一个标段，中方中标路段全长 158 公里，合同金额 12.7 亿美元，设计时速 250 公里。但这次中标的只是基建项目，只是帮人家去修路。还有中国香港高速动车组项目，2014 年 4 月 17 日中国南车宣布中标 9 列香港高铁动车组项目（因为内地与香港分属不同关税境域，所以内地与香港的贸易属于出口项目），这是中国高速列车第一次在国际招标中打败包括日本、

↓出口印尼雅万高铁动车组

法国在内的同行业巨头。但是这次中标的也只是高速列车项目。

印尼雅万高铁则不一样，这是中国高铁第一次实现全系统、全要素、全产业链走出国门。它的设计时速是 250 ~ 300 公里，符合国际高铁定义，将全面采用中国标准、中国技术、中国装备，中方将参与勘察、设计、建设、运营、管理全过程。该项目已经于 2016 年 1 月 21 日正式开工，目前各项工作进展顺利，预计 2022 年实现运营通车。

当然印尼高铁的实施同样并非一帆风顺，中间经历了一波三折的中日高铁大战。这对历史上恩怨很深的冤家，一个是高铁鼻祖，1964 年就建成了世界上第一条高速铁路，并在该领域拥有极佳的品牌与口碑。一个是高铁新贵，高铁运营里程超过 2 万公里，占全球的 60% 以上，其中时速 300 公里高速铁路超过 1 万公里；年发送旅客人数达 9.6 亿人次，占全球高铁客运量的 60%，每天发送高铁旅客列车 4200 多列，各项数据均具有压倒性优势。这次鼻祖与新贵之间的竞争，第一个分出胜负的项目就是印尼的雅万高铁，这个项目也拉开了中日高铁全球对决的大幕。

毫无疑问，日本是印尼高铁的最早推动者，中国这次相当于从日本手里撬单了。早在 2008 年，日本就游说印尼上马雅万高铁项目，并正式向印尼提交了可行性研究报告。但是印尼没有下定决心，于是拖了下来。日本又提交了 2.0 版方案，印尼还是不满意；他们又提出了 3.0 版方案，印尼还在犹豫，没有答应。

2014 年中国出手了，而且一出手工作推进就非常快，中国国家领导人发挥了至关重要的作用。印尼总统佐科亲自去体验了中国高铁的名片——京津城际高铁，京津城际高铁的高效、快捷、舒适给佐科留下了深刻印象，中日印尼高铁之争胜利的天平开始向中国倾斜。

中国的出手以及快速推进工作的能力让日本感受到了巨大的危机，他们也加快了工作推进的力度。2015 年上半年，日本首相安倍晋三先后 4 次派出特使到印尼进行陈情游说，并不断优化可研报告。

这个时候，日本开始放大招了。日本媒体开始炒作中国高铁甬温线动车事故，企图抹黑中国高铁形象，印尼国内媒体开始跟风。面对这种不利局面，中国决定展开反击，联合印尼当地媒体，拿出了具有说服力的关键的数据，就是全球铁路事故死亡率，说明中国铁路的安全性。2004—2014 年，中国铁路每十亿人公里旅客死亡率仅为 0.02，全球最低。个例事件可以炒作，但是整体统计数字不会说谎。这个极具说服力的数据被印尼媒体广泛引用，中国铁路安全可靠的形象在印尼深深扎根。

面对中日的激烈竞争，来自两方面的压力都非常大，印尼有点受不了了，“黑天鹅事件”再次发生。9 月，印尼突然宣布同时退回中日两国方案，全球舆论界一片哗然，以为印尼高铁将成为继墨西哥高铁之后又一个夭折的高铁项目。

实际上，这只是印尼的一种策略。印尼退回中日方案的同时强调，将坚持雅万铁路不使用国家预算、政府不提供担保，明确将采用企业对企业商业合作（B-B）模式。中国并没有放弃，坚信中方方案是唯一符合印尼方标准的方案。中方联合体与印尼方联合体经过密集磋商，就成立合资公司兴建和运营雅万高铁达成一致意见，成功拿下该项目。

此前，中国还拿下了位于东欧的匈塞铁路项目。中国中铁旗下的中铁国际与铁路总公司旗下的铁总国际、匈牙利铁路公司共同组成的联合体，获得匈塞铁路总承包资格。2015 年 11 月 25 日，中国中铁发布公告确认中标，项目总投资约 100 亿元人民币。

但中国高铁“走出去”在美国再次遭遇挫折。2015 年 9 月，中美宣布将组建合资公司，建设并经营美国西部快线高速铁路，全程 370 公里，预计总投资 127 亿美元，连通赌城拉斯维加斯到洛杉矶，这也是中国在美国建设的第一个高速铁路项目。但是，美国西部快线公司于 2016 年 6 月 9 日，单方面撕毁了双方协议，宣布正式终止与中铁国际美国公司为建造美国高速客运铁路而组建合资公司的一切活动。当然美国高铁的真正大项目是加州高铁项目，中日正在就该项目暗中进行角力。

此外，中国还在俄罗斯高铁项目的竞争中处于领先地位，双方已经完成了多次会谈，就很多技术细节达成了一致协议。在该项目上中国的主要竞争对手是德国的西门子公司。

在马来西亚至新加坡高速铁路项目的争夺中，也主要是中日这对老冤家在贴身肉搏。新马两国经过重重努力，仍旧面临重重困难。2021 年 1 月 1 日双方正式宣布放弃新马高铁项目。

↓ CR400AF 型复兴号动车组

在全球高铁市场的争夺中，日本真正处于领先地位的只有印度项目。2016 年 11 月 10 日—12 日，印度总理莫迪展开了对日本为期三天的访问。在此次访问的若干重要成果中，最引人注目的莫过于发展印度高铁的合作协议。双方通过的联合声明中提到了近年来讨论的双边合作“旗舰项目”的落实进度，即全长 500 多公里、造价 150 亿美元的印度首条高铁——孟买至艾哈迈达巴德铁路工程。日本将为项目确保技术支持，并拨出 80% 的资金，为此将提供为期 50 年的低息（年利率 0.1%）贷款。印度高铁项目预计 2023 年完工并投入使用。

毫无疑问，在全球高铁市场上中国不可能包打天下，在中印之间存在战略戒心的情况下，印度高铁倒向日本是情理之中的事情。但是这丝毫阻挡不了中国高铁迈向辉煌的道路。随着中国高铁建设、运营经验的不断积累，随着中国高铁技术研发的不断突破，中国高铁已经站在了全球高铁市场的最前沿，并试着引领全球高铁市场的发展。我想这才是中国高铁作为中国名片的真正含义吧！一个行业能成为国家名片不在于它在国内有多厉害，不在于它的财富有多少、规模有多大，而在于它在全球同行业中拥有什么地位。

毫无疑问，高速铁路帝国的版图已经发生了根本性的改变，中国不仅仅拥有了世界上最庞大的高速铁路网络，而且还掌握了世界上最实用的高速铁路技术，逐渐成为这个帝国的工匠师。根据德国著名咨询机构 SCI Verkehr 发布的研究报告，其实早在 2010 年中国高铁装备制造商中国南车、中国北车已经双双位列世界轨道交通装备制造商前三强，2015 年两家公司又实施了合并，一个高铁装备制造领域全新的巨无霸——中国中车又横空出世，在这个领域中国已经开始在构筑自己新的优势。即便 2021 年阿尔斯通成功完成对庞巴迪轨道交通业务的收购，在营收规模上，它也只能屈居全球第二。

随着中国高铁受到越来越多人的认可，有一个问题也被反复提及：中国高铁成功的原因是什么？同样是引进国外技术，为什么高铁与汽车走出了一条截然相反的道路？如果进一步深入思考的话，那就是有没有一种“中国高铁模式”？如果有，这种模式是不是可以复制的？

我们先来看一下同样走过引进技术道路的两个产业——汽车工业和高铁工业，目前的发展现状有何不同。

类别	高铁	汽车
品牌	品牌都是中国的，如中国中车、复兴号等；CR400AF、CR400BF 等系列高速动车组已经享誉全球。	市场上占据优势地位的品牌都是外国的，如德国大众、美国别克、日本丰田、法国雪铁龙、韩国现代等。中国国产品牌如长城、长安、吉利、比亚迪、奇瑞等都成为低端品牌的代表，部分高端品牌如一汽红旗，市场占有率极低，突破之路异常艰难。
市场	目前国内高铁市场已经被中国中车、中国铁建、中国中铁完全占领。在高铁的带动下，此前外国企业占据绝对优势的行业，如城轨地铁，目前也已经是中国企业的天下	无论是从销量还是从销售额来衡量，中国的汽车市场基本是合资公司的天下；由于合资企业占据高端市场，且占据产业链优势，在实际的利润分配上，外资优势明显。
研发	中国企业已经建立了完整的研发体系，在产品方面，形成了从研发到设计到制造一条完整的链条。	核心技术研发基本在国外完成，主要产品型号由外资公司导入，中国企业变成了一个代工厂。虽然部分外资企业也在中国建立了研发中心，但多是一些具体技术，能进行整车开发并投入市场的非常少。
人才	培养了一批四十多岁的轨道交通高精尖人才，他们成为轨道交通领域顶尖的人才，将在未来二三十年中主导世界轨道交通装备行业的发展。	已经形成了分梯次的人才队伍，但是领军人才均在外企或者合资企业。
产业链	中国高铁已经形成了完整的产业链，一辆高速动车组包括 4 万多个零件，涉及机械、冶金、电子、化工等多个领域，目前已经形成辐射全国 22 个省市自治区、600 多家企业的完整产业链。不但带动了民营经济的发展，而且在高铁“高标准”要求的带动下，对我国传统工业的基础工艺、基础材料、基础器件等的研发与系统集成发挥了重要作用。	中国汽车产业的产业链也已经比较完整，但是合资企业的核心零部件还是掌握在外资企业手里。目前中国企业能够批量生产的零部件多属于低端产品，高端产品则需要进口，或者由外方导入技术，由国内工厂代工生产。

需要思索的是造成这种状况的原因是什么。是中国高铁人天生比汽车人聪明？当然不是。是中国高铁市场太大，所以在技术引进谈判时占据优势？中国高铁市场确实是全球最大的，但是与汽车市场相比却差得太远，尚不及其二十分之一，真正占据优势的应该是汽车行业。如果都不是，那该如何解释？这个问题很难用一个简单的词来回答，见闻君将其归纳为一种模式，也就是中国高铁模式，主要包括以下几个要素：

第一，庞大的市场拉动。虽然这不是中国高铁成功的全部，但却是中国高铁成功的必要前提。没有庞大市场的拉动，企业的创新就不可能持续，当然也不会有今天高铁的成功。中国高铁的市场有多大？看看《中长期铁路网规划（2008 年调整）》就明白了，这是让多少国外高铁制造企业垂涎欲滴的庞大蛋糕呀！

第二，是开放的而非封闭的，是立足全球化的而不是闭门造车。这一点的重要性是显而易见的，也是中国高铁模式的最基本特征。2004 年以来的技术引进消化吸收再创新工程，让中国高铁有了站在巨人肩膀上的机会。原始创新当然伟大，但是放着已有的创新成果不加以利用，而一定要从头去做，其实是一种巨大的浪费。改革开放政策之所以伟大，正在于让中国打开国门，能够有机会利用一切人类的已有成果，避免再做一些重复的无用功，从而加快发展的脚步。

第三，强大的创新能力和“以我为主”的创新道路。在这一点上，“高铁模式”与“汽车模式”形成了巨大的反差。汽车行业的做法是成立合资公司，然后由外资企业导入技术，由合资企业进行生产，然后再占领市场。合资企业的中方或许会认为，我们占有对等或者占优势的股权比例，而且工厂的工人主要都是中国人，通过这种合资，我们肯定能够学到先进的技术。当然中国人也确实学到了很先进的汽车技术，但是主要局限于制造技术，而不是研发技术。如果合资企业没有研发能力，而仅仅是制造能力，那么这个合资公司就只是技术导入方的生产代工厂。所以，一个企业只要是采用技术导入的方式而不是自我设计研发的方式去运作，那么这个企业就不可能具备真正的创新能力。

在高铁技术引进初期，也走过与汽车行业类似的道路，但布局完全不同。最初，高铁主要也是进行技术导入，所谓从国外引进技术，其实就是拿到制造图纸，也就是一种生产能力，而不是设计能力。这个过程分为三个阶段，中标的两家单位各拿到 60 列订单，其中 3 列整车进口（派人到外国企业里学习），6 列散件组装（在外国企业的技术指导下动手实践），51 列国产化（一点一点、一步一步替换进口零件提高国产化率）。这个阶段走过之后，各个高铁制造工厂的生产能力与水平发生了质的提高，通过高标准产品的导入，对整个工厂的生产工艺、流程设置、质量把控都带来革命性的提升，这正是我们一定要引进技术的最重要的原因。至少在表面上通过技术引进把自己由“矮矬穷”打造成“高富帅”。但是如果中国高铁装备制造仅仅是停留在此阶段，那么它们与汽车行业没有太大区别。如果要论“高富帅”，其实汽车企业做得比高铁企业还要好很多。汽车企业的员工一样会觉得自己在生产世界上第一流的产品。但是高铁行业的布局更高一筹，一个小小的不同将让它们走上完全不一样的发展道路。这个不

↓复兴号 CR400AF 型高速动车组行驶在京沪高铁上

同就是，汽车行业导入技术的是合资企业，而高铁行业导入技术的是中国的独资企业。成熟产品的导入，必然很快就会在市场上获得巨大成功，这是由导入产品的竞争力所决定的。合资企业接下来要做的就是导入第二款产品，扩大市场占有率；引进技术的中国企业接下来要做的却是开发一款新的产品，满足市场的需求。所以一个会走上“引进—落后—再引进—再落后”的怪圈，另外一个却会走上“引进—改进创新—全面创新”的道路。

所以我们说生产技术可以引进，但是创新能力却引进不来，这种创新能力必须通过创新实践才能获得。下面我就以 CRH2 型车系列，来简单地分析一下这个问题。当初中国引进的是日本东北新干线的 E2-1000 型车，在中国被命名为 CRH2A，共 60 列订单，3 列原装引进，6 列散件进口，51 列车自主生产。作为日本东北新干线的成熟车型，时速250公里的CRH2A的优秀品质自不待言，在中国高铁市场上的表现也是有口皆碑。如果要继续扩大市场份额，显然就要增加时速300公里的产品。如果是合资公司，最好的方法显然是继续由外方导入成熟品种，事实上位于青岛的中外合资企业四方庞巴迪公司（即BST公司）就是这么做的。如果是中国自己的企业，在这种情况下进行新一轮的技术引进却不是最好的选择。第一这要花费大量的成本，第二人家还不一定同意。为什么？怕技术外泄培养潜在竞争对手。所以到了时速300公里动车组阶段，中国企业只好自己动手研制，于是就诞生了CRH2C型动车组。CRH2C与CRH2A已经有了本质的区别，但这个区别不是因为一个是时速250公里，一个是时速300公里（指CRH2C一阶段），而是因为一个是没有设计而只是生产制造，另外一个则是自己设计自己生产。当然这还只是一种改进创新，但已经迈出了最关键的一步，接下来则是具有决定性意义的CRH2C二阶段和全面创新的CRH380A型高速动车组。相关内容前文已经介绍过了，此处不再赘述。

我们前面已经分析过了，生产技术可以通过购买转让，但是创新能力却无法转让，那它究竟来源于何处呢？创新能力是经验性质的，它只能从创新实践中获取。中国高铁的创新能力只能来源于引进技术之前的创新积累。从“唐老鸭”到“庐山号”，从“中原之星”到“中华之星”，这些设计研发实践，为中国高铁培养了大批人才，他们正是这个行业创新能力的体现与载体。前面我们已经提到过，CRH2型动车组的技术引进负责人正是当年中原之星动车组研发的总负责人。这就是一个最好的例子。此外，中国高铁的创新体制也拥有独特的优

↓ CRH380A 行驶在昌福快速铁路上（摄影：新浪微博网友 @ 贺呀么贺小磊）

势，形成了政府、企业、高校、研究院所联动的创新机制。

第四，集中力量办大事的体制优势和铁道部的强力主导。这也是导致高铁产业与汽车产业发展路径迥异的第二个原因。由于不能攥成一个拳头，中国的汽车企业在引进技术的过程中很容易被各个击破。毫无疑问，中国汽车企业也想使用自己的品牌，也想买断外方的生产技术，但是谈判非常艰苦，有最先投降的企业，愿意放弃使用自己的品牌，愿意成立合资企业，允许合资企业技术由外方导入的模式，于是也最终奠定了中国汽车行业的这种格局。但是在高铁引进时，铁道部只指定了两家谈判的公司，而且规定必须向中方转让技术。在此后的发展中，铁道部又定点向中方企业而不是外资企业或者合资企业采

↓上图：内地高铁装备制造企业为香港铁路公司生产的时速 350 公里动车组
↓下图：中国高铁装备制造业亮相德国柏林轨道交通展

购动车组，对中国高铁研发企业的技术创新形成了巨大的拉动作用，这是中国高铁技术创新能够最终成功的最重要原因。事实上，对于一个战略新兴产业处于生命周期的初期时，这种做法并非可有可无而是必不可少，因为这个时候，这种产业的市场还有待培育，产业链尚不完整，成长环境风险较大。当然，这也并非中国独有的做法，在战略新兴产业中，这是世界大国常有的做法。如20世纪70年代成立的空中客车案例就是典型代表，为了赶超波音公司，空中客车持续享受了法国、德国等欧盟国家政府的大力支持，并最终奠定了与波音公司并驾齐驱的航空双寡头格局。

其实见闻君说了这么多，你可能还是一头雾水，如果再归纳一下的话，抛开所有现象，拨开所有迷雾，最关键的就只有一点，那就是铁道部的存在，不管后来它是蜕变为中国铁路总公司，还是改名为国家铁路集团，都不影响这一点。为什么？因为它是战略买家。什么叫战略买家？它的购买是带有战略性质的。再说透彻一点，或许在某个时间点，国有动车组产品质量不如进口的，但是铁道部会坚持既有方针购买国产的，然后国产厂家就获得了改进的机会。这种战略购买行为，对创新形成持续的拉动作用。不断地改进，不断地更新迭代，是中国高铁创新的具体路径。于是，中国就拥有了最强的高速列车创新能力，能够生产世界上性能最先进、质量最好、价格又最便宜的高速列车产品。然后，中国建立了世界上最庞大的高速铁路网络，每年运送旅客超过 20 亿人次，每天有四五千个高铁班次在 4 万公里的高速铁路上运营，形成庞大的运营数据，这些数据再返回到高速列车设计中，这是中国高铁独一无二的宝库。中国高铁想不领先世界，都难！

中国高铁拥有战略买家，而中国汽车不拥有，这就是差别。老百姓自己的血汗钱，他们选择的不是战略，而是实用性与稳定性。很高兴地看到，中国的大飞机也拥有战略买家。三大航虽然不像铁道部战略性那么强，但是战略买家这一点是没有疑问的。所以见闻君断言，中国的大飞机成功将是一种必然。

当然，中国的汽车行业最终未必不会成功，毕竟中国拥有如此庞大的市场进行支撑。中国高铁发展之路也任重道远，全球高铁市场的博弈也正风起云涌。对于今天的中国高铁而言最多也只是事业小成，如何让自己更上一层楼，真正引领全球市场的发展方向，才是中国高铁在接下来的岁月里要认真思考的。

最后见闻君用一位网友对中国高铁的祝福结束此书的内容，这位名为“北理 80952”的网友说：

很多年以前，无论是蒸汽机车还是内燃机车，那庞大的车头、震撼的汽笛、强劲有力而又富有节奏的钢轨敲击声，就是我们 70 后童年记忆里的中国铁路形象。今天的世界，已经从工业文明时代进入了

2020 年 12 月 23 日，世界首列时速 350 公里高速货运动车组下线

信息文明时代，中国铁路技术也紧随历史变迁的脚步，以贴地飞行的速度发出陆地强者的怒吼，中国高铁已经开始领跑世界。很多年以后呢？中国高铁能不能经受得住时代的考验？高铁的发展还会不会有新的突破？祝福中国高铁！轮轨狂飙，踏地而飞！

附　录

·我国大陆已开通高速铁路列表（截至 2021 年 1 月 31 日）

名称	起讫站点	里程	线下速度（km/h）	线上速度(km/h)	运营速度(km/h)	开通时间
秦沈客专	秦皇岛—沈阳北	405	250	250	200	2003/10/12
宁蓉铁路合宁段	南京南—合肥南	157	250	250	250	2008/4/18
京津城际	北京南—天津	120	350	350	350	2008/8/1
胶济客专	大明湖—青岛	357	200	200	200	2008/12/21
石太客专	石家庄—太原南	232	250	250	200	2009/4/1
宁蓉铁路合武段	合肥南—汉口	359	250	250	250	2009/4/1
宁蓉铁路成遂段	遂宁—成都东	146	200	200	200	2009/7/7
杭深高铁甬台温段	宁波—温州南	275	250	250	200	2009/9/28
杭深高铁温福段	温州南—福州南	294	250	250	200	2009/9/28
京广高铁武广段	武汉—广州南	1069	350	350	300	2009/12/26
杭深高铁福厦铁路	福州南—厦门北	226	250	250	200	2009/12/31
徐兰高铁郑西段	郑州东—西安北	523	350	350	300	2010/2/6
成灌铁路	成都—青城山	65	200	200	200	2010/5/12
沪宁城际	上海—南京	301	300	300	300	2010/7/1
昌九城际	九江—南昌西	138	250	250	200	2010/9/20
沪昆高铁沪杭段	上海虹桥—杭州东	159	350	350	300	2010/10/26

(续表)

名称	起讫站点	里程	线下速度（km/h）	线上速度(km/h)	运营速度(km/h)	开通时间
海南东环线	海口—三亚	308	250	250	250	2010/12/30
广珠城际	广州南—珠海北	93	200	200	200	2011/1/7
	小榄—江门	30				
长珲城际长吉段	长春—吉林	111	250	250	200	2011/1/11
京沪高铁	北京南—上海虹桥	1318	350	350	350	2011/6/30
广深港高铁广深段	广州南—福田	111	350	350	300	2011/12/26
杭深高铁厦漳段[269]	厦门北—漳州	42	250	250	200	2012/6/29
龙漳铁路	龙岩—漳州	114	200	200	200	2012/6/29
宁蓉铁路汉宜段	汉口—宜昌东	292	250	200	200	2012/7/1
京广高铁郑武段	郑州东—武汉	536	350	350	300	2012/9/28
合蚌高铁	合肥—蚌埠南	132	350	350	300	2012/10/16
京哈高铁哈大段	哈尔滨—大连北	904	350	350	300	2012/12/1
京广高铁京郑段	北京西—郑州东	693	350	350	300	2012/12/26
广珠城际珠珠段	珠海—珠海北	23	200	200	200	2012/12/31
宁杭高铁	南京南—杭州东	254	350	350	300	2013/7/1
杭深高铁杭甬段	杭州东—宁波	155	350	350	300	2013/7/1
盘营高铁	盘锦北—海城西	90	350	350	300	2013/9/12
向莆铁路	南昌西—福州	546	200	200	200	2013/9/26
	永泰—莆田	57				
津秦客专	天津—秦皇岛	287	350	350	300	2013/12/1
徐兰高铁西宝段	西安北—宝鸡南	167	350	350	250	2013/12/28

269. 杭深高铁厦漳段与龙漳铁路同一天开通，也称厦龙铁路。

（续表）

名称	起讫站点	里程	线下速度（km/h）	线上速度(km/h)	运营速度(km/h)	开通时间
武咸城际	南湖东—咸宁南	76	300	250	250	2013/12/28
杭深高铁厦深段	厦门北—深圳北	472	250	250	200	2013/12/28
衡柳铁路	衡阳东—柳州	498	250	200	200	2013/12/28
柳南客专	南宁—柳州	223	250	250	250	2013/12/28
邕北铁路	南宁东—北海	197	250	250	200	2013/12/28
钦防铁路	钦州北—防城港	62	250	250	200	2013/12/28
深湛铁路茂湛段	茂名—湛江西	92	250	250	200	2013/12/28
宁蓉铁路渝利段	利川—重庆北	278	200	200	200	2013/12/28
成灌铁路郫彭支线	郫县西—彭州	21	200	200	200	2014/4/30
武黄城际	武汉—大冶北	95	300	250	250	2014/6/18
武冈城际	葛店南—黄冈东	36	200	200	200	2014/6/18
大西客专太西段	太原南—西安北	571	350	250	250	2014/7/1
沪昆高铁杭长段	杭州东—长沙南	932.5	350	350	300	2014/12/10
沪昆高铁长新段	长沙南—新晃西	420	350	300	300	2014/12/16
西成客专江成段	江油—成都东	152	300	250	250	2014/12/20
峨眉山线	乐山—峨眉山	27	300	250	200	2014/12/20
成贵高铁成乐段[270]	成都东—乐山	135	300	250	250	2014/12/20
贵广高铁	贵阳东—广州南	857	300	250	250	2014/12/26
兰新高铁	兰州西—乌鲁木齐	1786	350	250	250	2014/12/26
南广铁路	南宁—广州南	574	250	250	250	2014/12/26
青荣城际[271]	青岛北—荣成	320	250	250	200	2014/12/28
郑开城际	郑州东—宋城路	50	200	200	200	2014/12/28

（续表）

名称	起讫站点	里程	线下速度（km/h）	线上速度(km/h)	运营速度(km/h)	开通时间
沪昆高铁新贵段	新晃西—贵阳北	286	350	300	300	2015/6/18
郑太高铁郑焦段	南阳寨—焦作	70	250	200	200	2015/6/26
合福高铁	合肥北城—福州	850	350	350	300	2015/6/28
哈齐高铁	哈尔滨—齐齐哈尔	286	300	300	250	2015/8/17
沈丹高铁	沈阳南—丹东	208	250	250	250	2015/9/1
津滨城际	天津—滨海	45	350	350	300	2015/9/20
长珲城际吉图珲段	吉林—珲春	361	250	250	200	2015/9/20
宁安高铁	南京南—安庆	257	250	250	200	2015/12/6
南昆高铁南百段	南宁—百色	223	250	250	250	2015/12/11
丹大铁路	丹东—大连北	292	200	200	200	2015/12/17
成渝高铁	成都东—沙坪坝	299	350	350	300	2015/12/26
赣瑞龙铁路	赣县—龙岩	248	200	200	200	2015/12/26
金丽温铁路	金华—温州南	190	200	200	200	2015/12/26
津保铁路	天津西—霸州西	73	250	250	250	2015/12/28
	霸州西—徐水	65	200	200	200	
海南西环线	海口—三亚	345	200	200	200	2015/12/30
郑机城际	郑州东—新郑机场	27	200	200	200	2015/12/31
广肇城际	佛山西—肇庆	81	200	200	200	2016/3/30
广惠城际	常平东—小金口	53	200	200	200	2016/3/30
	常平东—道滘	44	200	200	200	2017/12/28
	道滘—东莞西	4	200	200	200	2019/12/15

---

270. 西成客专江成段、峨眉山线、成贵高铁成乐段开通时又称成绵乐客专。线下设计时速300公里，线上设计时速250公里，开通时运营时速200公里。

271. 青岛北至即墨北延迟到2016年11月16日方开通。

(续表)

<table>
<tr><th>名称</th><th>起讫站点</th><th>里程</th><th>线下速度（km/h）</th><th>线上速度(km/h)</th><th>运营速度(km/h)</th><th>开通时间</th></tr>
<tr><td>徐兰高铁郑徐段</td><td>郑州东—徐州东</td><td>360</td><td>350</td><td>350</td><td>300</td><td>2016/9/10</td></tr>
<tr><td>郑渝高铁渝万段</td><td>万州北—重庆北</td><td>246</td><td>250</td><td>250</td><td>200</td><td>2016/11/28</td></tr>
<tr><td rowspan="2">武孝城际</td><td>汉口—孝感</td><td rowspan="2">83</td><td>200</td><td>200</td><td rowspan="2">200</td><td>2016/12/1</td></tr>
<tr><td>孝感—云梦东</td><td>250</td><td>250</td><td>2019/12/29</td></tr>
<tr><td>沪昆高铁贵昆段</td><td>贵阳北—昆明南</td><td>463</td><td>350</td><td>350</td><td>300</td><td>2016/12/28</td></tr>
<tr><td>南昆高铁百昆段</td><td>百色—昆明南</td><td>486</td><td>250</td><td>250</td><td>250</td><td>2016/12/28</td></tr>
<tr><td>昆玉城际</td><td>昆明南—玉溪</td><td>86</td><td>200</td><td>200</td><td>200</td><td>2016/12/28</td></tr>
<tr><td>徐兰高铁宝兰段</td><td>宝鸡南—兰州西</td><td>401</td><td>250</td><td>250</td><td>250</td><td>2017/7/9</td></tr>
<tr><td>京包高铁乌呼段</td><td>乌兰察布—呼和浩特东</td><td>126</td><td>250</td><td>250</td><td>250</td><td>2017/8/13</td></tr>
<tr><td>武九高铁</td><td>武汉—九江</td><td>115</td><td>250</td><td>250</td><td>250</td><td>2017/9/21</td></tr>
<tr><td>石济客专</td><td>济南东—石家庄</td><td>307</td><td>250</td><td>250</td><td>250</td><td>2017/12/28</td></tr>
<tr><td>淮萧联络线</td><td>淮北北—萧县北</td><td>25</td><td>250</td><td>250</td><td>200</td><td>2017/12/28</td></tr>
<tr><td>衢九铁路</td><td>衢州—九江</td><td>334</td><td>200</td><td>200</td><td>200</td><td>2017/12/28</td></tr>
<tr><td>渝贵铁路</td><td>重庆西—贵阳</td><td>380</td><td>200</td><td>200</td><td>200</td><td>2018/1/25</td></tr>
<tr><td>深湛铁路江茂段</td><td>江门—茂名</td><td>265</td><td>200</td><td>200</td><td>200</td><td>2018/7/1</td></tr>
<tr><td>昆楚大铁路</td><td>昆明—大理</td><td>175</td><td>200</td><td>200</td><td>200</td><td>2018/7/1</td></tr>
<tr><td>广深港高铁香港段</td><td>福田—西九龙</td><td>30</td><td>200</td><td>200</td><td>200</td><td>2018/9/23</td></tr>
<tr><td>大西高铁原太段</td><td>原平西—太原南</td><td>111</td><td>350</td><td>250</td><td>250</td><td>2018/9/28</td></tr>
<tr><td>哈佳铁路</td><td>哈尔滨—佳木斯</td><td>343</td><td>200</td><td>200</td><td>200</td><td>2018/9/30</td></tr>
<tr><td>哈牡高铁</td><td>哈尔滨—牡丹江</td><td>300</td><td>250</td><td>250</td><td>250</td><td>2018/12/25</td></tr>
<tr><td>杭昌高铁杭黄段</td><td>杭州南—黄山北</td><td>272</td><td>250</td><td>250</td><td>250</td><td>2018/12/25</td></tr>
</table>

（续表）

名称	起讫站点	里程	线下速度（km/h）	线上速度(km/h)	运营速度(km/h)	开通时间
济青高铁	济南东—红岛	305	350	350	300	2018/12/26
青盐铁路	青岛北—盐城北	428	200	200	200	2018/12/26
怀衡铁路	怀化南—衡阳东	319	200	200	200	2018/12/26
吉玉铁路铜玉段	同仁—大宗坪	48	200	200	200	2018/12/26
川藏铁路成雅段	成都西—雅安	140	200	200	200	2018/12/28
哈大高铁沈承段	沈阳—承德南	504	350	350	300	2018/12/29
新通高铁	新民北—通辽	197	250	250	250	2018/12/29
南龙铁路	南平北—龙岩	247	200	200	200	2018/12/29
成贵高铁乐宜段	乐山—宜宾西	141	250	250	250	2019/6/25
京雄城际李大段	李营—大兴机场	34	250	250	250	2019/9/26
梅汕高铁	梅州西—汕头	149	250	250	250	2019/10/11
日兰高铁日曲段	日照西—曲阜东	225	350	350	300	2019/11/26
武西高铁云十段	云梦东—十堰东	377	350	350	300	2019/11/29
郑渝高铁郑襄段	郑州东—襄阳东	389	350	350	300	2019/12/1
郑阜高铁	郑州南—阜阳西	276	350	350	300	2019/12/1
京港高铁商合段	商丘—合肥北城	378	350	350	300	2019/12/1
成贵高铁宜贵段	宜宾西—贵阳东	372	250	250	250	2019/12/16
徐盐高铁	徐州东—盐城	313	250	250	250	2019/12/16
连镇高铁董淮段	董集—淮安东	105	250	250	250	2019/12/16
京港高铁昌赣段	南昌—赣州西	402	350	350	300	2019/12/26
黔常铁路	黔江—常德	339	200	200	200	2019/12/26

（续表）

名称	起讫站点	里程	线下速度（km/h）	线上速度（km/h）	运营速度（km/h）	开通时间
银兰高铁银中段	银川—中卫南	207	350	250	250	2019/12/29
京包高铁京张段	北京北—张家口	172	350	350	350	2019/12/30
	下花园北—太子城	52	250	250	250	2019/12/30
京包高铁张乌段	张家口—乌兰察布	161	250	250	250	2019/12/30
张大高铁	怀安—大同南	121	250	250	250	2019/12/30
合杭高铁肥湖段	肥东—湖州	309	350[272]	350	350	2020/6/28
赤喀高铁	赤峰—喀左	156	250	250	250	2020/6/30
沪苏通铁路	赵甸—安亭西	143	200	200	200	2020/7/1
安六高铁	安顺西—六盘水	120	250	250	250	2020/7/8
潍荣高铁潍莱段	潍坊北—莱西	122	350	300	300	2020/11/26
连镇高铁淮丹段	淮安东—丹徒	199	250	250	250	2020/12/11
郑太高铁太焦段	焦作—太原南	358	250	250	250	2020/12/12
合安高铁	肥西—双岭所[273]	163	350	350	300	2020/12/22
福平铁路	福州—平潭	88	200	200	200	2020/12/26
仙桃城际	大福—仙桃	16	200	200	200	2020/12/26
银西高铁	吴忠—西安北[274]	543	350	250	250	2020/12/26
京雄城际大雄段	大兴机场—雄安	59	350	350	300	2020/12/27
盐通铁路	盐城—南通西	158	350[275]	350	300	2020/12/30
京哈高铁京承段	北京朝阳—承德南	192	350	350	300	2021/1/22

后记

——→《高铁风云录》竟然已经出版六年了，遥想当年它刚刚出版时候掀起的高铁风潮，不得不感叹时光飞逝！《高铁风云录》出版之后，见闻君又撰写了《大国速度》一书，并在香港以《中国高铁崛起之路》为名出版。古诗言“衣不如新，人不如故”，新书出版，旧书似乎不再受宠！寂寂然于一隅，如一朵花儿安静地开放着。忽一日编辑告诉见闻君，它又卖断货了！我说那就加印一下吧！编辑说，已经过去那么久了，考虑到渠道等原因，你应该对它修订一下了。

是该修订一下了，6 年时间，中国高铁已沧海桑田！当见闻君重新打开阅读它时，仍旧能感受到当年撰写时那一股激情！敝帚自珍，这一刻见闻君体会尤其深刻。于是，2020 年 11 月 16 日，见闻君在出差青岛的高铁上，打开了笔记本电脑，敲下了修订的第一个字。

这让见闻君想起余秋雨在《文化苦旅》新版小叙中的话，出门在外的浪子，本已不再关心，孰料浪子未死，气场未绝，一路伤痕累累，而身心犹健在。窥门之缝，竟见浪子恭立门外，器宇轩昂，从者如堵。开门相拥，拭泪而问，道一句，委屈你了孩子！接下来是“烧水为沐，煮米为食，裁布为衣，整榻为憩”。对见闻君而言，就是认真修订，增删更补！让新书以一个全新的面目与大家相见。

还是要感谢宽容我的读者！不管我再怎么努力，毕竟才疏学浅，

---

272. 其中芜湖至宣城段设计时速 250 公里。
273. 线路两段通过联络线接入合肥南站、安庆站。
274. 广义上银西高铁由西安北站至银川站，全长 617 千米，其中吴忠至银川段属银兰高速铁路。
275. 国道村所至南通西站设计时速 250 公里。

疏漏之处在所难免！感谢包容我的读者，你们给我温暖，给我力量；感谢指正我的读者，你们给我真知，助我成长。

高铁对于国家是大国重器，对于从事的人们是一份事业，对于我而言，却是一份情怀！并不是每一个行业发展史都有英雄赞歌，都有激荡情怀，尤其是已经逐渐物化的现代社会。幸甚至哉！此处有英雄，这里有传奇，这正是见闻君沉迷这个行业的原因所在，也是激励见闻君不断书写的原因所在！

最后预告一下，见闻君高铁三部曲的收官之作《中国轨道》即将由湖南文艺出版社出版，这是见闻君系列高铁作品中用意最深的一部，也将是见闻君写高铁的最后一部。期待你们的支持，也期待你们的批评！

见闻君